现代希伯来小说史

〔以色列〕格尔绍恩·谢克德 著

雅埃尔·洛坦 英译

钟志清 中译

商务印书馆
2009年·北京

Gershon Shaked

MODERN HEBREW FICTION

Copyright © by Gershon Shaked and Judischer Verlag im Suhrkamp Verlag Frankfurt am Main 1996. Chinese (Simplified Characters) Trade paperback copyright © 2008 by The Commercial Press. The Simplified Chinese Characters Edition Published by arrangement with The Institute for the Translation of Hebrew Literature.

All Rights Reserved

本书中文简体字版根据 Indiana University Press 2000 年英文版译出

戈德曼的故事

此次将格尔绍恩·谢克德的《现代希伯来小说史》翻译成中文更进一步实现了一个年轻人的梦想——在中国和以色列两个置身于冲突着的现代世界里的古老文明之间达成理解与尊重。

第三代美国人理查德·戈德曼九岁时第一次前往以色列。后又多次到那里,十几岁时在基布兹度过两个夏天,在那里劳动。随着对以色列情感的加深,他甚至又萌生了另一个兴趣,在纽约的霍夫茨特拉大学(Hofstra University)注册了汉学课程。毕业后,即被哥伦比亚大学国际关系学院东亚所录取为研究生。

录取当月,他患了癌症。约三年间,他与病痛搏斗,同时出色地履行了一个学生的职责,显示出非凡的毅力与坚韧。就在1980年二十五岁生日之前的两个星期,他离开了人间。

我们想不出更适合更持久的方式来祭奠我们的儿子,于是决定建造一座图书馆,使中国人民能够更深入地了解犹太信仰和戈德曼如此深爱的以色列。理查德·戈德曼纪念图书馆现在坐落于北京大学。该馆所拥有的有关犹太信仰与以色列问题的图书,在中国首屈一指。这部新翻译的格尔绍恩·谢克德的《现代希伯来小说史》将会增加宝贵的一笔。

我们希望,通过使用戈德曼图书馆的老师和学生,能够在整个中国清晰展现以色列和犹太人的风貌。

乔瑟琳和罗伯特·戈德曼

This translation of "History of Hebrew Literature" by Gershon Shaked from Hebrew to Chinese is another step towards the fulfillment of a young man's dream – an era of understanding and respect between China and Israel, two ancient peoples in a modern world of conflict.

Richard Goldman, a third generation American, first visited Israel at the age of nine. Other visits followed and as a teenager he spent two summers working in Kibbutzim. Even as his love for Israel grew, a second interest was kindled when he enrolled in courses on China at Hofstra University in New York.

Upon graduation he was accepted as a graduate student at the East Asian Institute of Columbia University's School of International Studies. Within a month of his acceptance, he was struck by cancer. A measure of his strength and determination was that he performed so brilliantly as a student even as he struggled for almost three years with the pain of his disease. He died in 1980, just two weeks before his 25th birthday.

We could think of no more fitting and lasting tribute to our son than to establish a library that would bring to the Chinese people a deeper understanding of Judaism and the Israel he loved so deeply. The Richard H. Goldman Memorial Library is now housed at Beijing University. It contains the largest collection of books on Judaism and Israel in China.

This newly translated edition of "History of Hebrew Literature" by Gershon Shaked will be a significant addition. It is our hope that through the students and teachers who utilize the Library there will go forth throughout China a clearer vision of Israel and the Jewish people.

Jocelyn and Robert Goldman

的确,这种文学是永恒的结构,由一代代人缓慢地建构而成,这种文学是自我支撑的存在实体,它自然地发展,从受其影响的许多读者身上汲取活力,它囊括各种思潮、习俗和倾向,由某种特有的民族精神所激励——这样的文学我们没有,从来不曾拥有,也不可能拥有……但是却有作家,有少数才华横溢的希伯来语作家,受到神明启迪,生活在他们的百姓当中,写作——时断时续,尽管困难重重。每位作家把自己的精神作品奉献给希伯来-犹太读者。这些思想深邃的作家们,竭力要表达自我,不管外部文学现实是什么样子,仍似飞蝇努力攀缘光滑的玻璃窗。这样的作家我们今天是有的!

——约瑟夫·海姆·布伦纳

目　　录

鸣谢 …………………………………………………………… 1
编者的话 ……………………………………………………… 3
1. "困难重重"的文学:现代希伯来文学的出现 …………… 7
2. 门德勒·莫凯尔·塞弗里姆:公式化表述与希伯来社会
   现实主义的勃兴 ………………………………………… 20
3. 希伯来文学的浪漫主义:宗教、神话与希伯来文学的
   西方化 …………………………………………………… 31
4. 希伯来文学现实主义:从新道路到地方色彩小说 ……… 51
5. 心理现实主义和幻灭诗学:底层文学 …………………… 61
6. 类型与反类型:希望是否均将实现? ……………………… 84
7. 交汇点;抑或精神寓所?:施穆埃尔·约瑟夫·阿格农 …… 105
8. 建设与被重建:故乡艺术与第三次阿利亚 ……………… 123
9. 希伯来文学现代主义:犹太小说与国际背景 …………… 143
10. 1940－1980 年的文学现实主义:体裁转换,为民族叙事
    而斗争 …………………………………………………… 174
11. 政治危机与文学革命:新浪潮,1960－1980 …………… 229
12. 90 年代:没有梦想的一代 ……………………………… 285

名词解释 ……………………………………………………… 300
文学报刊一览表 ……………………………………………… 307
阅读书目 ……………………………………………………… 310
索引 …………………………………………………………… 317

译后记 ………………………………………………………… 361

鸣　　谢

　　本书乃笔者希伯来语研究成果《希伯来语小说，1880－1980》[*Hasiporet Ha'ivrit 1880－1980*（耶路撒冷：凯塔尔和哈基布兹哈麦尤哈德，1977－1999）]的缩译本，《希伯来语小说，1880－1980》一书包括五卷，非常详尽并带有注释。在本书中，我努力把希伯来语小说史归为单独的一卷，任何在寻求现代希伯来语叙事总体画卷的读者眼中属于非本质的东西均略去不谈。我讨论希伯来散文传统中文学的内部发展情况，以及社会进程与文学创作之间的交互作用。笔触集中于最著名作家及其最优秀的作品。许多章中囊括了个体作家的扼要概述，但在探讨当代作家的最后几章，笔者在对文学走向和文学议题进行扩展的整体考察中，融进对个体作家和作品的评论。原因很简单，多数作家仍处于创作旺盛期，今天所做的任何归纳明天均可能陈旧过时了。

　　从方法论上说，笔者所作的历史性考察并未运用某种特定的文学理论。反之，如学术界读者清晰所见，它采用了几种理论。在对试图涵盖多位在不同国家、不同时代精神和社会语境下进行创作的不同作家所作浩瀚如史的理解把握中，要尽量展现所讨论作品的显著特征，笔者觉得应谨慎从事。

　　本书列有所引用作品的一览表和专有名词解释，但是欲作更为详尽的了解，则需参考笔者希伯来文原著的脚注。每位作家的生平资料并入到索引当中。所讨论文本的英译本信息见于参考文献一览表。

　　谨向帮助准备出版书稿的一些人士致以谢忱：塔米·赫斯（Tammy Hess）帮助调整书稿，以适应预期读者的需要，并反反复复核对材料，确保其准确无误；感谢译者雅埃尔·洛坦（Yael Lotan）；感谢詹尼·沃尔夫森（Janine Woolfson）校对早期书稿；感谢哈瓦·伯斯坦·罗森伯格（Chava Burstein Rothenberg）校对后期书稿，重新打出名词解释，核对多种多样的生平资料；感谢希伯来文学翻译研究所的尼莉·科恩（Nilli Cohen）和哈娅·霍夫曼（Haya Hoffman）在翻译之前阅读书稿，提出建设性意见，自始至终给我以支持；最后，尤其要感谢艾米莉·米勒·布迪克（Emily Miller Budick）编辑并整理译稿，帮忙准备出版事宜。大卫·帕特森（David Pattersen）阅读了书稿，极具帮助和鼓励。印第安纳大学的编辑简·莱勒（Jane Lyle）、凯特·巴比特（Kate Babbitt）、肯德拉·保-列尤·斯德洛克斯（Kendra Boileau Strokes），尤其是詹尼特·拉比诺维奇（Janet Rabinowitch）以非凡的技艺和得体的方式使项目臻于完美。我对他们也致以由衷的谢意。

  本书得以翻译，需感谢耶路撒冷希伯来大学研究基金的慷慨资助。希伯来大学人文学院也提供了科研资助。

编者的话

文学史家面临着双重挑战。作为文学批评家,他们必须呈现作品的独创性和审美完整性。由于文本之间的创造力性质迥然有别,所以在做最后分析时,文本束缚了我们。除非批评家能够转达小说作品的审美特点,作品与历史和文化的联系才会显得极其微不足道。与此同时,文学史家面临一个同样重要,抑或有些矛盾的任务。他们必须反映的正是那些连续性和似乎为有损单一作品特点的提供信息的语境。

在《现代希伯来小说史》中,当今重要的希伯来文学学者之一格尔绍恩·谢克德脚踏这两个独立的、有时互相排斥的活动领域间的纤细界线。这样,他娴熟地创造出我们称之为文学史的那种神奇的结合。谢克德通过对特定作品所做的详细分析与阐释,从风格和主题上捕捉到令文本产生魅力的魔法。与此同时,通过生平概述、历史考察、社会文化与政治分析,他阐明了希伯来文学发展进程中作品创作所需要的同等重要的条件。用这种方式,谢克德探究并阐明了希伯来小说的审美特征与社会–政治、文化和历史背景的关系。他审视了终极交互文本(ultimate intertext):文学与人生的相互作用。

但是谢克德还尽到了另外一个职能,一个通常不需要文学史家、至少不需要那些撰写伟大西方传统的人们所要去履行的职能。他传达出现代希伯来小说经典的那些特征,证明希伯来小说有资格进入当代文化与文学研究的舞台。与之同等重要的是,他提供了一些方法,研究其他文学传统的人可以借助这些方法开始考虑希伯来文学创作中的重要例证。

希伯来文学传统在许多方面非常独特。正如谢克德在早期研究中所指出的,希伯来文学在发轫之际不但没有民族和地理分界上的优势、没有在政治和文化上取得自治,而且实际上没有一门可使用的语言。即,尽管古老的希伯来语是一种用于神圣布道和祈祷的语言,但直到20世纪,希伯来小说作家才拥有了非宗教性的文学语言(口语或书面语),用这种语言创造出现代世俗文学。其间,希伯来小说作家通过建构一种文学传统和语言,令我们意识到语言在建构文本过程中的中心位置。这一重要性不仅是审美的,而且是意识形态的。因为在创造一种语言的过程中,希伯来语小说家或隐或显地证实,拥有语言是进行文化——倘若不是民族,自我表达的必要条件。然而,与此同时,作家们不仅利用他们自己的犹太文本遗产和民间传统,而且利用更为广阔的西方世界思想,让我们形成所有文化与所有创作具有异质同构特点的印象。

由于这个原因,现代希伯来文学为观察文化与文学怎样发生,尤其是怎样在人类的极端条件下发生,提供了某种实验场地。19世纪20世纪之交和20世纪早期,希伯来作家在其生活与创作的国家内被排斥在文化生产中心之外,若不对特殊的犹太文化建设承担义务就无法创作。然而,与此同时,他们对传统的犹太生活,以及传统犹太生活与世俗文化相背离予以批评。因此,他们不仅仅赞美犹太(宗教)生活,以之作为激发文学传统的基础。甚至使情况更加复杂化,即使在作家居住到自己的国家之后——在民族的故乡参加真正的文化管理前后——他们不会完全遗忘欧洲犹太人所处的边缘地位和种族灭绝经历。也不会忽视巴勒斯坦的犹太居民点,或者是1948年以色列建国后所面临的威胁。

他们也不能忘却,在犹太生活日渐边缘化、走向消亡并继续遭到攻击的情况下,民族主义和文化政治所承担的角色,不管是在以色列内部还是外部,均迫使他们提起注意。那么,对希伯来语作家来说,文学不是社会批评的直接载体。在国际文化语境里,犹太人未获得平等的身份。希伯来语创作通过自身存在这一基本事实,表达出自己的声音和身份,反对他者对自己生存权利的否定。但是在创作宣称一个民族及其文化之存在的一种文学时,作家也不得不提起注意,把文学转化为一面镜子,反映民族主义,反映一度把作家本人边缘化并剥夺其权利的文化霸权。

现代希伯来小说体现着一种张力,它来自创作的危险力量以及随之而来的相应的抵抗力,正好可以让一个民族重新回到被剥夺权利和声音的状态,现代希伯来小说经典,正如谢克德所表明的那样,对人类社会尤其是现代世界所面临的某些重要困境提供了富有影响力的理解。希伯来文学抓住意识形态与文化这一复杂关系的焦点,既作为少数民族文学努力获得文化自治的现象,又作为追求社会和政治议事日程的民族文化的特征。对于世纪之交梦幻着阿里茨以色列(以色列土地)的希伯来语作家,或者对于20世纪最初几十年在那里冒险的人,或者对于那些目睹了国家诞生的人来说,民族地位保证了犹太世俗文化摆脱了进行必要的意识形态论争的负担。犹太世俗文化集中体现了个人心理和精神发育的可能性,以及进行真正社会批评的可能性。正如谢克德在讲述现代希伯来小说的故事时所说,有些希伯来语作家不能明确地让文学不做政治灌输。然而,也有一大批文化人,显示出卓越的才华,成功地用语言转达个体声音,我们将其称之为文学。这声音把人的挣扎、摇摆不定和无法摆脱的困境表述成人类创造力的基本条例。

约瑟夫·海姆·布伦纳首先提到了让希伯来文学在"困难重重"中生成的设想。这一短语,渗透在谢克德一书的第一章,它精细地总结了产生传统的历史条件。但我认为,它也把握住谢克德在研究中晓谕给我们的希伯来文学经典具有的更为伟大的成就:抵御着进行激烈争辩与谆谆教诲的强大吸引力。这样,希伯来小说让我们懂得了所有文学教给我们的一个道理:在人类偶然发生的、并非超凡的斗争中,包含着完整的人类知识——道德的、心理的、政治的,凡此种种。这样的知识尽其所能。在伟大作家的手中,它正好给人以启迪。格尔绍恩·谢克德的《现代希伯来小说史》阐发了希伯来文学传统的启迪力量。

艾米莉·米勒·布迪克

1
"困难重重"的文学
现代希伯来文学的出现

本书在追溯现代希伯来文学的发展进程时,将起点定在1881年俄国发生的集体屠杀(pogroms)。19世纪80年代以来迫害犹太人的历史,虽然同在这之前的数十年迫害历史没有本质区别。然而从1881年开始,在两次世界大战期间反犹主义声浪高涨期间上扬,再到大屠杀时期达到顶峰,那一迫害历史的某些特征则变得突出了。这一切在犹太社区内部引起种种反响,其中一些反响对希伯来文学创作产生了巨大影响。

集体屠杀与血祭诽谤(blood-libels),包括1913年著名的贝利斯审判①,在20世纪早期仍在持续,这使得许多犹太知识界人士抛弃了在哈斯卡拉(Haskalah,希伯来启蒙运动)时期萌生出来的天真希望:即欧洲文化,以及把犹太社区同化到欧洲文化中,将会为犹太人带来社会自由。哈斯卡拉时期的座右铭是"在家里做犹太人,在世界上做人"。犹太人由于遭到欧洲社会的拒绝,广泛产生了一种幻灭与恐惧感。许多犹太人从欧洲移民去了美国,人数有些年涨到十万。留下来的许多人投身于革命运动。犹太组织具体可以分为两大阵营:同盟会(Bund)的人要求社会和文化,但不要求民族与自治;希瓦特锡安(Hibbat Zion,热爱锡安)组织的人则奠定了犹太民族复国主义的基础。

---

① 指1911年发生在基辅的一起血祭诽谤案,犹太人贝利斯被诬陷杀死了一个十三岁的非犹太男孩,以获得制作逾越节无酵饼的血水,遭到两年多关押。经过一个多月的审判,被宣布无罪。

这些政治立场与同样强烈的文化倾向是一致的。东欧的许多犹太人讲多种语言。他们之间用意第绪语交谈。希伯来语只是用于祈祷与宗教仪式的语言。俄语、波兰语、乌克兰语等富有民族色彩的当地语言也是他们与周围社会进行交流的工具。为保持贯穿在犹太民族文化中的共同宗旨（general philosophy），哈斯卡拉时期的民族同化主义者喜欢白话方言创作。同盟会成员与犹太复国主义者比较倾向于创作具体的犹太文化，前者重视意第绪语，后者重视希伯来语。

随着希伯来文出版物的增多，加上19世纪90年代"一便士书"或"希福瑞阿古拉"（sifrei'agorah）——廉价出版的袖珍书——的产生，使用非白话犹太语言进行创作的决定得以实施。这些发展为造就新文学的作家们创造了一个平台。这些新兴传统的早期创建者有些人以前曾为哈斯卡拉文学作出过贡献。其中最为杰出的人士有门德勒·莫凯尔·塞弗里姆（Mendele Mokher Seforim，阿布拉莫维茨的笔名），他在此时已不再用意第绪语进行创作，开始改用希伯来语进行创作。有些在哈斯卡拉时期创办杂志的作家现在则成为复兴希伯来文学的先驱，这之中包括佩雷茨（I. L. Peretz）、弗里希曼（D. Frischmann），他们的早期小说发表在《倡导》（Hamelitz）、《收获》（He'asif）、《日子》（Hayom）等杂志上；还包括年轻的别尔季切夫斯基（M. Y. Berdyczewski），他的早期作品发表在《收获》杂志上。

19世纪下半叶的几十年间，伴随着来自其他领域的内外部变革，犹太社区的宗教基础开始瓦解。哈西迪与传统社区虽然继续存在着，但是作为使全体犹太人团结一致的团体——宗教圣会分崩离析。结果，希伯来文学本身不但得关心哈斯卡拉意识形态的失败，关心与之相对的欧洲犹太人的文化同化问题，还要关心犹太社区内部世俗与宗教身份之间进一步的尖锐冲突。身份问题渗透在20世纪早期的希伯来文学，包括阿哈德·哈阿姆（Ahad Ha'am）、别尔季切夫斯基、约瑟夫·海姆·布伦纳等希伯来文学传统中的重要作家所创作的随笔之中,在海姆·纳赫曼·比阿里克(Haim Nahman Bialik)的诗歌,别尔季切夫斯基、费尔伯格(Mordechai Zeev Feierberg)和布伦纳的小说中也有所体现。然而,要是理想幻灭了的犹太知识界人士在哈斯卡拉失败之际便能改变犹太人在基督教国家的身份,那么启蒙主义、世俗人文及科学教育对传统犹太信仰和犹太社区生活所造成的影响就不会是负面的了。

第一次世界大战后,犹太作家移居巴勒斯坦的人数上升,这也改变了文学在语言、政治、文化领域中的作用。正如20世纪早期东欧犹太人变为一个移民社会那样,其文学也成了流浪者。它虽然产生于俄国、波兰、加利西亚的乡间,但它和作家与读者一道,抛弃了乡村,去往城市,又抛弃了城市,去往海外:新世界和巴勒斯坦。标志着犹太人经历的漂泊与移民体验构成了文学。而美国和西欧的犹太文学则反映出驱使犹太人去往那些地方的伤痛,巴勒斯坦的移民文学,总体来说为犹太复国主义理念(Zionist ideology)所驱动,讲述的是不同的故事。更重要的,它是用希伯来语来讲述自己的故事。

19世纪末20世纪初,大多数犹太作家进行创作时既使用意第绪语,也使用希伯来语,有时将两种语言交替使用。20世纪早期,这两种语言及其各自的文学在争夺霸权地位,这场斗争在巴勒斯坦被冠之为"语言战"(the war of languages)。最初,革命者反对哈斯卡拉理念(由同盟会与热爱锡安组织提出),语言和政治结下了不解之缘。在大流散时主张民族自治的人(主要是犹太社会主义运动同盟会成员)喜欢使用意第绪语。意第绪语作为一种充满活力的能动语言,具有丰富的民间习语,比希伯来语拥有某种优势,希伯来语可提供感人的文字经典,但与时下周围的世界关联甚少。而且,选择希伯来语意味着支持犹太复国主义者的坚定信仰:犹太人在巴勒斯坦,或阿里茨以色列(以色列土地,Eretz Yisrael, the Land of Israel)之外没有固定家园。但是,即使在巴勒斯坦,希伯来语也没有立即顺利成为人们所选用的语言。只有到了"第二次阿利亚"(the Second Aliyah，1904年到1913年间犹太移民移居巴勒斯坦的第二次浪潮)时期，移民们决定将希伯来语作为口头交流语言，希伯来语才奠定了其作为民族书面语言的地位。即使到了20世纪30年代，两种分庭抗礼的语言，均拥有其各自的教育体制与出版物。

然而，20世纪30年代，希伯来语已经成了犹太人所使用的文学语言，阿里茨以色列已经成为生产与出版希伯来语创作的中心。希伯来文学实业甚至更早便露出端倪。创办于1907年刊载了第二代新移民作家布伦纳和戴沃拉·巴伦（Devorah Baron）等人作品的《青年劳动者》（Hapo'el hatza'ir）等期刊，已经出现在阿里茨以色列了。可是，从19世纪90年代到20世纪20年代，希伯来文学中心并不是阿里茨以色列，而是敖德萨，后者在某种程度上可说是俄国的耶路撒冷，遍布着希伯来语出版社、学校和杂志社。许多希伯来语作家，诸如门德勒、阿哈德·哈阿姆、沙乌尔·车尔尼霍夫斯基（Shaul Tchernichowski）、比阿里克以及后来的雅考夫·拉宾诺维茨（Yaacov Rabinowitz）、施罗莫·载迈赫（Shlomo Zemach），耶胡达·卡尔尼（Yehuda Karni）等居住在那里。但是，19世纪20年代布尔什维克革命后，学希伯来语与犹太复国主义运动一并成为非法，希伯来文学在欧洲开始骤然衰落。20年代初期，比阿里克、施穆埃尔·约瑟夫·阿格农（Shmuel Yosef Agnon）、车尔尼霍夫斯基和几位年轻的犹太学者，即格尔绍姆·肖勒姆（Gershom Scholem）、马丁·布伯（Martin Buber）和雅考夫·克拉斯金（Yaacov Klatzkin），居住在德国，德国一度取代俄国，短期成为中心。但这一切转瞬即逝，文学最终在巴勒斯坦重新安顿下来。这样，希伯来文学从一种漂泊不定的实体，转化为拥有自己民族中心的固定的文化表达（a fixed cultural expression）。这一中心表现出自己的问题。但是，它至少提供了一个固定的读者群体与自然场所。就像它同东欧与正统宗教影响拉开了距离一样，它与传统犹太文化与意第绪文学的联系逐渐减弱。

与多数文学史相似,希伯来文学史涉及两种互为作用的张力。这张力首先来自,一方面,是对同一题材(theme)和主题(subject)的界定和发展,联系一代人的成员,并对几代人发生作用产生出我们所说的文学传统;另一方面,与之相反:是与那些相同题材和主题发生根本对立与背离(进而,引进不同的题材与主题),不同时代的作家拥有不同的题材和主题,同一文学创作时期的不同作家拥有不同的题材和主题。随第一个张力而来的第二种文学压力是文学形式问题;也就是说,作家如何表现他或她的小说主题:是模仿性的(mimetically)——通过文学现实主义(literary realism)或自然主义(naturalism)的设计;抑或非模仿性的(non-mimetically)——浪漫的(romantically)——印象的(impressionaistically)——表现的(expressionistically),象征的(symbolically),等等。

针对文本的这些标准困境(standard dilemmas),现代希伯来文学表现出两个独特的问题:即,如何在没有地理上暂时拥有同一边界的人口的情况下,用政治,至少是文化上的自治造就一种文学?如何用连表达当代体验的基本术语都没有的古老文字进行创作。多少世纪以来,希伯来语乃为一种用于礼拜和哲学布道的书面用语(有人称之辉煌灿烂)。可是它并没有成为口头交流的载体。而且,在犹太人所居住的不同国家里,它的存在像个反常的异物,甚至对犹太人自己来说也是这样。

1908年,布伦纳在《雨滴》(*Revivim*)杂志上这样描绘希伯来文学形态的独特性:

> 的确,这种文学是永恒的结构,一代代缓慢地建构而成,这种文学是自我支撑的存在实体,它自然地发展,从受其影响的许多读者身上汲取活力,它囊括各种思潮、习俗和倾向,同时为某种特有的民族精神所激励——这样的文学我们没有,从来不曾拥有,也不可能拥有……但是却有作家,有少数才华横溢的希伯来语作家,受到神性的启迪,生活在他们的百姓当

中,写作——时断时续,尽管困难重重(against all odds)。每位作家把自己的精神作品奉献给希伯来-犹太读者。这些思想深邃的作家们,竭力要表达自我,不管外部文学现实是什么样子,他们似飞蝇努力攀缘光滑的玻璃窗。这样的作家我们今天是有的!

要创造这种"困难重重"的文学,现代希伯来文学倘若不兼容并蓄的话则一无是处。哈斯卡拉小说与诗歌在19世纪六七十年代倾向于兼具传奇剧和载道色彩(both melodramatic and didactic):恶棍们从时运不济的无辜受害者那里巧取豪夺,紧张的情节冲突解决得随意而出人意料,人物则反映出作家的思想与道德观念。多数作品呼吁犹太社会进行改革,按照作家们的见解,犹太社会已经僵化停滞,死气沉沉。在哈斯卡拉时代,信仰削弱了,文学也向新的文学创作理论敞开怀抱,因此便在内容与表现方式(modes of representation)上也发生了相应变革。这样一来,现代希伯来文学与现代文学主流发展合拍,既按欧洲范式又依照犹太素材进行着内在自我修正。

西方文化对希伯来文学创作继续产生着强烈影响,可通过19世纪以来翻译文学数量的增长略见一斑。的确,许多最好的希伯来文学作家本人同时又是翻译家,用希伯来语翻译出产了大量作品,从陀思妥耶夫斯基、契诃夫、司汤达、梅特林克到塞万提斯、歌德、惠特曼、彼得·雅各布森、卡努特·哈姆孙;以及后来从亚历山大·贝克、肖洛霍夫、革拉德科夫,到海明威和马克斯·弗里施。欧洲文学对希伯来文学的主要影响可以归结为19世纪和20世纪初期的俄国文学,20世纪三四十年代的苏联文学,19世纪末20世纪初期的西欧创作(德国、斯堪的纳维亚和法国),以及盎格鲁-撒克逊文学。从典型的句法范式(syntactical patterns)到现代文类(诸如小说、中篇小说、短篇小说),希伯来作家均毫不犹豫地一味加以模仿。西方对希伯来文学的影响也没有由于地理位置上的相对临近而发生同步或者直接作用。这样,比如说,"第二次阿利亚"(1904 – 1913)作家由于某种原因受到斯堪的纳维亚文学的影响(主要是哈姆孙),而土生土长的以色列作家则强烈受到20世纪二三十年代苏联文学与美国文学的影响。

当然,希伯来文学在采纳西方文学经典中的观念与创作技巧的同时,也在从自己的犹太历史与文化宝藏中汲取着营养。确实,从哈斯卡拉到目前,希伯来文学显现出古老的犹太文化渊源与欧洲人文主义世俗文化的冲突。有些小说对于欧洲文学的模仿,无疑甚于对犹太文学形式的模仿。然而,许多小说依旧相当接近犹太文学叙事结构,比如说,虔敬文学与密德拉西故事(指早期对圣经故事所做的评注与阐述;例如,阿格农的《弃妇》,即《阿古诺特》)。将古老的宗教传统与新世俗文学中的成分混合在一起,在很大程度上,赋予了希伯来语创作别具一格的特点。确实可以说,小说中传统成分与当代成分之间的张力越大,作品就变得越复杂,越生动有趣。传统素材经常用作故事题材的外在象征(比如,门德勒在《驽马》["Susati"]中对《雅歌》寓意阐释所做的模仿)。有时,它们为某一母题(motif)或人物提供了一种比较深入的精神上的或者是神秘的回应(比如,别尔季切夫斯基的《隐秘雷中》[Beseter Ra'am])。

尽管希伯来文学早在转移到巴勒斯坦之前,就表现出欧洲文学与犹太文学模式互为冲突的特征,但是,新的民族背景彻底改变了创作和犹太传统的关系。希伯来文学创作中的主要题材从大流散时期占据主导地位的犹太人精神转化为在新的土地上为争取民族未来所作的斗争。希伯来文学,即使有疑问,也申明了新社会的本质,包括其现状及其未来发展趋向。新的文学形象出现了:他们是拓荒者与斗士;土生土长的以色列人和他们英勇的建国先驱,两代人之间有冲突,同代人内部也有冲突;以及许多讲究实际、没有归属、失望的知识界人士和耽于梦幻的不现实的理想主义者,取代了大流散文学中人们熟悉的人物形象——深受传统文化困扰的受迫害移民。为表现新的犹太现实,文学创作把传统素材世俗化以赞美世俗生活,经常采用宗教母题与题材,为世俗价值注入了宗教意义。比阿里克、别尔季切夫斯基和阿格农把艺术神圣化;其他许多作家则将自然、劳动、爱情神圣化。犹太复国主义者所倡导的准则代替了宗教戒律,有些作家甚至把无神论当成一种宗教表达形式。

从结构上说,希伯来小说自19世纪以来追寻着两大走向。其一由门德勒开创(门德勒自己建立一个"团体",其他团体均尊其为先辈),经过亚伯拉罕·莱夫·本-阿维革多(Abraham Laib Ben-Avigdor,原名沙伊考维奇)、比阿里克、施罗莫·载迈赫、耶胡达·伯尔拉(Yehuda Burla)、伊扎克·沙米(Yitzhak Shami)、摩西·沙米尔(Moshe Shamir)发展,以强调社会背景为标志。这些作家致力于直接投身并表现社会经济与政治世界,因此倾向于创作批评家诺斯洛普·弗莱所界定的社会小说。其二则由弗里希曼、别尔季切夫斯基首创,蒙布伦纳、尤里·尼桑·格尼辛(Uri Nissan Gnessin)、艾莉谢娃·比克豪夫斯基(Elisheva Bikhovski)、大卫·弗格尔(David Vogel)、雅考夫·霍洛维茨(Yaacov Horowitz)、品哈斯·萨代(Pinhas Sadeh)到阿摩司·奥兹(Amos Oz)和A. B. 约书亚(A. B. Yehoshua)得以延续,转向更为浪漫的或者是表现主义的表现方式。沿着这一希伯来小说发展轨道行进的作家不太注重描摹社会现实,而较多关注探索人的心灵世界。他们在人物塑造上主要集中于刻画主人公的内心世界,倾向于浪漫文学或告白(confession)文学类型(还是弗莱术语)。

毋庸置疑,在希伯来小说(prose fiction)创作中,这两大不同派系采取不同的表达方式,其间的界限经常是模糊的(例如,布伦纳的创作)。在创作着眼点从社会类型体现(socio-typological representation)开始转向较具有心灵渗透特征的小说时,尤其是这样。在这一已呈斑驳色彩的希伯来文学创作领域中,阿格农为自己别立一宗。他使社会语境与主人公的内在世界达到近乎完美的平衡，既反映真实的世界，也反映它在心理情感上的变形，创造了自己独特的风格。正如我们将要看到的那样，阿格农站在新希伯来文学的十字路口。透过他的创作，希伯来文学的所有思潮与走势均交相辉映（交汇于斯），得到了强有力的体现。

在阿里茨以色列文学当中，现实主义与浪漫主义之间、文学表现方式中的模仿与非模仿之间的张力衍生出两种竞相角逐的文学类型。其中之一实际上是布伦纳所说的"阿里茨以色列类型"（janer'eretz Yisra'eli），它尝试用理想主义的形式描绘新型的社会，仿佛社区抱负已经得到实现并且适得其所。另一种与之相悖的类型，我将其称作"反类型"（anti-genre），它执著地再现巴勒斯坦、人、社会等真实情况。追求较为现实主义表现方式的那批作家中，有两大迥然不同的派系：一是致力于再创造比较自然的文学模式，用日常用语写作（本－阿维革多和后来的沙米尔、伊戈尔·莫辛松［Yigal Mossinsohn］，以及阿哈龙·麦吉德［Aharon Megged］）；二是写一种正规的、程式化的希伯来语，叫做"公式化表述"（formulation）。

公式化表述是一种自行产生的现象。自19世纪后期以来，希伯来语作家们想出种种策略，处理古代语言的不妥协态度与拟古现象。哈斯卡拉文学大部分采用庄严壮观的希伯来语言风格写成，受圣经和拉比时代的希伯来语影响。后启蒙时代作家像门德勒和比阿里克等实现了语言上的彻底变革，形成一种新型的希伯来语，按照他们的观点，这种语言更适合创作带有启蒙色彩的当代希伯来散文。像早期的哈斯卡拉用语，这种公式化的语言，或公式化的表述，在出现时，也直接从宗教经典文献中移植了习惯用语。但是在移植时其方式出人意料，而且处于新型社会背景之中。

把圣经与后来的宗教经典文献（例如，密德拉西）直接输入别样的非圣经结构，这一策略继续成为对书面希伯来语的一种回应形式，Y. D. 伯考维茨（Y. D. Berkowitz）、海姆·哈扎兹（Haim Hazaz）和阿玛利亚·卡哈娜－卡蒙（Amalia Kahana-Carmon）等许多作家采用的便是这种方式，他们运用古典文献为自己的散文赋予象征性的深意,并且/或者通过模仿嘲弄传统的意义。通过变换经典文献的语言,不管是改变某种特殊结构的一个成分,还是将这些成分重新排列,这些作家成功地让古代语言陌生化(defamiliarizing),使之适应当代目的,但保留着古典希伯来语风格的平衡与对称性。

驾御古典希伯来语的庄严传统使之适应当代需要的另一个方式是借用其他语言。多数作家求助于《密西拿》希伯来语,他们认为《密西拿》比《圣经》本身的崇高用语要平淡;有些作家求助于代表着"普通"口语的阿拉姆语;但也有人借用意第绪语、英语(比如拉亥尔·伊坦[Rachel Eytan]的作品)、阿拉伯语(沙米尔)和其他语言中的词汇和短语,经常在娓娓叙述中加进引人入胜的地方色彩。后来,在现代以色列文学中,这种语言杂糅标志着从高水平文学语言向标准语言或是口头语言的转化。

确实,可以看出,现代希伯来文学创作一般说来渗透进了非希伯来语语言模式。要么一字不差地移植意第绪语和其他语言中的习惯用语,要么就是赋予这些习语一种希伯来语特性(比如布伦纳的创作),作家们不仅增加了语言词汇,而且变换了句法形式,开始采用西方语言中的主从结构形式(格尼辛的短篇小说在这方面是个很好的例子)。当然,当希伯来语成为阿里茨以色列的口头交流语言时,巨大的变革时代来临了。"我们现在处在新的纪元,"批评家雅考夫·拉宾诺维茨(Yaakov Rabinowitz)1922年在《回声》(*Heidim*)杂志中写道:

> 我们已经把语言从文本拿到口头……有其自身的规则……嘴巴并非逆来顺受对我们言听计从。我们可以削弱它,帮助它,或者折腾它,但是嘴巴和耳朵完全是活的。惧怕不规则、粗俗的语言是荒谬的。我们将死者复活了,他已起身,以自己的方式成长。语言既非《圣经》式的,也非《密西拿》式的;既非欧洲式的,也非东方式的希伯来语;既非阿什肯纳

兹式非塞法尔迪式的希伯来语，也非也门人的希伯来语，①而是某种新东西，与这些语言都不一样，但是出自其中。

即使在全部实现口语化之前，倡导公式化表述的人们便开始抗议希伯来语的不纯和杂糅。但是，正像当初他们无力制止这一进程一样，而今也无能为力。20世纪三四十年代，新词和不规则结构从口头语言涌入散文创作与翻译文学之中，宗教经典语言的纯正从文学中消失。所有那些本土出生的作家诸如莫辛松、沙米尔、哈诺赫·巴托夫（Hanoch Bartov）得要做的是听周围人说话，并将口头方言的一些成分引进到书面用语中。这一进程非常缓慢，直到20世纪60年代才成功地创造出一种文学语言——倘若这一努力真算获得成功的话。

* * *

纵观过去90年间的希伯来文学创作，大体出自四代作家之手。每个作家群中的作家们拥有某些共同经历，然而，即使他们自己相互区分的话，某些不同时代作家之间的趋同性甚于同代作家。第一代作家贯穿19世纪80年代到20世纪20年代。多数作家散居在世界各地，经历了推动犹太历史与犹太文学发展的集体屠杀与迁徙。他们倾向于用意第绪语和希伯来语写作。门德勒、弗里希曼、佩雷茨、别尔季切夫斯基、本－阿维革多属于这一代作家。与这代欧洲作家并存的是"第一次阿利亚"巴勒斯坦社区与"旧式伊舒夫"（最初的巴勒斯坦定居点）作家（比如，巴兹来－艾森施达特[Y. Barzilai－Eisenstadt]和摩西·斯米兰斯基[M. Smilansky]），描写的是阿里茨以色列经历。

---

① 阿什肯纳兹犹太人（Ashkenazim），又称德裔犹太人，中世纪时期指法国北部、德国西部的犹太人，后来其中心向波兰、立陶宛等地蔓延，主要指欧洲犹太人。塞法尔迪犹太人（Sephardi），又称西班牙裔犹太人，最初是指中世纪被西班牙驱逐出境的犹太人，后来泛指从地中海沿岸，特别是西亚北非移居到世界各地的犹太人。东方犹太人（Oriental Jews），指来自伊朗、伊拉克、也门等地和北非的犹太人，其祖先不属于西班牙裔和德裔。这几个概念在第6章、10章、11章曾多次出现，不另注。

第二代出现在世纪之交,包括几个作家群。他们最优秀的作品产生在流亡时期,但是这些作家中的大多数最终定居在巴勒斯坦,他们在那里创立了新的希伯来文学中心,确定了新型的、民族的(以色列)希伯来文学。主要人物有比阿里克和布伦纳。其他包括伯克维茨、格尔绍恩·肖夫曼(Gershon Shoffman)、尤里·尼桑·格尼辛、雅考夫·斯坦伯格(Yaacov Steinberg)、艾莉谢娃·比克豪夫斯基和戴沃拉·巴伦。这些作家中有些人的创作生涯始于巴勒斯坦,而不是流散地,他们是载迈赫、阿哈龙·鲁文尼(Aharon Reuweni)、多夫·吉姆西(Dov Kimhi)、莱夫·阿里耶·阿里埃里－奥洛夫(Lev Arieh Arieli – Orloff)、阿格农,以及本土出生的伯尔拉和沙米。

第三代作家在第一次世界大战期间登上文学舞台。多数作家——纳坦·比斯特里特斯基(Nathan Bistritski)、阿哈龙·埃瓦－哈达尼(Aharon Ever – Hadani)、伊扎克·申哈尔(Yizhak Shenhar)、约书亚·巴－约瑟夫(Yehoshua Bar – Yosef)、霍洛维茨和哈扎兹,他们在第三代第四代阿利亚,即犹太复国主义热情登峰造极之际抵达巴勒斯坦。其人生中的主要经历是两次世界大战、大屠杀,以及在阿里茨以色列定居,拓荒者体验(大卫·弗格尔是个明显的例外)成为他们重要的集体体验。这一代人中具有一个美国支派,由西蒙·哈尔金(Shimon Halkin)和莱尤文·瓦伦洛德(Reuven Wallenrod)领导。

第四代包括两大派系——一些人出生在20年代,一些人出生在三四十年代——主要出生在阿里茨以色列本土。老一代人在30年代末期登上文坛,年轻的一代在50年代末期登上文坛。对欧洲犹太人的灭绝,独立战争,以及以色列国家的建立在他们的人生中占据重要地位。这一代作家有撒迈赫·伊兹哈尔(S. Yizhar)、本雅明·塔木兹(Benjamin Tammuz)、摩西·沙米尔(Moshe Shamir)、约娜特和亚历山大·塞奈德(Yonat and Alexander Sened)、耶胡达·阿米亥(Yehuda Amichai),平哈斯·撒代、阿哈龙·阿佩费尔德(Aharon Appelfeld)、阿玛利亚·卡哈娜－卡蒙、约拉姆·康尼尤克（Yoram Kaniuk）、阿摩司·奥兹、A. B. 约书亚、约书亚·凯纳兹（Yehoshua Kenaz）等人。

一部单一的文学史，无法公正评判几近一个世纪里创造的丰富而多样的希伯来文学，其间犹太人从拥有大流散意识向确立民族身份转化，且"困难重重"，它不仅为自己创造了政治上的民族性，实则也叙述了它自己在文化、语言和文学等领域从无到有的过程。下述希伯来文学故事讲的是一种古老的语言、历史，最后是一个民族的复兴与修正。它并非单纯讲述犹太人与充满敌意并经常对其进行沉重打击的非犹太人世界之间的斗争（许多非以色列犹太小说是这样，一些以色列小说也是这样）。而且，也探讨了它本身的内在分歧：一个民族的犹豫不决与不确定性，并不总是知道它需要什么，怎样获得，怎样表现这种充满了个体与集体复杂性的人的奋斗。换句话说，现代希伯来文学故事是用一个民族所特有的词语（语言），讲述一个民族在历史上第一次负起责任时的内部斗争，以及它对一种难以赢得有时极其痛苦的文化上、最终是政治上的自治，所承担的全部责任。

2
门德勒·莫凯尔·塞弗里姆
公式化表述与希伯来社会现实主义的勃兴

> 倘若两个遭遇沉船事件的犹太人来到一座荒岛,那里没有人烟,无疑,他们当中一人会开一家商店,另一个会做些小本生意,他们会相互赞美。
> ——《乞丐书》,第100页

门德勒·莫凯尔·塞弗里姆("书贩门德勒")在19世纪60年代开始文学创作生涯,用希伯来语写作,是哈斯卡拉的倡导者之一。后改用意第绪语进行创作,19世纪80年代回到敖德萨后,又重新使用希伯来语创作。这次回归对日后现代希伯来文学发展进程产生了决定性影响。其标志是他所创作的系列短篇小说。此后,他又继续将自己创作的意第绪语小说翻译成希伯来语。这些翻译作品本身对希伯来小说作出了重要贡献,深受阿哈德·阿哈姆和比阿里克等人的欢迎。反对门德勒的作家人数不比仿效他的人数少,他们所要抗衡的不止是门德勒创作中所表现出的思想与审美的挑战(布伦纳称赞他为犹太社会批评奠定了标准),而且还要与他所标榜的语言范本抗衡。比阿里克称他是"公式化表述者",在书中这样论述门德勒:"倘若车轮再次倒转,文学回归到圣经文体,那么将是一种迥然不同的文学——后门德勒圣经文体。"门德勒从文体上解决希伯来文学创作中的问题决定了希伯来文学历史的进程,其两个重要继承人乃为阿格农和哈扎兹。为抗拒哈斯卡拉的目的与假设，门德勒也反对以亚伯拉罕·玛普（Abraham Mapu）为代表的希伯来小说的主要文体。

受俄国著名实证主义文学批评家（positivist Russian critic）别林斯基启迪，门德勒摒弃了小说采用崇高情节（elevated plots）、刻意塑造人物以及滥用圣经短语的古典语言特征。代之以追求对犹太日常生存境况做比较现实主义的描述。在这方面他重新使用意第绪语写作，意第绪语能够像他所期望的，在作家与读者之间建立无中介的直接关系。与希伯来语不同，意第绪语非常独立于古代经典文献之外。它充满了丰富多彩和滑稽可笑的习语，这些习语主要来自民间会话，有时直接被引用到作品中。门德勒采取艺术行动对整个文学进行重新阐释。在努力获得意第绪语活力的过程中，他对希伯来语的所有历史层面，从圣经文本到拉比文学文本再到评注，进行挖掘。他随意地摆弄古典希伯来语，将希伯来语词汇和短语投向现实生活，为文学建立起一种新的语言媒介。

下面一段文字，见于短篇小说《什姆和亚法特在火车上》（"Shem and Japeth in the Train", 1890）的开篇，在对门德勒进行总体把握上，尤其对了解他在强烈主张创作世俗希伯来语小说时所实施的语言革命颇有裨益：

> 那里，忙忙乱乱，我们的弟兄喘不过气来，手上肩上都是大大小小形状不同的包裹；女人们也是一样，拖着枕头、靠垫和啼哭的婴儿；推推搡搡，危险地抬起身子，冲向三等车厢，那里将发生一场在拥挤的火车上抢座的新战斗。我呢，书贩门德勒，背负着我的物品和不动有形产业，勇敢地加入战斗：我攀登，停下来，推推搡搡穿过人群。然而。当我们犹太人忙不迭地使自己达到一种狂怒状态时，唯恐，但愿不要这样，有人在拥挤的人群中跑到我们前面，而我们可怜巴巴地盯着车站职工，好像我们整个旅行的事实表明了他们那方有一种没有回报的优雅行动——正这会儿，非犹太人乘客拿着行李在站

前走廊上来回溜达,等铃声响了一会儿,甚至等铃都响了三遍时,才慢悠悠地登上火车,每个人都走向自己预先订好的座位。(第19页)

在希伯来语文本中,这段文字不像英文翻译,不只是从负载过重的穷犹太人跌跌撞撞地冲进火车(一幅足够熟悉的犹太人自我讽喻的景象)这一十足的幽默喜剧中获得讽刺力量,而是把由文本暗示和语言节奏所呈现于脑际的圣经事件和场景那平淡无奇的事件并置起来,从中产生了戏剧效果。有些圣经材料作用于一般性的文学隐喻中。出处分别来自《托拉》、《先知书》、《以斯帖记》的不同段落,其中有些在古典文献材料中构成一种独特现象,产生了后期与早期文本中共同的疑问。结果造成从阐释深处到纯喜剧之间所具有的各种效果。

但是,门德勒描述中的内在肌理比题材唤起(thematic evocation)所及范围要广。它在语言学上构成了段落本身。这产生的是种语言学上的意义,而不是主题暗示,在希伯来文学创作中,不亚于创造一种新的,世俗化的文学语言。比如说,英文开篇时的短语——"忙忙乱乱"——在希伯来语中得到更为丰满更为复杂的表现。本段开端与布局模式曾经在《出埃及记》第32章:18–20节中出现过,人们造金牛后,摩西和约书亚来到以色列人的帐篷,约书亚对摩西说:"在营里有争战的声音",接着他继续说(门德勒在希伯来语中所采用的结构因素以着重形式出现):"这不是人打胜仗的声音,也不是人打败仗的声音,我所听见的,乃是人歌唱的声音。"(第19页)(在门德勒的创作中,开篇字面翻译为:"这不是他们被火驱逐的声音,也不是他们躲避窃贼的声音,而是犹太人在火车站聚集的声音。")

门德勒将当代叙述放进古老的模式中,不仅创造出滑稽的模仿与讽刺。他把此文本的犹太化(而且,人们可推断出一般性的犹太世俗文学)作为语言学和主题整体性的标志;他提供了他的题目,即犹太人既愚蠢又可笑,孕育着犹太历史与文化内涵。然而,犹太人的许多行动(像所有人类活动一样)可视为一种普遍性的隐喻,也具有一种具体的犹太意义密度。这种特征不仅通过讲述犹太人人生经历的故事体现出来,而且通过用文本再创造语言的文学与文化传统体现出来。门德勒创造了一种新的希伯来语,它植根于传统土壤,但是能够产生一种当代的虚构性文学。

在把古典文本世俗化的过程中,门德勒能够揭示古代陈腐主题的空洞无物。与此同时,通过综合不同的语言层面(经常在意第绪语与希伯来语间转换),恢复古典结构,对最初的文学意义作比喻性表达,他不仅成功地切近意第绪语的创作活力,而且成功地把庄严语言人性化。在赋予当代希伯来语小说一种创作语言方面,他也创造出有别于现代欧洲文学创作的独特特征。严格地说,因为由此产生的文体在模仿表现与经典比喻之间徘徊不定,门德勒的小说对其所有的社会批评家来说,从来没有变得相当写实。结果,门德勒制造了有别于欧洲自然主义和现实主义传统的小说形式,而欧洲传统也是这一形式的一个源头。

与同时代许多作家一样,门德勒表达了对未能实现的哈斯卡拉抱负所怀有的无尽幻灭。门德勒在性格上是个理想主义者,他期望犹太社会进化,克服其外在缺陷,表现出更为理性的生存形式。但是他在欧洲的犹太人生活体验没有激励他对可能出现的渐进与改良抱有任何信心。在与哈斯卡拉主导设想所进行的直接类比中,他看到犹太人在欧洲的生活状况要求立即实行社会与知识阶层变革。所以,他最初所做的社会讽刺,用以描绘犹太人在立陶宛——在犹太人居住区——以及在敖德萨等大城市的生活,最终演化为怪诞文学,描写实质上已无法修复的变形了的社会现实。门德勒较少关注犹太社会共同的机能障碍危机,也就是说,他关心那些被视为顺应社会改革的社会表现,胜于关心大流散生存本身固有的病症,对于这种病症,门德勒总是用一种不偏不倚的精确性去诊治,在很大程度上带着痛苦与怜悯。

这样一来,比如,倾听他的同伴乞丐居民的"大声吵闹、喧嚷和哭泣",短篇小说《火的献祭》("Hanisrafim";亦用英文发表为"Victims of the Fire")中的主人公能够对犹太社区在火焰中化为废墟这样一起大祸既蔑视又伤悲。"散开,乞丐们!"他申斥他们(跟我们说的是"轻轻的"):"你们为什么扎堆,又挤,又打,又吵,你气我我气你呢?你们在伤害你们自己"(20—21页)。但是当门德勒这样训斥他们时,"一个不幸的孩子,一个孱弱的男孩"把头靠在门德勒的膝盖上睡着了。门德勒不会让这个可怜孩子的父母把他弄走,打扰他的睡眠。

因此,门德勒对乞丐居民的总体描绘就是:"那一大群男男女女、孩子和吃奶的婴儿,衣服破烂,打着赤脚,又渴又饿,脸黑得像锅底。"(18页)在领会他抨击乞丐愚笨与贪婪的长篇大论时,得考虑与此同时孩子在他膝盖上睡着了这一情景。通过这一场景,可能能够确定下面说法的真实性,确定真挚的怜悯有可能未曾消失。"我心对上帝哭泣,"他告诉我们。"啊,上苍啊……犹太人多痛苦啊!"(23页)

悲悯特征加辛辣讽刺在门德勒最不落俗套、最为感人的作品《乞丐书》(Sefer haqabtsanim)中具有一种烧灼力量(意第绪语首版《瘸子非什卡》于1888年问世;门德勒自己翻译的希伯来文版本发表于1909年与1912年之间。英文版见于《瘸子非什卡》[Fishke the Lame]中。小说叙述中套叙述,颇为复杂;门德勒自己在安排结构时给对话者做叙述插入留了位置,对话者最初是莱夫·阿尔塔,也是走街串巷的小贩,最后是最为重要的瘸子非什卡,非什卡的故事构成了本书的整个主题(subject)。小说睿智、幽默,充满社会怪异,进而引起悲剧力量,从没有放弃喜剧口气,后者将叙述(更不用说它所描述的人类境况了)从过于自我怜悯中解救出来。

例如,在开篇的一个场景中,莱夫·门德勒和莱夫·阿尔塔首先撞了个满怀,两个犹太人被描写成对方滑稽可笑的一面镜子,这镜子同时又是分离的,分别体现着他们各自的宗教信仰与异教倾向。

正值犹太人一斋戒日,门德勒(也和阿尔塔一样)难以工作,在精神追求与肉体欲望之间思虑重重。二人都赶着马车,披着祈祷巾,佩戴着经匣,半路上,他们停下来聊天,争吵。这一场景确实对犹太人在世俗与宗教间留连不定的举动做了惟妙惟肖的模仿。但是,这一戏仿抓住了某种不祥与可怕的东西,它意味深长地在文本中重铸了对犹太人的社会批评。

不管怎么说,当阿尔塔生气,激动起来时……两辆异教徒马车来到了路上……好了,现在,他们看见两辆马车挡住了去路,显然上了火;所以现在他们冲我们大喊大叫,让我们让路,让他们过去。可是后来他们走近了,看见我们两个都站在那里,那样披着祈祷巾,头上都有只大经匣,等等,突然他们满口脏话,粗暴无礼,朝我们发火,你们不知道吗……我和阿尔塔自然而然连忙遵命。可是你不知道那两个属于好争吵族类的黄毛小子不好好地从他们的车上跳下来出把力。那样做表示他们人好,你想呢……由他们两个以扫的亲属,帮我们一把,整个故事就不一样了……因为那些小青年的确有种本领;我是说挤路,……不管怎样路一让开,整个一帮乡间小丑继续赶路……不过他们还是哄然大笑,骂我们打扮花里胡哨……样子像传教士!……同时还嚷嚷着侮辱我们,到处是"这里是猪,猪,猪"的声音……现在,他们似乎并没有把阿尔塔怎么样……但我确实像被蝎子蜇了一样……我用取悦女人的样子向上帝念祈祷文,这似乎适合我当时的情绪。(《门德勒的故事》,24-26页)

《乞丐书》的其他部分,不加藻饰、不动声色地描绘了犹太人的腐化,在阅读时得放在遭受威胁与使之遭受迫害的较大世界的背景中,在这个世界上,出现了东欧犹太人体验(门德勒将让一个非犹太裔的警察剪去他的鬓发)。这一主题在《什姆和亚法特在火车上》等文本中占重要地位。

《乞丐书》的中心叙述仍未关注犹太人－非犹太人的关系问题。它关注的是犹太盗贼与乞丐这样一个自足的世界，这些人构成了极其绝望与堕落的犹太社区的微观世界。有"一群儿童，或者你脚下的乞丐……以及骑手，牵马的乞丐……野乡亲，田野里的乞丐……你的普通乞丐，头脑简单的乞丐……侍奉神的乞丐……托拉－和－虔诚的乞丐"等等，等等。总之，在"所有犹太乞丐"中，乞讨是一门"艺术"，或者像非什卡一样的"真货"，非什卡是个瘸子，他的妻子是个瞎子，是社区里特别有价值的财产（148－171页）。在这个充满暴力与凌辱的世界中，非什卡与年轻的驼背姑娘、遭受性虐待后又被抛弃的受害人贝伊拉相遇并坠入爱河。然而，在乞丐队伍出发时，他们被残酷地拆散了，乞丐们带上贝伊拉，非什卡被绑上手脚扔在那里等死，直到阿尔塔（和门德勒一起）发现了他，非什卡向阿尔塔讲述了自己的故事。

但是，讽刺甚至凌驾于对乞丐的描述之上。出人意料的情节，几乎难以忍受地拧紧了对文本做社会批评的螺丝，产生深层次的伦理约束力度，抛弃贝伊拉母亲、又将贝伊拉抛弃的父亲不是别人，正是阿尔塔本人。门德勒世界里的可怜人委实是社会的牺牲者。但是，迫害他们的人显然包括那些比受害者还要畸形的正直公民。尽管在小说结尾，阿尔塔承担起寻找与挽救女儿的责任，我们无法肯定这种挽救是门德勒的策略，哪怕幽默不断冲淡着绝望：

> 我的阿尔塔立即从大篷车上跳到地上，爬到他的马车上。从远处向我们告别，他掉转车辕，扬鞭催马，自己上了路。有那么一阵，非什卡和我在后面默默地跟着他。我再次仰望天空，只见月亮和星星沿着其指定的路线行进，不过所拥有的神态与以前不同——它们看着那么高渺傲慢，那么遥远，远远地离开我们这些植根在大地上的微不足道的生灵。忧伤沉重。想想令人不快……

我吆喝我的"鹰"（所谓赶车人的行话），用鞭子指挥着他……很晚的时候，我的马车摇摇晃晃地来到了格鲁普斯克（Glupsk）坑坑洼洼的漆黑街道上，马蹄橐橐，蹄踵格格作响，颈圈上的铃铛叮当作响，这一切仿佛是在召集夜里的传报人通报呐喊："肃静！肃静！两个新犹太人来到了格鲁普斯克。"（297－298页）

至于在《瘸子非什卡》中，门德勒的人物代表着精神特征，而不是个性特色。门德勒所关心的并非个体犹太人，而是非自由的、在外部社会条件中产生出来的犹太人行为方式。人物固定，犹如漫画，从相当传统的社会陈规习俗中撷取出来，缺少显著特色和心理上的逼真。多数情况下，他们是身份卑微低下、从事各种商业活动的人，既滑稽可笑又令人生厌，为自己无法控制的经济与社会力量所左右。外省人没有任何历史与地理上的均衡感，把普遍观念按照个人意愿进行更改，虽然他们身份低微，贪婪成性，而且命途乖蹇，在一个残酷而令人费解的世界中无助地挣扎，是客观环境的牺牲品。他像讲述故事的叙述人一样看不起他们，也对他们抱以同情和怜悯。故事本身产生了极大的社会批判效果。

在相当多的短篇小说和长篇小说中，包括《乞丐书》、《什姆和亚法特在火车上》、《地震的日子》("*Biymei hara'ash*")、《在那些日子》(*Bayamim haheim*)的开端、《便雅悯三世的旅行》(*Masa'ot Binyamin hashlishi*)以及《魔戒》("*Be'emek habkhah*"，字面翻译《在泪谷中》)的结局，故事叙述者正是"门德勒"本人，普普通通的、平凡世界中的犹太人，接近并酷似他的同胞。然而，正如我们所见，门德勒也有些超然，视野开阔。作为半置身其中、半超乎其外的见证人，门德勒能作出正确判断，进行富有讽刺意味的解释，而且充溢着脉脉温情与怜悯。叙述者带有扭曲色彩的评论重构了叙述本身，使许多难以忍受的痛苦高潮不再痛苦。

门德勒在创作中一并采用社会实用主义与形而上学扩大化方

式（纲领），将多种文学类型、世界文学传统与源于犹太传统的文体成分与象征融合在一起，创作了一种完全独创的文本。他基本上融合了四种文学传统，其中两种是犹太传统，两种是欧洲文学传统。门德勒采用的犹太文学形式之一是富有感伤色彩的意第绪语故事，分明是种琐碎的情节剧。另一种则是他在年轻时代帮助风行的哈斯卡拉小说。伪浪漫主义哈斯卡拉小说的主要特点是拥有其意识形态成分，尤其是描述了启蒙运动与其反对者的冲突，文本中的其他特点，包括故事的恋爱兴趣均从属于它。

门德勒所吸收的欧洲文学影响不仅同犹太传统有显著区别，而且代表着多种文学传统。这一方面包括果戈理与萨尔契科夫（Saltykov – Shchedrin）等人所从事的社会讽刺创作，另一方面也包括翻译成俄文的各式欧洲文学体裁，包括感伤主义小说（塞缪尔·理查逊的《帕米拉》)、流浪汉小说（亨利·菲尔丁的《汤姆·琼斯》)、教育小说（查尔斯·狄更斯的《大卫·科波菲尔德》和《雾都孤儿》)、社会怜悯小说（维克多·雨果的《巴黎圣母院》)。在某种程度上，意第绪语文学的多愁善感和传奇剧作品与英法传统一致，而受哈斯卡拉启迪的社会讽刺则与俄国文学传统一致，进而在其作品所接受的多重影响之间或多重影响当中产生了重合与差异。犹太文学形式同欧洲文学模式相比缺乏艺术性。然而，当他们同欧洲文学结合后则产生了丰富的艺术张力。

比如，《便雅悯三世的旅行》（1896年发表在希伯来文期刊《果园》上），模仿的是流浪汉小说。便雅悯和桑德尔两个主人公乃为塞万提斯笔下的堂吉诃德与桑丘·潘沙的当地翻版，是一对具有讽刺色彩的人物，到处流浪——"懒惰城"，"黑暗城"，"傻瓜城"——他们的运气总是一成不变。表面看来，他们在寻找传说中"十个丢失的以色列部落"，实际上，是在逃避他们的妻子。两个人物缺乏激励真正旅行者的冒险精神，他们的越轨行径导致自己被送进军事监狱。小说可能隐瞒了一种政治讽刺动机，也就是说门德勒打算用自己的小说来讽刺热爱锡安运动。忽略文本讽刺变形手法的落伍过时了的当代阅读,也可能会忽略门德勒辛辣风趣的特点。

《魔戒》见于1897年《哈施洛阿赫》(*Hashiloah*)杂志,是一篇感伤小说。最初的意第绪文版本的题目叫"Vinshfingerl",其主要意思是说哈斯卡拉是一只魔戒,引导故事里的孩子从泪谷走向日光。像所有的感伤小说一样,其情节以难以置信的阴谋为基础。主要人物是赫舍勒、莫伊舍勒和白来赫,犹太定居点的穷孩子,他们发现自己处在一个几乎把自己毁灭掉的险恶城市中。白来赫让恶棍们绑架,莫伊舍勒被给沙皇军队抓丁的人捉住,赫舍勒也面临行将就木的危险。犹太社会至少部分被描绘成一个犯罪团伙,追捕自己的孩子。通过精心策划,孩子们被某些好心的犹太启蒙者(maskilim)所救。但是他们的获救后来证明是虚幻的。当赫舍勒离开犹太人居住区成了一个启蒙者之后,小姑娘白来赫让非犹太暴徒强暴,早期意第绪语文学结尾时所采用的哈斯卡拉式解决问题的方式,转变成充满哀婉动人情调的结尾。这是门德勒最为悲哀的一部小说。只是由于采用讽刺与嘲弄而差开话题的手法,打断了其他因果关系的叙述,使它摆脱了令人反胃的多愁善感。

门德勒的最后一部中篇小说,自始至终用希伯来语写成,是带有自传色彩的《在那些日子》。与门德勒其他创作不同,这篇小说预示着希伯来语小说新纪元的开端。它实际上是某种富有悲悼色彩的伪自传,作家在自传中带着忧伤和幽默进行冥想,任思绪徜徉于他所逝去的童年岁月和消逝了的犹太乡村世界。这也许是希伯来小说史上较早富有自我意识的一篇作品。这里,富有田园风光与忆旧色彩的情调冲淡了讽刺与怪诞。年老的叙述人观察自己的青年时代,思考自己的创作与人生意义。这篇小说对后代作家,对伯考维茨、巴拉什、阿格农、哈扎兹和比阿里克(在《重生》["Hafi-ah"]和《愤怒的号角》["Hahatsotsrah nitbayshah"]等小说中)的影响,也许甚至超过门德勒的主要作品。

* * *

门德勒在写给朋友门纳舍·玛戈利斯的信中,加进了《瘸子非

什卡》的序言,这样来形容他在犹太人大流散问题上所持的悲喜交加的观点:

> 在犹太文学合唱队中我的歌是伤感的。在我的创作中,犹太人全然被表现为这副模样,一个犹太人,即使他哼着欢快的曲子,但远远听去,仿佛是在哭泣,仿佛歌中含着悲伤。他的歌唱总有《哀歌》的气息。当他开怀大笑时,泪水夺眶而出。他可以希望高兴一点,但苦涩的叹息发自胸中,仿佛哎哟的哭喊总留在舌尖(1888年版第5页)。

在以色列文学中,尽管像他这样的犹太人会同他(或她)可能成为的犹太人形象发生激烈竞争,但是,努力界定那个犹太人,描绘他或她的基本意识,继续成为现代希伯来文学发展轨迹中的一个重要特色。出自不同作家之手的犹太人会迥然不同,将通过符合各种社会与文化时尚的不同审美传统对他加以塑造。倘若没有希伯来浪漫主义小说作家,社会与心理现实主义作家均会把文学阐释的焦点集中在同一个人身上,他就是现代希伯来文学的第一人门德勒·莫凯尔·塞弗里姆。我们现在就来讲述希伯来浪漫主义作家。

3
希伯来文学的浪漫主义
宗教、神话与希伯来文学的西方化

门德勒和比他年轻的同代人,如大卫·弗里希曼、佩雷茨、别尔季切夫斯基和费尔伯格均活动在相同的社会领域,即犹太村落之中,他们描绘出这个色彩斑驳世界的各个方面,然而采取的方式截然不同。年轻作家并未接受哈斯卡拉传统,也没有接受门德勒那具有符号学意义上的对称平衡与内在交织隐喻特征的公式化语言。他们构成了改进希伯来小说这场文学革命的先头部队。

在东欧两大犹太民族运动——同盟会与热爱锡安运动初期,希伯来文学,与同时代的欧洲文学一样,带有浓厚的浪漫主义运动的痕迹。实际上,即使在欧洲文学中的浪漫主义让位于其他较新的文学现象之后,浪漫主义文学因素也继续成为希伯来文学创作的一个特征。这样,希伯来浪漫主义小说便融合了古老与现代传统。弗里希曼和别尔季切夫斯基既追随早期浪漫主义风格(小仲马、拜伦、普希金、安徒生),又追随其现代表现形式(主要是梅特林克、法朗士的象征主义)。他们的创作呈现出欧洲浪漫主义文学的多种特征:洋溢着诗情画意的用语,充满象征与神话;负载着世界苦难的诗人形象;思念遥远过去的纯洁与完美。主人公为浪漫主义的悲观厌世情绪所打动。他们在观察人类境况时同情弱者,意识到世界的孤独与疏远。此外,他们强调具有特色的民族主题。他们也颂扬抗拒社会习俗的强烈反叛意识,比如,别尔季切夫斯基受尼采学说启迪创作的普罗米修斯式的英雄,既反叛上帝,也反叛人类。弗里希曼甚至将《查拉图斯特拉如是说》翻译成希伯来文。

许多作家为保持浪漫主义精神,从民间文学中汲取创作母题,但不像欧洲文学那样从中世纪浪漫故事、农民传说或地方传奇中汲取母题,而是专门从犹太传说与故事中汲取。佩雷茨和别尔季切夫斯基甚至收集类似的民间故事与歌谣,而费尔伯格经常在创作中使用这些故事与民谣。此外,弗里希曼和佩雷茨还写通俗小品专栏连载(feuilletons),一种迎合大众情趣的流行性虚构作品。

这四位作家并没有形成一个文学团体。佩雷茨和弗里希曼之间存在着尖锐的对立,费尔伯格也批判别尔季切夫斯基。但是别尔季切夫斯基将费尔伯格当成同盟,对佩雷茨和弗里希曼也很亲近。弗里希曼和佩雷茨开始追随启蒙者的脚步。后来他们在酷似新"希伯来自然主义喉舌"、本-阿维加多编的《一便士文学》文萃上发表短篇小说。虽然别尔季切夫斯基的一些短篇小说有些像本-阿维加多及其小圈子中人的作品,但弗里希曼和佩雷茨的创作只等同于对日常生活做出的多愁善感的描绘而已。浪漫主义者(比如佩雷茨)后来批判本-阿维加多,阿维加多称自己在创作现实主义小说,但他所持的文学平民论将这种说法搞得一塌糊涂。如果门德勒和其他人写的是长篇小说,那么弗里希曼、佩雷茨、别尔季切夫斯基和费尔伯格则在创作被弗莱定名为传奇故事(romance)与告白(confession)的内省小说,其中,外部现实是对感知自我(传奇故事)所做的外化投射,而自我则明确地表达与反映内在世界(告白)。

大卫·弗里希曼

作为批评家、翻译家和编辑,弗里希曼在他同代人眼里不亚于革命先驱,把希伯来文学从犹太人自我封闭的深渊带到欧洲文明的安全海滩。他于1859年生于洛兹附近,在他成长的年代,洛兹正是犹太文化、波兰文化与德国文化的交汇点,他在德国布雷斯劳接受教育,那里成了他的精神故乡。1918年至1921年,他在事业发展的巅峰时代编辑文学季刊《时代》(*Hatkufah*)。这一时期,他还将许多作家翻译成希伯来语,这些作家中有王尔德、泰戈尔、拜伦、法朗士、舒马赫(F. Schumacher)、安徒生、斯比尔哈根(Spielhagen)、普希金、易卜生、格林兄弟和尼采。这些译文给一代犹太读者引入了西方文学和"非犹太人"文化。作为文学周刊《一代》(*Hador*, 1901–1904)的编辑,弗里希曼培植出为艺术而艺术的观念。他将歌德"依靠好人我们日渐产生正直的情感和美好品味"当成座右铭。在强调美好品味方面,弗里希曼成为他那个时代著名的仲裁者。他是希伯来文学的早期西欧评论家之一,在他之前,希伯来文学一直受俄国的影响。

因此,弗里希曼在希伯来文学史上占据了至关重要的独特地位,尽管他本人并没有创作出出色的文学经典。他早年发表评论、诗歌与翻译作品之际所创作的小说,是受哈斯卡拉启迪的模仿之作,文学质量一般,没什么社会价值。他也创作满含忧愁的小说,酷似由本-阿维加多引领的那些热衷社会但缺乏天赋的实证主义者创作的准自然主义故事。即使这些描写现实的短篇小说,比如写社区瓦解、老年孤独、反犹主义等,有寓言倾向,被某种对尘世幸福所做的浪漫渴望给破坏了。要说有什么区别的话,他的小说只是哈斯卡拉和新文学之间的一个过渡。

只有在短篇小说集《在沙漠中》(*Bamidbar*, 1923)里,弗里希曼获得某种特色。这些短篇小说背景置于(古代)以色列人在埃及和应许之地的沙漠里徘徊的时期,情节围绕着人及其祭司之间的冲突展开。弗里希曼在这部小说集中,描写了他在别处未曾涉及的东西:从社会故事到浪漫传奇,从描绘日常生活到听任想象驰骋。一些批评家把这些故事解释为合乎时宜的道德寓言,维护爱情以反对宗教律法,维护穷人和受压迫者的利益,反对社会习惯势力的陈规陋习,支持对带有强制性的父权和神职人员进行反抗。然而,带有浓重神话笔调的准圣经式语言,奇异神秘的沙漠背景,以及恣意描绘人物形象,使所有这些小说中的冲突极其丰富多彩,以至于它们没有达到可以使之变成现代寓言的明确水准。反之,这些小说保持一种奇异的情感特征,依照古代仪式、魔幻、过时了的法律和民间文学母题进行构思:"在那些奇妙的日子里,天空要比现在新鲜蔚蓝上千倍,大地要比现在清新碧绿成千上万倍,爱情也比我们这个时代的爱情炽烈而激越成千上万倍"(《舞蹈》["Meholot"])。爱之死及其类似因素令人联想起欧洲浪漫主义传统,如在短篇小说《响尾蛇》("Nahash hanehoshet")中,多达尼木部落的男人不得爱上女人,否则将有死亡的危险。陷入情网的主人公迪顺·本-开图拉,在母亲尚未来得及借助响尾蛇将其治愈之前,便离开了人世。

对弗里希曼来说,希伯来语《圣经》乃是民族史前史和民族遗产。通过对较为古老的和后来文献中的神话(神职人员的角色、古代律法、布拉格的魔术师-拉比,等等)进行再评估,他试图影响当代的变化。与此同时,通过把当代问题转送到古代世界,他试图给当代读者重新复兴那个世界,恢复其活力,并加以改造。在对圣经文本作出反传统解释时,弗里希曼遵循的是哈斯卡拉传统,这样便把他的创作和别尔季切夫斯基以及后来的车尔尼霍夫斯基的创作联系起来。在使用未加改编的圣经措辞方面,他也承袭的是哈斯卡拉传统。因此,他并没有给真正的希伯来小说的语言作出贡献,然而,他通过摆脱门德勒等人的公式化传统,帮助引导希伯来语小说走向另一个方面。

I. L. 佩雷茨

与弗里希曼一样,佩雷茨受过教育,见多识广,然而深深植根于东欧犹太文化的世界中。他在故乡扎莫希奇长大,在那里学过德语、俄语和波兰语,以及日常的意第绪语和希伯来语。他经过一段时间的游历后,于1878年回到故乡,开始研习法律。1889年,他在华沙永久居住下来,成为意第绪语和希伯来语文坛的中心人物。与弗里希曼一样,他参加了各种各样的文学活动,创作剧本、文学批评、随笔、通俗小品专栏连载(feuilletons)、诗歌和小说。他也和弗里希曼一样,以哈斯卡拉传统天才的实践者身份开始希伯来文学生涯。最后成长为创作带有感伤色彩的普通故事的大师。

佩雷茨1874年发表波兰语诗歌,从此开始了文学生涯。到1875年,他用希伯来语和意第绪语写小说,1888年后变得更加认同意第绪语。的确,尽管其小说创作为他在希伯来文学领域赢得了非常中心的位置,但其主要影响力在于对意第绪文学传统的影响,正是由于这种影响,他在意识形态上被当作同盟会的一位精神之父。他用双语进行创作,这对奠定他在希伯来文学中的地位起到了决定性作用。也许没有办法证明某一特定作品的主题和结构,以及表达那些主题和结构的语言之间具有直接的联系,但毕竟,两种语言截然不同的风格特征(stylistic qualities)势必会影响到其创作。在意第绪语和希伯来语竞相成为佩雷茨小说载体的角逐过程中,古典希伯来用语无法与牢牢植根于民间口语中、丰富多彩的意第绪语表达方式媲美。佩雷茨用意第绪语寥寥几笔便可以得到的喜剧效果,而要用希伯来语来达到这一效果,他不得不作冗长的背景描述,并过多进行人物塑造,这就加重了对话的负担。

佩雷茨对希伯来文学的主要贡献不在于他本人出色的希伯来散文风格,而在于他为希伯来语和意第绪语文学引进了财富。佩雷茨受到欧洲文学如此深刻的影响,以至于有人抱怨他只知道模仿其他作家。然而,他沉浸于欧洲传统,丰富了意第绪语和希伯来语小说的表达形式。比如,在他的全部创作中,可看到各种各样的短篇小说形式。他也发展了书信体长篇小说和游记等文学样式。书信体形式,显示出佩雷茨与他伟大的同龄人沙洛姆·阿莱海姆的相似之处,让叙事主人公使用自己的语言描绘自己的处境,与此同时,对其他人物的生活作更拐弯抹角、而非直截了当的描绘。《女人汉娜夫人》("Ha'ishah marat Hanah"),希伯来文版发表于1896年的《汽笛》(Hatsfirah)期刊上,意第绪语版发表在1901年的《作品集》中,在使用这种形式时十分老到。作品包括了不同家庭成员写给汉娜的九封书信,以及最初汉娜写给丈夫的信。这一形式把汉娜让身边人抛弃的这一事实具体化。与此同时,作品从几种截然不同的视角来解释她。这些书信以另一外部视角,即书信"编辑"的视角作结。"这封未竟书信,"他写道,"混在从疯女人汉娜衣服堆中找到的那些书信中,兹抄自口语。"佩雷茨得心应手的另一种文学形式是游记。在《旅行札记》(Tsiyurei masa')之类的作品中,叙述人作为主管几个社区人口普查工作的政府官员,得到允诺,以独立的观察家身份,描绘犹太人居住区生活的方方面面。

佩雷茨的叙述技巧颇为老到,多样。他喜欢使用靠描绘相似性或突出不同性而造成的重复范式。比如在《三件礼物》("Shalosh matanot")中,三个故事被置于一个叙事框架中。在每一个次要故事中,一个幽灵来到尘世寻找救赎的人类行动证据。每一次,它都看到受非犹太人侵犯的一个犹太牺牲者,他喜欢宗教价值,胜于喜欢生活本身。这些价值化作有形物体,而后被幽灵带回天国(一抔泥土,指对阿里茨以色列的爱;一枚别针,意指简朴的服饰和行为;亚莫克便帽上沾有血渍的一根线,证明宗教罪孽)。这里,与他另外的道德寓言一样,平行母题以及不断重复的连续性结构,使由三部分组成的小说成为具有伦理意义的强有力整体。

佩雷茨为达到良好效果所使用的另一个相关结构是对照(antithesis)与悖论(paradox):两个人物对充满矛盾的情势作出截然相反的反应。一般说来,其中一个人物表面上行为得体,但实则表明大错特错,而另外一个人物则与之相反。佩雷茨给这些充满对立与悖论的小说加上富有讽刺意义的结局和道德高潮,品行正直的人通过某种手段或奇迹(参见《誓约》["Hapiqadon"])得到他或她的报偿。

佩雷茨也玩弄叙述表达。他所使用的一个重要布局技巧是设置旁观的叙述者,一个小孩,比如,其天真幼稚的声明给整个故事蒙上了一层讽刺色彩。也有直截了当的叙述人,他既能冷嘲热讽对现实生活进行解释,又能忠实地记载现实。叙述人意识到因为观众的存在可以经常缓和叙述人的怜悯之情,创造出大量的歧义。实际上,佩雷茨的主要力度并非过多仰仗他所描绘的情势或情节,而是仰仗他的对话——叙述人和读者之间所进行的对话,以及主人公之间所进行的会话。

多数主人公都非常质朴,如莱夫·约纳坦·沃特曼(船工),他可以嗅出真假拉比的区别,与那些开始充斥在犹太文学和犹太现实生活中的不切实际的知识分子形象形成鲜明对照。在多数情况下,佩雷茨对人类的总体状况比对个人的状况更感兴趣。甚至在那些本来表现出"心理"小说特征的作品中,他也把读者注意力从主人公的情感引向产生那些情感的苦境。正如布伦纳曾经指出的那样,佩雷茨对展示卓越的并置和表现戏剧性情势的兴趣,要甚于对人类灵魂的探索(见布伦纳《作品集》第二卷)。

尽管读者倾向于主要按照哈西迪和民间故事来思考佩雷茨,但佩雷茨全集囊括了其他许多方面的创作。的确,只把关注点放在其民间文学创作上则会忽视一大部分作品,且过于强调他创作中的新浪漫主义方面。这样的关注点也会歪曲新浪漫主义,因为它使读者忽略了佩雷茨更具"革命性"的小品文,忽略其富有喜剧和怪诞色彩的属于另一个新浪漫主义传统的叙述。佩雷茨和浪漫主义的联系,的确是他创作中一个主要特色。但经常是由他的次要短篇小说明显地显示出来,许多作品不过是着力描摹本地风光的印象主义速写,另一些则描绘出个体的悲剧角色,这些人的脆弱肩膀上似乎担负着世界的伤痛(如《四块宝石》["Arba'avanim tovot"])。故事和速写将关注点集中在感伤主题上;把传统的犹太素材和象征主义结合起来,基本上产生的是矫情效果。然而,它们充满了使其成为文学作品的微妙反讽。在许多方面,佩雷茨最有意思的短篇小说是他的喜剧作品,许多作品采用的是插科打诨的方式,既非讽刺,又非微妙的反讽,而是某种扩展开来的合乎实际的玩笑,颇具社会批评味道。他创作小品文的才能也不能视而不见。这一点在《圣日纪录》(*Yomtov Bletlach*)中有所体现,《圣日纪录》名义上是献给犹太节日的日志,但实际上是一本煽动性刊物,机智地避开了公共审查。

佩雷茨的浪漫主义构成了他社会议程中的重要因素。作为同盟会的支持者,佩雷茨通过尖锐的社会批评表达出他和犹太社会主义的联系。佩雷茨集中各种各样的风俗习惯:或毁坏了犹太家庭(如《圣女嫁人了》["Betulah niseit"]),或歧视女性(《女人汉娜夫人》),或是逼良为娼(《有罪的血》["Dam hote"])。他探讨了地方社会重视和滥用人际关系(《混沌世界的图景》["Tmunot me'olam hatohu"]),犹太社区的慵懒(《亵渎安息日的人》["Hagoy shel shabat"]),以及社区对贫病之人的虐待(《祈祷文》["Haqadish"])等问题。

他也通过短篇小说中流露的社会感伤力表达出一个社会主义者的同情。如果说他的喜剧小说暴露出犹太社会或整个人类社会占主导力量的荒诞性,那么带有感伤力的故事则通过生动描绘受难者的状态引起读者的怜悯。正如在带有感伤色彩的日常故事中,佩雷茨把哈斯卡拉情节和人物与对社会变化的浪漫探索结合起来,创造出感伤多于浪漫的情节剧。自哈斯卡拉以来,作家们用希伯来语和意第绪语创作了许多社会批评短篇小说,但佩雷茨的小说由于明显带有社会主义者的同情,从而标志着希伯来文学进化过程中的一个重要阶段。

一个相关的例子是佩雷茨的后期小说,其后期小说经常被视为民间小说或哈西迪故事,佩雷茨主要因此让人铭记在心。这一标示没有传达出作家在这些小说中所取得的复杂性或深度,在短篇小说中,他用截然不同的方式来处理许多同样的主题,他在表现日常生活的感伤小说里已经涉猎过这些主题。这些作品表达了作家对普通百姓所作的承诺,反对那些享有特权的人;以及对那些心地热诚之人的承诺（哈西迪信徒），反对墨守成规、聪明睿智的米特纳盖迪派信徒（如在《沉默的邦赫伊》["Bonchei shtoq"]中，一个可怜巴巴胸无城府的人被奉为令人尊敬的公民和学者），哈西迪故事给希伯来浪漫主义传统加进了重要的神秘因素和民间文学因素。

的确，佩雷茨对哈西迪主义虔敬派的态度主要体现在对它所进行的社会定位上。对他来说，哈西迪主义是一场社会、伦理运动，实质上表达出普通人的宗教需求，故而赞美精神上的无产者。最为错综复杂的民间故事或者哈西迪故事建立在道德对立的基础上，具有双重情节（如《垂下眼帘》["Einayim mushpalot"]）。他们提出了明确的道德规范：真正的奉献、内心净化、简单需求、普爱众生乃是最为高尚的人生价值，这样的价值在普通犹太人和哈西迪社会中比比皆是。比如说《垂下眼帘》写的是两姐妹。妹妹爱上了一个不是犹太人的土地所有者，但是嫁给了一个犹太人。尽管家人认为她现在得到了救赎，但她老是梦见昔日的情人，因此遭到诅咒，死时灵魂下了地狱。姐姐与之相反，遭到一个非犹太贵族的诱拐，尽管肉体被玷污，但灵魂保持着纯洁。尽管社区认为她堕落了，把她埋在犹太墓地之外，但是她的灵魂到最后升入了天堂。

佩雷茨用他的小说呼唤着神迹奇事和道德正义，真诚褒扬朴质的百姓和纯洁无瑕的教化，创造了带有强烈社会寓意的别具一格的犹太小说，是一个浪漫的象征主义者。尽管佩雷茨令人难忘的结构革新有时确实弊大于利，他在形式上的实践有时以付出艺术真实为代价，然而，他的创作通过多种多样的模式和方法获得了说服力和力量。尽管小说在艺术上缺乏成功，然而标志着浪漫主义在希伯来文学传统中的突破。

M．Y．别尔季切夫斯基

与弗里希曼和佩雷茨一样，米哈·约塞夫·别尔季切夫斯基也是在追寻哈斯卡拉、本－阿维加多及其学派创作的带有感伤色彩的日常小说信仰中开始了创作生涯。他的第一个短篇小说《引号》("Gershayim")发表于1890年。毋庸置疑，别尔季切夫斯基是现代希伯来文学中最重要的一位浪漫主义作家，其文学影响力远远超过其他作家。追随门德勒公式化倾向的批评家和作家对待别尔季切夫斯基态度拘谨，而年轻作家则把他奉为文体家和精神领袖。的确，后来的阿摩司·奥兹等作家依然受到他的影响。也许，他对后代作家的影响比对同时代作家的影响还要巨大。

尽管如此，他对同代人仍具强有力的冲击，也遭到激烈反对。公式化创作的主要倡导者比阿里克拒绝出版别尔季切夫斯基的《夏与冬》(*Kayitz vehoref*)。尽管比阿里克承认，"此人身上洋溢着犹太画家的才智，"然而却又说，他的"技巧放荡不羁，污浊不堪的语言真乃奇耻大辱"（出自《致 A．S．古特曼的一封信》，古特曼又名 S．本－锡安，见比阿里克《书信》）。或许，老一辈批评家比阿里克等人这种矛盾重重、充满威胁的反应，甚至比弗里希曼和佩雷茨的赞扬更具影响力，帮助奠定了别尔季切夫斯基在希伯来文学领域的开拓者身份。身为作家，别尔季切夫斯基解放了小说，使之不再承担从现实角度描绘日常生活的义务，不再受门德勒风格的影响，对于布伦纳和布伦纳那一代作家来说，别尔季切夫斯基是第一个表达当代关怀的作家。

从笼统的犹太问题（如别尔季切夫斯基的同龄人阿舍·金斯伯格[Asher Ginsburg，阿哈德·哈阿姆]）到个体人主题等希伯来文学所关注的问题，别尔季切夫斯基均予以重新阐释。他赋予个体的人以新的身份：精神痛苦、人格分裂了的犹太知识分子。他创造出反公式化风格,与门德勒和比阿里克的风格分庭抗礼。其追随者尤其受到他早期作品的影响:《两个营地》(Mahanayim,英文翻译作《躲球游戏》);《胡言乱语》(Orva parah),以及《在河那边》("Me 'ever lanahar")。

与许多同代人和后来者一样,别尔季切夫斯基并没有把自己限制在一种单一的文学语言或单一的文学活动中。他也从事研究,从事文学批评,编辑、翻译民间故事,其中一些在未出希伯来文版之前便有了德文翻译(如 Der Born Juda's)。这不仅把他置于希伯来小说创作的前沿,而且也置于希伯来非虚构类创作的前沿地带。别尔季切夫斯基 1865 年 8 月 19 日生于一个哈西迪拉比之家;其创作把德国浪漫主义传统(主要是叔本华和尼采的创作)和哈西迪主义的奇幻因素融为一体。他是创作自己犹太人历史的第一位希伯来语作家。试图改变约定俗成的犹太历史观和传统观,他认为,过于理性的犹太精神导致了分散和流亡。只有通过一次彻底的精神剧变,使人回到自然、优美和武力的时代,犹太人的精神世界方可得到改造,而后再去改造历史。按照他的观点,犹太人的外在缺陷只有通过改变人们对自己的基本看法才可以治愈,这亦意味着把民族身份和宗教身份区分开来。为达到那一目的,他在编纂的神话传说集《以色列的源起:古代犹太民间故事》(Mimekor Yisra'el)里,打算证明犹太文化与通常人们对它所做的描绘以及后来对它的曲解大相径庭。这里,如在短篇小说中一样,别尔季切夫斯基向读者展示了取自古代希伯来文献中的许多异教的和神话的寓言。按照他的说法,这些寓言表现了犹太集体无意识中古老的神秘主义。他通过重新引进这些古老的资料,意在证明自己呼唤一场精神革命的主张是正确的。

布伦纳将别尔季切夫斯基誉为最伟大的希伯来语作家,即便今天用作别尔季切夫斯基文集的序言也很有裨益。布伦纳认为,别尔季切夫斯基的创作直抒胸臆。使用大量的象征来表达激情澎湃的主题,没有对客观现实做出错误的粉饰。采用自白的方式,用支离破碎、简要晦涩、印象主义的风格写作,小说不像门德勒和本-锡安(Ben-Zion)的作品那样或者直接表现现实,或者直接对现实作出判断。反之,它努力表达主体,表达作家或者主人公的生存处境。门德勒把整个世界看作是统一的、固定的,并相应地创造了完全公式化的人物类型,别尔季切夫斯基与之相对,认为世界处在不断流动变化的状态中。因此,别尔季切夫斯基避免追寻公式化规则。反之,如布伦纳所见,他形成了自己的语言规则,为自己的艺术需要服务。

然而,尽管他反叛犹太传统,但他在文章和随笔中,如同在小说中一样,深深植根于犹太传统。他探索犹太文化深处,利用犹太神话在可以看见的现实和隐匿着的神秘宇宙之间建造一条渠道。在小说的字里行间中流露出钟情传说和神话的浪漫设想,自始至终试图把神话人物、情势和古老的母题引入犹太惯用法当中。因为别尔季切夫斯基致力于神话和无意识,故而反对门德勒和比阿里克所实践的"模仿"风格。尽管他声明个体的人在希伯来文学中至关重要,但是他也意识到个人受环境和文化遗产束缚,并对这一观念表示赞同。

这样一来,比如,在收入《没有希望》(*Bli tiqvot*, 1899)集的短篇小说《在河那边》中,叙事者-主人公对于本民族未经启蒙的宗教精神境界表现出鄙夷不屑,甚至蔑视,在他看来,宗教精神境界切断了与美和自然世界的联系。然而他对那个社会及其传统却怀有无法言状的令人心碎的情感。确实,他对"爱妻"怀有激情,那激情既发自性欲,又出自感情,这在宗教律法和仪式的语境中似乎是不可能的。然而这激情是存在的,为社会所认可。它所代表的不亚于犹太教内部的情感:

> 星期六晚上,当人们都集中到会堂作晚祷时,每个男人都沉浸在自己的世界里,而两片嘴唇在向安息日的上帝和异教徒的上帝祈祷,我的心不能自已,站在那里不知所措,惊愕不

已。

　　有时,我可怜我的百姓,为他们感到难过,对误导他们的老师感到愤慨,这些老师不懂得黑暗与光明之间的差异。但是为什么以色列的儿孙不把他们的锁链打碎,彻底地打碎。他们为什么不打开窗子?他们为什么禁闭他们?……

　　中午时分,在正午的宁静中,我坐在岳父家里的长沙发上,漂亮女孩,我的爱妻,坐在我身边缝衣服。她看着我,我心神恍惚,离开了她,离开了她父亲的家,离开了她的故乡……但是我喜欢明月,繁星,黑夜,还有夜的忧伤……

　　透过窗子,能够看见邻居家安息日的烛光闪闪。它们让我感动,令人匪夷所思。在这一刻我感到温暖。妻站在我身边,在我耳旁窃窃私语。爱的泪水,欣喜的泪水,盈满了我的双眼。(《没有希望》,30－31页)

充满了游移不定与自我矛盾,个人与他所处的社会之间的斗争首先是一种私人的自我体验。从本质上说,别尔季切夫斯基是一位欧洲作家,渗透着世纪之交德国哲学的知性倾向,用浪漫派的个人主义来影响他的犹太遗产。他这么做时并没有敷衍从事,以便抛弃或诽谤自己的过去。反之,他试图描绘出个人被两种爱撕裂时的剧烈痛苦。

别尔季切夫斯基没有否定上帝,也没有否定犹太人的过去。反之,他反对人世间的宗教和学术领袖所表现的那种坚定不移,这些领袖拒绝接纳适度的自由,于是乎囚禁、亵渎自己的灵魂。小说结尾,不可避免地要歪曲对犹太上帝的爱、恨和祈祷:

　　我憎恨这些人,憎恨他们的人和他们的家,憎恨他们的宗教学校和书籍。我不能宽恕,永远也不会宽恕那些狂热者,他们阻碍着我的道路。到那里去,在黑暗里,居住着一个无辜的灵魂,我的挚爱。我满眼含泪。我望着那些旧房子,里面堆满书籍、信仰和观念，那是我的绊脚石，高耸在我二人面前。

"啊上帝，复仇属于他！啊上帝，复仇属于他！"我扑倒在地上哭泣。(《没有希望》,39页)

尽管在故事结尾，主人公抛弃了他的社区，像英文标题那样"没有希望"，然而，故事本身却把犹太教形象保存在发育不良的当代犹太教背后，具体体现出这样一种思想：启蒙了的犹太教既能够保护过去，又能启蒙现在和未来。

《在河那边》基本上是一幅受苦受难的犹太灵魂画像。在日后的创作中，情节因素增加了，涉及趣闻轶事的描述和自白因素减少了。与此同时，神话因素也开始变得更加突出，背景成为神话和原型的反映。在一部篇幅较长的长篇小说《米利亚姆：一部关于两座小镇生活的长篇小说》(*Miriyam*)，以及三部中篇小说《你该盖所房子》(*Bayit tivneh*)、《街上的人们》(*Garei rehov*)、《隐秘雷中》，他使用史诗因素。这些是他最优秀的作品。这里，他早期创作中的母题和倾向，以及其他别具一格的特点——孤独的个人，对村里的奇闻轶事的描绘，傲慢自大所导致的悲剧结果，在现实场景中注入神话因素——完全得到了实现。

家族谱系的延续性是别尔季切夫斯基小说中反复重现的一个引人注目的特征，在这一谱系中个体命运由群体决定。人类故事并非从个人讲起，而是从其祖先讲起，祖先预先决定着下一代人的命运。《四代人》('*Arba*'*a dorot*)是一部典型的家族谱系小说。在这种情况下，罪恶因果相传，从"祈祷时的暴风"、"似拔树的人"的一家之主纳坦乃塔，传给和"异族人子孙在田野里跑来跑去"的孩子莱尤外勒－马兹克(意思是，"害虫小莱尤文"，见《全集》180页)。故事表明，一个家庭或者群体的命运不容忽视。倘若不在第一代人中显示，就将在最后一代人身上应验。与此相似，在《考莱什之家》(*Beit Koresh*)、《敌意》(*Ha' eivah*)、《街上的人们》、《隐秘雷中》，以及《米里亚姆》的情节中，民族经历了逐步的削弱和衰退。

削弱的并非家族的道德品质，而是其活力。这一退化通常始于不可一世的大家长的倒台（如《隐秘雷中》中的施罗莫），又以其孱弱无能的儿孙们遭受失败而告终。在这种系谱模式中，尤具重要意义的是文本对两性关系所作的解释。家庭与社会恣意把男女配对，形成不般配的一对对伴侣，后患无穷。在多数情况下，一个非凡女子发现自己与一个不般配的丈夫联姻，二人的不相称把他们双双毁灭。

尽管别尔季切夫斯基设法就自己虚构的人物提出心理和形而上的基本问题，但从未完全意识到他们是人物形象。他向我们大量讲述了他们的事情。但是对他们的生活体验所做的描绘，无论是内在的还是外在的，都非常贫乏。而且，通过把迦南和圣经神话插入到故事的社会纪实中，别尔季切夫斯基赋予了笔下人物一种原型特征，把他们改造为人类精神的永恒体现。比如说，父子关系具有一种原始力量（比如，《米里亚姆》中亚伯拉罕和父亲泰拉的关系，或者《隐秘雷中》中大卫和儿子阿多尼嘉的关系）。因此，别尔季切夫斯基的系谱模式倾向于少对家庭历史作现实主义描绘，而是多着眼于对自然生长的（遗传上的）命运，包括他自己的命运作抽象的神话暗示。过去的幽灵生活在现世世界里，强力推动现实世界，并决定着其进程。

与之相似的模式可称之为命运小说。与其他小说一样，《卡洛尼莫斯和纳欧米》（"Klonimus ve Ne'omi"）也以系谱母题作为基础。其艺术氛围颇具浪漫色彩。人物步入了一个奇异的世界，那里能够发生荒诞不经的奇妙事件。的确，两个主人公都正值妙龄。然而，都为令人窒息的精神和生物遗传所左右，逐渐使之失去人性和爱情。表面上看，《卡洛尼莫斯和纳欧米》是一篇社会故事。它表明人的欲望与社会习惯势力之间的冲突（当时是一个司空见惯的主题）。但是故事的神话特征起了决定性作用。在社会势力的背后，感官欲望和从形而上学的角度寻找答案，困扰并毁灭着人类。

别尔季切夫斯基运用两类叙述人:自白型的叙述人和年代史叙述人。前者直接向读者说话,呈现私人回忆,揭示困扰各式人物的人类命运具有无情的力量。支离破碎的文体——多段落和不完整的句式——表达浪漫的少年维特之烦恼——渴望求之不得的爱。与之相反,年代史叙述人的叙述(比如,具有足够长度的长篇小说《米里亚姆》),通过对犹太社区和犹太人生活所做的貌似纪实的描写,在其他方面展示具有真实色彩的想象性描述。很少有作家像别尔季切夫斯基那样,把神话般的想象世界描绘得栩栩如生。后来费尔伯格和布伦纳也采用了自白式的叙述方式,而巴拉什和阿格农却继承了年代史叙述人的技巧。

别尔季切夫斯基的人物极其多样化,但是他对人物的处理手法却参差不一。有时,他看到他们的喜剧方面,也有时只看到悲悯的一面。在描绘性爱关系时,不具有说服力,这方面最为生动地体现出他作为作家的弱点。他的主要人物是生活在西欧大学城的东欧犹太学生,他们的智慧、孤独和笨拙使之貌似无足轻重,滑稽可笑。他们是"没有归属"(hatlushim)的主人公,在20世纪早期的希伯来小说中占据了一席之地。与这些软弱无力的主人公形成二元对立的是别尔季切夫斯基笔下普罗米修斯式的反叛者,他们时不时从犹太村庄,尤其是从村庄里比较享有特权的家庭里崛起,通过举起理想大旗,违抗神的禁令,反叛上帝,品尝性爱禁果。

在这些小说里,尼采的影响显而易见,酷似瓦格纳歌剧和各种各样历史的–英雄的–悲剧的长篇小说中所例示的英雄神话。他们所持的哲学态度是,性欲之罪和违背禁忌乃是在宣称人类的精神自由,这是在反对神谕,以期改造世界。这种思想在长篇小说《隐秘雷中》中表现在对公公施罗莫和儿媳绍沙娜之间的性冲突所做的描写,我们从中得知,"突然整个世界震撼了。两座大山突然分离,又撞击在一起。地球内部的生命发出呼唤。那回声在向惊雷发出挑战,混沌对混沌。自然法则倾覆了,闪电交加划破夜空。星座改换了位置。"

别尔季切夫斯基的继承者,如肖夫曼和格尼辛及其同代人等,采用俄国心理小说家陀思妥耶夫斯基等人的内省表达技巧,从心理刻画角度使其人物性格和主题更加丰满。但是,是别尔季切夫斯基开创了希伯来文学主题和人物的语言心理模式,后代作家对此进行了继承与革新。

摩尔代海·兹埃夫·(E.M.S.)费尔伯格
(Mordechai Zeev [E. M. S.] Feierberg)

别尔季切夫斯基的追随者们,尤其是布伦纳和阿格农所创作的许多小说,致力于别尔季切夫斯基所开创的审美形式。第四位浪漫主义作家费尔伯格的创作也是如此。尽管费尔伯格在观念上反对别尔季切夫斯基(以阿哈德·哈阿姆的名义,阿哈德·哈阿姆曾经冷峻彻底地批评别尔季切夫斯基),在《致别尔季切夫斯基的公开信》(见刊物《阿希亚萨夫布告栏》[*Luah Ahiasaf*], 1900)中当众攻击他,但是在艺术和情感上,他和别尔季切夫斯基比和其他文学同仁接近得多。从别尔季切夫斯基那方面来说,他非常慷慨地赞扬费尔伯格的创作,在他看来,费尔伯格的作品证明人们在想象变革,敏于变革,表达了浪漫主义的"破碎心灵"和厌世情绪。

费尔伯格继弗里希曼、佩雷茨和别尔季切夫斯基之后,出现在希伯来浪漫主义文学日薄西山之际,当时,比阿里克和阿哈德·哈阿姆正为希伯来文坛上的新兴泰斗,费尔伯格在风格和内容上则表现出典型的浪漫主义特征。他的生死经历本身就是一个浪漫故事。他于1874年生在俄国沃里尼亚的希尔斯克的一个村庄,后搬到诺夫哥罗德的沃伦斯科,1899年25岁时在那里死于肺痨。因为费尔伯格接受的主要是希伯来语教育,不同于弗里希曼、佩雷茨和别尔季切夫斯基所受的教育,所以受欧洲文学的影响比较少,他的创作连同创作中许多古老的母题,强烈地表现出植根于犹太传统。

因此，尽管和比阿里克和阿哈德·哈阿姆有所不同，但享受到他们有所保留的支持，二者均对费尔伯格产生了影响。

费尔伯格的作品，包括一些短篇小说和一部长篇小说，在19世纪90年代开始发表在《汽笛》、《哈施洛阿赫》和《阿希亚萨夫布告栏》上。其短篇小说描绘了从传统宗教教育到哈斯卡拉教育的进程，与别尔季切夫斯基一样，费尔伯格对朝觐颇多攻击，而不是把它描写成精神之旅。他也没有从某种外在视角出发，对这一旅程从宗教到世俗的角度作客观描述。反之，他再次与别尔季切夫斯基一样，把这一旅程描绘成个人的内心冲突，这些人忠诚于自己的文化遗产，又向往另一个美好自然的浪漫世界，在二难境地中挣扎。

在一个篇幅短小又感人至深的题为《初生牛犊》（"Ha'egel"）的短篇小说中，费尔伯格表现出这种分裂的自我，着意写一个孩子没有心计、没有理念的稚气，这个孩子躁动不安，像其他受严格《托拉》教育的孩子一样，渴望与"那些悠然自得地转进窗子里的旋转着的日光"一起去到外面的世界（41页）。孩子对自然世界的激动和深情集中在一头新生牛犊上，孩子刚和牛犊交上了朋友，牛犊就要被送去屠宰。通过孩子最为自然、真挚的思想，费尔伯格表现出宗教信仰的永恒悖论。与此同时，他也与别尔季切夫斯基一样，把真正的犹太信仰与带有浪漫色彩的孩童式纯真联系起来，却没有与犹太社区、与社区那具有公共机构特征的固步自封和情感漠视建立关联：

> 我知道小牛犊不会，不能被宰杀，但我的心在身体里跳个不停。我知道上帝会想到什么……天使会来救他……刀子会爆炸，要么就是它的喉咙会变成大理石……想不出别的办法。妈妈坚定不移——但是奇迹就要发生了……小牛犊太可爱了，我向施舍箱下了那么多的保证……我的心跳个不停。我眼睛里都流泪了。我心潮澎湃。我的思想都控制不住了。

太难理解了。就连拉比也搞不懂……不,我不会问他的。他只会像妈妈那样嘲笑我,叫我傻瓜……

他们把小牛犊给宰了。(44页)

费尔伯格的主人公,触发了人们对别尔季切夫斯基自白式风格的强烈联想,他们时不时地表现出一种人格分裂,造成痛苦的原因不是由于感官欲望,而是由于精神混乱——如发表在《哈施洛阿赫》上的中篇小说《去往何方?》(Le'an)。尽管费尔伯格采用的是第三人称的叙事方式,进而在叙述人和作家之间创造了一种距离,然而《去往何方?》显然极具自传色彩,后代作家也这么认为。它也是一部充满悖论的中篇小说。采用了丰富的传统素材,描绘出在寻找真正信仰的过程中对传统的背弃。在这些创作中,一种情感强烈、满怀幻想、而不是充满理性(如阿哈德·哈阿姆的信条)的信条,取代了坚定的宗教信仰。费尔伯格的撼人之处凭依的是把想象中这种充满幻想、栩栩如生、富有象征意蕴的特征传达出来,就像在中篇小说首段,令人想起《约伯记》和《浮士德》。与这一语境有关的是他后来对一个人物纳赫曼的描述,纳赫曼熄灭了"赎罪日"的蜡烛,这一罪责象征着犹太人终与传统彻底决裂。小说开篇那充满激情的幻想,在把主人公逐渐失去信仰描述成"发自尘世的冲突过程"中得以重复,其他许多诗化象征意象出自犹太传统,给主人公的想象赋予了蒙受天启的特征(令人想起《圣约翰的启示录》)。

* * *

四位浪漫主义作家——弗里希曼、佩雷茨、别尔季切夫斯基和费尔伯格——可被视为20世纪希伯来小说创作的先驱者。忽略门德勒在希伯来文学连续性发展进程中的影响是不可能的。然而,正是四位浪漫主义作家奠定了传统与西方文学的关系,变革了希伯来文本形式。没有他们,就没有布伦纳、肖夫曼、格尼辛、巴伦和斯坦伯格。后来的作家,如比斯特里特斯基和弗格尔,继续证明他们的影响力。正是由于这种影响,连同俄国长篇小说和短篇小说的影响,决定了本世纪希伯来小说的发展道路。

4
希伯来文学现实主义
从新道路到地方色彩小说

门德勒创作中的自然主义风貌,正如他在表现(有时讽刺,有时怜悯)质朴人的社会行为时所表达的那样,执意以次要的、文学意义稍逊一筹的运动与浪漫主义运动(弗里希曼、佩雷茨、别尔季切夫斯基以及费尔伯格)分庭抗礼,批评家称之为"新道路"。尽管"新道路"作家实际上代表着哈斯卡拉的最后阶段,但他们与门德勒、弗里希曼和佩雷茨一样,摒弃了其文学代言人的特征。他们在亚伯拉罕·莱夫·本-阿维革多的领导下,受到俄国实证主义者皮萨列夫(Dimitri Ivanovich Pisarev)的影响,俄国实证主义把文学视为历史发展进程中的决定因素,因此提倡文学要在社会斗争中起到适当的作用。

在这种假设的导引下,"新道路"实证主义者力求创作一种教育大众的文学。这一社会文学代言人的角色导致便士文学的问世,用本-阿维革多的话说,它是"给老百姓看的便士文学,是会吸引买主,甚至吸引那些舍不得花钱的希伯来语读者的小册子"(《利亚》,1页)。因此,纵然"新道路"作家本人没有创作出引人注目的文字(literature of note),但他们的确促进了希伯来文学读本的出版,也为给创作希伯来文学作出比较重大贡献的作家群——19世纪七八十年代出生在欧洲的带有区域性地方色彩的现实主义者,做了铺垫。这些人当中包括海姆·纳哈曼·比阿里克、S. 本-锡安、A. A. 卡巴克、Y. D. 伯克维茨,以及阿舍·巴拉什。雅考夫·拉比诺维茨和施罗莫·载迈赫也和地方色彩现实主义者关系相当密切。

这群作家拥有共同的人生经历,它诉说着欧洲犹太人漂泊不定最终定居巴勒斯坦的故事。正如作家的人生目标由共同的社会历史力量所引导,类似的人生体验也在形成着他们的主题、批评视角和小说结构。他们在1881年的集体屠杀和第一次世界大战当中成熟起来。换句话说,他们崛起于东欧犹太人世界走向解体的时期。因此,在这些作家创作中占据主要地位的主题则需反映犹太社会的变革,如宗教和传统犹太教育的衰落;语言使用上的变化;移民与城市化;还有犹太人越来越多地投身于各种社会运动中。

具有地方色彩的现实主义作家,与"新道路"作家一样在形式和内容上表现出自然主义特征,把读者注意力不断吸引到为创作注入伦理意义的社会语境和外在文学语境中。然而,与此同时,他们又需全神贯注于自己的虚构世界。他们直截了当地讲述普普通通的日常生活,试图生动而真实地去描绘自己的世界。他们在表达自我时,酣畅直截,而不是隔着思想的距离。

在这一尝试中,作家不拘一格。他们创造出许多迥然不同的主人公、背景和场景,并在极大程度上一丝不苟准确无误地进行艺术处理。然而,与此同时,地方色彩现实主义作家避免对那个世界进行全然具体的艺术表达,或者是精确的细节模仿。在风格上,他们忠诚于公式化表述(确实,比阿里克在这方面做得十分完美)。他们并未试图通过表现普通平民的说话方式来创造现实假象。反之,通过抵制对非凡人物或英雄人物做具有英雄传奇色彩的叙述,他们描绘从事普通人生涯的普通人。他们通过强调社会语境重于私人动机,也倾向于创造心理并不复杂的主人公;而且,他们要写出这些人的社会语境。第一代现实主义者真诚期望迎接门德勒所确立的现实主义小说的挑战;然而,他们精心制造的变化至多是表面现象。尽管这一作家群作为一种变革现象具有某种重要性,但他们并非门德勒文学现实主义的主要继承人。

H．N．比阿里克，讲故事者

身为《哈施洛阿赫》编辑，海姆·纳哈姆·布伦纳对同代人产生了巨大影响，身为论说文作家、诗人、小说家，布伦纳有些像文学品味的仲裁者，大家均追求他所认可的东西。尽管许多当代批评家喜欢他的诗歌甚于喜欢他的小说，认为他的散文纯粹是对门德勒的模仿，但比阿里克的象征现实主义洋溢着人性和艺术活力。与门德勒不同，比阿里克创造出一种拥有广泛依据的互文性暗示，其创作表面看来是现实主义的，但实际上含有丰富的比喻意象。的确，比阿里克的强点多体现在把真实与象征融为一体上。比如，短篇小说《从隔离墙的背后》（"Me' ahorei hagader"）表面上描写的是一个犹太小伙子和非犹太姑娘之间的情爱关系。然而，小说在丝毫没有损坏其现实感的情况下，运用伊甸园、智慧树等意象创造出了一个与之平行的象征层面作为参照。与之相似，在短篇小说《重生》中，通过把叙述嵌入成年主人公与过去那复杂而久远的关系，比阿里克把有可能成为另一个描写犹太家庭和犹太宗教小学的陈腐短篇，变成具有强烈象征色彩的叙述，反映成年人的心理焦虑，以及这种焦虑和童年体验的关系。《重生》与他的许多短篇小说一样，以三部曲形式发表（载《哈施洛阿赫》，1908/1909；1919年的《烽火台》[Masu'ot]；以及1923年的《世界》[Ha'olam]），与比阿里克诗歌和文章中的许多描写相似。然而在他诗歌中占主导地位的经常是死亡和孤独，其故事充满活力。在诗歌中遭到压抑者（如《沙漠中的死者》["Metei midbar"]），在小说中得以实现。

比阿里克本人通过艺术与语境的关系来界定他的艺术，而其语言则显示出他作为表现主义艺术家所拥有的全部影响力。比阿里克比同代人更为娴熟地把犹太传统和欧洲文化结合起来，把希伯来文学中的二元辩证推向一个极致。尽管其创作的最高成就不是小说,然而他的小说创作比同龄人略胜一筹。直到阿格农,希伯来文学才重现这样的辉煌与力度。

S. 本–锡安和 A. A. 卡巴克

比同代人更喜爱表达普普通通日常生活的作家是 S. 本–锡安。当他生活在敖德萨希伯来语环境、数年在一个现代犹太小学里教书时,其创作达到了顶峰,1905 年他移居巴勒斯坦。S. 本–锡安是一位过渡时期的人物。他承袭的是门德勒、耶胡达·斯坦伯格,以及地方色彩区域小说的传统。他也是"无归属"作家的同代人,我们一会儿将对这些作家进行讨论。其小说主要目的是描绘犹太社会的现实生活,包括其坚实的传统基础以及在当代的衰落。小说的社会背景,换句话说,不仅仅是小说场景,还是小说的中心主题。其全部作品既包括类似哈斯卡拉时期创作的短篇小说,描写犹太民族的集体世界及其具有代表性的人;又包括那些现代文学作品,表现个体人的异化、错位与孤独。这些短篇小说在结构和风格上与门德勒的作品相似。S. 本–锡安的主要文学贡献是篇幅不长的教育小说《破碎的心灵》(*Nefesh retsutsah*)。这是一部抗议小说,写一个人背弃毁灭自己童年的社区,描绘了传统犹太教育的毁灭力量。

A. A. 卡巴克是跻身于区域现实主义作家群中的立陶宛作家。在俄罗斯、欧洲和土耳其漂泊多年,后在 1921 年定居巴勒斯坦。他的长篇小说取材广泛,记录犹太社会生活,借此勾勒出波澜壮阔的史诗画面,涵盖宽广的地理范围。他写三部曲和四部曲。也创作了几部短篇小说集、文学批评论集,并翻译欧洲文学作品。他把自己描绘成法国现实主义文学(如福楼拜、莫泊桑、法朗士等)的崇拜者,并对非现实主义者大兴讨伐之功。

卡巴克重视描绘社会现实,甚于重视作品的审美与情感特征。

他建构了社会模式,旨在犹太复国主义历史方面启迪其百姓。他特有的主人公是无归属的幻想家,这些人在理想破灭后,前去寻找弥赛亚救赎。这些男性主人公拥有相应的女子,她们是历史事件或是恋人的社会错觉的牺牲品。在文体上,他没有采取门德勒、本-锡安或者比阿里克那种对称而错落有致的形式。反之,文体上的不完整与过度洋溢的激情使之更接近费尔伯格的作品。

如法国现实主义创作那样,卡巴克的人物注定代表着时代精神。因此,他不太关注犹太传统,而是更多地去表现现存社会世界。他在某种程度上堪称哈斯卡拉社会小说的后期代表人物,不过他的社会小说更为精致,更有深度,例如,最后一个三部曲《一个家族的传说》(*Toldot mishpaha'ahat*)或许是他在社会现实主义模式方面所做的最为刻意的尝试。《一个家族的传说》是一部视野宽广的历史小说,故事发生在19世纪末期的几个不同的城市:《空旷的空间》(*Bahalal harek*, 1943)中的明斯克和科夫诺、《绞刑架下的阴影》(*Betsel 'eitz hatliyah*, 1944)中的华沙和科夫诺,以及三部曲的最后一部《无英雄的故事》(*Sipur bli giborim*, 1945)中的敖德萨。三部曲各卷是通过几个家族中错综复杂的人物关系联接在一起的,两个主要人物约塞尔·亚诺瓦和海姆·拉封纳在由理念操纵的戏剧化行动中占据着中心位置。三部曲意在把中心人物带到以色列。为实现那一目的,它使用纪实性材料,尽量做到准确无误,真实可信。卡巴克甚至打算把故事进一步继续下去,创作一部规模宏大的犹太复国主义史诗,但他壮志未酬,身先逝去。

然而,证明其创作受到法国历史传奇(historical romance)影响的最重要的一部长篇小说是《窄路:拿撒勒人》(*Bamish'ol hatsar*, 1937)。在这部长篇小说中,卡巴克描绘了一个幻想家耶稣,耶稣试图通过忍耐和背弃他那个时代的民族运动(即反对罗马统治的激进分子、法利赛人、撒都该人),来拯救世界。本书甚至在民族建立的生死攸关之际,也强调人类救赎。按照卡巴克的观点,耶稣主要受到其个人野心的驱使去行动。是其门徒把他变成了一则神话。耶稣的反对者加略人犹大也是幻想家,决意牺牲自己打破装裹耶稣的神话。犹大怀疑究竟有没有救赎。因此,卡巴克暗示出,犹大甚至比耶稣更加痛苦。耶稣和犹大作为历史人物着墨不多,主要被刻画成两种敌对倾向与愿望的化身,如同光明之神与黑暗之神。

大体上看,卡巴克对个体人的生存和斗争不是特别感兴趣,他更关注主人公所活动的社会语境。本土作家扎黑、巴-约塞夫乃至沙米尔的作品与卡巴克的社会小说基本上一脉相承,乍看之下可能不是这样,但委实非常接近。20世纪60年代,伊戈尔·莫辛松(Yigal Mossinsohn)在长篇小说《犹大》中再次使用耶稣和犹大主题,再一次把他们置于民族主义问题的语境中。

Y.D.伯克维茨

伊扎克·多夫·伯克维茨的创作表明了区域现实主义所能够实现的复杂性和独创性。伯克维茨受到俄国现实主义作家契诃夫的强烈影响,其情节与人物只是在模仿那个比他名气更大的相像者,比阿里克认为伯克维茨在新一代作家中最富有才华。而伯克维茨把比阿里克当成精神之父,他和比阿里克一样,描绘了当代人的孤独凄凉和没有归属感。尽管从文体上说,伯克维茨更接近于公式化表述,但在主题和根据主题所采用的结构和人物塑造上,他更像布伦纳、格尼辛和肖夫曼,而不像门德勒和比阿里克。他既用希伯来语写作,又用意第绪语写作,但他最杰出的成就是用希伯来语创作的短篇小说,这些短篇小说自1910年开始结集出版。

伯克维茨在欧洲漂泊数年,1914年随岳父沙莱姆·阿莱海姆去了美国,在那里待到1928年。而后移居巴勒斯坦,一直住在那里,直至1967年去世。他最多产的岁月是在东欧期间,从1903年在《观察》(*Hatsofesh*)发表第一个短篇小说《赎罪日前夜》("Be 'erev Yom Kipur")开始,到 1914 年离开东欧之际结束。他的短篇小说,大多创作于 1903 年和 1906 年之间,基本上围绕单一人物进行布局,情节紧凑,时空范围狭小。典型故事是,开头写主人公生活在颇为正常的日常生活环境中,而后陷入危机或者冲突中,抵达毫不宽容的可怜境地。比如短篇小说《弃绝》("Karet"),写的是一个老妇人从东欧移居到美国,和她前程远大已经被同化了的儿子及其家人住在一起。即使他们尽力让她适应,包括加进一些设施,以便她能为自己准备合乎犹太人宗教礼仪的食品,但她在新世界里待得很不舒服,也不安宁。小说这样结尾:"他的老母亲坐在书箱子上,比平时显得更加矮小,背更驼了,紧紧抱着她不住晃荡的脑袋,低声啜泣,失去了希望与舒适,像一个弃儿,为上帝和人所弃。"(《弃绝》,202 页)

在另一个短篇小说《无归属》("Talush")中,一个贫苦农民的儿子在职场上获得成功,提高了自己的社会地位,他像《弃绝》中的老太太一样,游离于同胞圈子之外。温尼克博士不能适应他现在置身其中的富足阶层。然而同样也和自己卑微的背景割断了联系。哥哥生病和去世时与家人的相逢凸现了他的双重孤独。《无归属》采用的是契诃夫小说的叙述方式,刻画出日益严重的孤独感,这种孤独感最终把个人弃置在孤寂无助的生活境地中,没有复苏与恢复的可能性。对伯克维茨来说,老人遭受不幸打击、孩子和个人忍受伦理或社会等自然环境造成的痛苦、在陌生的环境里漂泊,凡此种种孤独,与个人性情关系不大,而更多的是由社会环境:阶级差异、贫困、家庭离异、代际冲突、迁徙、移动、移民所致。

伯克维茨创作了两部长篇小说,但是他为突破短篇形式的局限而做的尝试并不很成功。就连在回忆录里,他也只描写了他的童年,他所认识的作家(包括岳父阿莱海姆),以及 20 世纪 20 年代末到 30 年代初他在巴勒斯坦的早期岁月,为平凡体验充当插图画家。作为短篇小说作家,他在日后的希伯来作家中没有真正的继承人,不过他的小说确实对第三次阿里亚时期的几位作家乃至后来几位作家产生了影响。

阿舍·巴拉什

阿舍·巴拉什的创作表现出受德国和斯堪的纳维亚印象主义和新浪漫派作家的影响，如施蒂夫特（Adalbert Stifter）、克努特·汉姆生以及邦生（Bjornsterne Bjornson），也受到希伯来现实主义作家本身的影响。巴拉什试图对日常生活进行挽歌式的描述。他在文体上承袭的是门德勒，但又与门德勒不同，他没有做带有讽刺色彩的歪曲。其主要内容是按照本来面目去揭示社会危机和动荡。

巴拉什 1889 年生于布罗迪附近的洛帕汀，在利沃夫度过一段时光，1914 年第一次世界大战爆发之前移居巴勒斯坦。成为希伯来文学事业在巴勒斯坦的奠基人之一。与雅考夫·拉宾诺维茨一起，他们创办了文学期刊《回声》杂志，为 20 世纪 20 年代的希伯来文学提供了一个平台。与比较浪漫的别尔季切夫斯基一样，巴拉什也试图表现隐藏着的冲动和激情。在他的一些短篇小说里，颇为明显的是在中篇小说《鲁道菲尔事件》（*Pirkei Rudorfer*，1928）、《啤酒坊图景》（*Tmunot mibeit mivashal basheikhar*）中，原始的本能冲动与较有节制的理性和社会力量之间发生冲突。巴拉什的创作通常以乡村社会为背景，和"大地母亲"关系密切，表现激情澎湃的主人公，这些人并非粗俗和原始，即使没有受过教育，却颇为高尚；怀着内在的高贵品德和尊严来面对生活中的危机。巴拉什的人物悲剧由外部世界的压力所致，包括他们居住在加利西亚村庄时遭逢的经济和社会危机，以及犹太人和非犹太人所经历的变化、动荡和苦难。小说感染力多来自其松散的结构方式。在不可忽略的轻描淡写中，潜藏着道德和社会寓意，焦点在不同人物之间和一个个次要情节之间不断转换。

在他最为重要的中篇小说《啤酒坊图景》（整篇作品于 1929

年问世）中，巴拉什精湛地使文体中的史诗性因素、不完整片段以及戏剧性因素等达到一种平衡。小说对一家商号的发迹史进行追踪，商号从阿伯达姆家族手上传给新的租赁人。阿伯达姆把经营商号当成一种道义上的责任，试图把利润用于虔敬事业。新租赁人是新型的资产阶级。他们缺乏道德约束，利用波兰地主经济拮据这件事情把阿伯达姆家族驱逐出去。阿伯达姆一家所遭受的危机乃犹太社会里宗教学者的身份发生激变的缩影，即身为有识之人，他们不需要从事其他商业性的生产活动便可以生存，而且在社区中备受尊重，而今这一特权已经失去。

在很大程度上，小说所描绘的世界由制约着人物命运的外部社会和经济力量所决定。然而并非完全从外部描写其瓦解过程。潜藏在这个世界表面下的是另外的神秘力量，通过诸多不祥之梦来加以暗示。梦醒之后也会发生灾祸。与之相反，悲剧悬念仍在。中心情节通过貌似分离的事件得以推进，事件之间的内在联系只有在次要情节和中心主题的关系慢慢变成焦点时才逐渐显露出来。在具有摧毁性的势力面前，这一社会做出了相当无效的尝试，要缩回到想象中的田园牧歌体验中。在《啤酒坊图景》中，巴拉什赋予古老的希伯来文学母题一种新型的独创形式，因此，即使他不是新文学纪元里切切实实的先驱者，也不单纯是前辈传统的追随者。

* * *

地方色彩现实主义尚未退出舞台之际，另一个更加严格的现实主义学派粉墨登场，这两种文学派别相互并存并相互影响。第二个派别，即心理现实主义作家由布伦纳挂帅，也和另一种当代运动互相影响，即从事布伦纳所谓阿里茨以色列类型创作的作家："类型家"，他们同文学现实主义传统有着自己的关联。的确，这些定居小说（settlement novels），自第二次阿里亚时期开始出现，在以色列建国后继续是一道文学风景线，完全取代了表现东欧犹太村庄和大流散体验的小说，成为区域现实主义的主要载体。尽管其文学质量算不上上乘，但是定居小说，正如我们将要看到的那样，为希伯来小说中的现实主义发展作出了重要贡献。地方现实主义传统始于东欧犹太村庄，后在阿里茨以色列的农场和定居点脱胎为类型小说，在回到地方现实主义传统之前，我先讨论非类型作家，他们也作为一个流派同时出现在文坛。这就是心理现实主义作家布伦纳、诺姆伯格、格尼辛、肖夫曼、斯坦伯格和巴伦。

5
心理现实主义和幻灭诗学
底层文学

与同龄人不同,区域现实主义者——布伦纳、诺姆伯格、格尼辛、肖夫曼、雅考夫·斯坦伯格和黛沃拉·巴伦——没有追随门德勒社会现实主义的脚步。他们的主要代言人和代表人物布伦纳这样来假定他们的团体:"当我转向文学中的文化残片,我看到绝望之杯已经盈满,少数人对它的歌唱七零八落……因为绝望也是一种人生价值,需要诗人"(《作品集》,第二卷,215 – 216 页;最初发表在 1906 年《觉醒者》[Hame 'orer]杂志上)。绝望是布伦纳小说乃至随笔创作中的一个显著特色。《心神不宁》(' Atsabim , 1911) 中的主人公采用下述方式描绘他移居到巴勒斯坦,没有嘲讽(这样告诉我们),"带有某种特别的诚挚":

> 我们生活在自我强加的贫困中。一个不过存在了二十五年的小村庄……是谁住在里面?……令人伤心的……是我们的树高线看到或应该说预见到周围有些什么。比如说它们可以忘掉大城市。比如说它们连自己也看不到,不必把自己比作我们可怜的犹太村庄。它们不禁留意周围环境。跟你说,我的心倾注在它们身上……我的心倾注在任何未来得及生根便长出枝杈的东西上。(32 – 33 页)

类似这样的主人公,或类似诺姆伯格《夫利戈尔曼人生片段》("Kta 'im mehayei Fliegelman") 中的人物夫利戈尔曼,典型地具备了心理现实主义作家笔下的人物特征。《夫利戈尔曼人生片段》是一篇希伯来语小说，1903年发表在《时代》（Hazman）杂志上，1905年又发表在《文学》（Sifrut）杂志上，后在1905年又翻译成意第绪语。与《夫利戈尔曼》中不合时宜的启蒙者一样，他们逃避参与社会政治活动的真实世界，陷于沉闷无趣的玄学冥想中。主人公的内心世界与脱离社会主要采用短篇小说和速写等形式来进行表达。肖夫曼、巴伦和诺姆伯格除此之外什么也没写，不过布伦纳和格尼辛也尝试创作短长篇小说和中篇小说。几乎所有的作品都是自白性的：是灵魂剖析，而不是具有外在社会关联的叙述。

人物所表现的无助、性无能和情感压抑不仅反映出他们在一个虚构世界里没有生存归属和社会归属，也反映出作家的状况。人物漫无目的，没有归属，心存不满，折射出作家极端的精神焦虑，对希伯来文化与文学坚决不抱幻想，这一切困扰着布伦纳和其他人，也在同代人当中引起激烈的反驳，如尼戈尔：

> 他们从哲学家角度谈论自己，他们是自己宗教法庭的审判官。他们切入活生生的肉体，拆解灵魂，就像解剖自杀身亡的人那样剖析自己的灵魂。他们手里总是备好一把冰冷的钢制手术刀，平稳地悬在头顶，像复仇者把剑架在他们的脖子上。（《关于意第绪语作家》，第91页）

绝望感渗入到作家的意识中，他们甚至把新兴的希伯来文学视作衰落与解体的证明，为回应这种普遍的绝望感，另一个批评家巴阿尔·玛赫沙沃特（Baal Mahshavot，埃利阿什夫），用从俄国文学中借用来的术语"从地窖底下"——底层来描绘他们。

心理现实主义实践者与具有地方色彩的现实主义作家（比阿里克、卡巴克、伯克维茨和巴拉什）也在整个欧洲犹太人漂泊不定，聚集在各种各样犹太文化活动的中心（如波奇普，豪迈尔，利沃夫、华沙、伦敦；尽管都很重要，但毕竟不是敖德萨）。最后他们在巴勒斯坦定居,同雅法和耶路撒冷的文学圈建立联系。他们的期刊反映出其人生经历的流动性。《觉醒者》、《雨滴》、《落叶》(*Shalekhet*)、《雨燕》(*Snunit*)、《实验》(*Nisyonot*)、《边界》(*Gvulot*)、《青年工作者》(*Hapo'el Hatza'ir*)以及《大地》(*Ha'adamah*)等刊物陪伴他们踏上旅程,成为他们共同的平台。作为一个团体,作家们互相编辑并评论彼此的创作,在遇到麻烦之际互相支持、互相帮助,哀叹他们这个集体被剥夺了双重权利:缺乏读者,缺乏写作的文化空间。

在撰写希伯来文小说的过程中,他们吸收了多种多样的文学影响:俄国作家契诃夫和陀思妥耶夫斯基(布伦纳翻译的希伯来文版《罪与罚》于1924年在华沙出版);斯堪的纳维亚作家,雅各布森和汉姆生;德-奥新浪漫派作家亚瑟·施尼茨勒(Arthur Schnitzler)和彼得·艾滕伯格(Peter Altenberg);德国作家:自然主义者格哈德·豪普特曼(Gerhard Hauptmann)和哲学家尼采;比利时象征主义作家梅特林克。尤为重要的是,他们把浪漫主义与现实主义前辈具有分歧的文学倾向兼容并蓄。别尔季切夫斯基是他们所尊崇的导师,在形式和风格上对他进行效仿。他们避开公式化表述,打破程式化的惯用法、约定俗成的俗语(布伦纳、拉宾诺维茨)和不平衡的句法(斯坦伯格、布伦纳、格尼辛、诺姆伯格)。比这些共性更为重要的是,风格和表达的多样性把他们联系在一起,在希伯来文学传统中引进了强大的新型模式。

Y.H.布伦纳

约瑟夫·哈伊姆·布伦纳堪称他那个时代最为重要的作家,他在创作、编辑、文学批评、翻译等领域均一马当先,更重要的是他具有独特的文人品格。他在同代人中的作用,与门德勒和比阿里克在同代人中所起的作用一样。的确,可以这样说,他的人格影响比其文学成就的影响要大。其同代人视之为上帝的尘世仆人,一个肩负犹太人文主义重担的烈士。对他人格的钦佩有时会淹没他的文人价值。

布伦纳在欧洲和阿里茨以色列编辑了一些重要的文学期刊。独自编辑《觉醒者》和《雨滴》。与人一起合编《大地》、《青年工作者》,以及其他几种出版物,其撰稿人乃为希伯来和以色列文学的奠基人。布伦纳阐明了一种新文学原则,呼唤进行具体的社会参与,对抽象理念深恶痛绝,要求采用单纯的表达方式,摒弃所有出于艺术审美需要所做的点缀和藻饰。

布伦纳对犹太人的过去鄙夷不屑,认为它与时下文化工作不合拍。他说,犹太人在大流散中的生存,只是一种寄生现象。只有通过体力劳动才能挽救犹太社会。在这方面,布伦纳倾向于或可称之为"犹太反犹主义"(Jewish anti-Semitism),就像耶海兹凯尔·考夫曼所恰如其分指出的那样(《流亡》[Goleh],405－417)。这些信仰也为其文学批评注入了活力。在布伦纳看来,统领社会及其文学者并非犹太教,而是主题,正如布伦纳在 1912 年《时代回声》(Heid hazman)上发表的一篇论说文中所言:"我们犹太人要做什么?我们应该怎么生活?我们如何在任何意义上不再寄生或不再过寄生生活?我们如何赢得过像样日子的条件?我们如何不再做隔都里的孩子?"

布伦纳提倡一种真实文学,它并非要置换现实生活,而是要按照生活的本来面目反映生活。尽管布伦纳反对公式化表述这一审美倾向,但是从讽刺性因素和趋于歪曲的倾向上看,布伦纳的创作显然受到门德勒的影响。在遭受绝望无助的苦难上,他的人物和社区——如《在冬季》(Bahoref)和《原点周围》(Misaviv lanequdah)中的父亲们;《界外》(Me'ever ligvulin)中的英国犹太人;《生死两茫茫》(Shkhol vekishalon)中的耶路撒冷人——与别尔季切夫斯基和费尔伯格异曲同工;人物关系中的施虐受虐倾向,以及文本中表现出来的超感觉和感官因素之间的冲突,会令人联想起陀思妥耶夫斯基。一段时间过后,这些影响不再适合于他,他开始对前辈进行某种创造性的背叛,创造出明显具有独创性的文学小说。

他遵守自己提出的批评准则,强调作家必须反映周围社会环境,并把个人经历当作素材。布伦纳的许多创作以自己的生活轨迹为依据。他在乌克兰故乡小镇度过了人之初的岁月,后在波奇普的经学院读书(yeshivah),继之搬到豪迈尔,在那里参加同盟会。他的第一个短篇小说《一片面包》("Pat lehem")发表于1900年的《倡导》杂志上。1900年他在比亚利斯托克和华沙度过,1901年被俄国军队招募入伍,一直服役到1904年日俄战争爆发,他从部队溜号,在友人协助之下来到伦敦。1908年,他搬到洛沃夫,第二年移居巴勒斯坦。在阿里茨以色列继续一如既往,积极投身文学活动,1921年在雅法被阿拉伯人杀害。

他的生平经历直接渗透到其创作中。比如说,《水水相连》(*Bein mayim lemayim*, 1910)和《从这儿到那儿》(*Mikan umikan*, 1911)描绘了第一次世界大战之前巴勒斯坦的生活。《从这儿到那儿》中的叙述主人公,是小说类期刊《耕耘》的编辑之一,与布伦纳本人那时编辑的《青年劳动者》惊人地相似。他后来创作的《生死两茫茫》(1920)、《出路》(*Hamotsa*)以及《起初》(*Mehathalah*),密切追踪自己的生涯,尤其是他身为农业劳动者和高中教师时的经历。

布伦纳通过把创作与自身生活结合起来,试图创造出一种小说类文体模式(fictional mode),这种模式基本上不依赖于想象,而是反映平凡世界。但是批评家们对这种策略予以攻击,指责他一味创作真人真事小说,其中人物均为乔装改扮了的当代历史人物。诋毁布伦纳创作方法的这些评论家其实没有领会他的美学追求底蕴,尤其没有领会用他的审美信仰创造一种相应文学手法的难度。阿格农等人高度风格化的创作,创造了一种似曾相识的世界,把读者带入一种虚幻的生存状态中,借助它与现实世界的偏离而产生说服力。布伦纳所倡导的一成不变的真实,试图让艺术更加贴近生活,要求作家不露任何雕琢巧计与风格藻饰之痕,劝导读者,使读者着迷。这并不是说,雕琢巧计和风格藻饰在布伦纳的创作中并不存在。布伦纳试图创造非虚构的虚构作品(小说),要求调动一切虚构作品的手段来达到逼真,他在对上乘艺术传统的颠覆中使用了大量的修辞技巧。但是,布伦纳美学思想中的反艺术意图则要求在控制和使用艺术传统方面具有极巧妙和高超的技艺。在技巧上布伦纳相当于发起了一种新艺术形式,由于他的许多评论家在这方面做出了误导性反馈,这种新形式极难分离出来,并加以界定。

以中篇小说《心神不宁》为例。此乃叙述中之叙述,主要故事讲的是叙述人的"伙伴——一个相貌平平三十岁左右的男人,肩膀斜得厉害,面貌粗糙,一脸粉刺,因为身体有病,在酷热胜过盛夏的整个 9 月,他没有去干活"(31 页)。这个伙伴的故事把布伦纳的著名声明尽善尽美地具体体现出来:"可能,相当可能的是这里不可能居住,但是我们必须留在这里……别无他处"(《从这儿到那儿》,1955)。它也提供了形成布伦纳绝望诗学的理由,主人公(伙伴)开始讲述自己的经历之前,就已经对此进行了介绍:

> 这里比任何地方都强(你觉得我们在回来的路上可以在那座小山上休息一会儿吗?)……在我们留下遗迹,我们的人民留下遗迹的所有地方,这里的遗迹最为明显……我在这里度过了我一生中最好的时光……倘若他们没有喋喋不休大谈回到我们先祖的可爱土地上就好了!相信这就是新来者为何沮丧的原因……就像从梦中醒来一样。(《心神不宁》,33 页)

从应许之地的梦幻中猛醒之前(然而那包括了他人生中最好的一段岁月)是人类贫困和痛苦的梦魇:贫穷、饥馑、疾病以及死亡。主人公受到自己踏上阿里茨以色列征程这一理想的支配,既体验到自己肉体和精神上的强烈苦痛,也体验到其他犹太难民无处可去的苦痛。他不仅记录下犹太人从反犹主义那里所遭受的凌辱,也记录下犹太人从那些受益于同胞苦难的肆无忌惮的犹太人那里所遭受的凌辱。本是一部移民小说,却变成对令人费解的充满善与恶的世界所发出的愤怒呐喊:

> 叙述人急忙声称,这并非仅仅和我有关,或者仅仅影响到我的善与恶,或者是影响到一个拖着五个孩子、象征着犹太人无家可归和不幸的女人的善与恶……我的意思是……善与恶,以及它们所包含的所有意义,内在含义……善与恶作为两个截然不同的世界,两种本质……中间隔着无尽的深渊。我主善良,它是那样的无限。人类生活多么悲惨,艰难,活着有多么艰难!(《心神不宁》,49 页)

在这种二元论者世界中,布伦纳描绘出,甚至连民族救赎的解决方式和承诺也远远不够。

当然,主人公由于生病可能精神错乱,产生幻觉。这样一来,故事最终重新由叙述人讲述,随之便是苦恼、但或许也令人欣慰地重新开始日常生活:"肯定是得了疟疾,"小店主人说,"想一想他这样的人竟然要做拓荒者。"

> 店主之妻把晚饭端上来,话题从疟疾转向其他流行疾病。几个邻居插进来聊天,把话题转到开心店铺和银行卡上……店主的女儿,即将读完地方学校最后的一级课程,远远坐在桌子的一角,就着油布学习法文。他们谈话,呵欠一个接一个,喝咖啡,吃腌鲱鱼,一如既往。(《心神不宁》,58 页)

这究竟是在证明主人公绝望的心境,还是按照主人公自己对日常生活的理解来意指新民族可以自然存活,则需要读者去定夺了。

如上述短篇小说所示,布伦纳典型地把他的叙述人限定在一个令人信服的狭窄视野中,就像真正的见证人。他在带有自传色彩的文字和忏悔性独白中,均使用这一策略。这一技巧,再次如上述短篇小说所示,伴随刻意模糊的故事结构:重复,时间差,经常从一个故事跨越到另一个故事,甚至从一个事件跨越到另一个事件,个人启示,借此,作家－叙述人把叙述中断,突然插入个人批评(在上述例子中,叙述人和主人公都同意,任何事情都是犹太人"心神不宁"的结果)。布伦纳把他自己进行文学创作中的布局谋篇称作"灵魂运动",强调情节并非依赖其本身的戏剧化色彩,也不在于破解神秘感或复杂性。相反,他的故事主要描述人物的漂泊不定,这些人物相信,通过换地方可以改变命运,但只能发现事情并非如此。在典型的布伦纳式结局里,主人公并未被从内在的尴尬境地中解救出来。

　　布伦纳创作的许多漂泊不定的人物令人回忆起别尔季切夫斯基笔下的人物,他们是心怀不满、与人疏离的个人,受过教育之后,离开俄国的犹太人居民点,或者搬到大城市,或者移居到巴勒斯坦。他们渴望感官体验,意识形态答案,以及社会认知。他们的欲望不可避免地遭到挫败。在展现主人公－叙述人的过程中,有许多自我嘲讽的意味,布伦纳将他们称作可怜虫。然而,他对这些反英雄,比对其他虚构类型中的浪漫英雄人物更加偏爱,反英雄们的幻灭与自杀倾向令布伦纳备受煎熬。布伦纳与任何特殊的社会意识形态无关,甚至不为犹太复国主义歌功颂德,只相信个人真理。他对约伯式的人物珍爱备至,这些人情愿忍受生活中的磨难,把诸多丑陋的苦境当做让人留连之地;他也珍视在人生的荣辱浮沉中俯身屈就芦苇似的人物(如《生死两茫茫》中的人物)。尽管多数人物没有达到目的,但他们的奋斗化为自己的生存价值。对现存的道德人生的这种支持在他反映大流散生活的许多作品如《在冬季》和《一年》(*Shanah' ahat*)中,以及以色列小说《从这儿到那儿》和《生死两茫茫》中,均清晰可见。

　　《生死两茫茫》是布伦纳最为重要的长篇小说。主人公耶海兹凯尔·海费茨是布伦纳的一个经典主人公:一个患有精神疾病的人,试图成为哈鲁茨(拓荒者),但是巴勒斯坦经历加重了其孤僻绝望的性格倾向。几乎从小说一开始,海费茨无论在生理上还是心理上均患有痼疾(比如说,他的"疝气",具有双重象征),他逃避在巴勒斯坦的土地上进行劳作,住到耶路撒冷正统派犹太教徒亲戚家里,在精神病院也住了数月,在那里体验到神秘的性妄想。最后,他钟情于漂亮的堂妹米里亚姆,但只能从他清心寡欲的姐妹埃斯特那里得到回报。与布伦纳的其他主人公一样,海费茨发现,自己活到了一种令人苦恼的绝境。确确实实,耶路撒冷、雅法和太巴列的世界在小说中被描绘成充满理想与宗教动机的移民,离开了所熟悉的生活环境,在社区找不到中意甚至适当的环境,一切都令他们感到失望,感到受挫。小说接近尾声之际对主人公作了如下描绘:

> 在自己遭受失败这件事情上,他不再抱有任何幻想。全失败了。一个被击败的男人。不仅是由不可避免、终将降临的死亡所击败,而且也由其他,他潜在的生命所制约,这生命从来不会进行自我表达,但存在于他的体内。他从来没有完完整整活着的感觉。某些本质的东西正在缺乏,有些事情总做不好。呜呼,哀哉!而且,要安慰他,让他想到自己还有一些有用的品质也是没有用途的。不,他永远也成不了"至尊上帝的仆人",从来也体验不到上升到这样至高无上顶峰的召唤。并非为了他而令人尊敬地去照料赤贫的父亲……战士……没有防御能力的囚犯……身体虚弱可怜的单身汉……母亲……一个并非最为优秀的男人,在光明与黑暗之间徘徊不定……这样的人最好不说勇敢的言论,最好不唱任何赞美诗……然而他人生中不是有许多闪光的时刻吗?或许那些闪光时刻并非真实而有形,捕捉不到,也不可能用语言来表达。找不到令人满意的表达方式。然而它们的确存在过:伴随着

光明、温暖与阳光倾泻而下！(《生死两茫茫》,297－298页)

《生死两茫茫》具体体现出布伦纳许多复杂的文学概念和社会寓意。布伦纳在小说前言的开头写道：作家发现了主人公的"笔记"，他把这些笔记汇总起来，对耶海兹凯尔的生平做文学化的证明；他呈现给读者一部准－自传叙述，讲述一个部分是移民、部分是拓荒者约伯的故事，尽管"无他处可去"，他在巴勒斯坦的生活仍以失落和丧友而告结束。

与主题结构一样，布伦纳的语言也经过了精心设计，从主题和语言对新的语言环境进行呼应，如《心神不宁》中的片段：

一个没戴帽子的十几岁女孩从移民区住宅中走出来，穿过狭窄的街道，低声哼唱一支流行的阿拉伯小调，歌词是欧洲一位诗人写的希伯来"民歌"……透过夜空，对面院子里传来叫喊声，阿拉伯语中夹杂着意第绪语，声音分不出男女。(52页)

布伦纳偏爱灵活多变的"天然"措辞方式，为此他实质上创造了一种口语体，其间穿插着英语、意第绪语、阿拉伯语和俄语词汇。他把外国俗语引入希伯来语言，并使用标准希伯来语之外的词汇和短语。与此同时，他活用语法和句法的形式和规则。与试图用希伯来词语来代替意第绪词语的门德勒相反，布伦纳（如上例所示）倾向于把意第绪语直接誊写到文本中。这不仅为语言引进了新的形式，而且，像阿拉姆语的用途一样，它有助于减少过多的情感宣泄，并通过破坏语言的同质性，来产生反讽效果。

布伦纳的传承者，第三次阿利亚作家，多多少少追随他的脚步，像海姆·哈扎兹这样的作家，甚至在从文体角度向公式化表述回归的过程中采用布伦纳的批评准则。另一方面，多尔巴阿里茨（*Dor Ba'aretz*，本土一代），即出生在阿里茨以色列的本土作家，发明了他们自己的布伦纳,他们以布伦纳的名义投身于社会问题和批评中(如 S. 伊兹哈尔),关心"丑陋的"以色列人,永远和自身的褊狭与失败作斗争(平哈斯·萨代)。如果说布伦纳及其同代人在门德勒和别尔季切夫斯基的阴影中成长起来,那么后代作家则站在从内容到形式均为希伯来文学开辟新途径的伟大叛逆者布伦纳的阴影下。

G. 肖夫曼

与格尼辛和布伦纳不同,格尔绍恩·肖夫曼并未创立自己的文学理论或学派。尽管他尝试他人未曾想到过的文学形式,但没有在希伯来文学的发展中占据重要位置。他是希伯来文学界最西方化的作者之一,所接受文化遗产的滋养近似于布伦纳,早年,他曾经仿效契诃夫的创作。在利沃夫(1904)和维也纳(1913),以及后来在格拉茨附近生活的岁月里,他受到奥地利–德国文学的影响。维也纳表现主义者,尤其是彼得·艾滕贝格,对他产生了主要影响。的确,肖夫曼和世纪末的维也纳流派的共同之处,比他和俄国传统的共同之处要多,而多数同代作家正在涉足后者。

肖夫曼在十九岁时开始创作,最早的短篇小说发表于 1902 年。得到的反响不一,或许是由于他的创作,与格尼辛的相似,没有直接再现社会现实,而是采用速写形式印象式地展现世界。主体性在肖夫曼的全部诗学中占据着主导地位。正如他自己在一篇题为《你赢了》("Nitsahtini")的文论随笔中所言,他喜欢基本属于自白似的创作,反对文学把切身体验置于藻饰与修辞的背后。然而,尽管有许多主观印象,但其优美的短文还是创造出一种客观感,感受到了现实。这种直接的感觉触动,倘若因一道风景或者一个女人而生,便突出了其诗意。比如,短篇小说《汉娅》以五个独立的片段来叙述主人公的生活,从她出生在乡下一直写到她死于城里的一个妓院。叙述的道德力度如此清晰可见,以至于一个个独立的速写拥有了几分道德故事的味道。然而,小说结构,尤其是松散的情节,吸引着读者对乡村与城市之间的差异做出带有个人色彩的反应,这样便把富有感染力的情感看得重于社会批评了。

肖夫曼是他那个时代的产物,他的经历和漂流均在作品中有所反映,如同布伦纳的作品一样。他早期小说的背景是俄国的犹太村庄。在另一组小说中,他使用了自己的从军经历。后来,维也纳成为其创作的主要背景。他在巴勒斯坦的定居导致了个人生活的深刻剧变,同样也导致了文学生活的剧变。在移居之前,肖夫曼的主人公几乎一成不变,都是典型的底层人物(de profundis)。他们矛盾重重,自我分裂。他们向往感官享受和性体验,但是在同人进行直接接触时又畏葸不前。他们意识到环境对于他们的有形威胁(像短篇小说《约拿》中的同名主人公),一遇到这样的经历,便惊恐万状,逃之夭夭。对肖夫曼来说,阿里茨以色列是逃避即将降临之灾难的安全避难所,这样便使得他在某些方面更为接近伯克维茨和第三次阿利亚的一些其他作家(如阿哈龙·埃弗哈达尼 [Aharon Everhadani],施罗莫·赖兴施泰恩 [Shlomo Reichenstein]),相形之下,与第二次阿利亚的文学同仁和同代人(如布伦纳、阿格农、鲁文尼等)则显得相去甚远了。

尤为重要者,肖夫曼试图逃避生活矛盾。他把个人主题贯串起来,在反讽性整体中创造出生活意象。从整个人生故事中推导而来的独立片段,凸现了人类困境及其具有讽刺性的重现。对肖夫曼来说,人类奋斗总是会突然碰到更强有力的现实,使之无法达到英雄目的。甚至当抱负似乎已经实现之际,又迅速消失,冷酷无情的现实又一次占据了主导地位。这样一来,执意忠实于假象的幻想家,会不断幻灭,读者会对他们表示同情。为描绘这样的现实生活,肖夫曼对多种多样、丰富多彩的人类体验不太感兴趣,而是对其恣意的情感因素感兴趣。他试图通过直接观察,找到描述转瞬即逝事件的基本规则。对他来说,描绘一种观念比描述社会更为重要,因此,其创作有载道倾向,而不是纯粹的描述。

U.N. 格尼辛

尽管他是布伦纳最亲密的朋友之一,尤里·尼桑·格尼辛在文学问题上,尤其是在艺术的社会作用上的见解与布伦纳不同。布伦纳倡导具有社会意识的文学,格尼辛与布伦纳不同,他拒绝进行说教或训导别人。与同时代的许多作家一样,他受到别尔季切夫斯基和契诃夫等作家的影响,但是从 1905 年中篇小说《从旁边》55 (*Hatsidah*)发表以来,他提出了一种美学,这种美学超越了契诃夫等作家笔下氛围独特的现实主义。通过我们在文学批评领域中所了解的意识流,格尼辛借助人物的内在情感历程,表现外部世界。尽管他没有读过欧洲意识流小说的重要实践者乔伊斯、弗吉尼亚·吴尔夫或普鲁斯特的作品,但是却受到与那些作家类似的社会与文学倾向的影响。整个欧洲资产阶级,包括犹太人世界,个人孤独和宗教传统的崩溃,均要求并得到了文学表达。

所有这些作家都有可能复兴社会现实主义传统。然而,只有少数几位作家前去迎接挑战,并像格尼辛那样努力达到他所谓"用文字表达灵魂的模糊阴影"。格尼辛在创作了几个相当传统的短篇小说之后才进行文体革新,希伯来批评家在这方面的反应比较复杂。尽管比阿里克和其他人对他中断公式化表述的做法表示异议,反对他在创作中所体现出的语言复杂晦涩的特点,但是伦敦实验出版社 1906 年发表了格尼辛的中篇小说《从旁边》和《与此同时》(*Beinatayim*),许多人为之喝彩,将其视作最富有独创性的希伯来语小说。

《从旁边》所体现出的风格与结构革命也在主人公纳胡姆·海格泽身上体现出来。作为希伯来文学学者和导师,海格泽不是亦悲亦喜的呆子,不会进行自我内省,不会与他所处的世界沟通。反之,他具有真正的智慧天赋和深邃的识别能力。然而,他不能投身于生活之中。他对人际关系望而却步,总感到他个人的无能和情感的疏离。早在中篇小说中,他以年轻人那汪洋恣肆的戏剧化(但却深切)热诚去投身生活:

> 有朝一日,细长蜘蛛网从空中盘旋而下,枯叶从树上落下,散落在公园小径,海格泽兴高采烈地踩着落叶。他现在站得比较直了,心胸更为宽阔,脸上更富有神采。再过一两个星期,天空将会布满乌云;阴风怒号;窗玻璃和马口铁房顶将会阴郁地咯咯作响:好哇!那时他会目空一切;思想摆脱了禁锢;心中洋溢着快感;工作中充盈着令人满意的新发现。……是啊,再过一两个星期,几盏忽忽闪闪的街灯将会穿透黑夜,大雨倾盆,泥巴溅到了脚踝骨……但是那可爱的农家小院将会灯火通明,散发着温馨。铺着红丝绒的长沙发宽大柔软;三个漂亮姐妹动人的眼睛炯炯有神。(9页)

然而,由于他缺乏精神力量,旁人对他的生存又漠不关心,使他失去了年轻人的活力:

> 他在这里做些什么?他踉踉跄跄地站在那里,回忆起卡迈尔那沾沾自喜的笑容,回忆起哈娜·海勒把双手背在身后的样子,回忆起曼亚老师的纵声大笑……他感到就要窒息。有时两只耳朵里嗡嗡作响,什么也听不见。他晕晕乎乎把玻璃杯放在椅子上,跌跌撞撞走向门口。……他的两个太阳穴不住地跳动,心怦怦跳个不停,他沿着大街朝城边走去,继续往前。现在他放慢了脚步,忧郁超然的目光凝视着一望无际的长长铁轨,铁轨在面前平展地延伸开去,非常虚弱孤独的一天。(27页)

纳胡姆并非像诺姆伯格、肖夫曼和布伦纳笔下的人物。然而，他与格尼辛的其他人物一样，具有强烈的自我意识。抛开其具体的犹太环境不论，这些人物像纳胡姆一样，彻底变得冷漠超然、内在人格悲剧性地分裂，最终操纵不了人际关系。海扎尔不光没有归属。他是一个缺乏创造力的创造者，是一个不会爱的恋人，一个不会驾御生活的人。

在渴望生存与向往死亡之间挣扎，是格尼辛的一个重要主题，当人不再相信社会的和形而上学的慰藉时，便开始面临"道德规范"这样一个首要的生存事实，死亡愿望就逐渐占了上风。这一点在《在一旁》('*Etsel*, 1912) 中的主人公埃弗拉姆的思想里体现得颇为充分，当他面对深爱自己的女人时："啊，真的要静止不动，像榨油机的轴杆那样。对思想麻木，对感情无动于衷，对事物的反应迟钝愚蠢……去死吧！"自我毁灭的愿望（thanatos）战胜了利比多，个体人宁死勿生，格尼辛把这种体验引进到了希伯来文学中。

在多数中篇小说中，情节与人和人之间的关系容易把握，为创作上的布局服务，但是文本意义远远超过小说字里行间的叙述。实际上，情节通常是不重要的传奇剧式的事件，围绕令人失望的爱情展开（三个作品均以自杀作结）。然而，这些情节涉及冷漠超然、孤独和绝望的情势，其作用主要在于为人物内在情感生活提供泄导中介。从故事到故事，内在心理活动过程离外在情节越来越远，直至它们独立地成为主题的中心。

一部部中篇小说各个不同的技巧构成了这些内在情节线索。在后期的短篇小说里，如《从旁边》，反复重现的母题错综复杂地排列起来，扩散到整个故事中，遍布在内心独白、景物描写有时甚至是隐晦的会话中，因此便开始传达游离于戏剧情节之外的意义。有时这些母题起到创造气氛的作用（如《与此同时》、《之前》[*Beterem*] 以及其他小说中的黄色和蔚蓝色云烟），或者是创造出有别于故事戏剧性发展并独立于时间维度之外的空间整体。格尼辛小说中的意识流依赖于这些意在直接突出人物意识的母题网络。

格尼辛作品另一与众不同之处在于其风格特色,如使用带有装饰性色彩的句式:"对面,在绵长山峦的背后,一座孤零零医院的后身,医院院落宽敞,房屋从山顶上散落下来,河对岸的一道围墙将房屋环绕起来,仿佛绘出的一张地图,月亮已经从山后升起,湛蓝,纯净"(《在一旁》,240页)。通过生动的印象派形容词用语,以及外部世界强加给个人的短暂体验,所观察的客观物体化作内景,捕捉到时间的流动,成为格尼辛后期小说的特征:

> 有丝丝微光。但这些凝固的光穿透周边地区,把它化作大理石,令人联想到别样的光和另一轮明月。内心充满了忧伤。忧伤,因为已经很清楚,硕果累累的童年不会重回,心田间绽放的花朵已枯,不会再开!这些树长着富有梦想的树枝,曾对饥渴的灵魂滔滔不绝,现在则默不作声——什么也不再说。一切都结束了,兄弟们!一把冰冷的虎钳伸向心脏,将其紧紧钳住,打更人发出尖利的乐音,咯咯震颤像只黑匣子:其所有的方式均为审判……那是一次审判,可怜的犹太人!(《在一旁》,240页)

尽管格尼辛并未留下丰厚的创作成果,但他仍旧居于最重要的希伯来文学作家之列。在他那代作家中,雅考夫·斯坦伯格和艾莉谢娃·比克豪夫斯基最认同他所进行的审美革新,哈尔金、斯坦曼、霍洛维茨以及比斯特里特斯基也流露出受他影响的痕迹,S. 伊兹哈尔在1938年《埃弗拉姆回归苜蓿》中,用格尼辛《在一旁》中埃弗拉姆的名字来命名自己的主人公。

雅考夫·斯坦伯格

与许多同龄人一样，诗人、小说家、散文家和剧作家雅考夫·斯坦伯格也是个模棱两可的现实主义者。斯坦伯格1887年生于乌克兰的巴拉亚察尔科夫，其创作反映出他在乌克兰和阿里茨以色列的生活。然而，他也试图超越文学模仿的局限。即使在涉猎具体的现实生活时，其现实主义也经他富有表现力的语言、丰富而充满诗意的措辞得到锤炼和升华。斯坦伯格是位才华横溢的诗人和作家，他通过玄学与语义相互交织的语言，创造出一个多姿多彩的世界，外部现实与对现实的主观体验之间的距离由是崩塌。从方法论上看，故事在直接的模仿表现（direct mimetic representation）与情感诗化再现（emotive – poetic evocation）之间来回转换。它们在所描绘的现实以及现实作用于感觉意识而产生的理智与情感冲击之间摇摆不定。这种转换，如同我们所见，也是肖夫曼的创作特征。然而，与肖夫曼不同，斯坦伯格保留了前后连贯的情节结构，其结果，斯坦伯格小说比肖夫曼小说具有更为包罗万象的社会写照。

他早期的短篇小说，与伯克维茨的那些作品一样，1903–1904年发表在《观察》杂志上。1914年定居巴勒斯坦后，其创作进入繁荣阶段。多数短篇小说长度适中（类似布伦纳和格尼辛的短篇小说）；少数几篇十分短小（与伯克维茨的相似）。可以通过和伯克维茨小说比较，对他在希伯来心理现实主义领域进行清晰定位。伯克维茨的小说，主要冲击力来自具体现实层面。斯坦伯格的小说，冲击力则从对内心活动进行细致入微的描写中间接得来。斯坦伯格没有直接描绘情感活动。反之，他采取象征方式来表现情感。他用这种方式，能够将读者带入人物的内心世界，而且不会过多感伤，这种感伤潜藏在明显具有感情色彩的情节化事件中。斯坦伯格的主人公典型地体现了他那个时代的人物特征。与伯克维茨和布伦纳一样,斯坦伯格也会关注社会诱因(动机),其主人公反映出强烈的阶级差异。贫苦阶层的成员,害怕行动,不相信自己具有政治上的发言权。然而,他们主要在性激情和原始活力的驱动下,来进行反叛。在他的创作中,最撼人心魄、最错综复杂之处在对性欲情势的描述,在这种情势下,人被迫努力实现自我,或者,与之相反,男人试图控制女人,剥夺她们的自我。

多数短篇小说并没有以精神净化或者性爱征服作结,而是以失败危机收尾。与别尔季切夫斯基的人物不同,那些人只有在反叛后才遭到挫败;斯坦伯格的主人公甚至在开始行动之前就失去了精神支柱,一败涂地。许多短篇小说在既没有实现自由又没有完全一蹶不振的高潮中收尾。小说对主人公既不谴责,也不宽容,表现出作为生存事实的人类悲苦境地势在必然(参见《拉比的女儿》["Bat harav"]、《在桦树中》["Bein livnei hakesef"],以及《以色列的女儿》["Bat Yisra' el"]等)。

《盲姑娘》("Ha 'iveret",1922)典型地代表了斯坦伯格小说的结构和主题特征。一个双目失明的年轻女子只从家人的谎言中了解了一个男人的年龄、外表和职业,便嫁给了他。后来她发现对方是掘墓人。他的家就坐落在一座墓园中,最后他亲手埋葬了盲姑娘为他生的女儿。小说集中展现了表面现象与现实世界的冲突,死亡成为决定人生存的中心事件。作家通过采用一个盲人主人公,表明看得见的人从来不能揭穿外部世界的表面谎言,而盲人则可以觉察到幸福是一种虚幻,令人费解的黑暗与死亡乃是唯一的真实。在人类体验中占据着中心地位的死亡也在《老妇人之死》("Mot hazkeinah",1928)中有所体现。这部小说,从三个截然不同的视角来描绘死亡:一个男孩的视角,他祖父的视角,以及处于弥留之际的他曾祖母的视角。斯坦伯格比任何作家都酷似格尼辛,造就出洋溢在20世纪初期小说家和诗人创作中的一种颓废的艺术气氛。

黛沃拉·巴伦

黛沃拉·巴伦的创作也在带有日常地方色彩的现实主义及从这种现实主义分离出的替代形式之间游移不定。一些批评家把她的短篇小说当成对立陶宛犹太社区生活的反映,基本上属于现实主义的。另一些人则强调她使用这些材料而达到新创作目的的方式。她试图呈现对现实的一种想法,而不是详尽描述其方方面面,她的创作在内容和形式上近似于肖夫曼和斯坦伯格。

她的创作和书信流露出与同代人相似的个人生活体验。与许多人一样,她也走过了从乡村到城市到巴勒斯坦(1911)之旅。与他们一样,她在风格上受到契诃夫和莫泊桑的影响,在确立主题和运用讽刺手法等方面受到福楼拜的影响,她曾把福楼拜的《包法利夫人》翻译成希伯来语。1903 年她开始发表短篇小说;第一个短篇小说集在 1927 年出版。

她作品的主题范围非常有限,其独到之处在于对主人公所作的描绘。这些人物并非伯克维茨和卡巴克笔下缺少文化与社会归属的个体人。他们也不是布伦纳、格尼辛、诺姆伯格和肖夫曼笔下无助的英雄。反之,她的小说主人公,多数是女性形象,是生活环境的牺牲品。巴伦描绘出女性在男权社会中所受到的压抑;我们可将其视为希伯来文学中第一位女性主义作家。

布伦纳和肖夫曼以讽刺和贬损方式来表现他们的主人公——叙述人。黛沃拉·巴伦没有这样。她的人物从一开始就注定要遭受厄运,但并不是因为自己的过错使然。因此,作家并没有把讽刺的矛头指向失败了的个人,而是指向左右着他们的残酷命运。她带着温情与挚爱来处理自己的主人公,把蔑视留给他们的敌人和不利于他们的命运。她通过叙述人来反映自己的怜悯之情,叙述人采用自传体方式,时而被动、时而主动地去充当已经显现出来的事件见证人。短篇小说间或表现为一部独立长篇小说的片段,同一人物在故事中不断重现。

巴伦作品的情节经常记载的是主人公的人生轨迹,从"田园牧歌式的"起点出发,到"反田园牧歌式的"终点止步。沦为孤儿是她笔下许多女性人物一生中的关键性事件。这一主题在描写带有自传色彩的人物、拉比之女的故事中多次出现,如《深层》("Metsulah")、《夏日的房子》("Beit qayitz")和《野鸭》("Bar' avaz")(巴伦本人是拉比之女),以及不能自卫的女性(如《汉尼卡》、《弗莱德尔》、《荆棘之路》("Derekh qotsim")、《日光》("Shavririm")、《一片落叶》("Ke'aleh nidaf")以及《茜弗拉》)。在一些短篇小说中,女主人公的苦难与忧伤在不折不扣的灾难面前达到高潮。在另一些短篇小说中,主人公想方设法逃避终极灾难,以达到某种解脱,即便是最小的解脱(如《家》["Mishpahah"]、《荆棘之路》以及《弗莱德尔》等)。

比如说,在《日光》中,女主人公哈娅-福鲁玛过着典型的孤儿生活,"穿庄稼人的衣服闲逛,干枯的头发乱蓬蓬地缠在一起,脸上没有丝毫令人喜爱的地方"(86页)。后来,她嫁给一个鳏夫,这个鳏夫"看重她的力气",把她带到自己"无人照料"的家中,给他看家:"体内的阴湿很快影响到她整个人,她感到黑沉沉一片凄凉,像在许久没想过的地牢里那样。并不是丈夫对她不好:他多数时间都很忙,甚至意识不到她的出现"(88-89页)。但是,即使精神一度陷于苦难与绝望,哈娅-福鲁玛也在美好的事情中找寻安慰。即使在婚前,"她愿意独自和无生命物体远远地呆在院边,要么就是呆在厨房的角落;因为正在擦拭的水壶将会回送友好的蒸气,她点燃的木柴会报以欢快跳荡的火苗"(87页)。最后,丈夫买来一头奶牛,哈娅通过奶牛开始体验到"一种解脱,仿佛暖洋洋的日光和清新的春风正在逐去她体内长时期积存下来的阴湿。某天晚上,她独自坐在牛圈门口,奶牛头朝着她,用粗糙的舌头深情地舔噬她的手,她——一个从来就不知道欢笑的人——仿佛觉得体内洋溢着无拘无束的欢笑,黑沉沉的地牢刹那间充满跳动着的日光"(90页)。《日光》以主人公的死作结,但在这之前,哈娅-福鲁玛在丈夫死后给自己建了一家红红火火的家庭作坊。这不但使她自给自足,而且也变得乐善好施:"入睡之际,她感到仿佛看不见的日出所洒下的金色晕光正渐渐包围着她。沐浴到她身上的光辉……等待着这世上所有那些被苦难净化并染上光泽的人们"(93页)。如上所示,巴伦在体现世界时以小见大,运用感情充沛的片段,更与别尔季切夫斯基相似。

巴伦作品的力度来自文本与文本的和谐。她经常使用圣经典故,目的不是像在公式化表述传统中那样纯粹出于形式需要,而是为在过去与现在之间建构一种类比关系。巴伦也使用圣经中的明喻修辞手段。比如在《小东西》("Qtanot",出自 1933 年同名小说集)中,把拉比年轻的妻子比作士师耶夫他的女儿;① 《夏日的房子》中,老商人巴鲁克·布伦被比作偶然遇到一班先知的扫罗王;② 还有,在《弗莱德尔》中,弗莱德尔就像雅各的弃妇利亚。③ 这些圣经比喻与对立陶宛一个犹太村庄所展开的叙述结合起来,给反英雄本身赋予了一种神秘的深意。它们扩展了乡省背景,同时复活了古老的文本,在当今产生了一种超越生活的历史叙事或原型维度。

尽管黛沃拉·巴伦没有留下任何文学继承人,但她和艾莉谢娃·比克霍夫斯基以及利亚·戈德伯格有明显相像之处。尽管她不是希伯来文学史上的中心人物,然而在希伯来文学传统中占据着重要位置。

* * *

希伯来心理现实主义作家并未刻意追求描绘一种特别的现实,以便去描绘为现实生活所塑造又作用于现实生活的芸芸众生

---

① "以弗他的女儿"典故,出自《圣经·士师记》第 11 章,第 30–40 节。
② 见《圣经·撒母耳记上》第 10 章,第 18 章。
③ 雅各与拉结的故事,见《圣经·创世记》第 29 章,第 15–30 节。

的内在世界。从方法论上说,他们表现出文学－历史定义中的某种问题。把他们划分成沿袭或复兴公式化表述方式的作家和反对这样做的作家混淆了文学表现方式,两大派别均把焦点集中在与作为心理分析工具的模仿表现的特殊关系上。作为一个群体,他们倾向于使用不太格式化的文字表达,以此背离古典的公式化表述并试图产生不受古典希伯来文献约束的文学形式。诗化了的象征主义、复杂多变的句子结构(证明了西方模式的影响),以及心理探索取代了古典暗示,如门德勒及其传人所体现出的特征。错综拗口的句式(格尼辛、斯坦伯格),以及尝试着接近口语(布伦纳)取代了在节奏和修辞上对称平衡的句式。在这方面,他们追随的是别尔季切夫斯基和费尔伯格,而不是门德勒和比阿里克。

与其他希伯来作家一样,这些作家也移居到了巴勒斯坦,其创作也反映出这种变化。一些人(肖夫曼和伯克维茨)试图适应新的现实,形成别具一格的风格。另一些人(布伦纳、巴伦、斯坦伯格)对现实加以调整,以适应他们独特的小说人物和形式需要。后者成为阿里茨以色列新希伯来文学的奠基者,而前者为类型创作派别创造了条件;"阿里茨以色列类型"是布伦纳用来描述国内小说的术语,它(如欧洲地方色彩现实主义)试图令人联想起某一地域的精神特质。但是尽管欧洲犹太村镇具有悠久的历史,犹太作家可从中汲取养分,但阿里茨以色列类型主义者,受到意识形态信仰的影响,试图把阿里茨以色列具有拓荒色彩的定居点,不仅描绘成犹太人平时生活着的世界,而且描绘成一种已经完全建立起来的社会,拥有自己的道德观念和标准。

希伯来文学浪漫主义和现实主义作家(地方色彩的和心理的,等等)表现出,一部没有国家、没有口语的痛苦的文学史已经终结。一旦希伯来文学到达阿里茨以色列,其创作条件则发生了彻底改观。语言从书面文本的纸页上一跃而成为日常口语,作家们开始为这样的民众写作,他们不仅讲希伯来语,而且对他们来说希伯来语既是语言又是文学,是他们日常生存的一个组成部分。

这样一来,产生并成长在文化隔都范围内的文学,便在更为自然的新土地上生根,以无法预见的欣欣向荣之势发展起来。

6
类型与反类型
希望是否均将实现？

> 这是在我们亲爱祖先的土地上
> 我们所有的希望均将实现
> 我们在这里生活并创造
> 光辉灿烂的生活，自由自在的生活
> 这里将是精神寓所……
> ——第二次阿利亚之歌

19世纪末20世纪初，在犹太和希伯来文化版图上，巴勒斯坦不是一个重要所在。然而，它逐渐开始取代了大流散中的一个个中心。阿里茨以色列能够成为犹太人文化和物质上的庇护所，这一思想最早源于20世纪初叶，当时第二次阿利亚移民开始在那里创造一种语言和社会文化。然而，新文学只有到了第一次世界大战之后，才得以成型。

世纪初年，阿里茨以色列和大流散的关系开始在文学和文学批评领域占据着主要地位。许多人害怕：方兴未艾的文化只是在延续或者重复东欧社区的乡野文化。占据主导地位的希伯来小说处于两种力的挣扎中，一方面，犹太复国主义者聚居地将改变犹太人的命运，给人的自然属性带来一场革命，另一方面，又担心它没有作为。尽管从总体上看，作家们乐观地来看待新现实，但文学传达出一种矛盾情绪：即梅厄·维尔坎斯基（Meir Wilkansky）所抒发的高昂情怀，以及以约瑟夫·海姆·布伦纳和阿哈龙·鲁文尼表现出的绝望与幻灭。

巴勒斯坦文学中心的壮大,自然受到犹太社区人口统计数字起伏不定这一现象的影响。在1855年,这个国家约有10500犹太人。1881年俄国以"沙漠风暴"著称的集体屠杀,促使形成每年有大约1500人移民的新浪潮。到1898年,巴勒斯坦已经有大约50000犹太人,到1907年第二次阿里亚移民浪潮开始之际有大约75000犹太人。第一次世界大战期间,当地有大约85000犹太人,但是战争造成人口数量减至65000人。1922年再次形成第三次阿里亚移民浪潮,以伊舒夫著称的犹太社区再度增大。到1930年,大约有165000犹太人居住在巴勒斯坦。

人口统计数字的变化倘若不与东欧犹太社区衰落同步的话,意义则不会那么重大。毕竟,直到第二次世界大战期间,阿里茨以色列的新中心和东欧文化中心过从甚密,依靠东欧提供物质和其他方面的援助。巴勒斯坦的希伯来文期刊寻找欧洲和美国订户。期刊编辑号召散居世界各地的希伯来语作家帮助他们寻找基金。而且,阿里茨以色列作家仍然把注意力放在散居在世界各地的读者上。当他们描写当地状况,如伊舒夫或者本地阿拉伯人的生活时,感觉到自己正在为非居住在此的读者提供带有异国情调的阅读材料。但是当东欧的希伯来文学期刊如《哈施洛阿赫》(1896 – 1927)停刊后,在欧美没有人接替,文学生活开始集中到了巴勒斯坦。

开始出现在阿里茨以色列的新期刊反映了新兴的文学生活。尽管《故乡》(Moledet)一类的期刊继续关注海外和本地读者的需要和兴趣,但多数情况下,期刊面向阿里茨以色列内部读者,报道或述说当地生活场景。第一本这样的出版物《麦捆》,受在巴勒斯坦建立文化家园这样一种动机的驱使,于第二次阿里亚初期的1907 – 1908年问世。《麦捆》在犹太刊物中具有明显的革新意识,坚持出版反映地域与环境的文学材料。1908年《青年劳动者》的出现对本地希伯来文学的发展予以新的促进。这本刊物由约瑟夫·阿哈龙诺维茨编辑,乃为第二次阿里亚运动的喉舌。最初几期典型地包括了维尔坎斯基、摩西·斯米兰斯基(Moshe Smilansky,笔名为哈瓦加·穆萨)、尼哈马·普克哈切夫斯基(Nehama Pukhachewsky)等人的作品,不仅用积极、甚至理想化的词语(多数情况下)描述巴勒斯坦,而且在处理伊舒夫和大流散的关系上也起到真正的宣传作用。

巴勒斯坦希伯来文学在早期阶段,也就是在19世纪末期,与哈斯卡拉时期的希伯来文学相似。这里又是一个大杂烩,既有传统,又有来自各种文学与非文学源泉的影响。与哈斯卡拉的作家相似,这些作家塑造人物与情节,也是为了服务于载道的目的。早期作品包括游记、纪实故事以及从伊舒夫出版物上抽取的片段。阿里茨以色列早期希伯来语作家,与流散地作家(比如亚历山大·玛普、佩雷茨·斯莫伦斯金)的做法相似,或者把巴勒斯坦描绘成传说中的一种理想形式,或者对属于伊舒夫的地方蒙昧主义进行直截了当的尖锐攻击。但是,流散地文学到世纪末期产生了一些富有吸引力的作品,而阿里茨以色列文学没有跳出哈斯卡拉烦琐的框框,未超越倾向于进行社会批评叙述的樊篱。

接下来阿里茨以色列作家的作品接近于19世纪末和20世纪初的现实主义,其情节具有意识形态指向性,采用酷似情节剧的表现手法来反映社会问题,语言上比较自然,避免言过其实。它同大流散的主要区别是,没有把犹太人表现为身处异族人当中的流亡者,而是表现他们身在故乡、置身于一个迥然不同的非犹太环境,即阿拉伯中东。欧洲村镇上的主人公是小贩、店主和手艺人,与非犹太人土地所有者和警察较量,而巴勒斯坦的主人公则是第二次阿里亚时期正直的犹太农民,开拓者和守卫者,与第一次阿里亚时期巧取豪夺的坏农民和怀有敌意的阿拉伯人进行角逐。

阿里茨以色列的大多数作家均意识到,他们并不熟悉新环境。由于这个原因,他们有时对土地充满无限深情,这深情最终能够使他们感觉到,他们与其他民族文学作家一样,在地理上植根于本土。对他们来说,开拓的经历是一种宗教救赎。他们的创作并没有过多地对周围的现实生活做镜像式反映,而是表达出对现实社会的一种朴素自然的热情。多数情况下,这些作家忽略了世界的客观条件,代之以创造出某种幻想世界。阿里茨以色列作家,主要是摩西·斯米兰斯基、约瑟夫·路易多尔(Yosef Luidor)以及梅厄·维尔坎斯基创造了一种文学,这种文学不但能够证实犹太复国主义先驱者们的价值和理想,而且在某种程度上创造了这种价值和理想。这些作家,无论是居住在阿里茨以色列还是住在流散地的犹太人,均具有极强的说服力,可以说出他们对故乡的认识,生活对其文学所产生的影响,不如其文学对生活的影响更重要。

正如我们所见,并非所有作家都呼应年轻人的热情。布伦纳等人的小说强烈反对生活和文学中的这种理念化和理想化倾向,66 布伦纳在《生死两茫茫》中这样描写拓荒者:

> 毕竟,他们都是神经衰弱者,杞人忧天者,肩负着整个世界的重担,按照集体利益判断一切。比如,如果他们当中有人到国外旅行,他就不仅仅是到别的地方去了,而且还是"放弃"和"背叛了理想",如果有人守护葡萄园的话,他就不仅是保安,而且是"祖国的守望者";如果旅店里的厨师把饭菜烧焦了的话——她何时不会烧焦呢?不管怎么说,谁会介意呢,不过是聊天的话题?——当然,她是个蹩脚的厨师,但是,她也是"不负责任的女人,对同志漠不关心"。(15页)

布伦纳在题为《阿里茨以色列类型及其艺术品》(1911)的一篇极具影响力的首发社论中确立了自己的位置,这篇社论在他编辑的最后一份期刊《大地》(Ha'adamah, 1920–1923)上发表。布伦纳呼唤一种现实主义文学,它绝不试图捏造或者改变现实。他宣称,生活与文学比任何意识形态臆断都更为重要。因此,文学不要把生活理想化。反之,不管生活多么困苦,或是让人感到茫然,文学

（如他自己的小说作品）都必须像镜子一样反映生活。为界定这种新文学，布伦纳尤其攻击新出现的"类型创作"，他感到类型创作是观念性的、具有倾向性的文学；对舶来艺术形式极端忠诚，沉湎于一种放弃原则的审美主义追求中。"类型"适用于那些对阿里茨以色列的描写，把巴勒斯坦的新犹太世界想象成为一个完全成形的社会，实现了犹太人的梦想和抱负，而没有去紧紧抓住混乱的现实和文化建设不放。布伦纳严厉反对这种理想化，对批评家持对作家一样的指导方针。对于依靠疏离化理论、缺乏对伊舒夫日常生活洞察力的批评，他表示反对。

布伦纳这样对类型小说作出反应，他并非孤军奋战。首先，第二次阿利亚时期的移民相信，用早期犹太复国主义圣歌中的话说，"在亲爱祖先的土地上／希望均将实现。"但许多人失望了。达60％的人回到欧洲。犹太复国主义移民的物质、心理和情感需要，以及新移民做必要调整的有限能力，造成了新文学主体的复杂性。众多的人相信，像布伦纳所说，阿里茨以色列没有改变人，他们在古老的故乡依旧是外国人。他们延续心理现实主义传统，遵循布伦纳所下的定义，写下"反类型"文学。

虽然布伦纳对他们评价不高，但少量留在阿里茨以色列的阿利亚移民为希伯来文化的未来打下了基础。这些个人奠定了孕育新读者的多数文学喉舌，与决定希伯来语是新型文化的首要语言同等重要。在第二次阿利亚期间，一股巩固新文学的强大力量使双语文学逐渐消失。希伯来语开始取代意第绪语，古老的神圣语言变成白话通俗语言。非书面希伯来语给文学注入了活力。

然而，语言只是新居民加速创造过程中齿轮运转的因素之一。类型作家把历史转变为神话，把文学转变为民族诞生本身。这一诞生包括"劳动者征服"（意思是创造希伯来人劳动阶层）；加利利定居点（比在国家中心地带建立的农业社区具有优先权，农业社区的居民不愿意雇用犹太拓荒者）；建立萨吉拉（加利利一农业学校，在那里建立了第一个集体农场）和莫沙夫（农场村）艾因加尼姆；1919年成立哈守麦尔（守护者），保护犹太定居点的卫士协会；乃至为建一个希伯来语出版社所作出的努力。在布伦纳反对的同时，类型小说用准现实主义或者说理想化的现实主义和升华了的语言、单一化的人物性格，以及纪实性的或带有戏剧色彩的情节，继续在希伯来小说中居于统治地位，这种情况至少持续到20世纪50年代。然而，类型小说中不屈不挠的拓荒者和斗士并驾齐驱，成为两种截然相反的人物形象：半疯的、有自杀心理倾向的人物，他们更像在新世界里迷失的暴怒灵魂，而不是勇敢地试图建设土地，并被土地改造的新定居者。

类型文学与反类型文学着力展现出一种新型的地理和心理风貌。横贯沙漠、大海的灼热干燥的土地取代了冰冷的木制房屋和白桦树组成的景象。代替欧洲城市和乡村的是一个个农业莫沙夫（农业社区）、公社和地中海东部小镇。这些新地方居住着同样新型的人物：东欧犹太人，旧伊舒夫成员、阿拉伯人，以及犹太农民和卫兵。以前从未充当过希伯来文学人物的本土出生的犹太人，在巴兹来－艾森斯达特、路易多尔、鲁文尼、阿里埃里－奥罗夫以及斯米兰斯基的小说中成为英雄主人公形象，他们也具有拓荒劳动者的特征，来领导民众。

新文学受到多种文学风格的影响。早期类型文学，直至第三次阿里亚时期的文学，仍然是哈斯卡拉和早期希伯来文学现实主义流派的产物。它采用19世纪90年代的希伯来文学风格，保持实证主义特色，把实用凌驾于审美之上。在阿格农和沙米的语言中，仍旧非常明显地留有门德勒文体的影响痕迹。与此同时，布伦纳的影响进一步加大，直接作用于阿格农、鲁文尼、吉姆西和阿里埃里－奥罗夫等不同的作家。它同别尔季切夫斯基的影响结合在一起，产生一种严肃的浪漫主义，灌输到反类型作家的创作中。同过去一样，也有来自非犹太文学创作的影响。俄罗斯移民带来了陀思妥耶夫斯基和契诃夫的作品。布伦纳亲自把《罪与罚》翻译成希伯来文，他也翻译了豪普特曼的剧本，与此同时，一些斯堪的纳维亚的新浪漫派作家,如比昂松、雅各布森和汉姆生,也被翻译成了希伯来文。

唯一划分这一代希伯来文文本的方式就是类型与反类型。人们也可以这么说:(a)强调社区和土地的区域性小说(斯米兰斯基、赫尔金、载迈赫以及鲁文尼);(b)反映拓荒定居者和土著居民(斯米兰斯基和伯尔拉)冲突的拓荒者小说;(c)记载个人英雄主义的纪实性小说(尤其是维尔克兰斯基的作品);(d)描绘新移民情感疏离的移民小说(布伦纳、拉宾诺维茨、吉姆西和阿格农);(e)准浪漫传奇(阿里埃里-奥罗夫和阿格农);以及(f)为读者描绘出一个迄今尚未熟知的世界里面富有异国情调的故事(斯米兰斯基、沙米、伯尔拉和赫尔金)。然而,在所有这些分类中,类型与反类型的基本冲突继续构成作家的创作特征。

摩西·斯米兰斯基、约瑟夫·路易多尔、梅厄·维尔坎斯基

摩西·斯米兰斯基在这一代作家里最为著名,是类型创作的杰出代表。他是第一次阿里亚领袖之一——其多数成员定居在一个个农业村庄,描写新来者的生活。他们的价值观念明确而不含糊:定居者基本上是好的,反对定居者的人,或者阻碍定居事业的人,是坏的。尽管阿拉伯人在不同的时间里被视为可怜与不幸、非凡而富有英雄色彩(他们偶尔甚至以理想化的、浪漫而奇异的土地之子的面目出现,移民者要努力赶上他们),但目前,他们反对拓荒者,故而被描绘成敌人。执著于某种价值观念决定着小说的艺术特征。小说采用简单,有时甚至过时了的风格,通过两极分化的性格特征、耸人听闻的事件,以及过于夸张、拙劣、并非总是具有说服力的情节,展开叙述。

斯米兰斯基的主人公是简单、无辜的拓荒者,与自然力量和当

地居民都做着抗衡。作家未曾尝试探讨其内心生活,只是记录他们的外在行动。典型的主人公是短篇小说《哈瓦加·纳扎尔》(1910)中使自己民族得名的英雄,一个开拓者,典型地代表着继尼采之后别尔季切夫斯基所呼唤的新价值。主人公,阿拉伯朋友都称呼他为哈瓦加("先生"),是个从俄国来的半犹太人,读了俄文版《圣经》之后,他变成了一个犹太复国主义者。阿拉伯人羡慕他,他和贝督因女人做爱,最后跳进约旦河死去。他经常梦见约旦河,希望通过自杀证明约旦河和伏尔加河一样。这一性格成为新希伯来人的原型,他以不同的形式在希伯来文学中一直萦绕到20世纪50年代,倘若不说更晚的话。

这正是布伦纳所反对的理想化小说类型,然而,尽管布伦纳反对,第二次阿里亚的后期作家,比如维尔坎斯基、路易多尔、伯尔拉,以及几位第三次阿里亚作家,追随的是斯米兰斯基的脚步,他们赞美拓荒者,把拓荒者事业置于个人问题之上,建构他们的叙述,为国外的犹太复国主义服务。即使在现实中,美好期待和抱负并没有化作日常生活,但是,在描写中就好像达到了这种境况。其结果,这类虚构作品多以纪实性材料为基础,取自时代的编年史。

而心理现实主义者如格尼辛、伯克维茨、肖夫曼、布伦纳,描绘出疏离和不满的情感,约瑟夫·路易多尔(1921年在雅法和布伦纳一起被害)创造出这样的人物,如耶胡达、橘园守护者(《希伯来人》,柏林,1912年)和约阿什(《约阿什》,1912年发表于敖德萨的《哈施洛阿赫》),这些锲而不舍的本土人只讲希伯来语,只知道自己的故乡,而格尼辛力求探究人类灵魂的苦痛,梅厄·维尔坎斯基详细地描述了新移民的工作岁月,他们一起挖井,和阿拉伯劳动者竞争。梅厄·维尔坎斯基的短篇小说见证了集体的力量,既代表普通百姓又代表作家,净化日常生活,他崇高的措辞,充满诗意地表达一种敬重之情,试图用一股精神力量来创造农业劳动者。这样升华了的风格被第二次阿里亚时期的作家所使用,以便给司空见惯的事物如耕田、犁地、体力劳动、疟疾、汗水等,注入充满感情的关系,维尔坎斯基和路易多尔的主人公使先祖的土地肥沃结果。即使他们所有的希望都没有实现,至少,他们在现实生活中靠某种抱负生活,而不是生活在梦想中。

伊扎克·沙米、耶胡达·伯尔拉、雅考夫·胡尔金

与移民作家斯米兰斯基、路易多尔、维尔坎斯基形成鲜明对照,本土出生的类型作家在奥斯曼统治下长大,表达出一种迥然不同的天真。他们当中,伊扎克·沙米、耶胡达·伯尔拉两位作家出生于古老的西班牙裔犹太人社区(塞法尔迪犹太人),开始在20世纪第一个十年进行创作,雅考夫·胡尔金相对来说比较年轻,在20世纪20年代早期开始创作,伯尔拉、沙米和胡尔金都曾在耶路撒冷的埃兹拉教育学院做教师,他们是关系非常密切的朋友,互相通信,互相帮助出版作品。因为,他们植根于这个国家,酷爱和阿拉伯中东文化建立一种直接的联系,对他们来说,阿里茨以色列并非令人挚爱的希望之乡。那只是他们的出生地,他们在那里获得成功,致力于描写流散地犹太人绝对一无所知的人和社会:东方犹太人社区、阿拉伯人和土耳其社区以及古老的阿什肯纳兹犹太人伊舒夫(胡尔金尤其致力于这类描绘)。

尽管事实上,阿里茨以色列及其居民对他们来说并非像其在移民眼中那样富有异国情调,然而,这些作家受到第二次阿里亚作家的巨大影响,第二次阿里亚作家不仅开拓了欧洲文化的新视野,而且开拓了先驱犹太复国主义本身的视野。这在艺术和意识形态方面(尤其是伯尔拉的创作)均影响到他们的创作。这种影响在他们小说的形式结构中显示出来,其小说基本上是现代的和西方的(长篇小说、短篇小说和中篇小说)。作品在文体和人物心理动机方面,反映了孕育作家成长的周边阿拉伯文化。

伊扎克·沙米在这些作家中最富有独创性,最富有底蕴。他反对类型创作,写得很少,他的全部作品包括几个短篇小说和一部中长篇小说《先祖的复仇》(Nikmat ha'avot)。《先祖的复仇》是他的主要作品,也是希伯来文学创作中最重要的作品之一。这本书最早成书于1927年的耶路撒冷。小说中心内容——按照作家的说法,以20世纪初发生的事件为基础——写的是纳布卢斯和希伯伦两座城市的阿拉伯居民之间的古老格斗。在一年一度到先知摩西(Nebi Mossa)神龛朝圣中,纳布卢斯的阿拉伯首领骄傲自大,野心勃勃,谋杀了具有相同血脉、骄傲自负的希伯伦首领,之后,他不仅要遭到希伯伦人一方血亲复仇规定的报复,而且也要遭受神明本身的惩罚:在谋杀对手的过程中,小尼玛·阿布-施瓦拉博违背了规范朝圣的基本行为准则。主人公最后不仅为人间敌人所毁灭,也为先人的幽灵所毁灭,在他流亡埃及时,看到先人的幽灵,最后在希伯伦的先人墓献出了自己的生命。

尽管沙米是第一个本土出生的作家,成功地把第二次阿利亚作家所引进的文学传统运用到他所处时间和地点的主题和母题中,但他(与同代人伯尔拉不同)未曾试图在小说中表达犹太复国主义理念。正如德国犹太作家或者犹太美国作家使用母语写作一样,这位阿拉伯犹太作家也使用希伯来语写作。在措辞和风格上,他保持了门德勒及其追随者的传统,然而,又强烈地注入阿拉伯习惯用法,使其创作显示出明显的地方特色。沙米所描绘的世界——他自己的社区和周边阿拉伯社会——以及表面上直截了当的题目,实际上,以丰富而复杂多变的语言避免了简单化倾向。

因此,《先祖的复仇》并非通过作家对世界进行浪漫化表现而达到一种力量,这个世界尽管对他来说并不奇异,但在他的外国读者眼中看来可能就是这样;当然也是沙米对这个世界进行较为小心翼翼的现实主义艺术表达的结果。这并非要否认由阿拉伯叙述人带到故事中的大众化信仰和民间传说回声的密度,而是要昭示产生戏剧性情节的宗教、政治和心理动机的奥妙。这部中篇小说

从一开篇,便在主人公小尼玛·阿布－施瓦拉博身上表现出宗教判罪的悖论:

> 小尼玛·阿布－施瓦拉博是纳布卢斯唯一一丝不苟遵守先祖习惯的人。他勇敢无畏,乐善好施,从童年时代开始就对先知圣贤表现出忠诚,不惜重金修复他们的坟墓。清真寺里的金银财宝可以讲述许多关于他慷慨仁慈的故事。尽管他脾气暴躁,骄傲自大,动辄动怒,唯自己的意志是从,不容许别人有任何异议的性格早已闻名遐迩,但纳布卢斯的所有年轻人都响应他的召唤。他易激动、固执己见的个性经常把自己置于尖锐冲突和不愉快的情势中,它只能依靠警察官——其中许多人是他的忠诚朋友——以及家族与纳布卢斯和耶路撒冷的关系,才可以摆脱困境。(《先祖的复仇》,65 页)

这立刻赋予小说一种宗教信仰和社会－政治、宗教的力量。按照古典自然主义小说的风格,往往根据朝圣者及其领袖的动物属性对其加以描绘。但是万头攒动的人群被描绘成不动脑筋的粗野之人,而他们的领袖则显示出一种活力和驱动力,这些到最后似乎显得更加危险,危害很大:

> 整个峡谷,从小尼玛·阿布－施瓦拉博的家里到奈比约塞夫的正方形清真寺,都掩映在丝丝薄雾中,薄雾从隐藏在长势高大的灌木丛和野草里的许多细流中升起。远远看去,峡谷仿佛肥沃的基利辛山丘的一部分,山上点缀着光彩夺目的春花,春花上的露珠在清新的春风拂煦下,微微抖动。现在山谷里满是五颜六色的阿拉伯人的头巾、头带和长袍,密密麻麻的人头时而交织在一起,时而分开来,如同蜂拥的蚊虫遮盖了大地。他们喧声嘈杂,骆驼喷着鼻息,马儿嘶叫,驴子啼鸣,孩子又哭又闹,使整个山谷回荡着绵长而刺耳的声音。(76 页)

如果人群像蚊虫、"蝗虫"和"羊群"（82页），那么小尼玛·阿布－施瓦拉博便是他那匹马的延伸，马像骑在背上的主人一样，"意识到自己的重要和辉煌"："它骄傲地抬起头，摇晃着耳朵，仿佛在向其他的马展示系在额头上的红丝巾……它耸耸鼻子，猛抬头，抖抖马鬃，跺了几下马蹄，不停地来回摆动踝关节，让阳光照在银光闪闪、抛了光的钢制马蹄铁上。"（83页）"似猫一样轻巧自如"，"神采飞扬，容光焕发，一道道阳光在他的剑身和旌旗上舞弄"，（86页）小尼玛·阿布－施瓦拉博让这一动物把力量传送给他，去亵渎神明，并且犯罪。小说表明，自然喷薄而出的力量与神明的力量一样，不能轻而易举地为人所控制。小说结尾，小尼玛·阿布－施瓦拉博死去了——为"先祖的复仇"充当了牺牲品，而这些"先祖"不是人（是他所杀害的人的祖先或者后裔），而是祖先自身。沙米所描述的世界是独特的中东世界，对荣誉和命运有自己的概念。沙米的主人公（与欧洲的不同）不反抗命运，而是接受命运，减轻自己对周围环境所负有的责任。这样一来，主人公自己便退回到抽大麻引起的昏昏欲睡状态中，最终导致他幡然悔悟。尽管沙米没有通过文学形式进行较多的革新，但他的主题、风格和结构，最重要的，是他对民族与个人心理的洞察，确保他在希伯来文学经典作家中占据一席之地。

尽管耶胡达·伯尔拉是沙米的同龄人和好友，但在许多方面他更加接近第二次阿利亚时期作家、犹太复国主义作家和劳工运动作家。尽管他在创作中也融入了中东背景因素，但他的小说，以其天真幼稚和简单化的特征，构成类型小说。他许多出生在中东的主人公，最终以投身于新意识形态的理想化形式——基布兹而告结束。伯尔拉创作顶峰时期的作品，创造了富有中东气氛、出人意料的戏剧化叙事。其多数作品采取长篇小说形式，有些采用流浪汉小说形式，如《阿卡维亚历险记》(*Alilot ' Akavia*, 1939)，有些是浪漫传奇剧，如《他可恨的妻子》('*Ishto hasnu'ah*)以连载形式刊登在1922年到1923年的《时代》杂志上。他擅长复杂的情节描写，在情节描写中，心理动机和人物刻画从属于冲突与净化、恐惧与怜悯的效果。作品情节的意识形态味道越淡，作为文学作品就越成功。

纵然伯尔拉的风格确有几分卓越之处，但批评家并没有对此大加赞赏。与他同时代的第二次阿利亚时期作家塑造出并不存在的讲希伯来语的主人公，来代表讲意第绪语的人，相形之下，伯尔拉笔下讲希伯来语的人代表着现实生活中讲阿拉伯语和拉迪诺语的人。他们的话语注入了其他语言中的习惯用语和格言，如《阿卡维亚历险记》。通过运用仪式性的民间术语，也通过创作中有条不紊的句法变形（令人联想起格尼辛），他创作出一种史诗罗曼司，写一个使民族因之得名的英雄寻找个人生命的秘密和普世救赎。这位英雄帮助穷人，营救不幸者，同邪恶势力作斗争。与所有英雄一样，他也为一种不可阻挡的激情所驱动。他为深爱着的阿纳希特决斗，她离自己而去；他娶普通女子维都佳为妻；后来又迷恋浪漫的迪亚曼提。移居耶路撒冷后，他变成犹太英雄，在阿拉伯人攻击社区时，奋起保护。最后认为他是一个没有实现罗曼蒂克抱负的悲剧性英雄。

尽管伯尔拉试图赋予主人公一种哲学深意，把他转化为一个小约伯或者小浮士德，其抗议似乎具有普遍意义，但作为一部具有哲学意义的文本小说并不具有说服力。然而，作为一部浪漫传奇，作品则引人入胜。在一个非英雄时代，英雄人物及其业绩吸引着年轻的移民，他们渴望读冒险小说，这种冒险与他们对阿拉伯中东的强烈幻想相一致。

本土出生的三剑客作家中的最后一位是雅考夫·胡尔金，在加入第二次阿利亚阵营和那些后来与第三次阿利亚关系密切的人（本土出生的作家如耶胡达·巴－约瑟夫和多尔巴阿里茨[*Dor Ba'aretz*]作家，如30年代登上文坛的 S. 伊兹哈尔和摩西·沙米尔）之间，充当了中间人。在主题上，尽管不是在风格上，胡尔金属于反类型作家。与沙米和鲁文尼一样，和年轻的移民不同，他没有把旧式伊舒夫描绘成具有单一特征的地方，而是描绘成充满生机、多棱面，甚至有些怪异的所在。阿格农和鲁文尼把伊舒夫描绘成和新来者对立的所在，相反，胡尔金从内部描写伊舒夫，在本土景观内部创造自己的主人公。

在某种程度上，他在没有曲解巴勒斯坦有形现实生活的情况下，成功地建构起一个本土阿里茨以色列的流散地社区。与类型和反类型创作有别，他的主人公所生存的以色列，多数情况下不是应许之地。犹太人和阿拉伯人离开这里，之后又回来，与布伦纳和阿格农笔下的人物在东欧出入几乎方式相同。他的主人公，不管犹太人还是阿拉伯人，他们依恋这片土地，都不是出于理念，而是出于习惯和环境。胡尔金最优秀的短篇故事均发生在旧式伊舒夫的熟悉环境里，不管是塞法尔迪犹太人社区（如《拉甫尔大叔的家》["Beveit hadod Raful"]和《屠夫埃里亚胡》["Eliyahu haqatsav"]），还是阿什肯纳兹犹太人、阿拉伯人、土耳其人和亚美尼亚邻里（如《列奥纳多教授》[*Prof. Leonardo*]、《穆尼拉》以及《在埃弗莱姆山中》[*Bein harei'Ephraim*]），应有尽有。的确，其背景从犹太人和阿拉伯人居住的雅法，延伸向耶路撒冷、太巴列和埃弗莱姆山区——犹太人和阿拉伯人居住的任何地方。

胡尔金所描绘的社会具有一套呆板僵化的社会准则，尤其是在爱情、婚姻和老年人等有关方面。任何违背集体习俗的人均会遭到排斥。在多数情况下，胡尔金的短篇小说在那些过于依附传统、或蓄意藐视传统的人物身上，投下悲喜交加的光环。他最为荒诞的描写婚姻生活的短篇小说是《屠夫埃里亚胡》，反映的是一个传统的塞法尔迪犹太人家族内部错综复杂的关系。故事通过过分夸张与怪异的对立来得以推进，给全书造成一种戏剧效果。族长埃里亚胡和书中的许多人物处于十足的对立中：莉夫卡，他的妻子；儿子雅考夫；父亲；小女儿拉海丽娜；以及他那富足而不可一世的亲戚、商人基诺。埃里亚胡和这些家庭成员的关系似乎均以商品交换为基础。埃里亚胡平日恐吓所有的邻居，周末靠付给妻子每星期主持家政的花费、处理孩子们的需要、探望妻子的叔叔基诺,来赢得和妻子性交的权利。爱、性贪婪以及商品交换编织成的这张网,也存在于他与孩子和父亲的关系中。

胡尔金对这一倾向进行了严肃探讨,有几个故事写到了激情,其中两性关系由主导他们的各自社会的力量所决定,不管他们是塞法尔迪犹太人、阿什肯纳兹犹太人,还是阿拉伯人。这些也许形形色色的种族社会,只有在其所施加的压抑程度上有所区别,因此,在爆发性质上,直接与社会的控制程度成比例。此类作品中最有意思的小说之一是中篇小说《在埃弗莱姆山中》,在这篇作品里,犹太反英雄,无法战胜传统习俗的束缚,并非存心把一个年轻的阿拉伯女子扎茵变成牺牲品,他曾经蔑视犹太人和阿拉伯人在爱情关系上的禁忌,同这个女子相爱。

老龄化主题深深地吸引着胡尔金,小说中上了年纪的主人公面临着死亡,具有一种几近荒诞的引人悲悯的因素。体现这一特点的最好小说之一是《列奥纳多教授》,它描绘了巴勒斯坦一犹太人小社区内一个孤独的怪人,他离群索居,矫揉造作,令人想起别尔季切夫斯基和肖夫曼笔下的悲喜剧人物。一个上年纪的小丑拼命要扮演浪漫情人的角色,他在现实生活中不是欧洲音乐家列奥纳多教授,而是穷困潦倒的来百乐,和病入膏肓的母亲住在一起。他按照想象中的列奥纳多教授那样去穿戴,讲话,努力在小镇上那令人窒息的褊狭氛围中赢得一席之地。

这篇小说简直是出闹剧,既揶揄冒名顶替的江湖骗子,又揶揄他周围的人们,因为没有人可以区分现实和伪造的世界。潜藏在故事和叙述者人格下面的是某种双重属性:似饥饿动物的知识分子,傻瓜般的浪漫人士,乞丐般的艺术家。小说结尾,主人公撕去伪装,扯断了小提琴琴弦,具有强烈的悲悯力量。虚幻结束时,孤独重又来临,胡尔金揭示了人的荒诞,他为达到卑琐的目的而矫揉造作。

从努力仿效哈斯卡拉文学的早期作家,到无法在巴勒斯坦扎根的最初移民，再到与巴勒斯坦浑然一体的土生作家，在这根链条上，胡尔金是一个重要环节。他小说中占次要地位的戏剧化事件没有涉及无归属、无所适从的新来者的生活，而是涉及那些生活在正常环境下的定居的人们。于是，他认为就他们而言不需要去描绘环境，或者是用带有异国情调的眼光去表现他们，以便取悦于国外的读者。对他来说，本地人以及本地人的生活，是他从事文学创作的天然材料。

莱夫·阿里耶·阿里埃里 – 奥罗夫、多夫·吉姆西、阿哈龙·鲁文尼

反类型者，其无可争议的精神领袖是布伦纳，故而其创作并没有和布伦纳所反对的理想模式相一致，这批作家中有阿哈龙·鲁文尼、莱夫·阿里耶·阿里埃里 – 奥罗夫、施穆埃尔·约瑟夫·阿格农、多夫·吉姆西，以及 Z. 沙茨（Z. Schatz, 1921 年和布伦纳一起在雅法被害）。尽管布伦纳把阿格农、鲁文尼、阿里埃里 – 奥罗夫等同起来，尽管他们的同龄人还没有把阿格农和其他作家区分开来，或者是给予他特殊的重视，然而阿格农却如此卓尔不凡，造诣丰厚，在希伯来文学经典中占据了如此中心的位置，因此我们将在下一章专门对阿格农进行讨论。

布伦纳仍然受到俄罗斯作家的强烈影响，尤其是陀思妥耶夫斯基的影响，而比较年轻的反类型作家接触的是斯堪的纳维亚的印象主义。开始，他们避免对"语境"（context）做任何描绘，蓄意忽略周围社会，而是集中描绘个人内在的情感世界。然而，一段时间过后，他们获得了更多的平衡，多数人经历了几次风格的改变。这些移民作家相似的生平经历导致其主题的雷同。主人公所处的环境与斯米兰斯基和路易多尔所描写的环境非常不同。不仅阿里茨以色列对他们怀有敌意，而且要求他们付出的英雄主义自我牺

性，令他们自己矛盾重重。因此，他们软弱无能，缺乏安全感。他们完全具有自我意识，对真正的爱情关系无能为力，无论做什么都以失败告终。阿格农和他的人物则是明显的例外，这些人近似于布伦纳笔下的反英雄，与他们的作者相似，对犹太教及其传统的兴趣微乎其微。

莱夫·阿里耶·阿里埃里－奥罗夫的生平经历的百分之九十类似于第二次阿利亚移民，这些人打算在阿里茨以色列定居，但后来却离开了。阿里埃里－奥罗夫 1909 年来到阿里茨以色列，成为第二次阿利亚文学的领衔人物之一。布伦纳经常把他和阿格农相提并论，在一篇文章中，把这两个人描绘成格尼辛和肖夫曼的合法继承人。但是在 1923 年，阿里埃里－奥罗夫移居到了美国。之后，其文学声音渐趋衰弱，直到最后完全销声匿迹。他失去了与读者的联系，显然也失去了文学火花。正如他在一封信中所言，保存下来的只有伤悲，只知道回忆比现实更为真实。希伯来文学中心转移到巴勒斯坦，最为繁荣的大流散犹太社区无法产生又一个繁荣，导致这位天才作家创作力的衰竭，其他作家也是一样。尽管他是从一个落后的外省抵达发达世界，但是作为希伯来作家，他则离开了文学温床，来到了一片沙漠。

阿里埃里－奥罗夫的意义主要在于他具有启发性。其创作历经第二代阿里亚文学所经历的从奇形怪状的印象主义到心理现实主义的全部变化。他的创作明显受到布伦纳和斯堪的纳维亚作家们的影响。在风格上使用近似鲁文尼的平实而不加藻饰的语言，有时他又流于比阿里克传统的某种公式化表述特征。他的现实主义短篇小说比印象主义小说还要成熟，至少有三篇在艺术上精美练达，不落俗套。这些现实主义小说中的最成熟之作是《荒野》小说系列，前两篇发表于 1920 年的《大地》上，第三篇在 1922 年发表在耶路撒冷的《篇章》(Dapim)上，由吉姆西编辑而成。

这部准自传体小说的主人公名叫大卫·奥斯特罗夫斯基，是个年轻的犹太人，应征到土耳其人军队服役。阿里埃里－奥罗夫的成就在于,用布伦纳、鲁文尼和阿格农的风格,描绘了一个被社会心理环境疏远了的人,一个生活在非犹太人中的犹太人,一个身在东方的欧洲人,其内心深处十分寂寞孤独。在同伴中鹤立鸡群,奥斯特罗夫斯基经历了许多令人苦恼的体验,暴露出自己的无能为力和荒谬的孤独感,最后他回到家中,发现自己钟爱的女人已经另嫁他人。

在所有的反类型作家中,多夫·吉姆西最为西欧化,布伦纳(吉姆西对他深为敬慕)对他创作中的这一特征予以力赞:"你不是一个受人欢迎、热诚、有泥土气息的作家",在1919年写给吉姆西的一封信中,布伦纳写道:"然而你富有智慧,欧洲化,现代,有点施尼茨勒的风格。"的确,吉姆西的文学教育(他翻译了德国的和斯堪的纳维亚作家的许多作品)有时在创作中比其他艺术成就更容易识别。其创作可以划分为三部分:采取奥地利新浪漫派风格创作的印象主义短篇小说(比如《小故事》(*Sipurim qtanim*, 1928);《尾声》(*Aharit*),以及《毁灭书》(*Sefer haqilyonot*);印象主义长篇小说《跨越》(*Ma'avarot*, 1923),类似于斯坦曼和霍洛维茨等后来第三次阿利亚中的现代主义作家;以及含有印象主义艺术韵味、近乎现实主义的小说(如《在七大洋》['*Al shiv'ah yamim*, 1934]以及《海费茨的家》[*Beit Heifetz*, 1951])。

最后一部作品《海费茨的家》是吉姆西的登峰造极之作。在风格上近似于克努特·汉姆生(《维多利亚》、《潘神》和《神秘》),背景置于耶路撒冷,耶路撒冷只被描绘成中东一个省城,为家族传奇提供背景。主要主人公是海姆·萨皮尔博士,一个不称职的错位了的新移民,他同海费茨一家相识后,受不可一世的女家长尼哈玛·海费茨控制,尼哈玛在嫁女儿时违背了她们的意愿。萨皮尔错娶了一个姐妹,而另一个姐妹被迫嫁给一个道德沦丧的犹太-印度王子。后来,她逃出婆家,回到耶路撒冷母亲家中,自杀身亡。小说展现出大家所熟悉的带有拜金主义色彩的父母包办婚姻与浪漫爱情之间的冲突。其中最妙趣横生的人物是女家长本人,她用牺牲女儿们的人生来展示自己无所不能,这一人物早在阿格农的长篇小说《一个简单的故事》(*Sipur pashut*)中已经作了描绘,在这两部作品之后,又以各种各样的面目出现在犹太和非犹太家庭小说中。

作为作家,吉姆西大体上没有获得文学独创性,没在同代或者后代作家的创作中留下什么痕迹。吉姆西在 1920 年的一封信中衡量了他和他那代作家。"我是一个强迫自己的读者,"他写道:"我每天读多达三四篇小说,我什么都看。然而,在过去的几年里,我们的文字浪潮没有一行字镌刻在我的脑际。既然这样,用弗里希曼的装饰性语言,一个侏儒时代终究会产生一个巨人。假使这样,我们只是促进那必将到来的巨人……相信我,只是促进巨人的到来。"正如吉姆西所言,只有阿格农,"必将降临的巨人",知道如何把欧洲文化遗产和土著材料及古老的犹太传统结合起来。

"那么将会发生什么?"阿哈龙·鲁文尼发表于 1930 年的长篇小说《悲伤》('*Itsavon*)开篇这样写道。其回答令人想到布伦纳似的清醒:"住在阿里茨以色列挺好,"一个正要在那里获得成功的人物说,"不管怎样,不比别处怀。"这就是对鲁文尼哲学的简要概括:一个具有洞察力的现实怀疑论者,不愿意把阿里茨以色列当成理想来加以颂扬,但是能够接受它的挑战。

阿哈龙·鲁文尼的创作反映了他乖蹇多艰的人生:生于乌克兰,1904 年移居美国,后又回到俄国,被流放到西伯利亚,逃跑,漂泊了一段岁月后,来到阿里茨以色列,那里成了他的家,并被当成他大多数小说的背景。在许多方面,他是最接近 20 世纪初叶自然主义流派的希伯来语作家。与欧洲自然主义作家相似,他试图描绘处于自然状态下赤裸裸的人类。

鲁文尼在希伯来文学中的地位主要仰仗他的三部曲,1954 年出版了合卷本《直到耶路撒冷》('*Ad Yerushalayim*),由是闻名。小说分三部分——《起初混沌一片》(*Bereishit hamevukhah*)、《最后的船只》(*Ha'oniyot ha'aharonot*)以及《破坏》(*Shamot*),在 20 年代分卷出版,独立成篇;将三部作品联系起来的共同特征是总体气氛,而不是戏剧化情节结构。作者通过冷峻的嘲讽，描绘出一种令人窒息的沉闷气氛。故事情节中尽是小人物，他们沦为社会压力的牺牲品，陷于琐碎而无意义的危机之中。背景（主要是耶路撒冷）也被描绘成一片贫瘠，提供不了什么物质便利和文化生活。在前两部分，小说非常单调，主要靠非个人力量——第一次世界大战、政界权威、土耳其推进。人物在很大程度上是靠理念驱动的新移民，从东欧来到耶路撒冷，有些心甘情愿，有些不情愿，在耶路撒冷和当地居民融为一体，对他们来说，那地方不过是众多犹太社区中的又一个社区而已。新来者的理想眼睁睁地粉碎。多数人希望离去。少数人执著坚守。

　　只有到了第三部分，三部曲的情节才得以真正展开，揭示了完全实现自我的个体人之间的关系。《破坏》中的主人公梅尔·方克是一个令人羡慕的悲剧人物，为使自己能够在阿里茨以色列生存得有意义，作出了不懈的努力。他的生活与瓦特斯坦一家的生活盘根错节，交织在一起，他住在瓦特斯坦家里，和他们联姻。它也是一部反映耶路撒冷一家庭衰落的小说，当时世界大战正向横扫世界的新思潮露出端倪。与读者的期冀相反，鲁文尼所描绘的城市并非像类型小说中那样的一个精神所在。反之，耶路撒冷是一个物欲横流的城市，非常残酷。随着小说的发展，一家之主去世了，为了养家糊口，一个女儿在母亲的默许下卖淫。在奥斯曼军队中服役的儿子遭受同性恋者的凌辱，变成男妓。方克作为富有理想的拓荒者，娶了这家中最纯洁无邪的女儿，但是后来被奥斯曼军队征兵，死于战争。

　　正是在三部曲的这一部分里，一切退化到极点，陷于堕落与恐惧中。但也正是在这一阶段，梅尔·方克找到他自我生存的源泉，即使他已经死去，但是作品继续证实着某种东西，用他孩子的出生重新燃起希望之光。在鲁文尼的小说中，犹太人在故土上的生存未来，不再受类型文学坚持把理想主义和理念当成阿里茨以色列的生活和文学的孪生条件这一主张的制约。未来反而出现在那样一个所在,在那里,对生活和人,无论其伟大还是渺小,丑陋还是美好,痛苦还是得意,林林总总,均合理接纳,能确保新文化的诞生。

* * *

与方克一样,阿里埃里-奥罗夫、吉姆西和鲁文尼创作的反类型小说中的主人公,并没有拥护崇高的理念;也没有居住在精心粉饰过的环境里。他们在类型小说中的对立角色,其每一次行动均是向实现自己所怀揣的希望前进了一步,这些人物在不断进行着自我斗争:为什么应该留在阿里茨以色列。即使它没有带来应许的"灿烂的生活,自由的生活",但他们决定留下来,与怀有敌意的现实角逐。正是小说中这种毫不妥协的政治与诚实,就像布伦纳所倡导的那样,使作品真实可信,在希伯来文学中占据了一席之地。

当然,在类型作家与反类型作家之间没有绝对的界限。沙米、胡尔金与吉姆西一样,并非严格的类型作家,连鲁文尼也并不总能摆脱类型创作因素的束缚。这两种倾向继续对从20世纪20年代到70年代的希伯来文学,施加辩证的影响。然而,迟早,界限会变得模糊不清,在日后的文学中,类型与反类型变得不适合去界定新出现的文学形式了。

7
交汇点；抑或精神寓所？
施穆埃尔·约瑟夫·阿格农

阿格农之前的所有希伯来文学成就均在他的创作中达到了极致。阿格农吸收了门德勒和别尔季切夫斯基传承下来且由布伦纳和肖夫曼革新了的文学传统，并融合了传统犹太和欧洲的主题和结构，创造了新型的希伯来语小说。在他的创作生涯中，从第二次阿里亚时期到20世纪70年代，犹太人经历了势不可挡的历史动荡。尽管阿格农本人声称，时代远远比表达时代的文学载体伟大，然而他本人成功地反映了文化变革的深广程度。

施穆埃尔·约瑟夫·查兹克斯，即阿格农，于1888年7月17日生于波兰的布克扎克兹城，1908年移居巴勒斯坦，1912年又离开，在德国呆了十二年，1924年重新回来定居在耶路撒冷。1966年，获得诺贝尔文学奖。1970年去世。他与其他作家一样，为自己创作了一部民族的－象征性自传。他说自己生在阿夫月初九，① 按照传统说法，那一天是圣殿被毁日，弥赛亚将要降临。他说，到达以色列、发表第一首希伯来语诗歌的那一天是奥迈尔第三十三天，正值逾越节和五旬节期间哀悼周中间，那一天既是反叛日，又是欢乐日。他的名字本身可以追溯到他的小说《弃妇》(*Agunot*)，是他于1908年哈奥迈尔日在以色列发表的第一个短篇小说的题目。非常恰如其分，这篇小说表现了永恒的差异：爱与被爱，人与心灵，宗教与日常生活，阿里茨以色列和大流散。

---

① 犹太历阿夫月第九天，相传两次犹太圣殿均在这个日子被毁。

他去阿里茨以色列之前用意第绪语和希伯来语发表的短篇小说和诗歌并不重要。正是他到达阿里茨以色列发表《弃妇》和《迷途知返》("Vehayah he'akov lemishor", 1912)才奠定了他在希伯来文学领域的重要地位,形成他一生最重要的转折点。布伦纳为《弃妇》喝彩,两位作家成为过从甚密的朋友。从精神特质上说,阿格农属于第二次阿利亚的世界,正如他自己所言,他受到第二次阿利亚时期主要作家,尤其是布伦纳的影响。阿格农是一个批判地接受犹太复国主义理念的犹太复国主义者,在随笔集《从自身到自身》(Me'atsmi'el'atsmi, 1976)中,阿格农声明自己的义务,这样来鉴定他的位置:

> 布伦纳对我说,年轻的犹太人除阿里茨以色列之外别无生存之处。尽管他在言谈话语中指责这片土地,抱怨这里的居民,警告几位朋友不要到巴勒斯坦来,但在实际生活中他遵守戒律栖居在这片土地上,为这片土地而死。他也教导我们要举止谦逊,谦恭,切因稍微不检点而触犯天公。如果我们观察第二次阿利亚的同志们,我们看到他们的长处乃从他那里学来。一些不知何故背弃他理论体系的人,很快会迷途知返。
>
> 鲁品(Rupin)① 教导我们不要好高骛远,要力所能及。我们那位记忆超群的大拉比(Kook)教导我们有关以色列土地的真理,教导我们在土地上劳作乃为神圣的服务。伯尔·卡泽内尔松(Berl Katzenelson)教导我们所有那一切。(140页)

对阿格农来说,在阿里茨以色列所要解决的首要问题就是能否把阿里茨以色列视作精神寓所;即,在阿里茨以色列能否在物质和精神上一并实现解放,但他的同龄人并没有看中这一点。这是环绕

---

① 鲁品·阿瑟(1876-1943),第二次移民时期的经济创始人与领导人之一,德裔犹太人。

他全部创作的一个问题,如在《弃妇》、《去年》(Tmol shilshom, 1945)、《黛拉》("Tehillah",1950)、《伊多和埃纳姆》("Ido ve' Enam",1950)和《遮住那血》("Kisuy hadam",1975)等作品中所体现的。

阿格农的特殊之处在于,他不仅面对当代政治,而且面对犹太传统,在创作中把类型和反类型形式结合起来。与类型作家相似,他接受了第二次阿利亚时期的意识形态价值,并依此来评估自己的主人公。比如,他把基布兹歌颂为新社会的最高社会成就。但是与反类型作家一样,他的作品并没有戏剧化地描述他所阐述的价值。阿格农的主人公纵然相信基布兹将是人类的完美所在,但他们自己并不住在基布兹。

这样一来,尽管他一生忠实于第二次阿利亚的价值,但是与阿利亚小说的许多表现形式发生偏离。从创作生涯早期,他的作品在风格与艺术氛围上近似阿里埃里·奥罗夫和吉姆西的印象主义。在第二次阿利亚时期发表的短篇小说(《米里亚姆的井》["Be'erah shel Miriyam",1909];《提市黎月》,1911)以及后来反映那一时代生活的创作(《去年》和《未婚夫》["Shvu'at'emunim"],1943)里,其移民主人公与鲁文尼和布伦纳的主人公一样,既不杰出,又默默无闻。阿格农比许多文学同人更为深切地意识到,第二次阿利亚时期的英雄主要是失败了的梦想家——普通小人物,做力所不能及的事。

阿格农的创作根基从20世纪早期的阿里茨以色列,扩展到以前他的故乡布克扎克兹城小镇,他创作的犹太村镇。他在表现故乡小镇时,创作背景在早期回忆和后来的小镇体验之间痛苦而强有力地来回波动;20世纪30年代,他在战后萧条期重返故乡。他在几部作品中均表现了布克扎克兹的世界:从早期的一个中篇《迷途知返》(1912)("讲述的是门纳西·海姆,布克扎克兹城神圣社区的一位居民,失去了全部财产,贫穷使其发疯")到长篇小说《宿夜的客人》('Oreah natah lalun,1939),根据他后来回归故乡的经历写成。阿格农笔下的布克扎克兹城有些介于真实所在和象征之间,继承了门德勒、别尔季切夫斯基、佩雷茨和肖洛姆·阿莱海姆创作中的犹太文学表现传统。它既充满了浓郁的乡愁,也蕴涵着讽刺与嘲弄。与肖洛姆·阿莱海姆一样,阿格农把犹太小村庄描绘成失落的世界,一座墓地。但是对阿格农来说,在这种描绘中没有宽容的幽默,只有一个世界缓缓实现死亡时那令人毛骨悚然的荒诞。

犹太传统本身构成了阿格农创作的文化根源,这种传统潜藏在《弃妇》、《迷途知返》等小说中。比如,在《弃妇》中,阿格农使用了犹太神秘主义及对犹太神秘主义的种种反应等原始材料,能够在传统经典文献中找到故事来源。然而,他对宗教传统的态度充其量是矛盾重重。他把神圣文本世俗化,甚至对其加以亵渎,用荒诞甚至怪诞手法把它们和现代生活并置,或者从非正统的折中视角来表现古代观点。比如,在《去年》中,让一条狗,确切的名字叫巴拉克,从狗的视角出发,用密德拉希中诠释《创世记》(*Bereshit Rabbah*)的语言来表现创世。

换句话说,在采用传统材料上,阿格农没有重申,或者不只是重申古老的价值或信仰。反之,他正在揭示甚至把自己置于它们所代表的思想的对立面。有时他的修正论带有明确的世俗目的,比如说,当阿格农挪用传统措辞,甚至从宗教文献中(书信、法学家的释疑解答、布道、趣闻轶事和说教性预言)借用整个形式,以便让失败了的爱情故事暗示历史的、神话的或者心理的进程。阿格农的理想读者是那种识别出经典材料、以此认识文本的社会历史、政治和神学写照的人。

阿格农熟悉犹太传统,同样也熟知欧洲文化。这二者已经丰富了新希伯来文学,而阿格农的创作又使得两者之间的辩证张力愈加增强。通过结合经典文献和现代欧洲形式把经典文献世俗化,阿格农强调了他与经典的差异,来突出他与经典的继承关系。与他那个时代的其他类型作家一样,他在早年受到斯堪的纳维亚新浪漫派的影响,如雅各布森、比昂松,尤其是汉姆生(他甚至在

1913年把比昂松的短篇小说《尘埃》从意第绪语翻译成德语)。在书信中,他也提到自己受到福楼拜(这一点在他的全部创作中均可以看到)、凯勒(Gottfried Keller)以及斯特林堡(August Strindberg)的影响。他在德国逗留期间,斯堪的纳维亚的影响渐趋减弱,他开始接近温和现实主义,如凯勒和福楼拜,也许还有托马斯·曼。

1932年以后,阿格农开始创作超现实主义小说,如《善行书》(Sefer hama'asim)。人们把这些短篇小说与卡夫卡的作品进行比较。然而,阿格农背离现实主义是由于作家内在因素的发展变化,而不是外在因素的影响。卡夫卡和阿格农之间也无疑存在着差异,阿格农实际上反对和卡夫卡作比较。卡夫卡描绘了一个缺乏时间与空间概念的世界,在那里非真实的东西化变成真实的东西。阿格农采用的是可辨认得出的时间和地点,加以陌生化,或者加以变形。前者剥夺了现实的逼真性,后者则使非真实的东西貌似真实。阿格农和卡夫卡确实几乎截然相反。在某种程度上,阿格农更近似果戈理,与卡夫卡则相去甚远。

除传统犹太经典和欧洲文学外,现代希伯来小说遗产也影响了阿格农的创作。尽管他从文体上采用的是门德勒和比阿里克的准则,从一开始就使用佩雷茨、弗里希曼和别尔季切夫斯基的文学浪漫主义母题。把这些母题和传统中司空见惯的社会素材结合起来。他的主人公在由真实和荒诞组成的混合世界里漂泊不定,与布伦纳、格尼辛和肖夫曼的人物一样没有归属,孤立无助。到他成熟之际,阿格农越来越倾向于门德勒和比阿里克等人戒律严明的古典程式,这一程式阻止他过多宣泄激情与情感,而这又是他新浪漫主义创作的一个趋向。他在技巧上采用的正规文体和他所选择的浪漫主题之间的平衡视角产生对照,形成了作家特有的讽刺特征。阿格农把传统文学视为一种审美理想;他希望通过回归传统价值,避免出现被他视作新文学的过度激越。他要展示一种视野(sight),而不是为视野而激动不已,要唤起情感,而不是为情感所左右。他没有用理论批评的形式来表达文学审美在这方面的特点。而是使之含蓄地蕴含在小说当中。

阿格农不断地重写自己的故事,直至满意为止,这种方法使其能从一个假现实主义者,经过新浪漫主义阶段,发展到别具一格的阿格农风格,这种风格从1912年开始(他在德国停留后)就成为他创作的一个特色。《提市黎月》(1911)逐步演化到《沙山》("Giv'at hahol",1920);《米里亚姆的井》(1909)在《经文抄写者》(Agadat hasofer, 1929)中再度出现;《夜晚》("Leilot",1913)的影子在《去年》(1945)、《打碎的碟子》("Hapinkah hashvurah",1906年用意第绪语发表,后用希伯来语发表)、《雅考夫·纳胡姆的梦想》("Halomo shel Ya'aqov Nahum")以及后来的《孤儿和寡妇》("Yatom ve'almanah",1923)中清晰可见。

这些短篇小说和中篇小说也显示出他所拥有的内容和形式宝藏。从在德国时期开始,他就以欧洲现实主义风格发表心理爱情小说(如《沙山》;《跛子欧瓦迪亚》,1921;《医生的离婚》["Harofe vegrushato",1941];《在她妙龄之际》["Bidmi yameyah"];《大城市》["Panim aherot", 1933],以及《华氏温度》["Farenheim"]),同时还发表大量运用传统犹太素材(比如《孤儿和寡妇》)的短篇小说,象征性地表现其主题。他经常利用喜剧观察,从社会讽刺(如《用我们的青春,用我们的年华》,1920)到小品文(如《论税收》,1950)以及《国家书篇章》中的其他部分,到拉伯雷似的方式(《双鱼座》["Mazal dagim"])。许多短篇小说近似于荒诞的喜剧轶事(如《关于圣贤之死》["Im ptirat hatsadiq"]、《严霜》["Hatsfard'im"]以及《双鱼座》)。他最为有意思的小说把现实主义和象征主义结合起来(如《未婚夫》、《遮住那血》)。他艺术地运用了主要的通俗形式,如关于圣人的民间传说和神话(如《加迪埃尔,流浪的孩子》[Ma'aseh berabi Gadi'el hatinog, 1920]和《我已故祖父的烟袋》["Miqtaro shel zqeini'alav hashalom",1941]),历史人物(如《芳名远扬的拉比以色列·巴阿拉的故事》[Sipurim na''im shel rabi Yisra'el ba'al *shem-tov*])以及近似民谣的感伤故事《赎罪》("Kipurim")和《死去的孩子》("Hayaldah hameitah")。他撰写家族编年史《我们家的梁柱》(*Korot beiteinu*, 1979);历史小说(《牛爸爸》["Avi hashor"]);死后出版的《包罗万象的城市》(*Ir umlo'ah*, 1973);用带有现代暗示的说教文学风格写成的中篇小说(《迷途知返》、《经文抄写者》);以及其他运用明显超现实主义形式和主题的作品(《伊多和埃纳姆》、《善行书》、《外衣》["Hamalbush"]、《千古事》["'Ad 'olam"]、《脚凳和御座》["Hadom vekise"])。有些哥特式短篇小说(《死亡舞蹈》["Meholat hamavet", 1919];《爱情的华盖》["Hupat dodim", 1922]),以及《女主人和小贩》("Ha'adonit veharokhel")含有非常复杂的现代主义内核。

  阿格农1924年回到阿里茨以色列,但他的创作并未就此发生重要变化。只是到了20世纪30年代,从发表《善行书》起,他才开始创作一种截然不同的小说。这些小说从时间和地域方面都很陌生,揭示了现代世界宗教人士心灵的不安全感。这些算不上是阿格农最有意思的作品。然而,它们对阿里茨以色列方兴未艾的希伯来文学的影响,远远大于他的现实主义小说。他的主要长篇小说也从20世纪30年代开始出现,在这些作品中我希望强调:《婚礼华盖》(*Hakhnasat kalah*, 1931)、《一个简单的故事》(1935)、《宿夜的客人》(1939)和《去年》(部分章节作于30年代;整部作品到1945年才成书出版)。直到20世纪60年代他继续创作各种模式的小说。去世后出版的几个集子收进了以前发表的一些材料(只是一部分);亲笔书写的全部手稿;最后一部长篇小说《希拉》(1971),部分章节以前曾发表过,《卢布林先生开的店》(*Behanuto shel mar Lublin*, 1974)中也有;还有许多添加部分。

  《婚礼华盖》在1920年出版过简写本,是阿格农的第一部长篇小说。它讲述的是"一个既缺吃又无家产的哈西迪",按照拉比吩咐,出外筹钱,嫁三个女儿。在许多方面,这是一个传统的虔敬派故事。然而,它也吸收了欧洲文学传统的成分——在这方面,指流浪汉小说——其中主人公的流浪漂泊暴露了社会的某些隐秘方面。(堂吉诃德通过门德勒的《便雅悯三世的旅行》走进犹太文学之中。)《婚礼华盖》是一部反映犹太信仰的充满喜剧色彩的堂吉诃德式的传奇,莱夫·余德尔是堂吉诃德似的梦想家,而马车御者莱夫·奈塔如同务实的桑丘。小说背景置于犹太人的加利西亚,对已经从这个世界上消失了的"伟大信仰者"似的人物形象给予颇具嘲讽意味的尊敬。

小说从贫困与性缺失写起。"从前有个哈西迪派信徒。他贫困潦倒,愿仁慈的上帝保佑我们,总是坐在那里研读《托拉》并祈祷,超然于世间俗务之上。"导致主人公获得财富并恢复性繁殖能力的情节,主人公所掌握的《托拉》知识,以及他一成不变的信仰,是以错误的喜剧为基础的。莱夫·余德尔想方设法为女儿寻找新郎,因为未来的乘龙快婿确信,他就是富有的莱夫·余德尔·纳森松。情节发展下去或许会导致喜剧灾难,但是莱夫·余德尔的女儿,在拉比泽拉和一只公鸡的帮助下,发现了财宝,让莱夫·余德尔既发了财,又在宗教献身上没有作任何妥协。小说结尾,出现了两个莱夫·余德尔,他们名字相同,但社会身份迥然相异,二人合而为一,于是余德尔的《托拉》就成了(如一支意第绪语催眠曲中所唱)镇上最"上乘的商品":"真岳父和假岳父莱夫·余德尔·纳森松,与女婿们坐在一起该多么美妙,多么甜蜜;当众人站在他们身后喊道,祝你长寿,莱夫·余德尔,两个余德尔将一起转过头说,长寿,长寿。"(369页)在一种吃吃喝喝的丰宴上,物质和精神、贫穷和财富联姻;依赖于信仰者力量的犹太信仰,得到了复苏与更新。

《一个简单的故事》同《婚礼华盖》相比,更具心理小说的特点,接近于20世纪早期作家克努特·汉姆生和托马斯·曼(《布登勃洛克一家》)的创作。然而,它也达到了超现实的神话深度。小说围绕着个人欲望和资产阶级家庭桎梏之间的冲突展开。布鲁玛·纳赫特是主人公赫什尔母亲雇佣的一个穷亲戚,向赫什尔施发出一种备受压抑的感染力,赫什尔同阿格农的多数主人公一样,没有解决个人愿望和社会期待之矛盾的才智。家里通过让赫什尔娶另外一个女人米娜·兹艾姆利赫的办法来驯导他,但压抑只导致爆发。赫什尔精神失常,关于他发疯的场景乃是本书的高潮。他被送进兰格萨姆的诊所,在那里他情感迟钝,并得到"治愈";这样一来他便能够恢复社会地位。他没有为补救自己的环境作任何努力,而是调整个性以适应世界的需要和期待。

尽管这篇作品首先显得烦琐而陈腐,写的是挫败的爱情,然而通过穿插构成独立存在的、次要文本的象征母题,达到了神话深度。只能用诗歌语言方可表现的非理性力量,作用于英雄灵魂,决定其行动方向。赫什尔和布鲁玛成为某种超人力量的化身,赫什尔是爱神厄洛斯转世,布鲁玛成为这个世界上永远不能拥有的爱人:"赫什尔懒洋洋地坐在一条木长凳上,双脚一个劲儿地在地上蹭来蹭去,有意无意地听村子里断断续续飘来的声音。一些农家女孩正在唱一首歌,讲的是美人鱼嫁给了王子。当王子得知新娘是人鱼时会怎么办? 农家女是那么的遥远,只有她们的声音传到他的耳际。"在阿格农的小说建构中,布鲁玛就是那条美人鱼,赫什尔是王子。但是仙界故事永远不能化作现实。这是一部如此典型的资产阶级小说,以至于差不多能用马克思主义的术语来进行描述,《一个简单的故事》也是表面上有犹太形态的原型,写在家庭和社会束缚下的世界里无法实现的欲望。

长篇小说《宿夜的客人》发表在 1939 年第二次世界大战爆发前几个月,是阿格农艺术达到最为精湛水准的见证。它既是在两次世界大战期间瓦解中的犹太村庄的一部编年史,又艺术化地展现了同那些历史环境所进行的抗争。尽管阿格农在以前的创作中,试图把艺术和现实拉开距离,但在这本书中,他开始像布伦纳那样,创作非虚构的虚构作品,尽管用的是自己与众不同的文体。可能顶多是普普通通的游记,加上自传材料,并证明叙述人－作者世界观的合法性,但在阿格农天才的引领下,成了一部据理力争的证词。叙述人－主人公展现了难民经历的总体状态,不仅改变了难民对世界的看法,也改变了他自己的观点。

命运在《宿夜的客人》中起到了重要作用。每个个体人均独自面对个人的命运。然而,严酷而恐怖的天意威胁着他们大家,叙述人发现,没有办法使历史逆转或者让命运的车轮倒转。对于阿格农来说,这不单纯是社会历史的真实。确切地说,它是具有深邃精神性的客观实在,探讨极其令人费解与可怕的痛苦世界的运作方式,在那个痛苦的世界里,的确没有办法区分真实和非真实:

不记得是梦还是醒。但我记得在那一瞬间,站在林中空地,身上披着祈祷巾,头戴经匣,孩子拉菲尔,丹尼埃拉·巴赫的儿子,胳膊上挎着书包走来。"谁带你到这里来的,儿子?"我说。"今天我举行成人礼了,"他说,"我要去念密德拉希。"我十分可怜这个可怜的孩子,因为他被剪掉了双手,不能戴经匣。他那双美丽的大眼睛盯着我说,"爹爹答应给我做橡皮手。""你爹爹是个诚实的人,"我说,"要是他答应了就一定会做。也许你知道为什么你爹爹决定问我关于舒茨铃的事。"拉菲尔说,"爹爹打仗去了,我问不了。"

"这件事你知我知,拉菲尔,"我对他说,"我怀疑你姐姐伊瑞拉是个共产党。她不是嘲弄你爹爹吧?""啊,不是,"拉菲尔说,"她为他伤心,因为他找不到胳膊了。"我问他:"这是什么意思,'他找不到胳膊了?'""他失去胳膊了,"拉菲尔说。"要是那样的话,"我说,"他把经匣戴哪里?""别担心,"拉菲说,"该戴头上的戴他自己头上,该戴手上的戴在别人的胳膊上。""他到哪里找别人的胳膊?"我说。"他在战壕里找到一个士兵的胳膊,"拉菲尔回答说。"你认为他可以用一只胳膊去履行义务吗?不是写着死人是自由的吗?人死了,就免除了宗教戒律,任何免除了宗教戒律的人不能豁免其他的人。""我不知道,"他回答说。"你不知道,"我说,"那么你为什么装懂?""你问我的时候我才懂了,"拉菲尔回答说,"你一问我我就忘了。"

"从现在开始,"我说,"我就不问了。去吧孩子,去吧。"(33页)

这个梦像是叙述人和一个孩子之间进行的一场普通谈话。但故事中来自别处的现实生活碎片以支离破碎的变形形式出现,产生出一幅陌生的怪诞画面,展示出两个不平等、不般配的谈话者之间不合逻辑、晦涩难懂的不是谈话的谈话。在这个不真实的世界里,恐惧(失去手和胳膊)在日常生活中司空见惯,政治的和精神的东西不懂得相互分离。文本在讽喻的层面上表明,截肢者和伤残者作为群体中的成员不再能履行精神义务,(也许)只有通过如此怪诞的形式提出问题,看他们是否以任何方式完成戒律。这一段文字暗示出,也许比较好的方式是不提问题,不去指出宗教信仰在一个遭到毁灭的世界里所面临的骇人听闻的悖论。

小说中的叙述人回到他出生的故乡,目的是要重建信仰,并为信仰所重建。但这一切不可能化作现实。文本中有这样一个片段,他重新打开古老的白特密德拉希(书房),但丢失了钥匙;他虽然弄到了一把新钥匙,但是不能吸引镇上的任何乡亲。只有回到阿里茨以色列他才找到丢失的钥匙。那时叙述人发现,他不能让过去的辉煌复生。而且,他逐渐意识到人们在身体和物质上遭受的痛苦需要更为直接的救治。在救治过程中,他自己有责任采取行动。

在《宿夜的客人》中,希伯来因素和欧洲因素在形式上完美地结合起来。早先处于次要和边缘地位的成分转移到了中心;平行、偏离以及隐含在字面下的文本控制了文本,貌似真实的情节和作品的其他特征相比处于从属地位,强调总体的文本意义,而不是强调即刻的喜剧性事件。这种对文学传统进行的变化多端的革新,并非只是作家阿格农个人发展的产物。它也代表着大屠杀前期对犹太人变化了的生存状况所作的反应。主人公在回归故园施布什(布克扎克兹)的过程中所发现的世界,需要具体的物质援助,这一需要淹没了任何遥远的、怀旧的、为艺术而艺术的审美意图。阿格农在体现艺术家的观察立场时，总有一种反讽的特征；现在这种反讽变成了重要的主题问题。重归故里的艺术家可能对它的毁坏进行客观赞扬，这种审美上的不偏不倚表现出一种不朽，因为它和降临在小镇上的真正痛苦拉开了距离。这样一来，在这部前大屠杀小说里，阿格农卓越并富有远见地处理了艺术和大屠杀问题。

在《去年》中，阿格农回到了第二次阿利亚时期。尽管这部作品表现出阿格农背离了现实主义表现手法的特征，但基本上是一部社会心理小说，充满纪实性材料。小说描述了新移民伊扎克·库默深深眷恋他的过去和他的故乡，没有能够成功地成为第二次阿利亚的一分子。小说背景置于雅法、方兴未艾的特拉维夫、耶路撒冷和埃因加尼姆，用来比喻主人公的心理斗争和社会斗争。在把他撕成碎片的几种力量中，雅法是移民的世俗化城市，耶路撒冷是宗教回归之所。他在两个中心之间来来往往，这一点通过他对生活中两个女人的踟蹰不决而体现出来，两个女人分别是喜欢幻想的桑尼亚，住在雅法，以及他所心仪的希弗拉，住在耶路撒冷。

在流亡与救赎、犹太教与犹太复国主义之间存在着永恒的分裂，伊扎克就是这种分裂的牺牲品。与先祖一样，他也为做牺牲而遭受缚（指以撒受缚），但是上帝没有给他提供替代物。伊扎克被一条疯狗咬噬，疯狗本身象征着伊扎克内在的分裂，他死了，只有在他的葬礼结束后，使土地荒芜的干旱才得以消除："当我们走出家门，看见土地含着蓓蕾和鲜花微笑。牧羊人赶着牧群从这头走向那头，湿漉漉的大地上传来绵羊的叫声，天堂里的飞鸟应和着它们。世界其乐融融。从来没有见到过这样的欢快场面。"（606页）伊扎克不同于希腊悲剧英雄，他是个无辜的牺牲者，从来没有获得自我觉醒或者意识到自己的罪愆。反英雄遭到了毁灭，但社会得以再生。

《宿夜的客人》和《去年》凌驾于现实主义传统之上，在这之后，阿格农在《希拉》中重新回归现实主义传统，《希拉》是用《包法利夫人》、《安娜·卡列尼娜》和《福尔赛世家》的方式写成的一部家庭小说。小说在20世纪40年代末期便开始付梓，但整部作品面世是在阿格农去世之后的1971年。与此类其他作品相似，作品主题是关于一个家族的衰落；也就是说，家族所代表的秩序与稳定这一富有安慰性的轻松欢快场景瓦解消失了：

> 又一次在没有过多变故的情况下来筹划生活方式。加比顺利地成长起来。他像小妹妹一样：小妹妹不怎么惹妈妈生气，他也不怎么惹妈妈生气，就更不用说惹爸爸生气了。他不打搅爸爸倒是件好事，爸爸必须准备冬季讲稿，不应注意不相干的事情。

与这种有条不紊的日常生活相对的，是色情与颓废的世界。主要主人公、知识分子曼弗雷德·赫伯斯特，平淡而安稳的家庭和家庭生活之外奇妙而可怕的冒险使其陷入极度的精神痛苦之中，后者以助产士希拉这一人物为象征。与希拉的关系渐渐显得奇幻并具有邪恶的魔力，比如，甚至当她从故事的现实事件中消失后，她的阴魂继续困扰着主人公。赫尔伯特不能在清醒之际拜访她，便在梦中与她相会。希拉唤起了赫尔伯特情感和精神的觉醒，失去希拉，在情节和结构层面逐渐导致整个模式的解体。仿佛作家，还有主人公，被一位缪斯女神紧紧抓住，当她离开时，把创造力一起带走。《希拉》的不完整性在阿格农去世后的另一部作品《卢布林先生开的店》里甚至表现得更加明显，后者写的是一个东欧犹太人在第一次世界大战期间在德国的孤独经历。

尽管可以追溯阿格农的创作风格和主题的发展情况，但最好是对他的创作也进行同步考察。在创作生涯之初，他创造出一个丰富的文学实体，合并了对其发生作用的各种影响，并将这些影响强有力地结合在了一起，经常具有一种富有成效的张力，在风格和主题上具有鲜明的特色。阿格农的小说把复杂精细的多样化语言并入多种多样的虚构类文学形式。它以亲切而愉快的笔法描写东欧、德国和阿里茨以色列来自不同阶层的错综复杂的人们，从时间上跨度很大，横亘19世纪初期到20世纪中叶。

阿格农小说中的时空感知通过各种各样的视角发生着变化。有时，见解发自内心；有时，又生动地表现出迷惘疑虑的看法，比如在《弃妇》《迷途知返》以及《卢布林先生开的店》中，新世界没有归属的观察者从内、从外、从远处来观察那个世界。这种对位视觉（vision）通过地理、时间和心理上的镜像式反应与变形也可以实现。这样一来，《去年》中的主人公便从父亲房子的视角来观察雅法，从雅法的视角来观察耶路撒冷，也从目前的反讽立场来观察古城，这一策略与《包罗万象的城市》的手法相似，《包罗万象的城市》用反讽手法表现布克扎克兹，用当代透视法来观察它旧日的辉煌。

文学风格的独创性使阿格农整个生涯的创作浑然一体。与门德勒的公式化表述相似，他的措辞植根于古老的希伯来文化宝藏及其相互对称的语言范式（linguistic patterns），这种范式主要通过类比和节奏激越的句子结构来表达。然而，与其他使用这种程式化语言的人不同，阿格农把不一致的语言层并置起来的目的不是为了产生喜剧效果。反之，他努力要暗示古典文献出处和深含的象征意义。在并入从《圣经》到《塔木德》，从虔敬文学到犹太人的祈祷书和宗教小册子等众多各式语言层的同时，他允许通过观察来控制情感，创造一种超然的反讽小说。在《经文抄写者》中，他谈到作家（抄写圣书者），或许也是在谈论阿格农本人：在着手工作之前，他必须"像人在大雪纷飞之日站在冰冷的水池里那样踌躇"。阿格农不仅没有尝试创造一种"活语言"，而且把他的语言风格化，并使之具有美感，他一贯避免现实主义纪实小说的偏颇和成见——如布伦纳的小说特征。

阿格农的每个文本都经过刻意雕琢，以调节情节发展与综合概观之间的平衡，以至于使作品意义主宰着一个接一个暴露出来的戏剧性事件。随着创作的进步，这种主宰情节的范式甚至变得更加突出。在早期作品如《弃妇》和《迷途知返》中，情节比较紧凑，连贯性强。到30年代末期（从《宿夜的客人》开始）结构类比与对称开始占了上风，在20世纪50年代的创作（《如此遥远》['Ad henah, 1952]）以及去世后发表的作品如《卢布林先生开的店》和《遮住那血》中，情节甚至更加屈从于明显具有控制力的作家视角。在中篇小说《如此遥远》中，故事各个部分中非常细微的对应堪称精致绝伦，情节只有在这种一致中才得以出现。

阿格农的情节一遍又一遍地反映了命运的力量。主人公发现他或她自己身处一种需要解决的困境中，要化解危机，并受到惩罚。在多数情况下，困境不能自己化解，因此，它仿佛是主人公因作出错误的决定而遭受惩罚，实际上主人公只是在命运的支配下变成牺牲品。情节与无法化解的危机和解决方式有关，惩罚一般牵扯到新国家里的新移民（如《迷途知返》、《婚礼华盖》、《大海深处》[Bilvav hayamim, 1935]、《如此遥远》、《去年》和《宿夜的客人》）或者是为其自身环境所隔离起来的个人（如《被排斥者》[Hanidah]、《一个简单的故事》、《希拉》以及《伊多和埃纳姆》）。有时两种状况结合在一起，如《去年》。这些情节以各种情感为依托而展开，从悲剧性的-悲悯到喜剧性的-滑稽，跨越各种各样的社会舞台。

阿格农有时借助把人物联系起来的对应（parallelisms）、语言特征、母题和事件（比如在《宿夜的客人》中），进一步扩展随之而来的情节。他也将当代戏剧性事件和古代文本并置起来。在他的非现实主义短篇小说中，如《外套》，只有通过破解取自古老犹太文献的潜文本才可以接近情节。有些解释性的破译乃为内在文本。纵然阿格农的每部小说独自屹立于艺术之林，然而，它们也是构成一个统一的互为关联的经典的组成部分。阿格农作品中体现这种互见的范例是克兰德尔·卡尔尼（意为小黑冠），《迷途知返》中的主人公，在《用我们的青春，用我们的年华》中又被提到："路上，我碰见我一个朋友，名叫霍夫曼。霍夫曼先生是弃妇克兰德尔·卡尔尼的儿子"（314页）。为了弄懂这一说法，读者需要了解克兰德尔儿子的出生情况。这样的互见把意义从一个文本带到另一个文本，造成与连续性情节的短暂偏离，把一本书的共振与意义带入另一个文本。

阿格农通常通过建构辅助情节来打破正常情节的顺序，辅助情节在整个作品里占据了不相称的重要地位。有时平行的情节和结构互为强调，增加了情节的总体深度（比如《宿夜的客人》）。在有些情况下，辅助因素之间的联系，或者辅助因素和主要故事的联系是纯技巧的。缺乏引人入胜的逻辑或连贯性，它们近于荒谬，甚至怪诞。在极端情况下，多重偏离与平行造成一种不连贯，几近后现代的叙述（《如此遥远》和《卢布林先生开的店》是这方面的例子）。

概括阿格农作品中的人物要比概括他的风格更难。人物范围跨越四五代人，横亘意识形态和社会分水岭。它包括苦修者、哈西迪信徒、无宗教信仰者、犹太复国主义者、同化了的犹太人、正统派犹太教狂热信徒、富人与穷人、浑噩无知者和学者、大拉比、传统中定型了的人物，如荡妇和书呆子，以及历史上的真实人物，如布伦纳。然而，尽管人物多种多样，但典型的阿格农主人公倾向于被动；没有能力进行客观分析，在十字路口驻足不前，不知所措。当人物开始行动时，他们幼稚天真，行为具有反讽色彩，如《黛拉》中的同名女主人公，或者是《婚礼华盖》中的莱夫·余德尔。在许多方面，典型的阿格农主人公令人想起那些与之类似的心理现实主义者，为无法解决的生存、社会和宗教冲突所征服并击败。然而，与布伦纳和格尼辛不同，阿格农不是从内部展现人物。人物也不是通过内在独白或者意识流来做自我告白。他们的精神状态只有通过外部行为举止来展现。在人物性格化上，阿格农采用各种技巧，从象征性的名字或昵称这样相对单纯的技巧（基本上是意第绪语或德语名字：布鲁玛·纳赫特、法兰海姆、哈特曼、伊扎克·库默、本·尤里——后者与沙漠里的圣帐建筑师拜扎勒尔·本·尤里有关），到人物复沓的复杂模式,在这一复杂模式中,相同或对立的人物相互扩展自己的意义,给文本增加了维度。因为阿格农并没有创造出明确的现实主义人物,也因为他没有进行人物性格分析,他的人物需要读者做出积极阐释。

阿格农的长篇小说拥有清晰的时空背景:19 世纪早期和两次世界大战期间的加利西亚,20 世纪早期的犹太小村庄,第一次世界大战时期的德国,第二次阿利亚时期和 20 世纪 30 及 40 年代的阿里茨以色列。然而,尽管小说具有历史真实性,可以将其归入社会小说的范畴,但它们均超越了时空局限。尽管三部长篇小说可被视作阿格农最淳美的作品,但他也创作了许多中篇小说(如《未婚夫》、《被排斥者》、《在她妙龄之际》)和短篇小说集:现实主义的(《锁柄》['*Al kapot haman'ul*]),具有传奇色彩的(《如此这般》['*Eilu va'eilu*]),以及超现实主义的(《善行书》)。他的短篇小说也以结集的形式出版,如《如此遥远》、《火与树》[*Ha'eish veha'eitsim*]和《包罗万象的城市》。1910 年后,恩斯特·缪勒把《弃妇》翻译成德文,阿格农的作品开始用其他文字出版。最终,他的作品翻译成多数欧洲文字,并翻译成汉语、世界语、印地语、蒙古语、波斯语、土耳其语、日语和阿拉伯语。马克斯·斯特劳斯的德文译文《迷途知返》(1918),吸引了许多年轻的德国犹太人阅读阿格农。他的一些短篇小说,如《抄写圣书者》的德文译本甚至先于希伯来文版本出版。

* * *

多数情况下,两次世界大战期间在阿里茨以色列创作的作家和出生在这个国家的作家(*Dor Ba'aretz*)避开了阿格农。阿格农代表着一种令人叹为观止的文学先驱,难以企及,几乎不可能超越。然而下一代,在逃避父辈们倡导的现实主义时,从阿格农反模仿的美学追求中,找到了重归希伯来小说传统的途径。国家一代作家(*Dor Ha'medina*)与阿格农的天才不期而遇,使之所代表的丰富文化身份得以恢复。耶胡达·阿米亥、大卫·沙哈尔、品哈斯·萨代、亚·巴·约书亚、阿摩司·奥兹、伊扎克·奥帕斯以及阿哈龙·阿佩费尔德等作家之所以能摆脱现实主义传统枷锁的束缚，应归功于阿格农的影响。然而，这种影响也阻碍了创造力的发展，并非他所有的继承人都可以超越这一障碍。想努力赶上阿格农丝毫没有保证你可以抵达他成就的核心。那一成就在群英荟萃的希伯来文学中，保持着一种恒定状态：一盏引路的，纵然具有威慑力的明灯。

8
建设与被重建
故乡艺术与第三次阿利亚

> 我们来到这个国家建设它,也被重建
> ——第三次阿利亚之歌

第一次世界大战接近尾声之际,欧洲犹太人经历了一系列重大激变。俄国十月革命导致犹太社区生活的衰落;内战时期反犹主义又开始激化;乌克兰彼特留拉(Petelyula)的集体屠杀甚嚣尘上。与此同时,美国的新移民配额遏制了涌向那里的移民浪潮。1917年《贝尔福宣言》发表,表明不列颠政府支持在巴勒斯坦建立一个犹太民族家园,与前奥匈帝国内民族小国的崛起交相辉映,导致了对犹太复国主义兴趣的日益增加和移居巴勒斯坦的新浪潮。在20世纪20年代到30年代有三次重要的移民浪潮(aliya):拓荒者组成的第三次阿利亚(1919 – 1923);第四次阿利亚(1924 – 1926),主要包括波兰中产阶级犹太人,波兰首相格拉布斯基所推行的政策破坏了那里犹太人的生计;最后,从1932年开始了第五次阿利亚,移民主要来自德国。

与这些发展同步,阿里茨以色列的情况开始发生了变化。在这期间,犹太人进进出出;人们成群结队地前来定居,而后又离去。犹太人和阿拉伯人的关系逐渐紧张起来,周期性地发生流血冲突,犹太社区和不列颠统治者之间的关系就最乐观的一面看也很不安定。犹太复国主义领导人寄寓英国托管巴勒斯坦的厚望破灭了。尤其是在限制犹太移民和购买领土问题上,双方由合作转化为冲突。

意识形态与文学

这一时期的希伯来文学试图表达的主要体验就是阿利亚，它不但意味着移民体验的字面含义，而且也意味着从意识形态范畴对定居在这片土地上作出承诺。尽管新社区的农业实体从未占到人口总数的20%，但其精神特质与形象在当地人们的集体意识中占据了中心位置。在许多方面，第三次阿利亚时期的文学与前辈们的文学创作基本相似，略有区别，第二次阿利亚时期的文学中反类型创作占主导地位，而第三次阿利亚复兴并重振类型创作。这种向类型文学的回归主要通过主题的选择，而不是通过写作风格反映出来。

在英国托管时期（1920－1948）阿里茨以色列所有能够找到的材料中，类型作家们只选择那些适合于他们自己观念的对象。把自己置于互为对立的两种立场之间，他们规划拓荒者理想的进程，带着清晰的道德洞察力将其加以划分。换句话说，作家们为拓荒劳动者的理想和普通生活追求之间的冲突所左右。农业与城市化对立；拓荒者与商人对立；劳动者与土地拥有者对立；犹太人与阿拉伯人对立，等等。正像犹太定居点的犹太复国主义神话清晰地界定了英雄、敌人和确切的目标一样，小说也是如此。它涉猎了通过农业劳作及与疾病、人性弱点和政治威胁作斗争等手段，"征服土地"。小说据称是现实主义的，并没有尝试着批评犹太复国主义范式（像第二次阿利亚作家所做的那样）。反之，它努力为理想的要求服务，促进理想的事业，听从第二次阿利亚精神领袖阿哈龙·大卫·戈登的召唤，要做新型劳动者－作家，写出表现与自然及土地耕作关系的"劳动者文学"。

尽管少数作家涉及阿拉伯人和犹太人的民族冲突，以及巴勒斯坦托管时期犹太人、阿拉伯人和英国人之间的三角冲突,但是几乎没有人敢去描绘这些群体之间的真正社会关系。比如说,他们忽略了"路线偏差分子"现象,忽略了所谓从波兰移民来的格拉布斯基时期破产的犹太移民并不适应犹太复国主义叙事特征的现象。取而代之的是集中描写农业聚居区,农业聚居区在文学中的分量远远大于城市,耶斯列峡谷比特拉维夫显得突出。布伦纳、阿格农和鲁文尼对可能发生的事进行展望,下一代作家把这些展望当作已成定局的现实来对待。

　　第三次阿利亚的许多作家在20世纪初叶生于东欧(俄罗斯、波兰、立陶宛、比萨拉比亚)。他们在20世纪20年代和30年代定居巴勒斯坦。从加利西亚和波兰来的作家中,有耶胡达·亚阿里(Yehuda Yaari)、大卫·马莱茨(David Maletz)和以色列·扎黑(Israel Zarchi)。从比这些国家更为伟大的俄罗斯来了埃弗－哈达尼(Ever-Hadani,即阿哈龙·菲尔德曼[Aharon Feldman])、伊扎克·什哈尔(Yizhak Shenhar)、约塞夫·阿利哈(Yosef Aricha)和兹维·路德尼克·阿拉德(Zvi Rudnik Arad)。从比萨拉比亚、特兰西瓦尼亚和匈牙利来的有S. 希勒里(S. Hillel)和阿维革多·哈梅里(Avigdor Hameiri,即费尔斯坦[Feuerstein])。有一位作家约书亚·巴－约塞夫(Yehoshua Bar-Yosef)出生在阿里茨以色列,1916年到1930年住在特兰西瓦尼亚。更为现代一些的作家如海姆·哈扎兹(Haim Hazaz)和纳坦·比斯特里特斯基(Nathan Bistritski,第9章将要讨论)在生平上也可归于同一类型。

　　生平上的共同特征,促使这批作家在移居阿里茨以色列之际在意识形态上作出了相同的选择。许多人和劳工运动结合起来,都试图表达阿利亚和劳动者的双重价值,在这方面,创造了真正的神话。象征着文化与物质的开拓冒险、值得赞美的两个人物是布伦纳和戈登,戈登发明了"劳动者宗教"这一术语。许多作家在自己的创作中博取布伦纳和戈登之长。他们把创作描绘现实与真实的文学作为己任,在这之中,劳动者与知识分子、文化与耕作,形成一种统一身份与单一目的。这些主题和价值不仅仅同他们的艺术有关,也是他们生活中所遵循的规矩。多数人没有成为专业作家,他们不肯从事前辈们通常所从事的职业,即教书、翻译和编辑等职业。

这样一来,多数人在开始时是拓荒者－劳动者。只有到了后来他们才转向比较传统的文学职业。意识形态并不是阻止他们直接做专业作家的唯一原因。在这个国家做专业作家的条件尚未出现。作家本人面临着调整自己以适应新社会和文化环境的众多问题。毕竟,文学本身需要付出较为艰苦的努力方可在大半荒凉的文化环境中得以建立。这时期的希伯来文学无论是主要读者和材料来源,还是艺术和语言动机,依然依赖于大流散。其基本语言由前一代人创立,其文学标准是在这个国家之外建立起来的。

新社区与大流散之间这种密切的相互关系,及其对较为巨大的犹太世界的依赖经常是公众与个人交流的话题。问题是像阿里茨以色列这样的弹丸之地(人口总数从 1922 年的 83000 人到 1936 年的 40 万人)能否为自己创造一个文化世界,更不用说能否成为大流散犹太人的精神中心了。这种文学,植根于自然景观和劳工运动价值,其读者这么有限,它的文化和物质生存,依然要依赖大流散吗？正当很多作家强调这些局限性和范围狭窄时,其他的人,如 A. 载欧尼认为:正是委托以色列创作者要完成的工作,"付出大量的高质量的劳动,创造了坚实稳定的希伯来文化的一角"(《劳工文化》,《回声》4 期,1925 年,26 页)。

当文学领袖人物开始于 20 世纪二三十年代在阿里茨以色列创办文学期刊和出版社时,这一坚定的信仰渗透到了他们的思想里。俄罗斯、德国、美国、法国、英国和波兰的其他希伯来文学中心开始迅速衰退。布尔什维克俄国在 20 世纪 20 年代宣布希伯来文学不合法。同化作用在法国、英国和美国产生了同样的结果。德国的希伯来文学中心即使在纳粹上台之前就已经奄奄一息。而波兰社区也没有创造出什么价值。面对希伯来文学的广泛衰落,作家们被吸引到阿里茨以色列,在那里他们一个接一个地加入现有的文学团体,或者缔造新的社团。

这便产生了极其活跃的文学景象。昙花一现的文学期刊为狂风暴雨似的文学论争提供了竞技场。出版物,其编辑、其办刊宗旨以及其明确但未言明的世界观都证明了社会和艺术的蓬勃发展。其中一个中心论争围绕着希伯来文学是民族文学还是部落文学展开;即,希伯来文学是否是一种植根于民族传统和历史的犹太文学,还是一种在新场所诞生的本土民族文学。这一论争在对待犹太语言的态度上得以证明。有些人把希伯来语和意第绪语并重。另一些人则为希伯来语而进行激烈斗争。同一论争的另一个方面是,偏重传统的刻板措辞、重音和风格与那些选择方兴未艾的现代语言和新词的人针锋相对。与之相似,一些人对东欧文学和所熟悉的西方模式忠贞不渝,而另外一些人试图向西欧当代文学思潮与文学流派敞开门户。围绕着关键人物与组织形成营垒对峙的局面:海姆·纳赫曼·比阿里克与埃利泽·斯坦曼和亚伯拉罕·史龙斯基对峙;作家协会与非会员组织对峙;功就垂成的出版社与新建出版社对峙。

那些年有几家文学期刊。《回声》(1922 – 1929)由两位年轻的第二代阿利亚作家阿舍·巴拉什和雅考夫·拉宾诺维茨编辑而成,尽管他们没有勇于冒险,但成功地为所有营垒搭建了公开的平台。更为边缘化的期刊《砧》(*Sadan*, 1924 – 1926),由诗人尤里·兹维·格林伯格编辑,比较富于冒险意识。它表示强烈反对把流亡中的大流散人物输送到阿里茨以色列。它要求彻底的变化与更新。它也试图和比阿里克一代的诗歌做明确了断。

1924 年,海姆·纳哈曼·比阿里克从柏林到来,在文学界引起了许许多多的变化。就在他到来之际,埃利泽·斯坦曼,前希伯来共产主义者,被任命为《作品》(*Texts*, *Katuwim*)的编辑。这份刊物创刊于 1926 年,意在成为作家协会的喉舌,但吸引了许多反对派人士。第二年,它脱离作家协会,这一文学团体一分为二。1929

年，作协开始出版自己的周刊《天平》(*M'oznayim*)，主要由比阿里克的同龄人编辑（首任编辑是伯克维茨）。《作品》继续由斯坦曼和亚伯拉罕·史龙斯基编辑。

这两家出版物的角逐，部分表现在影响力和销售量上，但也构成了一场严肃的文化论争。《作品》营垒的特征在于以西欧文学为本位，显示出本土阿里茨以色列的特色，富有创新的新词语言，好争论的粗犷鲁莽，以及酷似后革命时代俄国形式主义和未来主义的现代主义风格。相形之下，《天平》则定位在东欧文学和传统犹太教上。其创作风格比较保守和传统。渴望摒弃履行传统义务的沉重负担，《作品》不得不直接和比阿里克及其同事进行直接交战，认为他们是阻碍欧洲现代主义的障碍（以表现主义和达达主义为代表）。在某种程度上，《作品》以创作城市文学回应国家通行的反城市化理念为己任。它在对欧洲嗤之以鼻的一个社会里尝试出版西欧风格的刊物。还有其他几种刊物，其中一些支持极端右翼的民族主义，另一些人则在政治立场上采用较为温和的中间路线。稍后的一份杂志叫做《印刷杂志》(*Gilyonot*, 1933 – 1954)，由伊扎克·拉马丹编辑，这份杂志有政治倾向，但不属于任何党派，在文学与批评格调上有些传统。

《天平》和《作品》（及其后期刊物《专栏》[*Turim*], 1933 – 1939）之间的漫长较量使整个 20 世纪 30 年代的希伯来文学，尤其是诗歌创作领域，生机勃勃。刊物之间的斗争对虚构类文学作品影响较小，它们倾向于呼应基布兹运动的期刊《吉尔伯阿》(*Gilbo'a*, 1926) 中所表达的希望和抱负。正是《吉尔伯阿》呼唤一种故乡文学，呼唤一支描绘农业定居者生活的劳动者之歌。

出版社也为确定新阿里茨以色列文学的进程作出了贡献。基布兹运动 (*Ha' aretzi and Hame'uhad*) 和劳工同盟均在 20 世纪 30 年代末和 40 年代初成立了自己的出版社，其结果是文坛有些向劳动者运动倾斜，那一阵营的作家协会占据了中心舞台。1934 年比阿里克去世后，文学阵营之间的平衡发生变化，《作品》—《专栏》派从反叛者变为核心社团,培育出全新一代作家和诗人,逐渐把官方的作家协会及其随行人员驱至边缘。20世纪40年代,团体内部政治势力的影响得到强化,结果真正的文学论争比原来少了。

期刊和出版社所代表的艺术思潮,就像其权威人物所规定并在社会政治事件的冲击中形成的那样,为文学创造力的产生提供了背景。诚如在早期阶段,文学批评关心文学和生活、虚构类文学产品与新社会需要和目的之间的关系。批评家雅考夫·费赫曼和雅考夫·罗宾诺维茨赞同布伦纳的说法:阿里茨以色列的生活尚未定型到足以产生成熟的文学。另一方面,拉宾诺维茨反对自称体现现实、实则发明、点缀和粉饰生活的虚构类作品。对罗宾诺维茨来说,外国模式与迄今尚未成型正在浮出的现实邂逅而遇,才能够产生新文化形式。因此,在罗宾诺维茨看来,作家们应该描绘新移民的期待与刚到达阿里茨以色列后所面临的混乱局面之间的强烈反差。这并不意味着创造某种狭隘的现实主义。它意味着不去矢志维护社会规范,而是要面对它,并且暴露它。第二次阿利亚时期的有些作家,如鲁文尼、阿格农和吉姆西与这一批评主张相符。然而多数人与之不符。在两次大战期间,罗宾诺维茨的主张得到的反响甚微,不过他所提到的某些东西可能会在约书亚·巴-约塞夫和伊扎克·什哈尔的创作中看到。

其他批评家,如施罗莫·载迈赫认为,艺术应该帮助促进国家目前似乎缺乏的社会成型进程。批评家们坚持说,艺术家不要没有指望地满足于不适应新现实的现存模式,他们得创造出理想地适合新社会文化需要的艺术形式。这就需要描绘文化,仿佛这文化已经含有一种可让读者采纳的社会模式。这就是占主导地位的文学批评途径:号召小说适应中东的新环境,做开拓者事业的喉舌。这种文学形式与类型小说和俄国实证主义异曲同工,将在未来五十年的希伯来小说中占据主导地位,符合文学要具体表现劳工犹太复国主义理念的期待。

当然,这种审美类型也有一些例外和修正。有人这样认为,由于希伯来文学所要表现的对象不亚于一场革命（即使是一场犹太复国主义革命），它在表现这一主题时，无论从内容上还是从风格上都应该用革命的方式。反对文学现实主义的尤里·兹维·格林伯格，首当其冲对此表示反对。其他几位深受欧洲表现主义影响的作家也支持他的见解。表现主义对希伯来文学的冲击在诗歌领域尤为突出，但是对纳坦·比斯特里斯基以及海姆·哈扎兹小说的影响也很明显。从数量上说，表现主义对希伯来小说影响不大。然而要是单纯作为与占主导地位的社会现实主义形成的有趣对照来说，则非常重要。与之相似的是号召具有普遍性（Universalism，以埃利泽·斯坦曼为代表）并超越时空限制的反地域色彩小说。斯坦曼、史龙斯基以及《作品》—《专栏》社团中的其他同仁反对唯我论，唯我论有把阿里茨以色列变成又一个犹太人隔都的危险。他们要求本地文学形式与西方文化形式相一致。

尽管有这些逆流，但文学在第二次阿利亚类型作家的指引下，产生出本地的民族文学，它以既能征服女人又能同阿拉伯人作战的新型希伯来斗士为特征——与布伦纳《生死两茫茫》、阿格农《去年》和鲁文尼《直到耶路撒冷》中可怜而无助的失败者套路形成强烈反差。最惬意的本土以色列人是取材于阿里茨以色列现实和神话中的"守麦尔"（Shomer）形象，意思是卫士或守望者。还有"拓荒者"形象，他对土地的依恋情怀甚至使他抵御财富和女人的诱惑，击败了类似大流散时期漂泊赚钱的冲动。约塞夫·阿里哈的长篇小说（如《面包与视野》[Lehem vehazon]）和以色列·扎黑的长篇小说（如第一部长篇小说《青春》[' Alumim , 1933]，两部移民历史小说《未曾播种的土地》[' Eretz lo zru ' ah , 1946]，以及1948年逝世后发表的《希尔万村庄》[Kfar Hashiloah]）充满了一系列这种类型的新希伯来人。另外一类人物是普通农民，具体体现着原始自然的力量，因为他从土地上生产面包，所以无限光荣，与呆板的犹太学者形成强烈对照。别尔季切夫斯基曾经描绘的超人、神话中可能出现的人（如《隐秘雷中》中的雷德·施罗莫），成为真正的人,不再超世拔俗,而是普普通通,居住在阿里茨以色列的土地上。尽管两战期间,反英雄依然出现在遵循反类型者(即什哈尔和亚阿里)要求的创作中,但多数情况下,新小说摒弃了这类主人公,或者将其置于边缘地位。

第二次阿利亚把希伯来语变成阿里茨以色列的口头语言,但是两次大战期间的文学并没有吸收这种语言上的变化。那一代人的主导文体依然沿袭公式化表述的模式。有些作家采纳了时下通行的社论、随笔和统治精英们(如犹太复国主义者)在演说中所使用的修辞风格。目的是要声情并茂地劝导读者,并克服他们的抵触情绪。修辞过多地适应故事中的意识形态倾向。另一些人也忽略了口头语言,但却试图革新书面语。作家们如埃利泽·斯坦曼、雅考夫·霍洛维茨和门纳西·列文创造了各种各样不同于传统用语以及陈旧演说类型的语言。新词的使用是他们反叛程式化保守主义的一面旗帜。杰出人物和程式化的风格一样重要,就像把口语给忘了。然而,它开始做一种假设:创作媒介不是生活,而是文学和语言。这种方式,符合产生一种普遍性文学的愿望,尤其在《作品》—《专栏》社团的诗歌中和他们所写的现代主义小说中显而易见。然而,它也在某种程度上侵入类型小说,在这种小说中把新文学风格和传统社会寓意精巧地结合在一起。控制这一综合的原理是,正如新地域的现实正在改善,或至少值得改善,因此必须用一种改善了的或者说正在改善的语言来表现它,而不是像在布伦纳的创作中,通过日常交谈的语言来表现它。

当然,民间语言的因素慢慢地侵入散文创作中。这一进程甚至开始得更早,早在20世纪最初几十年,伯拉和沙米的创作中便使用了拉迪诺语和阿拉伯语,来区分书面语和口语。但是希伯来小说看上去仍然像是翻译过来的,书面语仿佛只是其他口头语言的表述。一些塞法尔迪犹太人,如伊扎克·什哈尔和约塞夫·阿里哈试图重现东欧犹太人和阿拉伯人的语言,但是在实践中,没有尝试把通俗语言转化成新语言。后来,"独立战争"时期的作家使口语为社会所认可,使之成为本土精英们(本土以色列人)的语言。有些通俗用法用到老一代作家如约书亚·巴－约塞夫等人的创作中,但是他和同时代的任何人均未能深入到这些形式的有机的文学方面。他们只能摹仿,其结果,他们的对话读起来像是输入到故事之中,而不是故事的自然延续。换句话说,通俗语言在这些文本中主要起到援引现实生活的作用。的确,援引现实生活是文学一个全方位的重要目的;两次世界大战期间希伯来小说试图展现的基本的社会－历史现实、政治现实就是定居点本身。

阿维革多·哈梅里在 1934 年的长篇小说《生产》(*Tnuvah*)的序言里,不仅规定了他本人作品所应该承担的义务,而且表达了整个那代人的创作所应该承担的义务:

> 作家充分意识到他创作这部小说的责任,作品试图描绘拓荒群众运动,在这一时期人们陶醉于政治解放,后发展成人摆脱自我放逐的解放。当多数读者就是作品的主人公,多数读者就是原来的人物时,难以把一部史诗性作品呈现在公众面前。但是,如果有人指责作家过于理想化,就要告诉他,"对不起,那时你的样子显得比今天的要美好。我所描绘的是你昨天的样子。"

在这一思想流派中,文学乍看之下似乎夸大了现实生活的长处,对现实生活进行准确并鼓舞人心的反映。这一文学风格产生了具有强烈的纪实和意识形态因素的拟情节剧小说。作品经常追随历史的发展进程。定居点运动叙述中的非文学标志证明了其真实性。总体上,这些故事讲述的是青年男女,他们绝对忠诚于社区集体事业,他们的热恋给故事加上了浪漫而传奇的色彩。正如传奇故事只有在寓言环境里才可以发生一样,两个主人公在神秘环境里发展其恋情,而定居梦想也变成了现实。

半纪实体小说《卫兵》是该虚构类审美作品中最突出的例证之

一,不过从艺术角度说,这些作品并不重要,甚至没有价值。这些作品的创作是从公众情趣出发;其主人公是野蛮西方,或者更为精确地说,是野蛮东方的犹太英雄,他们以犹太复国主义和圣地的名义创造英雄业绩。这些文本像许多民族主义小说一样,把充满想象力的冒险和英勇的历史行动结合起来,创造出英雄的民族主义神话。这类作品最为引人注目之处或许在于,作品为公众而作,但是没有真正地赢得观众。它所意在完成的社会-文学角色是,代替外国小说——读译作或原著——在阿里茨以色列所履行的角色。

　　另一类流行的无价值(无意义的)的小说是为本地巴勒斯坦—犹太读者创作的宣传小说。这类文本用贫穷、社会分裂和情感压抑等字眼描绘老式伊舒夫(比如说在约书亚·巴-约塞夫的短篇小说中)。有过失者(如别尔季切夫斯基的普罗米修斯、《隐秘雷中》中的雷德·施罗莫)不再被视作英雄,而是被视作毁灭的敌人。在第二类作品中,通常有明显的富有诱惑力的、隐含的(或明显的)意识形态,融入了各种各样的超文学暗示,很少谈到可认识的外部现实。

　　这一时期较为严肃的小说有两类。第一类主要表现犹太复国主义观念,而不是表现这种观念在阿里茨以色列的实现。通常这些小说以大流散时期的活动为基础,将笔端集中在一群年轻的革命者身上。有时,强调总体上的社会革命,有时强调犹太复国主义本身。无论何种情况,意识形态上的抉择与性爱选择同时并进,在二者之间妥善处理负载观念的情节和文本。这方面的典型例子是S. 希勒里的《在比萨拉比亚的天空下》(*Tahat shmei besarabiya*,1942),小说以十月革命为背景。另一类厚重一些由观念驱动的虚构作品是纪实性观念小说,描绘意识形态预想在阿里茨以色列的实现。我们现在将要讨论的这些创作,包括了阿维革多·哈梅里的战争小说和以色列·扎黑的历史定居点小说(《未播种的土地》和《希尔万村庄》)。

扎黑、哈梅里、亚阿里、什哈尔和巴－约塞夫

以色列·扎黑是他那代人中的典范作家。其全部作品均从历史环境中（移民、适应、定居）撷取材料和主题，以劳工犹太复国主义价值为基础。他的小说囊括了他那个时代的主要文学表达：从含有意识形态启示意义的小说（例如：早期短篇小说和中篇小说《青春》，《打赤脚的日子》["*Yamim yeheifim*"，1935]；《石油流向地中海》["Haneft zorem layam hatikhon"，1936]；以及《守望山》["Har Hatsofim"，1940]），中间经过对社会边缘的生活做出的简短优美的描写，再到描写定居点的准纪实长篇小说。他后来的小说《客房》(*Malon'orhim*，1943) 涉及德国犹太移民问题，显示出较大的独创性。

扎黑在创作《客房》时没有使用新技巧，但他睿智地组织材料，选择适当的人物，传达出比以前复杂的寓意。故事围绕着主人公群像展开，他们到巴勒斯坦不是为了犹太复国主义信仰，而只是为找到避难所。情节发生在耶路撒冷一家旅馆，开旅馆的是德国出生的内森夫人，她渴望继续旧式的德国生活方式。她只接纳和自己背景相同的客人，她把德国人的餐桌规矩和风俗习惯强加给他们。最后，旅店代表着她性格的延伸，以及她所离开那个世界的延伸。由于作品中的人物，我们逐渐意识到，在中东对这个欧洲缩影所作的精神调整与适应，比任何身体上的适应更加痛苦。一些人物试图使自己适应新现实的需要。另一些人则不这样。一对夫妇，一位前法官和她的太太，由于无法在新型而冷漠的社会里像格格不入者那样过旧式生活，自杀身亡。

与第二次阿利亚时期反类型主义者（布伦纳和阿格农）相似，扎黑没有建构理想的人物形象。反之，他描绘冲突与优柔寡

断。在这方面,他能够像类型小说那样,证实阿利亚和重新定居的基本价值。与此同时,与反类型作家一样,他对当代社会进行了有理有据的批评。他的最后两部定居小说,在同代作家创造的地地道道的类型小说中比较典型。《未播种的土地》以赞美的口吻讲述了第一次阿利亚时期青年秘鲁移民的经历,《希尔万村庄》是一部纪实小说,写关于第一次世界大战期间和20世纪20年代希尔万村庄(圣经时期的西罗亚)也门移民的艰难困苦。只有在他少数几部作品,如《客房》中,他证实了类型创作如何也能取得审美成就。

相当成功地选择和组织材料的另一位作家(比扎黑年龄要大,但背景相似)是阿维革多·哈梅里。两次世界大战期间的希伯来文学中,哈梅里是比较多姿多彩的人物之一——诗人、词作者、讽刺剧导演。通过办刊物《明天》(Hamahar, 1927–1931),成为文学圈内的一个刺头;文学界领袖不喜欢他。然而,尽管他们反对,哈梅里也不会被忽略。

人们之所以铭记哈梅里,主要是他创作的两部纪实体回忆录长篇小说,描绘了奥匈帝国军队里一名犹太军官的经历,先是在第一次世界大战的战场上作战(《伟大的疯狂》[Hashiga 'on hagadol, 1929]),而后被俘(《地狱》[Begeheinom shel matah, 1932])。这些长篇小说的发表时间,比前哈布斯堡帝国和德国出版的传达类似寓意的类似长篇小说(如莱奥纳德·弗兰克[Leonard Frank, 1882–1961]创作的《人挺好》,1917;《公民》,1924,尤其是1927年的《卡尔和安娜》;埃里希·马里亚·雷马克[Erich Maria Remarque, 1897–1970]1929年的《西线无战事》;以及阿诺德·茨威格[Arnold Zweig]的《中士格里沙案件》)晚不了多久。

尽管哈梅里对战争的态度带有这种国际反战主义色彩,但他的反战论点具体地说是犹太人的。对他来说,世界不仅可以划分为敌人和朋友,也划分为犹太人和非犹太人。他在承认感到与某种非犹太人心心相印之时,不肯对国际反犹主义视而不见。不同国家的犹太人团结一致,起到蔑视反犹主义的作用,在文本中是一个主要命题。为使犹太人兄弟般的相互支持一目了然,他运用了自己被俘期间的亲身体验。有点像波希米亚人和反叛者,哈梅里在创作墨守成规的意识形态定居小说《生产》时,抛弃了自传倾向性,其独特魅力在于展示当代犹太历史。

尽管耶胡达·亚阿里比同龄人更为接近布伦纳－阿格农传统,但只是天真单纯地追随其世界观的轮廓,没有办法吸收他们错综复杂的批评视野。布伦纳挖苦讽刺,阿格农辛辣嘲讽,亚阿里求助于移情和多愁善感的怜悯。他运用他那代人崇高的充满感伤力的语言,没有自嘲。结果,他的主人公天真幼稚到了几乎不可救药的地步,他的主题也是一样。像他的导师,而不像他那一代的多数小说家,亚阿里倾向于把拓荒者写成年轻的反英雄。然而当他的主人公无法接受赋予他们的挑战时,亚阿里没有责骂他们,甚至没有嘲弄劳工犹太复国主义理想。他反而指责环境使得理想难以实现。

这些特征体现在亚阿里两部主要长篇小说上,即自传体小说《当蜡烛燃烧的时候》(*Ke'or yahel*, 1937)和《水上根》(*Shoresh alei mayim*, 1950)。亚阿里在20世纪20年代以第三次阿利亚的一员来到巴勒斯坦,他参加创建白特阿尔法基布兹,但1926年离开基布兹去了耶路撒冷。移民、基布兹以及从社区移民到城市为小说提供了三大事件。作为主人公之一,绍尔提出《当蜡烛燃烧的时候》的中心问题:"我们为何到达此地……一起遭罪?我们为何一起生活,一起工作?……凝聚我们的理想是什么?"(151页)尽管叙述人－见证人对这一冥想立即做出回复,但是他们所提出的基本事实表明,亚阿里,像以前的布伦纳一样,在一定程度上不能不加批判地接受犹太复国主义定居的价值。毕竟,对亚阿里来说,民族体验显然是宗教性的:"开拓土地的人,上帝的精神与之同在。与故乡土地相依的人,便与整个世界相依。与上帝相依。我多么嫉妒你,你这土地上纯朴的人。我们成了没有土地的孤儿,我们的故乡是心灵的故乡,所以我们的世界一片黑暗,我们的上帝为我们哭泣,我们压抑沉重……阿里茨以色列……故乡……土地……这是我们回到——世界,回到上帝身旁"(112页)。

也有一些人把伊扎克·什哈尔视为第三次阿利亚的杰出作家。他在社会化进程中无疑具有典型性,开始做铁路工人和农业劳动者,1931年成为专业作家。他最优秀的作品产生在20世纪三四十年代,那时他出版了短篇小说和两部中长篇小说《长篇小说的篇章》(*Pirkei roman*,1960)和《千里挑一》('*Ehad me' elef*,1947)。在主题选择上,什哈尔和布伦纳、鲁文尼等反类型者极其相似。然而,在结构和文体上,他像伯克维茨一样,依赖于公式化表述。他的许多短篇小说令人联想起类型小说的载道倾向,即使作品总体上说是反类型的。从主题和结构上说,什哈尔是他那一代人中最具文学性的作家,受到欧洲文学,尤其是契诃夫作品的重大影响。当其他作家着手实录时代画面时,他试图使时代画面程式化。

尽管什哈尔运用了许多与扎黑和亚阿里一样的题材,但强调的是这一资源中的不同因素,运用不同技巧来表现那些主题。多数情况下,他写反映集体主义的小说,在这些作品中,他对集体气氛表现出浓厚的兴趣,而对构成集体的个体人生活的兴趣则显得相形见绌。他的观念短篇小说具有提喻法特征,反映特定的历史。他们运用特殊的细节,或一连串的细节,描绘社会生活或者犹太复国主义事业中的中心事件。这些提喻,没有完全展开,有象征意义。从特征上看,故事涉猎的是移民、犹太人与阿拉伯人之间的冲突,以及中东犹太人。在他最优秀的小说,如《千里挑一》中,他试图戏剧性地描述他心目中20世纪二三十年代阿里茨以色列犹太社区中的截然对立——移民与本土人的区别:

埃里赫感觉到他的脸色正在变绿,像土坑里的可怜植物。他问自己,谁说在这个国家,阶级成分可分为雇佣者、工人和二者中间的人?那是谎言。这里的三个阶层是本土人、新移民和难民。就在这里,在这个小阳台上,有三个阶层的缩影,只有聋子才听不到战鼓声声。一场精神上的阶级战争。这里,也有失败者的痛苦,呜呼! (274 – 275 页)

在《乡间小镇》("Prazon", 1960)等短篇小说里,移民因无法适应新环境产生了焦虑与负疚感。

什哈尔把关注点从城市中心转向外省,创造了这个国家某些最优秀的作品,写新来者在新的家园没有归属,孤独无助。移民被双重隔离,因为他们居住在本身就处于隔离状态的社区内。这种隔离状态在真正的风光中反映出来:"一座座房屋散落在那里……仿佛里面的生命从不一起流动,而是在中间悄然滑动,离去,消失,像装载着行人的那些公共汽车。"

什哈尔的影响力在于有能力把主人公的英雄过去(在大流散中)和现在的贫困与凄凉联系在一起。从叙述时间开始向前推移使之能够把现在的环境放到过去生活的语境中,如同他在《乡间小镇》中对哈娃的描绘,这一形象突出地体现了她离开出生地华沙后在阿里茨以色列感受到的孤独和贫瘠。哈娃不仅认为,当地社会不但四分五裂,日常生活琐事挡住了她面前的深渊,而且看出,当地社会并没有意识到内部的破裂。她憎恶这个新社会。由于无意去适应新环境,就丧失了丰富的精神冲突,在她看来,精神冲突产生人类的复杂性与意义。尽管作家本人并没有认可主人公的观点,然而通过展示她对这一主题的思考,提供了一种可供选择的观点,犹太复国主义概念墙上的某种豁口。从多重视角来阐述社会境况,将截然对立的方面并置起来,暴露出虚假的团结,什哈尔的许多创作都体现了这一能力(《千里挑一》、《哈维维锡安街》["Rehov Hovevei Tsiyon", 1960];以及《夏季来临之前》["Beterem qayitz", 1960])。

1912 年出生在萨法德的耶胡达·巴－约塞夫与同龄人不同,他没有经历过构成同代人主题的移民危机。在第一次世界大战期间,母亲带着四岁的他逃往特兰西瓦尼亚,纵然在流散地度过的时光在脑海里留下了痕迹,但他从来都没有忘记在萨法德的童年。结果,巴-约塞夫的创作主要反映的是传统的正统犹太教和世俗社会的冲突。的确,最初开始文学生涯之际,他本人同传统的正统派犹太教产生了决裂。他的处女作《新娘和新郎的声音》("Qol hatan veqol kalah")1936年在报纸《达瓦尔》上发表,乃是一个异教徒对一对年轻宗教伴侣无辜(无罪)的性意识觉醒所作的描述。从那时开始,批评家认为他这位作家冲破隔都,表达了那些从正统派犹太教中解放出来的人们的本能冲动。在这方面,他是启蒙和复兴文学(如比阿里克和别尔季切夫斯基)的继承人,而不是第二次阿利亚、或者是两次世界大战期间某位当代作家的接替者。

在第二次阿利亚时期的作家中,他比较接近鲁文尼,像鲁文尼一样,他描绘了与旧式伊舒夫环境不协调的官能性力量。巴-约塞夫的小说表现的性冲突和性压抑主题,倾向于自然主义。这些小说比同代人的作品在风格上更富有创新,曾被拓荒者作家视为边缘的人类体验,在他这个曾经的正统派犹太人看来却是中心体验,通过对这些体验的方方面面进行描写,小说成功地唤起了传统与反叛、欲望与习俗,以及是维护社会结构还是违背这种结构之间的冲突。

在他最为引人注目的长篇小说《富有魅力的城市》('Ir qsumah, 1949–1951)中,巴-约塞夫的表现范围更为宽广。他不满足于仅仅为文本的戏剧性发展提出社会和心理(自然)的原因,写了以萨法德为背景的一个神秘故事,具有把超自然魅力和喀巴拉倾向联系在一起的传奇色彩。这一长篇三部曲(出版于1945年到1951年之间,1958年出版全套)乃是家族传奇。它横跨19世纪中叶到20世纪早期,反映了几代人的生活,每一卷集中描写一代人。与多数家族编年史一样,小说展示的是家族衰退的过程。伴侣之间的欲望张力——巴-约塞夫惯于对此作自然主义表现——与疯狂和死亡的力量抗衡,这种力量一贯令第二代和第三代主人公的生活承受重压,并逐步损坏了他们的生活。通过事件的发展以及诸多神秘现象的发生一并体现出戏剧和史诗所具有的双重结构模式,创造了三部曲那鲜明的张力。自然轮回和日常生存维护着一代人的延续,而自然和历史的断裂又使那种延续不再可能。这些包括萨法德的地震,北方德鲁兹人起义,白喉和斑疹伤寒的流行,最后是在奥迈尔第三十三天(逾越节过后的第三十三天纪念巴尔·科巴赫反叛罗马人)举行仪式时梅隆山发生的塌方。这样一来,萨法德象征着生死之间一个永恒的原型冲突。与自然景观的永恒性相对,人口总是处于不断的变化中。家族编年史本身成为这个地方所经历的社会宇宙进程的一个提喻。传统的萨法德在新纪元(犹太复国主义)即将出现之际衰落了,这一点可以从字里行间清晰地读到。

巴-约塞夫的第二部长篇小说《和平帐幕》(*Sukat shalom*,1958)也是以萨法德为背景,此时正值16世纪萨法德繁荣时期,萨法德是喀巴拉运动的中心,作品比《富有魅力的城市》更为自由地运用历史素材。主人公是历史人物,小说标题表明,一群神秘主义追寻者寻找救赎的意义,其集体体验成为普世的弥赛亚信念的替代物。然而,尽管小说具有历史具体性,但作品的真正主题却是犹太复国主义的现在,它试图以超越纪实性历史、超越权力和性的戏剧情节等方式来表现这一主题。它反映的是流亡与救赎的堕落,因为救赎只是人类目的的一个工具而已。正如小说中的一个人物对另一个人物所说的:"你本人害怕可能正努力通过暴力来达到的救赎。你也惧怕单调乏味,它一看见清白无罪的人就要抓住不放。"

尽管在实现自己的目标上并没有那么成功,但巴-约塞夫在这部小说中努力要暴露弥赛亚境界和人类局限性之间的距离。在走出正在衰落的阿里茨以色列传统社会这一熟悉的领地方面,巴-约塞夫为海姆·哈扎兹和其他一些年轻作家指明了出路,这些作家也是在阿里茨以色列或者以色列国家的土地上出生,用不同的方式来处理类似问题。伊戈尔·莫新松、阿哈龙·麦吉德和丹·本－阿莫茨等作家采取了巴－约塞夫反现存体制的立场,无条件地要对它进行变革。

两次世界大战期间的一代作家在1948年以色列建国后继续从事创作,但是以色列国家所带来的变化对他们并不有利。他们对即将出现的一代作家也施加了一些影响,甚至又受到年轻作家的影响,但是他们没有去迎合新的社会语境。20世纪40年代,定居小说已经开始显示出一些新的批评特色。尚未有针对定居小说所作的完全成熟的批评理论。间或只在形式上有所偏离,但没有做到根本的修正。然而,定居小说开始从对现存现实所作的纪实性－意识形态阐述,发展到直面预期与现实之间的不一致,并予以抗争的创造性写作(如阿摩司·奥兹、约娜特和亚历山大·塞纳德的长篇小说)。长篇小说诸如耶胡达·亚阿里的《当点燃蜡烛的时候》、纳坦·比斯特里特斯基《日与夜》(*Yamim veleilot*, 1927)、S. 伊兹哈尔《埃弗拉姆变成首蓿》(1938)以及大卫·马莱茨《年轻的心》(*Ma'agalot*, 字面意思:"循环",1945)几乎没有明确地为基布兹生活大唱赞歌。

确实,在《年轻的心》中,马莱茨对耶斯列山谷的艾因哈罗德基布兹作了某种陈述。主人公门纳海姆是个不能适应基布兹社会的局外人,而他的妻子则与一个放纵的斗士类型的人发生了风流韵事,后者不是基布兹成员,而是一个卫兵。马莱茨也暴露出基布兹内部某些观念上的争端,人们从小说中的一些争论者身上可以辨认出其原型。这本书在基布兹引起了轩然大波,他们似乎把作品当成了纪实性小说,或者至少是隐匿真名的真人真事小说,而不是虚构类作品。因为它不符合基布兹的理想模式,甚至敢于批判它,所以招致许多读者的反对。

未来的作家如阿摩司·奥兹和伊扎克·本－奈尔到60年代才登上文坛,继承了两次世界大战期间的小说,如定居小说传统中的某些因素,目的在于进行根本的修正。与之相似,观念－犹太复国主义的小说在品哈斯·萨代和耶胡达·阿米亥等作家手中彻底改变了模样。无价值小说也经历了修正后的复兴：伊戈尔·莫新松和丹·本－阿莫茨比其他人更突出地拾起前辈中断了的传统。

* * *

因为两次世界大战期间第三次阿利亚时期的小说在主题或形式上都没有特别独创之处，所以没有取得第二次阿利亚时期的创作那样公认的地位，也没有取得来自流散地的同龄人（如阿格农、布伦纳、伯克维茨、肖夫曼）那样的创作成就。然而，这类小说在定居者和开拓者中流传甚广，他们试图从中找到自己理想的画像，也在未来一代文学新人身上打下了烙印。确实，下一代作家（伊兹哈尔、沙米尔、麦吉德），仿若是现代希伯来文学之父（布伦纳、阿格农和格尼辛）忠实的追随者，他们本人对两次世界大战期间有望成为现实主义纲领性文学的社会和审美价值忠贞不渝。尽管缺乏艺术长处，这种文学在塑造阿里茨以色列文学和文化意识上，起到了重要的作用。

两次世界大战时期的那代作家也不指望有更高的成就。"未来的作家将会出现，他们在讨论阿里茨以色列文学时不可能忽略我们，"扎黑在 1945 年写给阿里哈的信中说，"因为它在襁褓之际我们发现并养育了它，任其成长壮大。我们确信并意识到，我们曾忠实地为人民为国家服务，尽我们所能——其他没做什么，我们应该对此感到满意。"换句话说，作家们没有好高骛远。他们在创作质量上没有自己欺骗自己。他们的小说，用他们自己的说法，非常具有地方色彩和乡土气息，但对他们来说，这种本土的或者故乡的艺术已经足矣。

9
希伯来文学现代主义
犹太小说与国际背景

总体上看,希伯来现代主义作家并非在阿里茨以色列成长起来。其中一些人,如莱尤文·瓦兰洛德、大卫·弗格尔和埃弗莱姆·里兹茨基,从来就没有在那里定居过。另一些人甚至从来没有专门运用过犹太人或阿里茨以色列素材;他们的小说读起来像希伯来文版的德国、美国或俄国小说。在弗格尔和瓦兰洛德等作家的创作中,犹太因素所起的作用比在某些德国犹太作家或者美国犹太作家作品中所起的作用要小,这批德国犹太作家有阿图尔·施尼茨勒(Arthur Schnitzler)、约瑟夫·罗斯(Josef Roth),或者雅各·瓦瑟曼(Jacob Wasserman),美国犹太作家有亚伯拉罕·卡恩(Abraham Cahan),路德维格·刘易松(Ludwig Lewisohn),索尔·贝娄(Saul Bellow)或者是伯纳德·马拉默德。他们的长篇小说和中篇小说的主人公主要是非犹太人,这些作品反映了典型的、可以认可的美国人或者奥地利人的生活方式。

斯坦曼、弗格尔、瓦兰洛德和哈尔金将希伯来文学的专注点从其中东的乡野小角落转向世界上多数犹太人生活的地方,即大都市,追随的是伟大西方作家的脚步。就像阿尔弗雷德·德布林(Alfred Döblin)描绘柏林,詹姆斯·乔伊斯再现都柏林一样,斯坦曼也描写敖德萨;弗格尔写维也纳;里兹茨基写波士顿;瓦兰洛德写纽约;艾莉谢娃·比克霍夫斯基(只以艾莉谢娃闻名)写莫斯科。由于受奥古斯特·斯特林堡以及奥托·魏宁格(Otto Weininger)《性别与人物形象》(1903)等书的影响,这些作家也非常的弗洛伊化；同其他人相比，与性压抑进行斗争在斯坦曼、弗格尔、霍洛维茨和哈尔金的小说中居主导地位。当然，两性关系是一个古老的文学话题。但是把这些关系展现为不折不扣的战争，伴随着反复重现的童年记忆，大量使用性象征，表明了文学中新的弗洛伊德特色。

尽管非阿里茨以色列的作家以各种各样的方式与希伯来文学传统相联系，尤其是在那些反类型者像布伦纳、格尼辛、巴拉什、伯克维茨等人的创作中所例示的那样，但在接受外来文化影响方面，他们不再沿着基本的发展路线前行。尽管与当地定居小说相比，他们是彻底的革新者，但根据欧洲文学标准，他们模仿的不过是文学创作主导模式。唯一一位对犹太人的特殊栖息地——即，阿里茨以色列的犹太村庄与社区，保持忠诚的现代主义作家是海姆·哈扎兹。

就连现代主义者也不能忽略两次大战期间发生在犹太世界里的重要剧变。多数人描写移民，描写移民们在新国家内所经历的社会化进程。被迫背井离乡与重新统一的经历成为哈扎兹、斯坦曼、瓦兰洛德和弗格尔创作的核心，他们多半把犹太人生活的大城市描绘成吃人的魔鬼，对新移民丝毫没有热情相待。这些现代主义作家笔下的典型主人公近似于别尔季切夫斯基、布伦纳、格尼辛、鲁文尼笔下没有归属、心怀不满的反英雄。然而，现代主义作家在描绘这些人物时却有所不同。比如说，哈尔金写意识流小说，内在独白与告白在作品中占据了重要地位；斯坦曼和霍洛维茨大量运用解释性的散文，在文本中插入冗长的理论观念说明。当阿里茨以色列的定居点小说把文献－历史材料和复杂情节与理念结合在一起时，现代主义小说很少运用这种因素。现代主义者（其中有比斯特里特斯基、弗格尔、瓦兰洛德、艾莉谢娃以及莉娅·戈德伯格）喜欢分析胜于喜欢情节。他们剖析并进行详细解释，而不只是叙述事件。他们通过风光描绘、讲些心理上的题外话和人物自白等方式来延宕情节的发展。总体上，欧洲现代主义减少了全知叙述人的角色作用,采用多重视角、间接引语和内在独白。然而,新的犹太现代主义,无论在阿里茨以色列之内还是之外,扩大了叙述人的权威性。尽管许多这类小说表现出这一特征,但只有哈扎兹将其很好地运用于文学创作中。

现代主义者和其他阿里茨以色列作家的差异也体现在其对语言的不同态度上。根据迄今在希伯来文学创作中居于主导地位的文体两极性(stylistic polarities)——公式化表述或伪公式化表述对(VS)新词使用——现代主义者采取了不同的立场:斯坦曼、霍洛维茨和列文趋向于新词使用;弗格尔、艾莉谢娃、瓦兰洛德和戈德伯格采用布伦纳别具一格的模仿表现手法和肖夫曼的抒情方式;哈尔金采用了格尼辛充满情感的意识流;哈扎兹和比斯特里特斯基发展了他们自己别具一格的表现主义。

每个现代主义者在他或她与旁人分庭抗礼之际,却倾向于某种归类。有埃里泽·斯坦曼领衔的多才多艺者;有表现主义者(哈扎兹);有印象主义者(艾莉谢娃、弗格尔和戈德伯格)。总体上看,他们的目的是直接反对在他们那代人中占主导地位的文学倾向。在这种具有反叛色彩的意识形态中,埃里泽·斯坦曼、门纳西·列文以及雅考夫·霍洛维茨把对现存文学的反抗与为追求个人自我实现而斗争结合起来。然而,他们的反叛缺乏社会理论。因此,通常看来更像年轻人要跟父辈权威进行捣乱的小小野心,而不是成熟的审美理论。

埃里泽·斯坦曼、雅考夫·霍洛维茨、门纳西·列文

希伯来文学现代主义的主要代言人是埃里泽·斯坦曼,斯坦曼原为共产主义革命者,1924年移居阿里茨以色列。与其他多数新移民不同,斯坦曼没有改变他的小说主题,但是,由于确信写大流

散生活,比写阿里茨以色列类型小说要好,他继续表现在一个相当广义的、地理上不确定的城市背景下挣扎着的人物。因为他相信小说质量应由其表现个人的能力来加以衡量,在所有反类型者当中,他最钦佩格尼辛。然而,与格尼辛笔下真正非凡的个人相比,他自己创作的人物倾向于一般意义上的抽象概括,更适合用随笔,而不是用小说来描述。

斯坦曼试图通过创作某种反长篇小说来触动社会文化环境。即使在他早期的短篇小说中,他也表现出一种革新;比前辈作家更加强调非真实与奇幻。在小说《埃斯特·哈由特》(1923)中,主人公是某种犹太人的包法利夫人,这之后,作家现身越来越明显,逐渐倾向于详细解释说明,而不是观察。说明与评论取代了情节与性格化。越来越多地提及弗洛伊德动机,他后期的短篇小说则是由随笔作者－抒情因素主导的告白叙述。他的叙述风格以文学上的自我意识与自我反映为特征。这种对小说文本所作的文学探究是通过与读者之间的重复对话而完成的,叙述人充当了虚构世界与日常世界之间的中介人。斯坦曼的情节认证了谢尔登·萨克斯(《小说与信仰的形成》)界定的"寓言"模式:故事构思出来以便转达作者的一种特定思想。

斯坦曼重要的长篇小说《成双成对》(*Zugot*, 1930),突出体现了他的作品的随笔特点。《成双成对》也是一部充满诗意的小说。它把以两个三角恋形式出现的、极富传奇剧色彩的复杂情节与一系列深奥微妙的箴言和贯穿整个作品的作家评论有机地结合起来。这部作品在某种程度上挑战了那个时代的现实主义。特定的时间、地点和经历真正生活事件的外部观察者在定居小说中占据了主要位置,而在斯坦曼的长篇小说中,没有犹太复国主义情节。而且,他那拟人化的抽象在朦胧的环境中游来移去。定居点小说的主人公以社会、历史和意识形态关照为基础来行动。斯坦曼的人物受到弗洛伊德所说的冲动力的驱动,这种冲动只造成两性之间价值不大的邂逅。

在风格上，斯坦曼的小说令人想起赫伯特·里德所说的"戏谑诗学"(the poetics of wit)。文字诡秘多变，措辞精巧，与读者调情，对小说来说，凡此种种比情节或塑造人物形象显得更为重要。从《成双成对》开始，有一种趋于使用新词的极端倾向，斯坦曼认为新词是现代主义者对保守主义者依附经典的措辞所做的恰当反馈。在某种程度上，他的妙语以及随笔作家那种道德习性，使他更接近于19世纪末期的犹太启蒙作家，而不是接近他的前一代人或同龄人，这样一来便昭示出，在所有现代主义理论和心理分析影响的背后，这种新文学是怎样以前人的希伯来文学创作为基础的。

斯坦曼的作品反响不一。人们多把他当成文学革命的象征。而不是真正的革新派艺术家，许多批评家指出他创作中的平常与粗俗之处。尽管他对同代人的影响可在霍洛维茨和列文的散文体小说、史龙斯基的文学批评与诗歌中隐约可见，但是年轻一代作家没怎么注意他的影响。

雅考夫·霍洛维茨从20世纪20年代中期开始便为现代主义者的革命充当标准的抬轿人，他是阿里茨以色列作家中最城市化的一位，与之息息相通的是维也纳作家施尼茨勒、茨威格、约瑟夫·罗特和艾滕贝格；维也纳印象主义（以其随笔作家那富有诗意的浪漫主义）；以及希伯来语小说家布伦纳、肖夫曼、格尼辛的无归属感。与斯坦曼（和史龙斯基）一样，睿智精巧的措辞对霍洛维茨来说比创作的其他方面都重要。的确，新希伯来小说中以诗为中心的特性在霍洛维茨多用妙趣横生韵文的创作中显而易见。

与阿格农小说的许多主人公一样，霍洛维茨的人物从基布兹社会出走，在大城市驻足，投身于小特拉维夫波希米亚人的工作环境之中。尽管霍洛维茨对国家建设本身不感兴趣，但它成为展示主人公内在冲突的背景，这些主人公对犹太复国主义解放和人间神思表示怀疑。然而，尽管霍洛维茨的长篇小说明显有别于类型小说，包括缺乏真正的历史与社会材料，但基本上可以认定与类型小说一样的社会与道德对立。

在他的许多短篇小说中，气氛与观念尤为重要，小说的其他因素降低到了不重要的位置。即使他努力使人物性格更加丰满，但他们依旧代表着某种观念，而不是有说服力的人物。例如，在《亮光》('Or zarua,' 1929) 中，人物乃宗教思想的具体化体现，而不是传奇剧中的角色。在缺乏社会素材的情况下，事件仿佛发生在真空中，即使小说运用了历史和社会材料。小说根据真实事件（15世纪末期犹太人被逐出西班牙）写成。它描写的是真正的社区之间的关系。然而，它依旧保持着普遍性，具有超越历史之感。故事从几个角度讲起，描述驱逐，如犹太物理学家堂·阿卜拉姆·伯纳菲欧司，他的女儿帕米拉，爱上了帕米拉的基督徒船长，修道士维森兹神父，以及一个穆斯林苦行僧所看到的那样。即使结尾把不同宗教派别的人带到一起，但故事结局，如同在其他小说中一样，带来的却是幻灭。浪漫主人公对世界不再抱幻想。他们遭到朋友和恋人们的背叛。

霍洛维茨许多小说中的核心主题均是两性冲突。许多情节遵循的是类型化的传奇剧模式（一个女人和两个或两个以上的男人）。它们缺乏心理深度，或者无法充分了解人物关系。叙述人具有反讽意味的评论，又造成了与传奇剧的偏离，叙述人表现出浪漫的两极属性：纯粹对中产阶级污染，同志关系对女人的爱，对青春与纯粹精神自我的渴望，对城市焦虑和沦于物质主义沼泽。

从他富有诗意的短篇小说到长篇小说（历史小说和其他方面的小说）再到中篇小说，他所写的几乎所有事件的核心均对犹太复国主义青年运动的抽象价值表现出深深的依恋（与类型家们相似）。霍洛维茨笔下的现代人，渴望从委琐的中产阶级现实中逃到永远青春的梦幻世界里，如中篇小说《依旧站立着的世界》('Olam shelo nehrav 'adayin, 1950)。但是相反，类型作家描绘世界，仿佛犹太复国主义青年运动的浪漫理想已经实现，霍洛维茨的主人公未能大展宏图，成熟起来：他们坚持追随超出阿里茨以色列范围的一种难以言状的幻想。实际上，霍洛维茨探索着描绘犹太复国主义革命对个人反叛中产阶级世界时造成的生活冲击。尽管霍洛维茨的同代人对待他的看法有别，但20世纪五六十年代的新老批评家对他进行重新定位，认为他联系着早期现代主义者和后来国家一代作家，如约书亚、奥兹和阿米亥等，后者没有对他的犹太复国主义革命信仰产生什么共鸣。

斯坦曼-霍洛维茨-史龙斯基群体中（而今已经解体）最后一部极其明显地表达出反类型主义的反叛意识的作品是门纳西·列文的中篇小说《古老雅法的100个夜晚》(*Me'ah leilot beyafo ha'atiqah*, 1938)。这部作品遭到尖锐的批评，大概是由于它没有任何社会或道德寓意。它以卓越的未来主义模式为基础，这种模式的目的之一是使传统小说丧失其模仿性权威，其形式就是它要传达的意义。

海姆·哈扎兹、纳坦·比斯特里特斯基

现代主义-表现主义作家海姆·哈扎兹和纳坦·比斯特里特斯基把发生在犹太世界的历史事件当成不亚于天启的世界末日。对他们来说，十月革命和犹太复国主义是一枚硬币的两面。旧世界正在被打碎，真理才刚刚从新世界的大地上升起。那么对于这些作家来说，社会变革就是心醉神迷的体验，富有玄学暗示。这是类型文学不适合传达的一种体验。最初身为表现主义者的雅考夫·霍洛维茨，用这样的话对它进行了界定：

> 这里，在我们自己的土地上，希伯来创造力需要炸毁以适应在沙石上劳作的世俗劳动者。只有让事物闪光燃烧并令精神疯狂欢腾的创造者才能撞开我们文学厚墙上的窗户。(《在创造熔炉的对面》，《撒旦》，1925，22页)

倘若说杰出的表现主义诗人是尤里·兹维·格林伯格,那么在散文领域与之相提并论的则是哈扎兹。哈扎兹与比斯特里特斯基一起,在希伯来小说领域奠定了一种陷于迷狂的表现主义传统,即使这种传统的延续性与进化不如其他传统,如阿格农传统明显,但它从来未曾消失过。哈扎兹的生平与创作中有两次引人注目的经历。一是俄国革命,二是1921年旅居伊斯坦布尔的犹太拓荒者同盟中。从1924年发表第一个短篇小说开始,他把自己的文学要旨与犹太生活中的生存问题结合起来,这样一来忠实地遵循发轫于哈斯卡拉、在门德勒时期达到高峰、又被布伦纳长久保存下来的传统。犹太人的命运,无论是由外部世界所决定,还是由犹太人的自然属性所决定,贯注于哈扎兹的全部创作:从他描写俄国革命和描写从俄国漂泊而来的拓荒者,到他对革命之前或革命刚刚结束之后的旧式世界所作的怀旧描绘,讲述移民以色列的浪潮。中篇小说《地平线》('*Ofeq natui*,1958)和《绞刑架》(*Beqolar'ehad*,1963)分别写的是拉希什地区的聚居区和反对英国统治的地下战争。最后,他写以色列建国以后的生活。与许多同代人不同,哈扎兹既不矢志维护传统的犹太复国主义－犹太模式,也不摒弃这些模式。反之,他尝试探讨这些模式,并与之达成妥协,把社会－历史素材视为意识形态复杂性的从属物。

因此,典型地说,哈扎兹建构起一系列的对立模式:流放对救赎,宗教传统主义对世俗主义,小资产阶级对革命,作为现实的阿里茨以色列对作为乌托邦的阿里茨以色列,没有归属对扎下根来,实用主义对精神追求。尤其是,哈扎兹对犹太复国主义革命的两个终极极点:流亡与解放相继批判并赞美,这一点尤为辩证地渗透到情节与对话中。哈扎兹的一些人物论辩道,阿里茨以色列意味着一种文明,即大流散文明的终结。另一些人物(在20世纪30年代的拓荒者小说,尤其是《演说》["Hadrashah"]中)公然摒弃大流散价值,断言结束流亡将会治愈大流散中人们的病症,而且也能治愈他们解放的这块土地上人们的病症。然而在另外一个短篇小说(《德拉布金》["Drabkin"])中,哈扎兹警告说,阿里茨以色列本身能够变成另一种流亡。

比如,在短篇小说《怜悯》("Rahamim", 1933)中,哈扎兹创造了这样的对话,对话人分别是"沮丧、感到绝望的"个人,"瘦如旗杆","样子病恹恹的","对劳工联盟和犹太复国主义"极尽"反诉、指责"之能事,以及乐天无忧的"来自扎卡(Zacho)的库尔德人",名叫拉哈蜜姆。拉哈蜜姆的意思是"怜悯",他"身材矮小,眉毛浓黑,胡髭如丛,面如铜锅闪闪发亮,胸口异常宽阔,有阳刚之气……衣衫褴褛,"他娶有两妻,矢志不渝地笃信神明。这种通过两个男人及其话语所展示的直接对立,把主要人物门纳施克·百兹普罗兹瓦尼本人的内在分界线外化,门纳施克自己也同样"希望折磨自己,大声呐喊,反叛并抗议整个国家的事务……对这片土地和希伯来语言满腔热爱,一种超越了所有理论和观点、超越了所有个人优点的强烈、深沉、非理性、固执的爱"。(94–95页)小说无果而终,在景物描写与追忆过去中突出表现主人公分裂的自我,景物与思旧,蒙上了自然美与乡愁色彩,呈现出改良的特质。

门纳施克·百兹普罗兹瓦尼自己坐在一块大石头上。他了望摩押山——轮廓朦胧发蓝,孤零零的——仿佛为天空所吞噬,又仿佛吞噬了天空。在他面带微笑把目光停留在搬运夫模样的人之前,他的内在情绪高涨起来,思绪万千,他叹口气,眼中含泪,接着他开始低声哼唱起在遭受艰辛与饥馑的岁月里、卡法吉拉地的孩子们习惯唱的一首歌:

在卡法吉拉地,在上面的庭院

在小河旁,在硕大的桶里

从没有一滴水(101页)

按照20世纪初期以来在文学中(也在生活中)居于主导地位的道德标准,对哈扎兹和其他人来说,行动比目的更为重要。哈扎兹的大多数作品屈从于文学要意识形态化的压力。他的小说采用给故事框上意识形态讨论的形式，让情节只是承担销钉的作用，把观念挂在上面。这些故事以独白或者对话的形式表现出来，像前面提到的那个故事，或者在《演说》中那样。叙述的连续性不太重要，东拉西扯的内容比情节事件重要得多。正如布伦纳、阿格农、什哈尔、巴-约瑟夫和其他的人一样，哈扎兹用劳工犹太复国主义的标准来衡量自己的主人公。同他们一样，他最后愿意选择犹太复国主义事业，也不愿意选择弥赛亚幻象，即使犹太复国主义者的现实要以牺牲斗士们的生命为代价（像在小说《绞刑架》中那样）。

中篇小说《青铜之门》(*Daltot hanehoshet*，1956 年初版，1965 年再版)为他的革命小说提供了一个晚期的例子。以莱夫·西姆哈为代表的老一代人，不假思索地抛弃了革命。年轻一代人试图通过彻底的激进主义来实现它。三个男性人物（维护传统的普里比斯克；布尔什维克共产主义者普里舒克；以及索罗卡，一个支持犹太复国主义的无政府主义者，效忠于人类自由）争夺一个女人（莱夫·西姆哈的女儿莉茨阿）。然而，情节由非个人的力量，即革命本身所驱动，革命促进或者阻碍人物之间的关系。人物之间所进行的多方面讨论不时打断故事。每个人物均以他或她自己的方式来解释事件，并非真正使他人参与争论，而是从他们自己的辩论中自发地前行。的确，人物出现时就像一个散了架的合唱团，其声音喜剧化地反映出每一个位置恒久不变。小说中的所有因素都具有一个单一目的。他们需要不断革命以便打败这些当权者，得到承认和他们渴望的权力。比如说，从宗教权威人士转化为布尔什维克并没有带来解放，而据说代表着自由观念的索罗卡，也没有能力得到自由。

和索罗卡一样，在哈扎兹的小说中，人物总的来说代表着某种社会群体或外部世界的某些其他方面（宗教的、精神的、社会的或道德的方面）。像门德勒一样，哈扎兹从外部描写人。他对人物的内心世界不感兴趣。他从来没有暗示过他的主人公或者读者所看不到的东西,也没有透露出所有的谜团,无论从总体上还是从个体上。他的人物范围涉猎得也不广泛。反复出现的主人公,从《革命的篇章》(*Pirqei mahapekhah*, 1926)到《钟铃与石榴树》(*Pa'amon verimon*, 1974),都是千篇一律的空想革命者,荒诞地拥有某种单一的想法,无法适应变化着的环境。总体上说,与这些软弱、可怜、脱离实际的空想家成双成对或者平行并置的是比较自信的人物,如对革命深信不疑的共产主义者,或者抗拒他人乌托邦幻象的行动者。空想家也不是大家所喜爱的人物:社会对革命者要对其进行抨击之事愤然不平。

贯穿于哈扎兹小说的这种两极分化对布伦纳、阿格农、鲁文尼和什哈尔有所帮助。但哈扎兹发展了他们的复杂性,就像他创造过从门德勒那里传承下来的怪诞人物。这些特点在他的也门犹太社区小说中体现得要比欧洲小说更为明显。在他仅有的两部长篇小说《莫里·萨伊德》(*Hayoshevot baganim*,希伯来文字面意思是"居住在花园里的她",1944)和《亚阿什》(长篇四部曲,1947–1952)中,哈扎兹把目光投向也门犹太人的世界。在这两部作品中,第一部的运思更为精细,其中,他把随笔作家式的一套方法运用得极其丰富。

在他所有的创作中,《莫里·萨伊德》更为切近门德勒的风格。中心人物莫里·萨伊德代表着整个社区,体现了社区所有的特点:"莫里·萨伊德",听说"与其他人一样"。这一社会学构思影响到小说中的各种因素,小说围绕着两个家族展开:莫里·萨伊德家族(他的儿子茨用,孙女鲁米亚),以及莫里·阿尔发卡阿家族。小说反映的是发生在一个社区里的社会冲突,这一社区发现自己处在一个新国家,一个陌生的环境中,不同代人之间的冲突(父亲,儿子、孙子)刺激了情节的发展。故事讲的是一个为单一观念所困扰的人的失败。写的是一个家族的崩溃和父系权威的失落。

尽管长篇小说题材,几乎整个取自也门犹太人社区的生活、语言和民间文学,使小说形似逼真,但其中心艺术因素,像在哈扎兹的许多小说中一样,是怪诞的模仿。这显示在,例如,莫里·萨伊德和莫里·阿尔发卡阿之间的对话中,他们在对话里梦想渴望中的弥赛亚和救赎。天真而奇妙的莫里·阿尔发卡阿有点像幻想家莫里·萨伊德的桑丘·潘沙,对他来说这种期待似乎是合理的。但莫里·萨伊德的幻想恰似期待弥赛亚而激起疯狂。他们与周围的现实没有关系。莫里·萨伊德变得越来越边缘化。他从一个简单的慰藉先知,变成愤怒的先知,将自己置于哭墙旁边,宣称他会一动不动地等候弥赛亚的到来。弥赛亚没有降临,莫里·萨伊德发疯而死。为强化书中传达的关于一心一意的弥赛亚主义的危险性,他的儿子茨用利用父亲的信仰为实现自身的拜物主义目的服务。在这本书中,也表现出革命思想与真正的社会环境不相适应。

哈扎兹的人物在获取人性合法权益上的失败,在效果上等同于灭绝人性,这一特点通过以前一组组的观念对立这一创作特质得以强化。主人公更像奇异的漫画,而不是普通人。哈扎兹承袭的是门德勒的衣钵,把也门犹太人的怪诞加到东欧的怪诞中。的确,哈扎兹最伟大的独创性产生于这样一种对照之中,即他受门德勒启迪的创作形式与他所描绘的反叛者、幻想家和漂泊不定的知识分子之间形成对立,这些人更多地属于布伦纳传统,而不属于门德勒传统。尽管小说没有什么非同寻常的基础,也缺乏心理深度,但由于悲悯的怪诞与知识分子幻灭不可能相提并论,却避免了简单化,进而获得一种表现力。

在强化文学主题的这一过程中,哈扎兹的审美成功进一步得益于他悉心采用门德勒的公式化风格。阿格农在拥有一套完美的公式化表述,以达到极度平衡,而哈扎兹却与之不同,他对这种风格予以强化,直至它表现出反映构成文本主题的二元对照与对立。正是这种强化的特点——在主题与结构的层面上——最能将哈扎兹的艺术凸显出来,尤其是在作品的最初版本中。在1968年的修订版中,哈扎兹试图淡化这种强化的特点。似乎他希望铸造出其表现主义作家的特质,像个忏悔者一样向较为纯化的门德勒派回归。

本质上具有权威性的——指引方向,指示与评估——创作不主张客观。反之,它按照作家的艺术标准与意识形态标准来指定价值。然而,具有强度的语言是表达出来的,而不是模仿出来的;是动情的而不是所指的。它使用的是诗歌技巧,发挥语言那含义深远的自由,创造出庞大的、独立自主的、超乎寻常的甚至奇异荒诞的语言空间。虚构的世界从它所指的现实世界中分离开来的这种倾向,通过故事本身,通过只做不说或者只说不做的人传达出来。而且,言者的世界经常是奇幻的,而不是真实的,沉醉于语言的主人公代表一种非真实的体验。哈扎兹比其他同龄人能够更好地了解,如何通过极端变形和强化怪诞的分裂来克服文献、传奇剧和意识形态模式的局限性。

哈扎兹也受到欧洲文学传统的影响,他的革命小说和伊扎克·巴别尔(他在相似的环境中成长起来)的小说具有许多趋同性(尽管没有必要通过影响),他的短篇小说和戏剧《在岁月尽头》(*Bekeits hayamim*)与维代金德(F. Wedekind)、凯塞(G. Kayer)以及托勒(E. Toller)的戏剧和短篇小说中,也有许多相似之处。反过来他也对下一代作家,所谓的本土作家,产生了无比深远的影响。S. 伊兹哈尔,比如说,在取材上,而不是在风格上追随哈扎兹。摩西·沙米尔和阿哈龙·麦吉德采纳了他的风格,但没有采纳他的主题。某种现代派表现主义手法出现在年轻一代作家如品哈斯·撒代和耶胡达·阿米亥的作品中。尽管他们在风格、素材和主题上与哈扎兹迥然有别,但他们也试图将个人传记转化为神秘的底层。在阿摩司·奥兹、约拉姆·康尼尤克的创作中也可以找到影响痕迹,奥兹和康尼尤克也倾向于表现主义表达方式。约书亚·凯纳兹和阿哈龙·阿佩费尔德等作家的作品可以被视为对崇高风格的回应,而哈扎兹则是崇高风格的一流实践者。

程式化、强化、把个人观点当作群体的代表、怪诞倾向——这些特征也贯穿在纳坦·比斯特里特斯基的创作中。1920 年,比斯特里特斯基抵达阿里茨以色列后不久,便加入了比坦尼亚组织,这是个年轻的开拓者、犹太复国主义左翼青年卫士青年运动团体,他们在第三次阿利亚早期在下加利利的一个农业定居点劳作,后来创立了基布兹白特阿里法。比斯特里特斯基编选了一部这些人的回忆录,合在一起成为某种集体日记,名为《我们的团体》(*Kehiliyateinu*,从1922年开始一直在出)。1927年他出版了长篇小说《日与夜》,一部虚构的叙事小说,作家充分利用在比坦尼亚组织的几个月时间,在那里参加集体讨论,和基布兹成员进行个别谈话。除这部非同寻常的小说外,他还写有戏剧与非小说类作品,均表现出显著的表现主义特征。

与哈扎兹和霍洛维茨不同,比斯特里特斯基主要写开拓者定居。即使他使用纪实性资料,甚至暗示出原型,但是他善用变形的风格特征以及使用怪诞手法在主题上创作出与典型的类型小说迥然不同的作品。因为《日与夜》彻头彻尾地真正尝试着描绘个人与社团之间的复杂关系,引起了不同的反响,成为广泛讨论基布兹社会及其价值的一个焦点。然而,大家均承认比斯特里特斯基在文学表达上具有独创性。比斯特里特斯基没有按照事物的本来面目去描绘事物。反之,他试图说出事物的无意识方面,说出它们的根源所在。

但是《日与夜》却令人费解地由两种基本模式来布局谋篇。首先是表面上的情节,写的是作家本雅明·莫格尔扬斯基的故事,他移居到阿里茨以色列,决定加入吉瓦阿特阿里耶(根据比坦尼亚社区描写而成),以及他最后回到他所爱的米里亚姆身边。在小说的结尾,我们看到主人公孤零零地一个人居住在一个阿拉伯小镇上,试图记载下他对社区的体验,社区的书面记录已经被社区成员烧毁。

第二种模式在作品中处于中心位置(第二和第三部分以及第四部分的部分章节),描绘吉瓦阿特阿里耶社区。尽管人们表面上喜欢一个社区的存在,但是许多人物倾吐心声,冗长地诉说他们过去的生活和与目前的关系,实际上,他们过着痛苦的孤独生活。他们均负载着沉重的记忆。他们都渴望横亘在他们之间的隔离板会倒塌,渴望那道孤独痛苦的自我墙壁能够消失。但是任何东西也不可能带来这样的结果,社区生活不行,犹太复国主义不行,外部敌人的威胁也不行。只在偶然之际,在领袖们的唇枪舌剑中,在狂欢舞会上,或者在社区告白集锦中,人与人之间的障碍才会破除。在这样的时刻,社区就像而今的哈西迪派的集会,领袖(义人)亚历山大·祖里用他(世俗的)告白演说,把不同的人捆在一起,就像耶稣向众门徒布道。祖里的演讲有时酷似弗洛伊德的文章,对梦境进行解说,这些梦有代替宗教和艺术的作用。

在所有被接受的标准中,基布兹社会可被看作犹太复国主义定居点的工具,或者说社会正义的典范。比斯特里特斯基的长篇小说显示出公共事业如何在各种各样的心理疗法上进行干预,渺小的私人告白怎样在较为伟大的公共事业面前倾吐,人的罪孽因此得到洗涤。宗教集会的戒律、仪式、典礼过去曾将人从自身中解放出来。由于宗教集会的解体,孤独成了困扰现代犹太人的罪孽。社区充当了一种新型宗教,其戒律便是劳工犹太复国主义的实践目标。

长篇小说的核心主题——交流,脱离,孤独——非常符合表现主义手法的表达方式。神话、仪式和典礼代替了情节。丰富多彩而又复杂多变地构成个人痛苦的呐喊代替了具体的性格塑造。表现主义的表达方式脱胎于布伦纳传统,像哈扎兹小说一样,试图在纪实的—意识形态的定居点类型小说和为犹太复国主义革命中的个人进行表现主义者呐喊之间架设一座桥梁。尽管小说的文学价值令人怀疑,但单凭前面那一点就值得留存下来。的确,比斯特里特斯基的影响可能比最初所想象的要大,尤其是他创作中占主导地位的主题:个人和群体之间充满悖论的关系。伊兹哈尔和奥兹,比如说,都深深地意识到这一悖论,不过他们的人物与比斯特里特斯基的人物不同,没有在进行告白的群体治疗中或者是心醉神迷的舞蹈中得到发泄。

艾莉谢娃·比克霍夫斯基、大卫·弗格尔、莉娅·戈德伯格

希伯来现代主义抓住了希伯来文学传统中经常沿用的主题——犹太人小村庄，没有归属的犹太人，移民的危机——与此同时，其他希伯来现代主义者探索非犹太现代主义作家的主题，即大城市、放荡不羁的生活方式以及犹太人与非犹太人之间的关系。的确，小说以及在某种程度上，艾莉谢娃·比克霍夫斯基、大卫·弗格尔、莉娅·戈德伯格的诗歌与 20 世纪早期俄罗斯和德国文学的关系，比和同代希伯来文学的关系要密切。

这些作家只是略微触及犹太人题目，处于希伯来文学的边缘，与文学传统，而不是与布伦纳、肖夫曼或者格尼辛保持密切的关系：艾莉谢娃和戈德伯格与契诃夫、比利和 20 世纪 20 年代的弗洛伊德小说关系密切；弗格尔与世纪之交的维也纳作家如施尼茨勒、茨威格或者罗斯关系密切。他们的希伯来语言不可避免地避开了公式化的表述。由于人们并不认为他们的主人公应该讲希伯来语或者意第绪语，而必须讲俄语或者德语，书面希伯来语不过是俄语和德语的翻译，不能培植新词。的确，由于他们的主人公和叙述人不属于有机的犹太人语境，小说本身有些像某种移植了的现实，仿佛它们实际上是翻译的文本，而不是独创性的创作。

这三位作家的诗歌比散文名气大，所以他们的小说比其他任何已经讨论过的作家更富有抒情性，便不足为奇。他们的创作具有史诗般的特色，这一点得自于他们所使用的各种各样的延宕技巧，比如离题的描述，密切关注比戏剧性因素更加激烈的场景。在详细描写主人公的思想和行动中产生出抒情特色，富有感染力（感情丰富）的语言控制着其他方面，产生一种充满强烈感性色彩

的形象化特征。小说对渲染感情的重视程度,远远甚于对情节戏剧化的价值和景物描写的重视程度。艾莉谢娃·比克霍夫斯基(生于杰尔科瓦[Zhirkova])在血统上是一位俄国基督徒。她最初用俄语写诗,并且把希伯来文学翻译成俄文。从 1920 年开始,她使用艾莉谢娃的名字发表诗歌和短篇小说。她的印象主义的长篇小说《小巷》(Simta'ot, 1929)反映的是非犹太人和波希米亚犹太知识分子的生活,尤其强调那个时代处于变化之中的性习惯。

莉娅·戈德伯格 1911 年生于哥尼斯堡,1935 年来到阿里茨以色列,1970 年在耶路撒冷去世。她对希伯来文学的主要贡献是诗歌创作,但是她也创作精美的儿童短篇小说、戏剧、文学随笔和戏剧评论。散文体小说并非她主要的表现形式,除了一些速写和短篇小说外,她只创作了两部重要的散文体作品:《与一个诗人的邂逅》(Pgishah 'im meshorer, 1952),描绘诗人亚伯拉罕·本-伊扎克,以及心理中篇小说《他就是光》(Vehu ha'or, 1946)。

《他就是光》是一部极为复杂的中篇小说,同时从几个层面展开。表面上看,讲的是一个年轻女子诺拉·克里斯格尔从德国回到东欧出生地的故事。她的来去展示出欧洲和小镇的强烈反差。诺拉憎恶外省的小村庄,从情感和文化上感到更为接近欧洲,尽管她害怕欧洲,依恋自己的故乡。这一中心冲突创造出其他几种冲突,比如说她讨厌小资产阶级的生存方式,不苟同于柏林波希米亚人的生活;同化与她的犹太复国主义理想形成对立,这一点在诺拉看来给她提供了摆脱绝境的方式。

情节始于谜,结于谜,至于谜底诺拉从一开始就已经知道,但读者却被蒙在鼓里。在小说的发展进程中,诺拉的父亲被送进疯人院。尽管诺拉总是似乎在掩盖关于父亲的真相,但她实际上一直在寻找他。书中几个人物都表明,诺拉生活在威胁中,疯狂就像一把利剑悬在她的头顶,她注定要步父亲的后尘。她从小镇上飞走,显示出她飞离了自己的父亲,而她回到家中则勾勒出相反的冲动,这种冲动最终将其压倒,并决定着她的命运。诺拉企图逃避:

"多少天跟随大篷车游走,忍受严重的饥渴,筋疲力尽、饥饿虚弱地来到一个谁也不认识的地方,在那里找到新的生活,新的植物、歌声和舞蹈,世界对这里一无所知。"(《他就是光》,135页)她的命运是场灾难。她爱上了父亲的朋友爱伦,他最近也回到了小镇上,诺拉发现,他的恋人并非父亲的替身,而是与父亲相像。艾伦最后也是精神疾病的受害者。

这三位作家中最重要的是大卫·弗格尔。他从俄国搬到维也纳,又搬到巴黎,但他总是认为自己属于哈布斯堡文化;他甚至试图写一部德文小说,他希望自己的其他作品也有德文译本。他早年曾经在俄国漂泊,1912年到达维也纳。1917年开始发表作品,尽管他在1929年来到以色列,但无法在那里定居。在余下的很多年内他一直住在巴黎。尽管他孤身一人,没有亲属,但他感到他属于欧洲,他的基本身份是欧洲犹太人。他也以一个欧洲犹太人的身份离开人世,1944年他被运送到德国的一座集中营,从此再没有回来。

弗格尔首先是一位表现主义诗人,受奥地利诗人特拉克尔(Georg Trakl)的影响。他的第一部诗集《在黑暗的门前》(*Lifnei hasha' ar ha'afel*)于1923年问世(诗人学者丹·帕基斯编辑的一个增订版出版于1966年)。他也创作小说。他的第一个中篇小说《在疗养院》(*Beveit hamarpe'*)面世于1928年,他主要的长篇小说《婚姻生活》(*Hayei nisu'im*)在1929年和1930年之间出版(1986年再版,此后翻译成多种欧洲语言)。《面对大海》1934年问世,1974年再版。

作为一个希伯来语作家,弗格尔把自己当成布伦纳和格尼辛的传人,他在公众场合的演说中对二人予以高度评价,与此同时反对斯坦曼的散文体创作。弗格尔受到第一次世界大战前后维也纳颓废风气的强烈影响,受到奥托·魏宁格《性与人物形象》中的反犹主义与男性至上主义的强烈影响,受到弗洛伊德著作的强烈影响,尤其显示出受到施尼茨勒、艾滕贝格、里尔克、托马斯·曼、亨利希·

曼和约瑟夫·罗斯的冲击。比如说，他的早期中篇小说《在疗养院》把自己因患结核病住在疗养院的经历与文学表现中的类似经历结合起来，如托马斯·曼的《魔山》和汉姆生的《最后一章》。然而，与前辈不同，他并没有把疗养院世界描绘成一个微观世界。

像维也纳的表现主义者一样，弗格尔深为性爱与死亡的魅力痴迷，性爱与死亡似乎证明了一个超乎寻常、超乎日常生存的世界。他像19世纪末期的作家一样，运用反讽手法来揭示含而不露的欲望和动机，如小资产阶级要驾驭社会的荒诞想法。他的主人公注定要否认他们的道德真实，徒劳地依恋不真实的生活。由于缺乏清晰的结构或者明确的情节，艺术气氛多于具体实在，《在疯人院》与克莱斯特和施尼茨勒的富有浪漫－戏剧化色彩的中篇小说近似之处很少，或者主要是为他那部更有造诣的《婚姻生活》做的一次预跑。

《婚姻生活》是一部碰巧用希伯来语写就的奥地利－维也纳长篇小说。甚至可以说，罗斯的《约伯，一个简单人的故事》(1930)在主题和题材上比《婚姻生活》更加犹太化。构成这部小说的有三种文化倾向：大都市小说；疏离与不忠的世界，这一点正如布伦纳所描绘的那样，源于俄国文学（尤其是陀思妥耶夫斯基的创作）；以及维也纳的颓废风气，如在施尼茨勒的创作中具体表现的那样（他的中篇小说《死亡，鲜花，古斯特尔上尉》、《伊尔斯小姐》以及长篇小说《特里萨》）。施尼茨勒的主要主题——爱情与背叛、死亡与自杀——也出现在艾滕贝格、茨威格和罗斯的小说中，他们三人，像弗格尔本人一样，描绘了在痛苦与消耗的体验中可以获得有悖常情的快感。

如同其他许多文学中的彷徨者在城市咖啡馆、啤酒屋和林荫大道上为自己营造某种家园一样，弗格尔《婚姻生活》中的主人公在维也纳的迷宫里迷失了自我。他对城市的感情，乃他生活中最为隐私的部分，与他对妻子的情感一样矛盾重重，妻子用她漫不经心的做爱来诱惑他，但也令其恐怖与颤栗。充满情欲的都市体验通过冗长的一个接一个的印象主义段落来与读者进行交流,其震撼力并不过多地依赖于作家对真正场所进行的小心翼翼的描述,而在于其唤起的复杂性:

> 那是春天里一个温暖的夜晚。柔和温馨的宁静从漆黑而斑驳的天空降临。几近空寂的街道似乎打扫干净。硕大的城市在橘黄色的街灯里沉睡。不时,有轨电车把静谧打破,如同噩梦被惊醒。它们只载有不多的乘客,闹哄哄急急忙忙地驶过。远处的火车发出有些沉闷的长长轰鸣。穿过无声无息的黑夜和居住着成千上万人口的陌生城市,伴随着漫长旅程中的一个个景象,想象在雀跃。(34页)

在小说结尾,纯然的恐惧、对女人与城市的仇恨代替了矛盾,大城市体验的本来面貌进入并占据了他的脑海。

小说沿着两条途径展开。一是遵从主人公充满动感的活动:高德威尔离开了他租的房间,在维也纳大街上徘徊,他在咖啡馆止住脚步,要么就漫无目的地漫步。这一模式的循环属性赋予小说某种城市反流浪汉的特点。小说的主人公不是在不同社会阶层与世界之间漂泊不定、在男男女女中消磨时光的无赖。反之,他的形象截然相反:一个感觉迟钝可怜兮兮的反英雄,都市生活的牺牲者,为自身恐惧和妻子所困扰。这一另外的途径慢慢地构成都市反英雄故事的悲剧性深度。环境逐渐前来压迫他,孤立他,直至他无路可逃,只能犯罪。

小说主要偏重于内省;它不光从高德威尔的视角来讲述故事,而且多数发生在高德威尔的脑海里。主人公没有试图实现对人生的全部理解,或者是从总体上来阐述故事。痛苦是他人生中的一个主导因素,几乎以一种独立的实体存在着。此乃一个惧怕世界与个人,尤其是惧怕个人非理性的内驱力与欲望的男人的痛苦。这并非两性之间的角逐(像在斯特林堡、亨利希·曼或者奥托·魏宁格作品中那样）。反之,《婚姻生活》描绘了城市人不为人知的内在苦境。小说也不是没有犹太寓意。高德威尔最初的错误,源于他爱上了一个具有支配欲的冷酷女人特娅·冯·图考,他最终决定把她杀死。对于反英雄与荡妇之间施虐与受虐关系的描写并非什么创举。亨利希·曼著名的长篇小说《昂鲁教授》(1905 年发表)描写的正是这种跨阶层界线的关系（一位教授和一位舞蹈家）。然而,在弗格尔的书中,加进了种族因素:高德威尔是犹太人,特娅是一个笃信基督教的贵族。尽管犹太知识分子和基督教贵族之间爱恨交织的关系并非书中的中心问题（这使得弗格尔的《婚姻生活》有别于希伯来小说的主要传统）,然而,它也是本书进行社会批评的一个因素。当一切都说过做过之后,高德威尔成为一次大战以后奥地利社会正在毁坏的社会风俗的实例。

发表于 1934 年的《面对大海》(1974 年再版) 甚至比《婚姻生活》更为突出。小说的背景置于里维埃拉,里面的一组人物隐约有点犹太人身份（男主人公巴特提到另一个拥有"非犹太姑娘趣味"的女人——220 页）,这只是一部用希伯来语言写的欧洲故事。其风格与希伯来文献没有关系,其主题与希伯来文学主流也没有关系。像《婚姻生活》一样,它显示出同维也纳印象主义的密切关系。它以弗洛伊德的方式,探讨了男女两性隐藏着的性冲动,当人们摆脱了所熟悉社会世界的束缚时,便在自然和现实的感官世界里得到释然。阿道夫和吉娜·巴特,一对极度富有并放荡不羁的维也纳伴侣,前来度假。丈夫碰到了一个法国姑娘马塞勒,妻子碰见了一位原始的意大利人西西。在小说接近尾声之际,他们均发生转换,婚姻即将解体。

《面对大海》把情节置于一个度假小镇,并不十分独特（比如说托马斯·曼的《死于威尼斯》）。情欲氛围比性邂逅显得更有情趣,复杂多变,并扩展到人物与自然世界的关系中,这种方式使弗格尔的中篇小说有别于其他类似的作品。人物逐渐感受到的性爱激情并非终生不渝:夜里游了两次泳后,巴特和马塞勒最后高烧不退。这件事既没有补充也没有完善他们的人生。相反,使他们的生活不再富有激情和意义:"吉娜什么也不知道。她只觉得身上火烧火燎,似乎被灼热冲击着。西西炽烈地吻着她的双手、吻着她裸露着的胳膊、脖颈和脸颊,他的吻疼痛刺人。在这些吻中有疯狂而残忍的动物般的践踏。倘若她曾想抗议,她就不会这个样子。倘若他曾想杀死他,她不会抗议……她的肉体显得很陌生……她的身体现在大不一样了,不能理解……这使她产生一种内在的恐惧与厌恶。"(251,253 页)吉娜和巴特沉湎于欲海,扼杀欲望,在某种程度上,等于扼杀自身:

这是谁之过? 火车很快就要来了,她要从这里到别处旅行,永远不会再回来……吉娜将在夜晚经过这乱糟糟的车站,火车将会带她驶向越来越远的地方。在今天这样一个下午,爬上一列火车,穿过日日夜夜,穿过杂乱的车站来到她的身边,并非难事——但是,你永远也不会登上火车,永远也不会来。从现在开始,你没可能动情地这么做。他目光凝视着她,看见她非常苍白,笼罩在悲哀中……火车东倒西歪地行驶着。吉娜从敞开的窗口探出身去舞动着手帕。良久,她能够辨认得出他的身材,笔直地站在那里,像没有生命的旗杆,微微歪着头,一动不动地举着他的帽子。(268 页)

在艺术上,小说不是靠情节,也不是靠巴特－马塞勒和吉娜－西西之间纠缠不清的关系产生力度,而是凭整体氛围、对风光的细致描绘以及人的内心世界与户外空间的独特混合而产生力度。尽管在《婚姻生活》中,背景与气氛属于从属地位,但在《面对大海》中,它们移动到了中心舞台,其象征力量使故事的细枝末节都黯然失色。大海是"一块闪闪发光的银毯……海浪犹如亮晶晶的衣服饰物……从天海相连的地方[漂过来],用光和低沉的捆掌抚弄着海岸。这景观,在轻薄月光的映衬下,宛若仙境"(228－229 页)。

而且,确实,自然和人之间没有界限:

> 旋律生机勃勃的海浪流过阳台,流向沉沉黑夜,在仿若男人气息般的微风拂煦中泛起涟漪,流向平静而广阔的大海。神秘的颤动在倾听者的心头涌起……吉娜倚靠在阳台的栏杆上。她看着空旷的午夜街道,在那边靠近大海的地方默默地喘息着,与黑夜交织成巨大的沉重。她的心中涌起了淡淡的忧伤,没有令人愉快的触摸。……他们背朝大海,坐在那里凝视对面黑黝黝的房子,心中充满夜间的失落感。远方,几声厉声的犬吠,像钉子凿进了黑夜,接着戛然而止。只有在他们身后,大海继续喘息着,声音低沉,没完没了。(240–242页)

与大海壮阔的美和力量相比,人不过是微末,他们原始的冲动渐渐弱化为对注定无法体味到的、广大无边的官能快感的含糊回应。

为创作关于德国人的希伯来语小说,弗格尔创造了新型的文学结构,从德语和意第绪语逐字翻译("人不是猪猡,次序一定有!"),忽略了语言的标准规范。因此,他的长篇小说尽管没有沿着两次大战期间的希伯来语小说的道路发展,但构成了希伯来文学史上一个重要时刻。它们代表着为希伯来语读者撰写的希伯来小说和为没有完全和犹太文化断绝关系的德国犹太读者所创造的德语小说之间的过渡。我们可以这样说,弗格尔创造出了"反阿里茨以色列"小说,在他笔下,阿里茨以色列仿佛没有存在,流散地,尽管那里存在着反犹主义,但仿佛是犹太人生活的场所。弗格尔并没有像那些把同化和通婚当成主要生存问题的人那样忧心忡忡,比如像多数美国希伯来语作家那样。在创作了真正杰出的希伯来语小说之一《面对大海》之后,弗格尔可以被誉作希伯来传统中第二位最重要的非主流作家(继格尼辛之后)。

由于20世纪三四十年代希伯来文学读者强烈认同当代犹太复国主义理念,所以并不是特别喜欢比克豪夫斯基、戈德伯格和弗格尔。结果,这些小说在 20 世纪六七十年代读者品味发生变化之前一直处于边缘位置。尤其是弗格尔在那时得到一种特殊的复兴。在他们印象主义的抒情方式上,有三位作家可以说是承袭了戈德伯格、艾莉谢娃和弗格尔的传统,这三位作家是卡蒙、舒拉密特·哈列文和耶胡迪特·亨德尔。这也许不是直接影响的问题,而是流派上的近似问题,文学传统不仅通过明显的传承关系得以延续,而且也通过文学期待与条件得以延续。

阿利埃里 – 奥罗夫、莱·瓦兰洛德、西·哈尔金和里兹茨基

也许希伯来文学表达在美国奏出的主旋律就是:作家在一种文化真空中进行创作非常孤立。这种感觉随着岁月的流逝反而更加强烈。如果说,在 20 世纪初年,希伯来小说在美国是一种次要但却有意义的现象,与之并驾齐驱的是意第绪语文学创作出现繁荣,英语的犹太—美国文学传统得到了发展,那么美国的希伯来语文学和意第绪语文学在以色列建国后便都销声匿迹了。尽管希伯来文学(和传统犹太文化)在美国的衰落与美国犹太社区的壮大成反比,但它的确反映了美国犹太生活的新现实。美国犹太人的人数从 1880 年的 275000 膨胀到 1955 年的 500 多万;但是,他们在经济、社会和数量上的繁荣预示着文化特性的终结。加布里埃尔·普莱尔或许是美国最后一个希伯来语诗人了。

多数情况下,在美国用希伯来语、意第绪语和英语创作小说的犹太作家,描写的是同一个主题:移民体验,历经漫长的旅程:从犹太乡村小镇穿过血汗工厂到在资本主义冒险行动中取得成功(比如说亨利·罗斯《安睡吧》,1934,以及亚伯拉罕·卡汉《大卫·莱温斯基的兴起》,1917)。描写移民获得成功的许多小说采用来自美国犹太人真正生活体验中的喜悲轶事,这样布局为的是把关注点从

文本的假纪实意义转向情节。此类社会范式小说有许多是由 H. A. 弗里德兰德和 B. 艾萨克创作的。

这些文本带有强烈的自传色彩,以至于接近个人日志,多数用一种人们耳熟能详的现实主义方式写就,仿佛期待读者把这个世界认作自己的世界,努力跟上人物的体验。这些文本面对的是以色列读者群,试图让它们表现带有美国移民模式的非定居人口,其生活方式也与犹太村落生活截然相反。在弗里德兰德的小说中,比如说,在美国的旧式犹太生活宗教模式和犹太现存世俗模式之间总有一条明显的界限。对弗里德兰德来说,需要处理的一个重要问题就是为种族融合与成功而付出的代价,常常要牺牲传统,这样一来则伴随着精神失落与空虚。用这三种语言创造的美国犹太小说都表现出美国犹太人生活的悖论。它同时又给美国体验增添了光彩,表达了传统的反同化价值。

就像漂流世界各地的同道者一样,美国的希伯来文学不得不适应新的环境。东欧犹太村镇模式和反模式并不相关。而且,作家们知道如果他们不改变素材,就会失去下一代读者,他们对父辈的语言和文化并不感兴趣。尽管周围文化魅力无穷,并提供了同化的真正可能性,不需要被隔离的希伯来语言文化保留其价值,这一点愈来愈明显;但是希伯来语作家依旧忠诚于这样一种思想:只要犹太人还存在,不管他们身在何处,就得保持其文化身份。由于作家们在自己的生涯中有那么一两次教授希伯来语言的经历,于是把创作教师－作家形象当成小说的一个基本母题。

美国的希伯来语小说酷似阿里茨以色列的现实主义文学。而且,就像阿里茨以色列小说没有产生新的文学形式或模式,美国的希伯来语小说忠实于本－阿维革多的伪现实主义传统,也没有创造出新的文学语言和模式。布伦纳笔下的精神分裂(崩溃)、格尼辛的意识流、斯坦伯格和肖夫曼复杂的印象主义,以及阿格农别具一格的反讽对美国犹太作家没起作用(西蒙·哈尔金是个例外,我们会看到,他也例外地证明了某种规则)。这样,即使在 20 世纪初年到 1940 年之间美国文学蓬勃发展,但希伯来语作家主要保持静止不动平淡无奇的态势。他们没有浸没在包括威廉·迪安·豪厄尔斯 (William Dean Howells)、斯蒂芬·克莱恩 (Stephen Crane)、杰克·伦敦以及西奥多·德莱塞的美国现实主义文学思潮中。他们也没有对两次大战期间在文学形式与主题上所作的丰富实验作出呼应,这一实验特色体现在现实主义-自然主义作家的创作中,如舍伍德·安德森、辛克莱·刘易斯、约翰·多斯·帕索斯、托马斯·沃尔夫以及约翰·斯坦贝克,或者是"迷惘的一代"作家——厄内斯特·海明威、威廉·福克纳以及司各特·菲兹杰拉德。

美国希伯来文学创作与变化着的阿里茨以色列希伯来文学主体倾向割断了联系,又对国内的美国文学影响无动于衷,故而未曾取得精湛的文学成就,几乎没有产生形式或者文体上的革新,对年轻一代作家的创作实际上也没有产生什么冲击。阿里茨以色列文学受到外部希伯来创作的影响,只是局限在东欧文学范围内。然而,在美国度过大部分创作生涯的三位重要作家委实为希伯来文学经典作出了贡献:他们是埃弗莱姆·里兹茨基 (Efraim A. Lisitzky)、莱尤文·瓦兰洛德和西蒙·哈尔金。

诗人兼小说家里兹茨基是美国希伯来文学创作的奠基者之一。他唯一的小说《在逆境中角逐》('Eleh toldot' adam, 字面意思:"这是人的历史", 1949),是一部心醉神迷的准自传告白,沿袭的是别尔季切夫斯基-布伦纳传统,写叙述人移民到美国及其在北美漂泊之经历。尽管其材料在这类小说中相当典型,但它的整个布局,尤其是使用叙述偏离来阻断文本中人物的社会学性质,形成希伯来文学中最优秀最富有独创性的自传体小说。文本针对阿利茨以色列犹太复国主义读者发话,接近于某种辩护;叙述人试图为他留在美国的决定开释,要把希伯来之根扎在为希伯来人视如文化真空的地带。

莱尤文·瓦兰洛德所表现的主题堪称典型的美国类型小说,尽管他并非有意为之。瓦兰洛德 1920 年和第三次新移民一起来到巴勒斯坦,但1923年再度离开,搬到美国。在某些方面,瓦兰洛德的作品与美国迷惘的一代作家有近似之处。瓦兰洛德,曾像耶沙雅胡·拉宾诺维茨一样写道,"只想仔细观看这个或那个灵魂,聆听其伤心絮语,描绘那灵魂和絮语。"从主题和题材判断,瓦兰洛德的创作有几分东欧文学传统中的无归属和幻灭色彩。在形式上,则与希伯来印象主义关系密切(肖夫曼、巴拉什)。他把世界当成一连串诗化了的印象,这种印象构成了永远持续并富有启迪意义的现在。

瓦兰洛德出版了两部中、短篇小说集《在第三层》(*Badyotah hashlishit*,1939)和《在纽约的城墙内》(*Bein homot Nyu York*,1952);两部长篇小说《卡茨基尔的黄昏》(*Ki Panah Hayom*,字面翻译"因为今天就要过去",1946)和《失败的一代》(*Be'ein dor*,1953);以及游记《道路与出路》(*Drakhim vederekh*,1951)。瓦兰洛德的多数素材来自城市。他关注不同代人之间的冲突(比如《像橄榄树苗》[*Kishtilei Zeitim*])、美国小镇上的犹太人、资产阶级犹太社会里的两性关系、后大屠杀时代的新移民与老一代移民社区的关系(《威廉斯堡的四个房间》[*Be'arba' at hahadarim shebe Wilyamsberg*])。

最能概括瓦兰洛德的主题与艺术特质的小说是收入小说集《在纽约的城墙内》中的《城墙的阴影》("Betsel hahomot"),《城墙的阴影》是他最长最复杂的中篇小说,与美国自然主义文学,尤其是德莱塞1925年的社会沦落小说《美国的悲剧》相似。小说风格复杂晦涩。把城市-自然主义者情节剧(包括一个乞丐的自白)和归去来兮的范式化叙事方式结合起来。主人公反叛父亲,失去了身份,试图锻造新的自我。但是他既不能重新做一个犹太人,也不能做一个非犹太人,在浑浑噩噩的芸芸众生中成了一个无名小卒,一个缺乏经济、社会或家庭基础的乞丐。尽管他和父亲的决裂是正义的,然而抛弃传统却招致完全失去身份的惩罚。

《卡茨基尔的黄昏》的背景是纽约州北部卡茨基尔一对犹太夫

妇的旅店,那里是纽约犹太知识分子,主要是意第绪语作家的度假胜地。这部度假小说,展现出社会的危机与衰落,以及移民父亲与本土出生的儿子们之间的关系,小说中客人们和房主一起交流个人体验,客人与客人之间也交流个人体验,悲悼犹太文化在美国的衰落。故事发生在第二次世界大战期间。它对不可改变的同化进程进行了微妙的心理洞察。《失败的一代》是一篇典型的移民小说,描述从犹太村镇到纽约的过渡。瓦兰洛德所描绘的虚构世界形象地表现出他自己作为生存在非犹太人中一个犹太人的状况以及传统犹太人当中一个带有普遍性的知识分子。即使日后的希伯来文学继续依靠瓦兰洛德所使用的新现实主义、准印象主义模式,其创作可以与弗格尔和戈德伯格的创作媲美,但他没有对后代作家产生强烈的冲击。

迄至今日,在所有美国希伯来语作家中,西蒙·哈尔金(诗人、随笔作家和小说家)最有才华,最为成功。与多数其他作家一样,他出生在东欧。像他们一样,他难以适应美国。他于1932年到1939年住在巴勒斯坦,后又回到美国,又于1949年再度返回已经建国的以色列,任耶路撒冷希伯来大学文学教授。他的《现代希伯来文学:思潮与价值》1950年出版(英文版)。他首先是一位诗人,又是批评家、翻译和小说作家,受到以色列和美国文学界的高度赞扬。

作为小说作家,他的作品与继比阿里克之后的那代作家的创作极为切近。与美国、欧洲和以色列的同龄人的创作截然相反,长篇小说《耶西埃尔哈哈格里》(*Yehiel Hahagri*, 1928)追随的是费尔伯格、别尔季切夫斯基和格尼辛的脚步。它极富智慧,富有大量的暗示,纵然有点把宗教－神秘告白和性冲动巧妙地结合在了一起。然而,《危机》('*Ad mashber*, 最早的一个版本写于1929年,1945年再版)标志着哈尔金成就的顶峰,也是两次大战期间最重要的希伯来小说之一。在《危机》中,正如在《耶西埃勒·哈哈格里》中一样,哈尔金塑造了典型的没有归属的人物,在描绘人物时怀着极大的同情和充满诗意的抒情风格。然而这里他远离别尔季切夫斯基的风格,更接近于格尼辛,甚至把希伯来现代主义和美国、欧洲的现代主义(普鲁斯特、托马斯·沃尔夫以及弗吉尼亚·吴尔夫)结合在一起。

《危机》与斯坦曼和弗格尔的长篇小说相似,但和多数同代人的作品不同,是一篇城市小说。它采用意识流手法,涉及纽约大都市孤独的犹太知识分子问题,涉及两代移民问题:父辈:伯拉和莱萨·鲁斯金教授为旧的疏离寻找新的意义,小孩子托里和艾尔茜·鲁斯金,来娜·伯拉和列昂·埃克斯特,突然意识到自己处在危机中,在寻找出路。小说高潮正值1929年纽约股票暴跌(作品最初叫做《1929年冬》,打算写成三部曲,最后没有完成)。但这只是长篇小说希望探讨的内在进程的一个外在标志。社会全景和倾向于内省的心理画像刹那间赫然眼前,《危机》很像普鲁斯特的《追忆逝水年华》。

小说情节支离破碎,由多个意识流组成,人物以个体的独特方式对似乎独立于社会原因之外的势力作出反应,小说给读者施加压力,强迫他们去识别社会行动和身份、性欲等私人生存问题之间的无关联系。哈尔金把这些技巧混成一体,在重要人物之间建立社会与心理联系,借此,试图克服技巧上的分化效果,那些重要人物以各种各样的方式隶属同一家族谱系,不然的话就是互相之间有关联。(艾尔茜·鲁斯金,比如说,是莱萨的女儿,也是小说第三号主要人物埃克斯特永远的未婚妻。)多种多样的人物本身比人物之间的相互影响更有意思,这情趣来自详尽的个人秘史、敏感程度和反应。

给整部作品投下阴影的一章对纽约,尤其是犹太人的纽约进行了讽刺性的歌颂。这一章有点像随笔,在风格与结构上不同于小说的其他部分,题目叫做"在纽约内",试图解释年轻人对城市那种无限依恋的情怀,所以有别于父辈那种纯粹的物质依附。这种强烈的物质依附对年轻人来说很成问题,他们为城市魅力所吸引,在渴望明确自己同城市的关系中,失去了主要身份。

作为一个技艺精湛的诗人,哈尔金能够很好地接受意识流创作的挑战,并且,他确实扩展并丰富了文学体裁。他的措辞用语倾向于史诗意象,这些意象凝聚成独立的画面,回忆或反映,在超越时空的联合网络中构成微缩文本。文本由冗长复杂的句式和意象构成,把读者的注意力从真实事件转向主人公的想象世界和内在欲望。因为哈尔金在整部小说里把他的意象发展并具体化,因此小说尽管采取了片段的、说明性的形式,但还是显得生动和完整。西蒙·哈尔金或许是他那代人中唯一一个希伯来语作家,如此彻底地意识到城市疏离问题。然而,纵然哈尔金对希伯来文学作出了特殊贡献,不光是在美国,而且《危机》可能为希伯来小说提供了新的选择,但是他的创作依然处于边缘地位,对年轻一代没有影响。

伊扎克·奥伦

伊扎克·奥伦的作品在形式和内容上可能会使历史研究者迷惑不解,如此完美地把自己定位在两代人之间的一个过渡。奥伦是本土一代作家的同龄人,与摩西·沙米尔、S. 伊兹哈尔等人同时在1946年发表作品,也是霍洛维茨和列文的继承人,在一定程度上,是60年代和70年代作家约书亚、康尼尤克和奥帕斯的先驱。他的第一本书《某处》('*Ei sham*')1950年面世,他的第一个长篇小说《线后》(*Ba' oref*)1953年出版。

伊扎克·奥伦反对同代人的现实主义手法,致力于创作超现实主义小说。他的素材形成大杂烩,由作家随意组装和拆分。他不怎么重视亚里士多德的三一律,喜欢用意想不到的后现代主义混杂题材,把现实主义、普世主义、论说文作者评论、侦探小说以及荒诞的流浪汉小说融合在一起。分界狭窄的自然世界——在这个自然界里人体验到,他们的生存锁定在某种时空内,有限而相形见绌——以及梦幻与想象宇宙（包括科学和文学世界）那无限的可能性之间存在着不一致，此乃其作品中主要并富有指导性的主题。20世纪50年代，当这种文学开始出现后，将充满想象力的旅行、互为交织的模仿和流浪汉冒险混合起来的奇幻小说也为读者作了改进。随之而来的在社会和文学感受方面的变化使他的作品得到新的承认。然而，奥伦仍然处在希伯来小说的边缘。

* * *

两次世界大战之间及其前后的现代希伯来小说，始于斯坦曼的弗洛伊德式的实践，在伊扎克·奥伦的后现代主义创作中达到高峰，创造了风格和主题多样化的文本。需要充分肯定的是，希伯来文学现代主义应该同阿格农的创作并置，在它同肖夫曼、斯坦伯格和黛沃拉·巴伦的印象主义作品的相互影响中进行考察。它也同格尼辛和布伦纳的创作保持着不断的对话。与多数现实主义作家不同，现代主义者与他们时代的诗歌创作，尤其是格林伯格和史龙斯基的关系密切，他们从没有割断和欧洲文学的重要联系。

由于每位作家对这些影响的吸收与回应迥然有别，希伯来文学现代主义并非同质的。而且，难以决定现代主义对后来希伯来文学发展的影响程度。20世纪50年代末期，作家似乎留意其他文学先驱，在文学传承上与格尼辛和阿格农等人发生关联，又有别于他们。这些作家也得益于卡夫卡、加缪、福克纳和吴尔夫等西方标板，在某些情况下热中于这些非希伯来语作家的影响。这并不等于说，创作于两次大战期间的现代主义小说和20世纪60年代的作品之间找不到相似之处；曲径、折回与偏移构成了文学史的复杂道路。

10
1940–1980年的文学现实主义
体裁转换,为民族叙事而斗争

> 风暴在我们周围兴起
> 但我们不会低头
> 永远听从你的将令
> 这就是我们,帕尔马赫
> ——帕尔马赫队歌

从20世纪初期到40年代,阿里茨以色列的希伯来文学主要是舶来品。多数作家从东欧去往那里,或者绕道前往,先在西欧或美国待上一段时间。在这之后,本土作家,早期阿利亚浪潮的移民子女,才开始在文坛上占据一席之地。我们将这一进程的起始时间定在1938年S.伊兹哈尔发表第一个短篇小说《埃弗莱姆回归苜蓿》。伊兹哈尔1916年生于雷霍沃特第一次阿利亚农民与作家之家(其父实际上是同第二次阿利亚移民来到阿里茨以色列的),是他那个时代的代表作家,那批作家包括伊戈尔·莫辛松、摩西·沙米尔、汉诺赫·巴托夫、阿哈龙·麦吉德、纳坦·沙汗。他的创作结束了什哈尔、哈梅里等人所代表的希伯来文学过渡时期,为新开端铺垫了道路。与阿格农一样,他也站在一个交叉路口,前代人的不同路径交汇于斯,新的道路亦始于斯。

第一代本土作家从30年代开始发表作品,40年代和50年代初期达到鼎盛时期。被称为"帕尔马赫一代"(Palmah Generation,以一个军团的名字命名,实际上只有少数作家参加过这个军团),

或者多尔巴阿里茨（希伯来语音译，意思是本土一代，或国土一代，以1958年发表的同名文集命名），他们同前代作家的区别很容易分辨。前代作家中有许多人学过两门或两门以上的语言，可直接阅读欧洲文学，或者在有关犹太传统方面获得过学位。与之相比，本土作家在希伯来文学语境中成长起来，用希伯来语阅读原著或翻译作品。他们出生在第一次世界大战末期或20世纪20年代初期，在英国托管时期成熟起来。他们人生的历史性标志是大屠杀、"独立战争"和1948年以色列国家的建立。

界定第一代与第二代本土作家比较困难。第二代本土作家多数出生在30年代，被称做多尔哈迈地那（国家一代），或新浪潮。他们在50年代中期或者60年代初期登上文坛，当时他们的先辈依旧活跃在文坛，为以色列文化建设作着贡献。这批人中包括耶胡达·阿米亥、品哈斯·撒代、阿玛利亚·卡哈娜－卡蒙、A.B.约书亚、阿摩司·奥兹、阿哈龙·阿佩费尔德、雅考夫·沙伯泰和约书亚·凯纳兹（其他人的名字将陆续在后面的章节中出现），有些人觉得他们的创作风格比较倾向于超现实性，或者说奇幻性，而不是现实性。然而，对这两代作家进行密切考察则发现，不能用二元对立来区分两代作家。他们之间的关系非常复杂，虽然早期一派作家对后期作家产生过影响（如果只从引起对立角度考虑），但年轻作家也影响了老一代。的确，第二代土生土长作家或年轻移民作家中的许多人按照出生年代又属于第一代作家。

最初的两代本土作家苦心处理创作素材，相互之间进行较量，以创造一种民族文学，我在本章中想考察的正是二者之间的相互影响。在某种程度上，我之所以考察同时存在的两代作家，是要强调建国前后文学创作的活跃性与多样性。两代本土希伯来语作家，本土一代与国家一代，不管其创作是按照同代作家还是非同代作家的界限划分，不管在文学形式与主题方面同属一类的作家之间有什么区别，他们确实拥有共同的历史、文化和社会背景。在他们的小说中，这些因素则成为做共同假设的基础，包括对他们相同的现实特质做相同抗拒的基础,也成为他们产生意见分歧或相互竞争的基础。

当公共事业的这些特点在别具一格的、经常是极具天赋的个体作家创作中得到了表达,倘若如笔者在本章中所做的考察,则会极其清晰地表明作家同单一的文学表现传统即社会现实主义文学传统的关系,本土一代作家确立了这一传统,其杰出代表有伊兹哈尔、沙米尔和麦吉德。社会现实主义至多是个不确定的概念。它分别地,有时是同步地指一种模仿表现形式和一种反映文学与生活关系的哲学,即,文本准确反映所描摹的社会政治现实的责任。

对伊兹哈尔、沙米尔、麦吉德和其他本土一代作家来说,社会现实主义奠定了希伯来小说的模式和原型。也许更为重要的是,它适应民族与文化建设的直接需要与挑战。虽然国家一代的许多作家通过选择非模仿表现形式,通过颠覆犹太复国主义历史的基本通用情节(basic metaplot),颠覆情节似乎是来强化模仿的社会现实主义表现形式这一要求,选择了背离社会现实主义,然而,当我们考察1948年后的小说时,看到的却是社会现实主义仍然是许多希伯来文学创作的特色。但是,国家一代与本土一代作家的共存,产生了彻底的转变,在这种转变中,社会现实主义作为文学形式,就像它打算要讲述的故事,努力克服着体裁上的局限。这既暴露了社会现实主义小说的问题,也暴露了它能够与不能够实现的真正需要和文化目的。它主题多样,体裁多变,有时,一部作品是否适合社会现实主义成规(审美的或政治的)或者已经随意变成某种非现实主义或后现代主义形式,并非十分清楚,比如说新浪潮作家的创作。文本很少能巧妙地符合文类要求。希伯来文学在这方面也不例外。从19世纪40年代到70年代,社会现实主义在创造民族文学时起到了重要作用,也许是主导作用。

其原因当然同怎样将生活中强大的政治与历史环境与文学小说要求区别开来有关,两代本土以色列作家要克服的这一问题也是早期希伯来语作家曾经遭遇过的。根据布伦纳论文体的名篇提个问题,在一个充满生活转型时的巨大动乱的小国,如何创造出同真正生活关系"全然巧合"的虚构类作品?如何在一个尚未达到普通生存状况的社会里创造出普普通通的文学呢?作家似乎不需要对真实存在的东西加以想象:现实本身似乎非常丰富而奇妙。伊兹哈尔、沙米尔、麦吉德以及海姆·古里(Haim Gouri)、汉诺克·巴托夫、施洛莫·尼灿(Shlomo Nitzan)和其他作家的大多数创作在起步时的历史体验,与希伯来文学发轫期所体现出的历史体验相同。

  随第二次或第三次移民浪潮抵达的一代人制定了基本的价值观念和行为准则,他们的子辈多半默默地把这些接受下来。这些奠基者的后裔们,多数出生于20世纪20年代,对劳动者运动的先驱精英表示强烈的认同。这不仅仅是随意的观念上的支持。运动构成他们生存的各个方面。无论他们在私生活中是否遵守其规则,他们实现了从城市到乡村的过渡,实现了回归自然,实现了青年运动以及斯巴达式的生活。不顾宗教传统和大流散生存时期的习俗,以色列本土一代寻求同当地人,比如说贝督因人的融合。在那里,小说一度夹杂着意第绪语表达方式,而现在又注入了阿拉伯语词汇与短语。

  构成他们小说中的中心人物是年轻的土生土长的以色列人形象。尽管土生土长的以色列人当然是另一种人,但其自我形象将天真浪漫的理想主义与美梦成真的愿望结合在一起。他们的理想主义与自我牺牲的愿望以对土地毫不含糊的热爱为基础,是家庭、学校和青年运动中犹太复国主义教育的结果。土生土长的以色列人愿意当此重任完成父辈的梦想,不管那些抱负是否适合他们的个性。摩西·沙米尔发表于1947年的长篇小说《他走在田野中》(*Hu halakh basadot*)的主人公尤里,乃一代具有理想主义、自我牺牲精神的土生土长以色列人的典范。这位年轻的指挥官,将民族责任看得比对移民女友的爱重要,尽管父母家庭破裂,可他工作得很好,由于另一位移民酿成的失误,他在营救同志时丧生,令批评家与读者心醉痴迷。在众人眼里,他象征着犹太人的一个新型模式,彻底改变了前代人笔下宗教学者和愤世嫉俗知识分子形象的许多特征。希伯来文学作品中的许多人物带有他的影子。这些人物以及与之相反的人物,一并标志着集体主义与个人主义的二元对立。根据此书改编成舞台形象的尤里在实际生活和小说中均符合以色列人的形象特征:头发蓬乱,戴与众不同的以色列式小帽,身穿笨重的皮靴,短裤,蓝色或土黄色上衣。尽管许多作家均想摆脱沙米尔的尤里,创作出其他模式的主人公,但直至今日,他还在继续,继续在以色列文学中徘徊不去。

民族作家的生存危机并非出现在第二次世界大战期间或者独立战争期间,而是在这之后。从建立于拓荒战士理想之上的志愿者社区转变为得到承认的国家,其领导人是政府官员,政治家以及新富,令从战场上归来的作家和战士感到失望。远大抱负的破灭成了 1948 年后创作的中心体验与主要主题。在建国之前,阿里茨以色列形成巨大的同源社区,不鼓励对固有准则持有异议与偏离。建国后,移民浪潮席卷这个国家,带来了既非符合本土出生居民准则也不符合其希望的社会群落。原有的社团在刚刚创建的国家中逐渐成为少数民族。绵绵思念战前所熟悉的社会,交织着对新现实重新做出的认真评估,开始在 50 年代到 70 年代的小说中占据主导地位,既含蓄又明确。报纸上的讽刺栏目对幻灭作出了明显反应,在这一主题进入时下重要文学创作之前即已存在,这些栏目从 40 年代末期开始,就已经定期出现;基调从幽默到讽刺,提供说明样式,反映富有想象的理想与新现实之间的荒谬差异。两类讽刺性言论尤其影响了较为严肃的小说。其一(比如,海姆·海费尔(Haim Heffer)和丹·本－阿莫茨)《无关紧要的谎言包》(*Yalqut hakzavim*)通过戏仿对过去定居点的怀恋,就像短篇小说中对建国前"帕尔马赫人"所做的赞美一样。其二是更具偶像破坏色彩的讽刺,攻击一度用来激励社区而今显得苍白虚空的口号与信仰;比如,本雅明·塔木兹和阿摩司·凯南办的讽刺栏目《乌兹及其公司》("Uzi & Co.")。

埃弗莱姆·吉顺的讽刺创作也为屠宰某种以色列政体的神牛（指重要人士）作出了贡献。他用富有理性的中欧标准来衡量以色列社会，暴露了大量的官僚主义腐败与人的愚蠢。他在报纸的讽刺专栏里，创造出许多普普通通的人物，后又将这些人物移植到他的戏剧与电影中。讽刺模式为诸多作家提供了小说依据，比如阿哈隆·麦吉德、本雅明·塔木兹、伊扎克·奥帕斯、约拉姆·康尼尤克和伊扎克·本－奈尔，试图表现他们那一代人的失落与幻灭。他们一方面怀恋古老神话，另一方面又清醒地面对统治希伯来文学三十五年之久的官能失调的新现实，将二者奇特地结合在了一起。

本土一代作家早年不仅受到从前人那里继承下来的理想的支配，而且在审美判断力问题上屈从于史龙斯基、阿尔特曼以及其他老一代作家。在20世纪40年代和20世纪50年代早期，文学机构及其主要媒体由势力强大竭诚拥俄的左翼犹太复国主义机构控制。所有的文学讲坛、出版社和新闻媒体均打上了俄国社会现实主义的烙印。50年代中期后统一工人党分裂，左翼霸权衰退，以及接踵而来的意识形态共识的崩溃和个人主义的兴起，使得现实主义对以色列文学的控制有所松动。这一发展肯定成为一个主要的外部因素，使得意识形态共识缓慢崩溃、诗歌小说创作中的个人主义倾向兴起，以及50年代中期以后社会现实主义的小说衰落。

许多本土出生的作家的创作生涯始于办青年运动报纸，其中多数人仍然在主管《时代》（*Itim*）与《时钟》（'*Orlogin*）杂志的诗人、翻译家、编辑亚伯拉罕·史龙斯基庇护下继续。史龙斯基担当了比阿利克在20世纪初年的敖德萨和20世纪20年代的特拉维夫所承当的角色。20世纪40年代，史龙斯基在许多文学问题上都是高级权威，为他所提携的年轻作家们所敬仰。甚至当比较年轻的作家在40年代出版他们自己的文学期刊时，也没有露出反叛的迹象。一家期刊《新页》（*Daf hadash*，1947）的编辑海姆·格里克斯泰恩宣布说，他属于"继承者与完善者一代"。年轻作家早期的许多创作——比如，沙米尔《他走在田野中》和《用他自己的双手》(*Bemo yadav: pirqei' Eliq*, 1951);阿哈龙·麦吉德《海德瓦和我》(*Hedvah ve'ani*, 1954);以及约娜特和亚历山大·塞纳德《无影的土地》(*'Adamah lelo tsel*, 1950)都符合格里克斯泰恩的宣言。

本土一代现实主义者:伊兹哈尔、沙米尔，莫辛松、麦吉德和沙哈姆

讲述两代本土出生的以色列作家聚集在文化建设的殿堂，相互依存，建构并变革着对方，建构并变革着希伯来文学传统，实际上是在讲述变革的文学类型，并相应变革着文学类型所要服务的民族叙事学。在考察50年代与社会现实主义分道扬镳、创作断然颠覆犹太复国主义主导情节的其他文学表现形式的作家之前，我想稍微详细地探讨一下归入本土一代之列的希伯来社会现实主义文学中的五位巨匠:伊兹哈尔、沙米尔、莫辛松、麦吉德和沙哈姆。

S.伊兹哈尔在同代人中最早登上文坛。他在某些方面典型地代表着那一代作家。而在另一些方面又与那代人相距甚远。他的短篇小说具有强烈的纪实性，准确地记载历史，反映出标准的犹太复国主义叙事。其主人公通常是年轻的犹太精英，背景多置于南方。然而，与同代人不同的是，其短篇小说只写"独立战争"和建国。可他的同代人则描写1948年以前充满希望的几年及其后的幻灭，伊兹哈尔的许多小说发生在20世纪30年代或40年代。他后来的一些小说，在1963年收集成集，题目叫做《平原上的故事》(*Sipurei mishor*)，甚至充满怀恋地追叙20年代犹太人和阿拉伯人之间温馨、比较平和的关系。

伊兹哈尔主要在文学风格上不同于同时代作家。批评家指出，基本上是格尼辛对他产生了重要影响，格尼辛与伊兹哈尔的关系由此可见一斑，伊兹哈尔的第一位主人公埃弗莱姆(出自长篇小说《埃弗莱姆回归苜蓿》)的命名令人想起格尼辛最后一部长篇

小说《在一旁》中的主人公。伊兹哈尔同格尼辛一样是作家之作家。他有选择地向具有洞察力的读者讲话。尽管伊兹哈尔和格尼辛都使用了意识流技巧，然而格尼辛的小说主要反映内在世界，鲜少提外部世界（总体上可被描绘成自我的投影或者是内在世界的比喻），伊兹哈尔运用意识流手法对外部现实世界本身进行艺术再现。

的确，伊兹哈尔创作中最为引人注目的特征是他运用类型小说的意识流手法。像维尔坎斯基、斯米兰斯基、路易多尔一样，伊兹哈尔倾向于将日常生活神圣化，给拓荒者的日常工作（比如，短篇小说《在广阔无垠的内盖夫沙漠》["Befa' atei hanegev", 1954]的挖井）赋予了一种崇高的意义。但是，他也通过描绘躁动不安的个人主义与令人恐怖的集体主义神话负担的冲突，给这些拓荒者神话画上了问号。伊兹哈尔的创作较少关心主人公的情感生活，而转多关心他们所思考与活动的世界，象征主义特色强于自然主义特色。实际上，其创作对自然风光与环境做了详尽而多方面的描写，卓尔不凡。对能指符号（signifiers）做无休无止、几近不顾一切的追寻，尽量多涵盖现象，以便什么都讲，并讲得正确。结果，自然风光经常变得富有个性与神话色彩，具有象征意蕴，下面是从《午夜护航》集中摘选短篇小说《午夜护航》("Shayarah shel hatsot", 1950)的一段描写：

在他们所有的人当中，只有兹维亚莱一动不动地匍匐在那里，肚子贴在散发着泥土芬芳气息的松软大地上取暖，他口里嚼着一棵干巴巴的麦秸（那并不让人讨厌的白垩味道唤起他对童年时代的回忆），不参与人们的谈话，也不起身，什么事也不做，自己独自到外面，充满了愉悦，静静地逃入广袤的天宇中，天宇逐渐在周围张开臂膀，落日变得实实在在，陌生感逐渐消失，开始能够为人所理解。酷似绵羊的山丘。平原和正在消失的山脊。无限苍穹的强烈快感。松散的土壤，均由豌豆粒大小的颗粒构成,不过是为太阳灼烧的纤细尘埃,逐渐化作粉粒,这粉粒——要是你踩在上面,或者把它放在手掌心中碾碎,感觉并享受其质量,或者就把它放在鼻子底下,闻闻谷仓、收割脱粒时尘土的气息,面包和饱足的味道——将顷刻间碎为尘土,融化,散去。这就是从车轮底下不住掀起的缕缕飞尘,它能够轻而易举地为任何肆虐成行、无法无天的狂风引诱,起舞,结成嬉戏的圆圈,蹦蹦跳跳越来越高,带着谷糠和蒺藜,越来越快地打旋,像田野里的天棚,接着变成空旷苍穹里的一个活物,突然落入沉寂、干燥的山谷,它在那里微微抽搐着停了下来——这是耕地,一场阵雨就可以把土地液化成黏稠的湿土,散发出湿泥巴的宜人气息,潮土的芳香,重新激活了年轻人的爱,再下一两场雨,将会成为大沼泽,到处都是深潭,茫茫不可通行之处,整个世界能够沉陷其中,留下未被觉察的隆起乳房;吮吸,吸收着的是山谷里的溪流,隆冬,无穷碧绿的植被。(129—130页)

伊兹哈尔通过运用不落俗套的文学技巧来描绘古老的风光和母题,使其复苏并保留下来。他激活了对土地的依恋这一贯穿文学传统的显著特征。因为他重申古老的价值,文学机构对他的作品总是非常宽松。

故事写的是什么几乎并不重要;故事语言表明了其精妙的出处与感染力。伊兹哈尔的主人公——农村出生的年轻人,通过定居和防卫来使犹太复国主义事业成为可能,甚至向往梦幻中的风景与想象中的女人——也是某种特权阶层,以色列土地上的游侠骑士。他们以这种方式出现,即使伊兹哈尔没有描绘非凡的人物与奇异的行动。实际上,其素材取自20世纪三四十年代的编年史,其人物是过着普通生活的普通人。从基布兹轮值中的个人位置(比如《埃弗莱姆回归苜蓿》)到小说《山上果园》(1947)中犹太小村庄对阿拉伯人的抵抗,《午夜护航》中前往陷入重围的内盖夫的护航队，小说《赫伯特·黑扎》(*Hirbet Hiz'ah*) 以及《俘房》("Hashavui",1949) 中战时对阿拉伯人的虐待，凡此种种，均在他的短篇小说里得到了详尽表现。决定小说情节的仿佛不是人与人之间的关系或戏剧性的事件，而是晚饭与决定是否让埃弗莱姆留在苜蓿地的普通会议之间的时间差；或者是主人公值勤时所度过的夜晚以及他在这段时间里的回忆；或者是一群人准备采取行动时所发生的一段段插曲（《起程之前》[*Betwerem yeitzi'ah*]）。

正如非人格力量主导并沉重地悬在社会现实及其小说化的反映之上，文本的内在叙述并没有冲破普通事件或隐含的心理发展暗示。相反，内在叙述过于细密地重复对外部世界所做的观察。主人公梦见在他们眼前发生的一切。他们想象一段平行叙述，反面人物在其中充当比较的对象。

然而，伊兹哈尔的小说具有史诗特点，在很大程度上，这一特点的产生得益于他的风格，这种风格甚至给最平淡无奇的情节与主人公都投上了一层浪漫光环。因而对把历史转变为神话的现实社会形成高度认知。在小说的表层之下，是思念犹太复国主义定居者尚未来到，其技术尚未发生作用之前的原始土地。他怀恋一片片果园和一辆辆马车，尤其是广袤的空间。这些思念遍布在他的小说创作中，实际上在否定犹太复国主义定居点的成就。就伊兹哈尔创作的内在模式而言，这与主人公欲冲破尘世生存的愿望有关。但他们的梦想在危险关头不免破碎。

伊兹哈尔笔下的多数主人公，像《哈巴库克》中的小伙子们，乃是年轻的以色列男子汉的无名代表。他们缺乏富有个性的个人历史。他们没有成就个人事业。这些人物不是完美的圆形人物，也没有经历成长与发展，甚至没有从一个故事到另一个故事里地出现。因此，比如，在小说《在洗革拉的日子》(*Yemei tziqlag*) 中，有个人物喜欢诗歌，另一个喜欢音乐，第三个喜欢考古学。但是所有的人物均基本相似，倘若没有职业标签，难以区分其不同的意识流动。

伊兹哈尔笔下的人物基本上可以分为两种类型：一是性格内向、不起作用的拓荒者－幻想家，完成不了自己的计划；二是积极进取的标准拓荒者，他们雷厉风行，但令人生厌。作家在描绘这两类人物时，含有温和的讽刺。对能够操纵自己事业的性格外向者表现出极大的钦佩。对随波逐流、梦想逃避而不听从历史召唤的人表现出同情。这两种类型人的对立代表着司空见惯的个人主义与集体主义两极分化，但这种冲突主要表现在主人公的思想活动里，而不是表现在现实生活中。在结尾的分析中，两种类型最后都听从集体主义指挥。这些个人主义者并非具有心理原动力。他们似乎是未意识到性爱的恋人；无父无母、无兄弟姐妹的个人主义者，没有一丝一毫质朴、原始、无意识的人生特点，没有一丝一毫的贪欲（这方面的典型例证是《在洗革拉的日子》中一位主人公对未曾谋面的女朋友的爱）。那么伊兹哈尔的主人公，对将纯真奉献给社会与土地的青年人做出了理想的透视。这样的英雄可钟情女子，但是把他们最伟大的爱献给了伟大的祖国。确确实实，风光描写比对任何主人公的描写更具有特征，运用了更为煽情的语言，风光经常是唯一与主人公进行对话的人。

《在洗革拉的日子》出版于1958年，标志着伊兹哈尔的创作顶峰。他的第一部长达1143页的长篇小说，与他以前的创作、包括较长的短篇小说和中篇小说相比迥然不同。尽管作品很长，但只描写了一小群人在一个前哨基地的七天生活，这个前哨基地据推测是圣经时代的洗革拉。这七天以1948年9月犹太新年周在内盖夫沙漠爆发的激烈战争中的真实七天为基础，前哨基地与前来进犯的埃及部队发生了鏖战。在战斗空隙中，战士与战士相互交谈，或者凝视自然景色，思考他们的生活，尤其是此时此地发生在身边的事情。《在洗革拉的日子》中的人物与伊兹哈尔笔下的所有人物一样，在真正紧急事件与风光之间徘徊不定。那是需要他们不断警醒的时刻。而景色，另一方面，即使它掩护了敌人，也是逃避现在、逃避历史的避难所。

小说中占主导地位的因素——主人公性格,对自然景色的态度,偏爱准纪实胜于虚构情节以及风格特征,沿袭的依然是《平原的故事》以来的传统。因此,伊兹哈尔的全部作品,尽管内容丰富,但十分单调。连近期的一部作品《预言》(*Miqdamot*,1992),使用新材料和并置法,在风格或世界观上并没有表现出实质性的变化。然而,在他之前或之后的希伯来文学作家,都没能如此深入地抵达有形自然景色的核心。甚至后来,自然景色描写被忽略,为其他因素所取代,伊兹哈尔笔下的土地形象也对其他作家造成了一种威胁,他们感觉到得改编它或者废止它。他成为沙米尔、塔比伯、麦吉德、约娜特和亚历山大·塞纳德等作家的语言与艺术标尺,其他许多作家用他来衡量自己。

如果伊兹哈尔的主人公,用他自己的话说,是"一个合拍的诗人",那么摩西·沙米尔的主人公们比同时代任何作家笔下的虚构人物更为充分地表现出新希伯来人的特色。伊兹哈尔的主人公不情愿做殖民地开拓者和征服者,他们情愿和高贵的阿拉伯野人和平共处,也不与他们争斗,与之相对,沙米尔的人物具有征服者的味道。他们同伊兹哈尔的主人公们一样是犹太复国主义精英的代表,但对伊兹哈尔来说这是一种审美意义上的精英,以感受性强和眷恋土地著称,对沙米尔来说,新领导权在政治与军事方面实现了理想。

伊兹哈尔性格内向,未曾提及他自己的私生活(直至1992年和1994年年迈之际才出版了两部少年回忆录),与之相反,沙米尔运用自己的私人经历和社会生活来支撑他的犹太复国主义叙述。在他的自传体创作中,他说自己出生于这样一个家庭:对以色列土地和犹太社区的眷恋取代了政治上的从属关系。沙米尔1921年出生在萨法德,在特拉维夫长大,在青年运动哈守麦尔哈茨伊尔(青年卫士)中成长起来,并成为其中一名领袖,最后投身于基布兹密施玛哈埃麦克。在早期随笔中,他赞成以色列左派,表达支持苏联的社会主义者-普世主义者的理念。1967年"六日战争"后,他脱离了社会主义阵营,加入到犹太复国主义右翼势力中。从一个极端的社会主义者转变为极端的右翼分子。他后来的民族主义立场的确在其早期创作中就暗示出来(比如,《在阳光下》[Tahat hashemesh],1950),但在后来的历史小说中表现得更为明晰。

随着他在政治上的转变,民族体验——这种体验在他的生命中占主导地位,只有少数为他的社会主义者 – 和平主义者信仰掩饰起来——成为他小说以及政治生活中的主要动力(见三部曲《红宝石上》[Rahog mipninim],包括《来自不同的院落》[Yonah mi-hatster zarah , 1974]、《新婚面纱》[Hinumat kalah , 1984]和《直到尽头》['Ad hasof, 1991])。沙米尔时代的作家有的就是政治记者和公共人物(伊兹哈尔是国会议员;麦吉德、巴托夫和塔木兹在国外做文化专员),沙米尔同他们一样,编辑各种各样的刊物,撰写政治文章,最后也做了国会议员。然而,在进行意识形态领域的战争时,他倾向于做作家,而不是做政治领袖。

人们经常把沙米尔与伊兹哈尔相提并论,但沙米尔的读者群更为广泛。作为早期严肃的希伯来语小说家之一,他从处女作《他走在田野里》发表之日起,就成为畅销作家,他长期走红的势头在20世纪60年代开始削弱,当时批评家与读者的期待开始发生变化,新作家们开始占据了中心舞台。关于他的早期创作,批评家们有分歧,但多数认为《血肉之王》[Melekh basar vadam , 1954]是那一时代最为坚实的成就。沙米尔多采取长篇小说创作形式,但他也写短篇小说、戏剧、政治随笔和诗歌。其风格尤其受到门德勒、阿格农、哈扎兹以及欧洲、俄国和美国现实主义传统的影响。

沙米尔的小说具有两种基本的情节模式,均取材于自传材料。一是描写移民家庭以及他们在这个国家定居的故事,诸如他在自传《离树不远》(Lo rehoqim min ha ' eits , 1983)中所描述的那样。二是写年轻一代为"征服土地"而做准备,就像根据沙米尔哥哥埃里克的人生经历所写的长篇小说《用他自己的双手》,提到埃里克成长史。两类叙述均仿照"独立战争"后阵亡将士家庭和朋友所发表的家庭编年史与回忆录。沙米尔的主人公是充满罗曼蒂克色彩的人物,在爱情与战争中均表现非凡。他们的主要力量并非性力而是军事力量。的确,性乃征服者赢得的报偿;他赢得了女人,也赢得了土地,不管他能否活下来享受这些。

从风格上讲,沙米尔创作的自然主义特征强于现实主义特征,然而他回避使用模仿创作的文学形式,拒绝采用日常用语中的韵律节奏。他对语言的态度既纯粹又保守。在这方面,反映出他那时代的多数作家对崇高高雅规范语言的偏好。虽然如此,他确实使用了某些不标准的因素,比如说阿拉伯习语,实际上这些用语已经融入了本土以色列人,尤其是"帕尔马赫"人的日常口语里。特别是在他早期的创作生涯中,这在习语与方言对白和诗意而华美的叙述语言之间产生了一种强烈对照。

20世纪50年代中期,沙米尔停止创作反映20世纪40年代以色列土地上风俗与理念的长篇小说,转向历史主题。历史小说,一向是对民族意识和民族自豪感进行浪漫表达的一种喜闻乐见的方式。比如,给英国和苏格兰人写作的瓦尔特·司各特,给德国人写作的古斯塔夫·弗赖塔格(Gustav Freitag),法国的大仲马、波兰亨利克·显克威支(Henryk Sienkiewicz),甚至阿历克谢·托尔斯泰关于彼得大帝的小说也在这方面为现代俄国服务。这些作品多数被翻译成希伯来语,在年轻读者当中非常流行。《血肉之王》也对方兴未艾的以色列民族主义起了同样的作用。

《血肉之王》的背景置于公元前2世纪到公元前1世纪哈斯蒙尼王亚历山大·雅奈(詹尼亚斯,公元前103-前76年)执政时期,当时朱迪亚(犹太)王国因内部两大主要社会宗教派别的争斗造成了极大破坏,在版图与国势上亦达到登峰造极。尽管沙米尔运用了大量历史材料,但他对自己心目中时代精神的重视,胜于对历史可能性的重视。他对时代精神作了一个马克思主义解释。用社会经济术语表现出朱迪亚王国时期两大宗教运动法利赛派与萨都该派的冲突。法利赛派构成民众阶层,比较贫穷的阶层,也是构成人民军队的阶层。萨都该派是昌盛而有影响力的上层阶层，包括收税者和祭司，他们依靠佣兵听候自己吩咐。

显而易见，小说师承了瓦尔特·司各特和莎士比亚戏剧传统，也在摆弄人们熟悉的圣经母题：兄弟冲突（以实玛利和以撒，以扫和雅各，约瑟及其兄弟们）。在这一模式中，弟弟操纵并战胜了哥哥。在沙米尔的小说中，年轻的雅奈从哥哥押沙龙手里夺得了王位继承权。兄弟关系反应了较为重大的政治冲突。具体表现出个人主义与集体主义对立这样一个确立已久的主题，血缘纽带和社会、政治的激进主义，与消极和和平主义的对立。尽管在沙米尔的小说中，从传统承袭下来的自然秩序的逆转不受政治和道德的约束，但作家却断言是这样。

小说篇幅巨大，人物众多，产生了史诗般的力量，但没有丢失因个人与社会政治冲突造成的戏剧性张力。小说通过观察者－叙述人押沙龙而得以展现。押沙龙不仅在诸多事件中起到重要作用，而且置身于叙述之外，通过题为"押沙龙，希尔坎之子（公元前135－前104年）撰写的雅奈王大事记"，提供对事件所作的客观的终极解释。为把这些大事记与其他文本区分开来，在印刷上完全元音化（除了诗歌文本，希伯来文文本总体来说在印刷时不标元音符号）。然而，在小说核心，是雅奈本人，那个弃儿，凭借狡诈与锲而不舍担当了王位继承人而发迹。通过他本人的描述，通过作家对他的介绍，他以一个充满自我意识的姿态出现，但稍微有几分马基雅维里的个性，具有卓越的资格去进行统治。作家赞同他的主人公，然而对他的犯罪行径进行了责难，造成了文本本身丰富的矛盾性。

表面看来，沙米尔藐视从自由者沦为征服者的当代主人公。实际上，他在赞赏一种能够吸引民众的个性，倘若它能够巧妙操纵他人来达到他自己的毁灭（有时颇为残忍），也是一种慷慨的才能。把哥哥押沙龙作为他的对立面来描写，强化了文本的特色。尽管押沙龙的人道主义倾向，使得他与日渐残酷的弟弟之间拉开了距离，尽管他做出了口头抗议，但是与弟弟相比，哥哥显然软弱无能，不能向雅奈发起真正的挑战。

小说描绘了权力和强有力的领导地位对群众权利的斗争。许多段落无疑蒙上了一层现代光环，各式各样的人物对旧日尚未腐败的哈斯蒙尼王朝统治表达出无尽的思恋。意义清晰，显然与20世纪50年代的以色列有关。物质（血与肉）上的王位，带着殖民主义者的勃勃野心与贪欲，削弱了国家。与此同时，没有对作家崇拜亚历山大·雅奈形成误解，雅奈的精明强干弥补他在道德上的沦落。由于这个原因，《血肉之王》并非一部幻灭小说，而是对"独立战争"做出的具有自我意识、洋溢着英雄史诗色彩的表现，作家把对战士与民族领袖的钦佩之情投射到了哈斯蒙尼人身上。

在《血肉之王》中，沙米尔完全实现了社会现实主义小说所拥有的潜能。他同时代的人没有能创作出达到如此伟大程度的小说。然而，他在《血肉之王》上所取得的成功促使他去写另一部历史小说《赫悌人必死》（*Kivsat Karash*，"穷人的羊羔"；本书英文本题为《大卫的陌生人》；1956），背景置于公元前10世纪大卫王执政时期。这里赫悌人乌利亚充填了押沙龙的角色，雅奈的角色由大卫王充填，从记载事件的乌利亚的视角进行描述。与《血肉之王》不同，《赫悌人必死》无疑是一部幻灭小说。在这部小说中，沙米尔吟唱挽歌，同代表纯然君主政体过去的浪漫主义主人公诀别。沙米尔的觉醒，在这方面在与苏联和斯大林主义决裂运动中达到顶峰的青年卫士理念一起，在长篇小说《你一丝不挂》（*Ki'erom atah*，1959）中得到了体现。这是一部教育小说，描写一个年轻人在1939年青年运动中走向成熟，它追问向往阿拉伯人与犹太人之间建立平和关系是否依旧可能。结论是，犹太国只有通过不断的冲突付出众多的生命代价才会壮大繁荣。这些观念在他日后于1967年战争后发表的长篇小说中不断重现。

评论家与读者都认为沙米尔是他那个时代的杰出作家，甚至在他作品的畅销势头减弱后，也没有错估他在希伯来小说创作中的贡献。50年代末期发生的许多反叛,直接导致对沙米尔作品的抨击;奥兹和约书亚的许多主人公就构成了对沙米尔的尤里与埃里克的蓄意驳斥。

伊戈尔·莫辛松1917年出生于艾因加尼姆定居点,1993年逝世于特拉维夫,是第二次阿利亚拓荒者最早的后裔之一。他像沙米尔一样,在一个基布兹长大成人,长期居住在那里,像多数同龄人一样,他在以色列独立前的军事组织里服务,后来在以色列军队中任职。也像许多同龄人一样,他用各种体裁进行创作。他发表了大量的儿童文学作品,以及富有广泛感染力的情节剧。他在这些体裁的创作上取得的商业成功影响到他的短篇小说和长篇小说创作。情节剧与单一化性格特征也感染了他的严肃文学创作,他从一个大有可为的小说家,逐渐变成无价值小说的供应者。

然而,莫辛松又有别于他同时代的其他作家,他摒弃了关于劳工运动与基布兹的理想形象。比如说,他题为《灰不溜秋》('*Aforim kasaq*, 1946)的短篇小说集,写的是孤独的个体人,或者在基布兹,或者面对充满敌意的阿拉伯人或英国人环境,主要同他的犹太伙伴争斗,而不是和大多数敌人斗争。莫辛松采用自然主义的创作风格,探索着表现他亲眼看见的基布兹和合作定居点里人们那无意识的原始冲动。这一观点也支配着他那部富有争议的长篇小说《男人的方式》(*Derekh gever*, 1953)。

莫辛松最精美的作品长篇小说《犹大》(1962),无疑是他那个时代最高的文学成就之一。小说由主人公叙述人犹大·伊斯卡里欧特讲述,他在被执行死刑的前夜,回忆并试图理解他近来在希腊小岛格里莫斯和早年在朱迪亚的生活。最复杂的情节有些像解经代码(借用罗兰·巴特的术语)。谜团得到解析只是为了在无休止的困惑过程中产生新的谜团。莫辛松在破译与拆解谜团上一直具有高度的创造力。在《犹大》里,他甚至对自己的成就有所超越。

小说中的张力并非源于情节怎样作结的问题,因为从作品开端就已经知道了结局。而是,兴趣产生于事件本身的展开。告白叙述没有立即交代一切。的确,他甚至到最后似乎也没有完全意识到他所了解的东西的意义。然而,很明显的是,事情的真正进程与耶稣门徒们所传播的故事不相符。结果,最后发现隶属基督教的教派是从事反对罗马人的地下活动的一部分,由一个名叫巴拉巴司酷似盗贼的人领导。伊斯卡里欧特本人结果是犹太地下组织的成员,是领袖的亲密助手。对新约历史的这种叙述,使徒们受到挑战,新民族(而不是宗教)的阐释摆放在读者面前。试图让耶稣回归犹太教,将他从保罗的阐释中解放出来,莫辛松(像以前卡巴克在《窄路:拿撒勒人》中的描写)创造一则神话来调和当代民族政治。尽管犹大恐怕为三十块银圆出卖了耶稣,但在现实生活里他献身于民族起义运动,执行人民领袖巴拉巴斯的命令,把耶稣交给罗马人。当犹大像耶稣一样死在十字架上时,文本便创造出犹大的英雄主义。这样一来,犹大·伊斯卡里欧特就表现为一个地下英雄,为他的事业流亡,彻底献身。

阿哈龙·麦吉德的小说并非对社会与语言精英(像伊兹哈尔)讲话。也不号称去包容整个世界,表达时代的社会体验(像沙米尔),或者抨击现存社会体制(像莫辛松)。麦吉德是个讲故事者,向普通读者社会讲话。其小说篇幅短小,针砭时弊。像其他同代人一样,他也采用各种各样的体裁,包括短篇小说、中篇小说、戏剧和政治随笔。

麦吉德1920年生于波兰,五岁时随家人来到巴勒斯坦,在一家农业定居点长大,后加入一个基布兹。1950年,他离开基布兹,在特拉维夫定居。他从早年开始,就积极投身于青年与工人运动。他编辑几份杂志,一直和文学机构保持密切联系。他的早期创作是天真的现实主义者阿里茨以色列短篇小说,用从门德勒、哈扎兹、伯克维茨和阿格农那里承袭的语言赞美犹太复国主义努力所取得的成就。然而,与同代人纳坦·沙哈姆和哈诺赫·巴托夫一样,麦吉德也努力通过与叙事权力有关的复杂技巧,超越现实主义传统的局限。这样便同他们一样,创造出情节剧的文本,行动经常替代心理洞察。他的许多小说可用爱德温·缪尔的术语描绘成"性格小说"。在这样的作品中,各种因素之间的线性联系比因果关联要重要,多数人物是二维的,静态的。他们穿过小说的虚拟空间时没有变化,尽管经过这一空间,使他们去展现空间的各个方面,倘若不是展现意义的话。这并非是在玷污正在谈论的作品——许多经典作家描写性格小说。不过,将一种写作形式与另一种更为戏剧化与心理化的小说类型区分开来,非常重要。

就像他在社会现实主义教诲小说《海德瓦和我》(1953)、超现实主义小说《傻瓜的运气》(*Mikreh haksil*,字面翻译为"傻瓜的案子")中所证实的那样,麦吉德对来自基布兹的天真的理想主义者感兴趣,他发现自己迷失在城市里。小说的中心人物在大家眼里是个傻瓜,遭众人虐待。作家本人意识到,傻瓜比折磨他的人明智。无疑,两部小说中都有一个女人,试图诱惑男人摆脱社会纯真,摆脱他观念上的天堂。麦吉德有别于同代人的地方是,他从来不尝试描写新以色列人。他的主人公倾向于旧阿里茨以色列土地的产物。同新型以色列社会进行艰难较量的反英雄,过着过时的生活,梦想着不能实现的梦想。这个人物怀恋以色列建国之前支持青年运动纯正理想的社区生活。观察无能傻瓜、自己同时代的叙述人被讽刺成一个都市人,悲悼自己失去了道德纯真。从《海德瓦和我》的主人公施罗米克开始,麦吉德笔下失落和无助的主人公反映出他那代人持续的无能为力,他们不相信自己有能力抓住控制权,变革令人失望的社会。所有这一切让作家忧愁地梦怀过去,或者是承认自己的失败。

小说与现实之关系这一自觉的文学主题在麦吉德创作中日渐占据了主导地位。麦吉德的小说,拥有广泛的读者,涉及当代流行主题,但由于这些小说通常申明社会主张,因此尽管主题一般说来受大众欢迎,但社会反响臧否不一。他在20世纪40年代到80年代这一时期的文学生涯里,技艺上精益求精,其创作反映出国人文学品味的发展情况。因此,透过其全部作品,显示出从受阿格农、哈扎兹、史龙斯基及追求高度文学化语言作家们的创作风格的影响，向开始在文坛占主导地位的较为简朴自由的风格转换。所以，并非出人意料，从他最为重要的小说《靠死者生活》（Hahai' al hamet，1965）开始，创作问题应视为他小说中的一个主题。

《靠死者生活》是就虚构性文学作品能否真正反映世界这一功能提出质疑的系列小说中最早创作的佳作（另见《埃弗雅塔笔记》，1973和《论树与石》，1974）。《靠死者生活》讲述的是小说叙述人约拿斯·拉宾诺维茨，接受了为第三次阿利亚英雄达维多夫作传的委托，此时他正在研究自己的课题。小说中的拉宾诺维茨试图通过虚构手法感悟现实生活，显得滑稽可笑。在某种程度上，小说具有社会批判性：

> 它变成一个寄生虫国家。人人都在富有起来，但不是靠劳动致富。他们从无辜的年轻人为之洒下热血的这片土地上致富。他们从赔偿中聚敛财产，靠受难者的骨灰繁荣，房子的地基正在腐朽：靠死者生活！整个国家。难怪腐败从树根蔓延到树梢上。（38页）

然而，更为基本的是，这本书宣告了历史事件、叙述和时下靠牺牲过去而谋取利益两者之间的不一致。约拿斯发现，当达维多夫真正为犹太复国主义事业服务时，他忽视了自己的家庭。小说暗示出这一牺牲一度是正义的，而现在却不是了。小说描绘出一个不再有任何英雄的社会，一个因此试图使他们从过去中得到再生的社会。由于无法同现在进行斗争，约拿斯甚至无法完成他的书稿，被控违约。他只有在梦想中追忆失落的英雄与失落的价值。《靠死者生存》并非一部完美的小说。然而，它展现了一个重要的主题，作为一部革新之作（小说之小说）（以安德烈·纪德的《伪币制造者》的方式），它给希伯来小说引进一种迄今为止仍为罕见的体裁。在某种程度上，该书可视为雅考夫·沙伯泰（Yaakov Shabtai）

《过去的延续》（*Zikron dvarim*，1977）的先驱,《过去的延续》也探讨的是狂热先驱者们的美德与弱点，他们在信仰的圣坛上为追求建立新社会而牺牲了家庭。

在以后的创作中，麦吉德在主题与形式上没有过多的革新之处。然而，他依旧以独特的视角来继续观察各种各样的社会问题。小说《佛伊格尔曼》（1987）写的是一个新希伯来人兹维·阿拜尔没有希望的尝试，阿拜尔是一位犹太史教授，试图回到意第绪语诗人佛伊格尔曼所处的旧犹太人时代，佛伊格尔曼乃大屠杀幸存者，为在以色列立足做着徒劳的努力。在麦吉德的小说中，这部作品可能最富有戏剧化，最富有心理描写，处理不同代人之间、以色列与犹太大流散之间、希伯来语与意第绪语之间、爱知识与爱生活之间、犹太父辈与那些移居国外或者同化了的子辈不同世界观之间那错综复杂的关系。

许多作家（比如沙哈姆、本－奈尔、奥兹、露丝·阿尔莫格）遵循麦吉德的路子，进行叙事权威（narrative authority）实验，在艺术作品中使用非虚构的素材。而且，天真、没有能力的主人公在其他许多作家（如、尼灿、弗兰克尔、亨德尔和奥帕斯）的创作中不断重现，这些人物由于天真、或者由于无力与新社会现实较量，显得不适应环境。多数作品中，犹太复国主义话语取得成功是以主人公失败为代价的。无论麦吉德为这些人物提供了灵感与否，他无疑比任何作家更深刻地描绘出一代理想者在一个与理想相距甚远的不友好世界中遭受的失败。

纳坦·沙哈姆，作家埃里泽·斯坦曼之子，1925年生于特拉维夫。像许多同代人一样，他在童年时期便参加了青年运动，而后成为基布兹成员。身为犹太复国主义－社会主义观念的忠实代言人，他总是代表他所从事的运动，承担各种各样的公共职务。不足为奇，沙哈姆也许是马来茨和哈达尼等两次世界大战之间的类型作家最为典型的继承人。像他们一样，他通过劳工犹太复国主义标准来评判主人公。

对沙哈姆的批评反响是矛盾的。左派批评家将其奉为左派运动最好的文学代言人，但是当知识界人士开始厌倦观念小说时，他的创作便不那么让人乐于接受了。与沙米尔和伊兹哈尔不同，沙哈姆从来没有在文学舞台中心占据一席之地，也没有像麦吉德、亨德尔、塞纳德和塔木兹那样努力去迎合新一代作家，迎合新一代文学形式的要求。始于60年代的以色列社会的变革，尤其是总体意识形态观念与马克思主义观念的沦落，导致其创作发生了变化。其思想观念的表达越来越微妙，不那么简单了，比如，在小说《第一人称复数》(*Guf rish'on rabim*, 1968)中，便已经把沙哈姆的某种素材带到了一般读者面前，这部小说出现在几部新浪潮小说——比如，阿摩司·奥兹的《何去何从》(*Makom'aher*, 1966)之后。在《第一人称复数》中，沙哈姆试图从不同角度通过把主人公描绘得更为复杂和阐述社会问题（比如基布兹当中的个人与群体及德国赔偿问题）来复兴社会现实主义小说。

社会素材在沙哈姆的小说中占据了主导地位。他的第一个短篇小说集《谷物与铅弹》(*Dagan ve'ofret*)写的是"独立战争"期间"帕尔马赫"中的一群年轻人。后来的《总是我们》('*Tamid anah-nu*, 1952)也是这样。他在《穷人的智慧》(1960)中继续描写第三次移民拓荒者、基布兹的社会体系以及波兰－犹太共产主义者和德国犹太人（在《第一人称复数》和《罗森多夫四重奏》[*Revi'iyat Rosendorf*, 1987]中）的到来与定居。

小说以二元对立的方式来推进情节，比如，敏感的知识分子与世上粗人之间的对立，屈从现实者与征服现实者的对立，有望成为艺术家的人或真正艺术家与战士之间的对立。像麦吉德一样，沙哈姆同情比较温柔的个人，批评以色列文化比较粗鲁的方面。随着岁月的流逝，随着作家日渐成熟以及意识形态和社会现实主义批评的削弱，这些对立从有利于作品的艺术角度看不再那么鲜明突出了。

沙哈姆最精美的作品——在当前研究的时间框架中——是

《罗森多夫四重奏》，出版时受到了高度赞扬。小说围绕着 30 年代巴勒斯坦的一群德国－犹太移民展开叙述，写他们对这片土地作出的文化贡献（适值爱乐乐团成立之际），以及他们对国家的各种反应。其结构令人想起他以前在创作《第一人称复数》时使用过的多重视角技巧。多方面描写事件，通过另一个人的眼睛来观察人物。其中一个人物，埃贡·勒文塔尔，提出写罗森多夫四重奏的故事，这个提议最后由作家完成。沙哈姆使用各种技巧——书信，回忆录，笔记，日记，创造出非虚构文类的印象。

五个中心人物由其类似的心态、创造力、职业爱好联系起来。尽管这些人从属于程式化了的人物模式，具有喜剧人物特征，但他们每个人讲述自己或他人故事时富有个性，给人留下深刻的印象。音乐家们的继续合作使得内在关系复杂化；第五位成员是位女性，四个男人都爱她。小说根据人物对以色列的不同态度来划分其派别。弗里德曼，他们当中唯一一位犹太复国主义者，产生了负疚感，因为他是在演奏音乐，而不是从事土地劳作，没有贯彻拓荒者的理想。埃娃与勒文塔尔不假思索地对犹太复国主义予以抨击，把它当成是在错误思想指导下形成的荒诞设想，弃之不顾："这一尝试培植出头脑简单的年轻一代，他们会愿意为父母弥赛亚似的疯狂充当炮灰，"勒文塔尔说，"注定要遭失败。当他们有了自己的孩子后他们会反叛。与此同时，阿拉伯人中也不缺少狂热之徒，将会愈加强大，将犹太人的希望幼芽平地扫除。"（236 页）沙哈姆没有袒护任何一方，他通过勒文塔尔之口，对犹太复国主义事业表示怀疑，对其可能要导致的失败表示恐惧，这一主题在塔木兹、约书亚、沙伯泰、奥兹、阿尔莫格的后现实主义小说中颇为常见。

沙哈姆的人物滔滔不绝，擅长做文字游戏。作家具有驾御语言的天赋，使他的主人公成为雄辩而老道的知识分子。结果，沙哈姆不管怎样，成了现实主义作家中最为深奥、最富有智慧的一位作家。在叙述中插入自我阐释的一个个段落，叙述人经常耽于警句与悖论中。文字游戏成为沙哈姆的文学特征，有时数量过于丰富。

然而，在他的生涯里，沙哈姆从一位用传奇与复杂情节将观念充溢整个文本的小说家发展到将思想与可读性融为一体的作家。作品并不追求震撼或取悦读者的效果，而是简单而直截了当地传递社会信息，既不探究心理深度，也不升华到形而上学的高度。尽管他的小说在风格与形式上没有创新，但一定会被认定为希伯来文学基石的一部分。

变化趋向

50年代末期，虽然社会现实主义，尤其是伊兹哈尔的创作，继续在希伯来文坛起着积极的影响，但文学已经开始摆脱现实主义传统和史龙斯基风格的束缚。文化变革始于1952年耶路撒冷一小拨学生出版了由本雅明·哈鲁绍夫斯基和纳坦·扎赫编辑的小型油印杂志《行进》(*Likrat*)。作为不靠任何党派资助的最早杂志之一，它一直不定期地出版到1954年，在堪称以色列希伯来文学发展史上的一块里程碑。史龙斯基及其同人也开始反驳，但是，到了40年代，他们开始成为追求文学从属于信仰的观念派。《行进》派把强调的重点从观念转向诗意化。其发刊词号召在集体主义与个人主义之间进行急剧转换。它宣告说，文学创作不应该为表达理念或为集体事业而作。反之，它更应该是个人创造者与自我及体验发生交锋的产品。多数后来出现的比较确定的文学期刊——比如，《装订者》('*Ogdan*)、《现在》和《约克哈尼》(传说中的一种鸟名)——继续进行文学革命，直到20世纪70年代中期《惊叹号》(*Siman kri'ah*)、《报纸77》('*Iton 77*)等某些期刊在某种程度上改变了这种方向，再次号召作家为社会的堕落承担起集体责任。

要求本土作家把新阿里茨以色列实体，即后来的以色列国所塑造的新希伯来人物引进小说世界，备受社会条件的鼓舞。本土文学出现在正准备进行一场"独立战争"的巴勒斯坦犹太社区。它同英国统治以及欲将其摧毁的其他势力进行斗争。巴勒斯坦的文学和戏剧（通过将小说搬上银幕强化了公众品味）教育公众做好牺牲准备。许多短篇小说和长篇小说将主人公的献身作为高潮，社区生存似乎要依靠这种牺牲。犹太复国主义读者创立了一个想象中的英雄；社区期望国家的作家们来完成其分娩过程，赋予其虚构的生命。新人（新希伯来人多被描绘成男人而不是女人）会展现英雄自我牺牲的某个故事。读者目标锁定在农业社区、青年运动、劳工组织，作家主要在这些读者，以及不把生活与文学分割开来的批评家们的支持下，赋予公众所需要所要求的东西。

迎接这一最重要情节的挑战必然会从风格与主题上变革文学。左派批评家以马克思主义学说或者是苏联文学标准（受卢卡契与日丹诺夫影响）为指南，反对一味接受世界的本来面目。他们继续要求作家们遵守载道要求，创造出推进革命事业的主人公。然而，对第一代本土现实主义较有影响而又比较尖锐的反响，也一并攻击了意识形态领域的学说。文学工作者和批评家巴鲁赫·库尔兹维尔反对新希伯来小说，因为他认为，一个不懂得过去的民族，一个打碎了社会与语言遗产链条的民族，不能创造出伟大的文学。他认为，由于时下文学出现在如此的社会条件下，定显得矫揉造作与肤浅。

库尔兹维尔反对把世俗政治中的犹太复国主义当作民族文学的基础，对变革50年代末期与60年代初期的希伯来文学起了很大作用。年轻一代采用他的说法，运用不同的标准来评价40年代的社会现实主义。《行进》的一代和当时其他文学杂志受到的影响源于所谓英美新批评和德国渊源，以及毫不含糊地反对把小说用于观念载体的俄国形式主义。其结果，库尔兹维尔对那种小说的强烈反感——对此他用审美术语进行了表达，迎合了年轻批评家们的愿望，这些人追求比较纤细、比较复杂、充满矛盾、反讽、悖论与张力的文学形式与主题。变换了的文学品味创造出新的期待范围，预示着新作家的到来，鼓舞其他人去修正其审美设想。结果，公众对平哈斯·撒代、阿哈龙·阿佩费尔德、阿玛利亚·卡哈娜－卡蒙、约拉姆·康尼尤克和约书亚的热爱程度,开始超过对沙米尔、莫辛松、麦吉德、沙哈姆和其他作家的热爱程度。一度处于边缘状态的非现实主义思潮,转移到了中心。与此同时,有些现实主义作家开始从文坛上退出,有些继续坚持写作,或者是向新的文学气氛妥协,改变其创作风格与结构。两种学派或者说传统开始并存,在两代本土作家间来回变化。有些出生于 30 年代或者 40 年代的作家变成了现实主义者。有些出生于 20 年代的作家不再坚持现实主义的初衷。也有些写社会现实主义小说的人中途做了改变。

20 世纪 40 年代的文学并不是革命性的。它没有着眼于变革现存秩序,恰恰相反,似乎是要让文学革命的车轮倒转,改善现状。20 世纪 40 年代的两位杰出作家,莫辛松和沙米尔,在阿格农划时代的超现实主义作品《善行书》出版后十多年,开始发表作品。霍洛维茨和列文的现代主义小说自 20 世纪 30 年代以来便非常流行,哈尔金在 1945 年发表了长篇小说《危机》。这些在追求文学精湛技艺方面所取得的成就,并未给以色列本土作家留下印象。在 20 年代的本土作家中,唯伊兹哈尔和奥伦的作品与欧洲现代主义者乔伊斯、沃尔夫、曼、卡夫卡、加缪和纪德的作品有相似之处。左派批评家主张社会现实主义,读者想让文学像镜子反映以色列土地上再生的年轻体验,这两部分人的期待极大地影响着第一代本土作家。

因此,俄罗斯文学的影响至关重要。建国之前,苏维埃抗击德国人的英勇斗争受到广泛钦佩。大量的苏维埃战争文学早就翻译成了希伯来语,比如亚历山大·贝克的《高速公路》和温都·瓦希里耶夫斯卡娅《虹》。这些译作不仅对希伯来小说的主题产生了影响,而且,翻译作品的文体因素也对语言本身产生着影响。史龙斯基是他那个时代的一位重要的翻译家。他与同龄人一起专注于使用新词和意义夸张的用语。这些给土生土长的以色列作家留下了深刻印象。俄罗斯文学中体现出的意识形态深度令希伯来读者群感到陌生，因为许多特征，从富有英雄主义精神的先驱者主人公到准纪实的情节，已经和第三次阿利亚类型小说具备了共同之处，以色列本土作家和以色列国家作家就是靠读第三次阿利亚小说而成长起来的。这样一来，甚至连新浪潮作家也在讲述移民与同化的故事（继承了第二次和第三次阿利亚作家的文学传统），产生出日后的定居小说，其中一些作品披上了有趣的新装，比如阿摩司·奥兹的《何去何从》（1966）和《完美的和平》（*Menuhah nekhonah*，1982）以及塞纳德夫妇的小说《居住的土地》（*Kvar'eretz noshevet*，1981）。

与此同时，希伯来文学传统的某些特征也得到了发展。无疑，延续这个传统，把本雅明·塔木兹、耶胡迪特·亨德尔、舒拉密特·哈莱文、尼西姆·阿洛尼、阿玛利亚·卡哈娜－卡蒙、约书亚·凯纳兹、露丝·阿尔莫格、雅考夫·沙伯泰的小说与印象主义作家肖夫曼、巴伦、斯坦伯格、弗格尔、戈德伯格的创作联系到了一起。别尔季切夫斯基，尽管并非以直接的方式，也对平哈斯·撒代、约拉姆·康尼尤克和阿摩司·奥兹产生了影响，而伊兹哈尔的风格在某种程度上也借鉴了格尼辛的创作。在20世纪60年代到70年代，其他作家——主要是雅考夫·沙伯泰——或直接或以伊兹哈尔为中介，向着格尼辛的传统回归。对所有时代与流派均产生过影响的作家是布伦纳，人们根据时代需要对他进行各种各样的接受与改编。到50年代末期，在耶胡达·阿米亥、大卫·沙哈尔、阿哈龙·阿佩费尔德、约书亚·伊兹哈克·奥帕斯对沙米尔、麦吉德和伊兹哈尔等作家的反叛中，阿格农的因素十分重要。到了60年代和70年代，法国存在主义文学，尤其是阿尔贝·加缪（其《局外人》在1964年翻译成希伯来语）又与国内文学的影响合到一起。卡夫卡的创作也至关重要，许多人将其视为阿格农的欧洲翻版。卡夫卡对许多截然不同的作家产生了影响，比如，麦吉德、约书亚、奥帕斯和阿佩费尔德。有助于以色列小说成型的其他翻译过来的作家有马克斯·弗里施（《能干的法尔贝》在1963年翻译成希伯来语）、君特·格拉斯

(《铁皮鼓》,1975),以及加西亚·马尔克斯(《百年孤独》,1972)。与此同时,普鲁斯特、福克纳和伍尔夫也得到了重新发现。

而且,两代本土作家的小说互相影响。第一代作家主要受到伊兹哈尔的影响,伊兹哈尔在某种程度上可以说无与伦比。沙米尔和塞纳德在早期创作中追随伊兹哈尔,一丝不苟地描绘自然风光,运用庄严的语言描写人与土地的关系。到五六十年代,伊兹哈尔的影响并没有结束,而是继续对 50 年代开始发表作品的作家们辩证地发挥着作用。同时,第二代本土作家在主题和风格上的变化也使第一代本土作家产生着变化。诗歌也对小说产生着影响。如果说某些诗人,像史龙斯基和戈德伯格主要影响的是语言形式,那么其他的人,像纳坦·阿尔特曼和约纳坦·拉托实,则对小说创作的内容与世界观产生了影响。

人们也许在语言方面期待着希伯来文学的巨大变革。移民作家不是在希伯来语语境中长大,即使是早期本土出生的作家,像伯尔拉和沙米,在家里听的拉迪诺语或阿拉伯语也比希伯来语要多。但是新一代本土作家讲着希伯来语长大。可以希望日渐通俗的语言会将其特征留在希伯来文学里,衍生出鲜活的口语化风格。情况并非如此。确实,伊兹哈尔是唯一成功地创造出自己风格的作家,融合了当时可以获得的所有语言材料,无论雅俗,俚语、新词和古语均囊括其中。

本土希伯来语,被 H. 罗森一类语文学家称作"以色列的希伯来语",主要凭借两种革新途径:一是口语本身的有机发展,二是从移民人口那里插入进来的异族语言因素。其结果是一种不规范的语言,夹杂着俗语和从阿拉伯语、意第绪语、德语、英语和俄语借用来的词语。从穆斯林国家来的犹太人,也为打破建国之前语言学上的同种性(homogeneity)作出了贡献。另一个引人注目的现象是那些参加了为新移民开设的希伯来语强化班的人结业(最突出的是阿哈龙·阿佩费尔德)。尽管作家们付出巨大努力,寻找一种能够反映以色列新现实的语言,但建国前的社区已经形成难以置换的符号基础以及思想、行动模式。这样一来,文学便可以使用出自同一社会经验中令人耳熟能详的模式与典故。沙米尔和海姆·古里的作品,比如,用一套符号代码写就,只有他的同代人才可以全部理解。对于来自其他大陆的犹太人,甚至不同时代的以色列人,这种代码显得非常遥远和特异。希伯来文学获得了一种现代习惯用语后,似乎很快便将其丢失。父与子,新移民与土生土长的以色列人,不再讲相同的语言。作家们于是乎陷于语言困境中。他们得决定是屈从于数千年传统、使用不用于口语的希伯来书面语,还是模仿口头会话,享受其转瞬即逝的短暂存在。

这样一来,口头语言于20世纪50年代开始在凯南和吉顺等作家撰写的新闻性和讽刺性专栏中变成铅字,小说则比较缓慢地才抓住这一机会。只有在对话中,希伯来语口语才成为文本的一个组成部分。就好像主人公说的话引用的是日常生活中的语言,而文本本身则来自某些别的语言领域。本土作家凭借的是两个重要传统:古典希伯来小说的城市化语言,上溯门德勒、阿格农和伯克维茨;以及斯坦曼和史龙斯基一批作家。这一新语言受当代翻译与诗歌创作的影响(史龙斯基、阿尔特曼和戈德伯格);它试图用新词替代约定俗成的习语与古语。但由于翻译作品和诗歌都和口头语言关系不大,所以新语言并没有成为自然、单纯的表达媒介。确实,风格有碍于作家们的模仿前提,从文本可以看出他们在对社会政治世界进行现实主义透视。

在这一庄严的、非口语的风格中,文学与出版并行不悖。在多数国家里,报纸语言通常比文学语言简单,然而希伯来文报纸喜欢蕴含着丰富意义的圣经与密西拿式、充满强烈暗示的语言,喜欢在修辞上不断重复的韵律,喜欢虚构的想象。从儿童和青年期刊(由年轻作家编辑,这些人后来出现在成人文坛上)到报纸,到处是这种满含着哀愁的高雅语言。这或许与俄罗斯小说的不断影响有关,只有到了50年代末期和60年代早期,情况才发生变化,取得支配地位的哀婉动人精神开始消失,以色列读者开始抗拒对普通日常生活现象进行崇高处理的方式。

丹·本－阿莫茨和尼提娃·本－耶胡达在20世纪七八十年代的创作给这种晚近的语言变革提供了两个范例,两位作家在"独立战争"前均为"帕尔马赫"成员。本－阿莫茨在他那个时代尚属小辈,他试图在幽默速写和流行小说里用粗俗粗嘎震撼读者,语言走向极端。尼提娃·本－耶胡达从20世纪80年代开始发表作品,继续推进令读者摆脱先辈语言和文化负担的进程。她的风格与小说中所描绘的、1947年到1949年间的各式人物所讲的语言非常相配。她所描写的现实不带有作家主观好恶,显得精确真实,这是因为低级语域对当下读者来说更有说服力。降低语域成为20世纪六七十年代文学创作的一个特色,比如说阿米亥的诗歌,阿佩费尔德的小说,以及一些老作家的创作。然而,有些作家,如奥兹、康尼尤克,坚持使用适应主题内在张力的高度密集的措辞。其他作家,如卡哈娜－卡蒙甚至使用比前辈更为复杂的诗歌结构来强化语言。

旧式犹太人,新型希伯来人

新型希伯来人形象,像摩西·沙米尔的埃里克,在小说和实际生活中,均代表实现父辈愿望,这个愿望就是,他们的子孙与大流散时期软弱委琐的犹太人不同,那些人似乎早为新兴的民族事业抛弃。流亡的观念(比如,在流亡,或属于大流散)成为以色列人的对立极点。要摆脱历史上犹太人身份之负担,同时又痛苦地意识到无法为之,二者成为后1948年时期文学的两个主导内容。在四五十年代,读者要求的是健康的以色列主人公,同犹太历史割断联系。作家们,尽管他们深知新型以色列人并非从大海上出生,但考虑到观众需要,选择了展现阿里茨以色列的年轻人,仿佛他们真的存在着似的。这样一来,沙米尔的小说《用他自己的双手》便用这样的词句开篇:"埃里克从大海上出生。每逢夏日的夜晚我们一起坐在小房子的阳台上吃晚饭时,爸爸经常这么说。"埃里克,为故乡献出生命的土地之子,与四十年前路易多尔(在他 1942 年的短篇小说《约阿什》)和摩西·斯米兰斯基所展望的富有理想主义色彩的土著犹太人非常接近。伊兹哈尔及其年轻追随者的主人公都是这种单一陈规模式的变种。多数人来自国内。其他的人抵达那里,对土地与自然风光产生了依恋。许多人是战士,他们的故事是对男子汉气概进行的检验,这种男子汉气概令他们心满意足,无论能否生存下去。他们大多英俊潇洒,性格外向,受人欢迎,具有和父辈一样的使命感。只有在完成了那些使命之后,他们才去过私人生活,倘若他们不再回归,便是用死亡证实了自己的生存。他们衣着朴素,随意使用阿拉伯语,与贝督因人有相像之处,象征着自由和男子汉气概,象征着劳工运动及与之相关的青年组织的价值。

为创造这样的主人公,作家不得不忽略谱系与代际之间的冲突。小说,主要是伊兹哈尔的小说,自觉地摒弃恋母情结。这样的冲突发生在主人公之间和主人公内部,而不是发生在不同代人之间。

从 50 年代中期开始,希伯来语小说题材开始拓宽,人物也开始多样化,单一的成规模式开始打破。比如说,流浪汉形象,出现在以色列独立战争后的小说里,标志着以色列人从沉醉于社会完美的睡梦中醒来。流浪汉有两种形式,一是天真的主人公变成社会环境的牺牲品,二是知道如何利用新的腐败为自己谋取利益(比如,本雅明·塔木兹的小说《埃勒亚库姆的一生》,*Hayei' Elyaqum*,1965)。娜欧米·弗兰克尔、约娜特和亚历山大·塞纳德、阿哈龙·阿佩费尔德、伊塔玛·尧兹 – 凯斯特(Itama Yaoz-Kest)、丹·扎尔卡(Dan Tzalka)、耶胡达·阿米亥、尤里·奥来夫(Uri Orlev)、阿摩司·奥兹、约拉姆·康尼尤克、西蒙·巴拉斯(Shimon Ballas)、撒米·米海尔和阿默农·沙莫什(Shamosh Amnon)等作家的作品,描写了不同的社会背景与时代,比如德国犹太人、第二次世界大战期间波兰犹太青年、以色列国内外的大屠杀幸存者、中东犹太人、以色列新移民和在国外谋生的以色列人。社会面有了极其显著的拓宽，作家们几乎没有忽视以色列或犹太民族经历的各个角落，这一点与描写出各种各样区域居民的前代作家极其相似。将视野从以色列社会中心转向边缘的过程并没有回避以色列的社会现实。相反，逐渐将边缘转移到了新的中心。主人公的世界发生了变化，拓荒者时代那令人熟悉的基布兹形象，农业社区形象，小特拉维夫形象让位给成型了的出人意料的画面（主要在大卫·沙哈尔、尼西姆·阿洛尼[Nisim Aloni]、雅考夫·沙伯泰、舒拉密特·哈莱文、海姆·拜伊尔[Haim Beer]、约书亚·凯纳兹、耶沙亚胡·科伦[Yeshayahu Koren]的作品中）。作家发掘了丰富多彩的以色列社会，所以有别于"从大海上出生"这一占据社会中心舞台的一成不变的类型。未经历流散的理想以色列人物模式模糊了人性格特征中的区别，强调清一色的本土英雄成了史无前例的新现象。新原型与这一倾向正好相反。它极力显示具体而有限的环境怎样造就了本土主人公。土生土长的以色列人，作家坚持说，其父母是某种特殊环境与时代的产物，将光怪陆离的遗产传接下去。社会现实主义披上了新装，得以深化，而不是解体。

"没有归属的"以色列人形象于20世纪60年代末期出现在文坛，七八十年代占据了中心舞台。尽管第一代本土作家的小说试图创造出新希伯来人，但变化中的社会环境引起第二代本土出生的以色列作家从民族心灵的潜意识深处找回一个比较陈旧的人物。阿佩费尔德、约书亚、奥兹、卡哈娜－卡蒙、阿尔莫格、康尼尤克和奥帕斯的主人公是自由自在的人物，同土地与社会环境割断了联系。他们令人想起反类型者笔下那些心存不满、异化了的犹太人。三四十年代小说追求的湮没在一种携手共进的理想化公共情谊中的孤独与异化，重新出现，用新的活力和潜力来激励小说的发展。

新出现的没有归属的异化了的主人公需要更为复杂的性格塑造方式，这种需要扩展了故事体裁的表现方式。作家使用各种技巧:忏悔性的告白、日记、一连串的幻觉。他们在叙述中留下了许多缺口,需要读者方面做比较积极的阅读。与从卡夫卡到福克纳的欧美小说相比,甚至同从格尼辛、布伦纳到斯坦伯格、阿格农相比,这种技巧算不上什么创新。它的意义在于希伯来文学的车轮继续旋转,小说向以色列自然风光和早期几代犹太人所经历的内在痛苦与隔离感回归。这一刚刚出现的希伯来人/以色列人在文化上颇成问题。他,和她,也非常有意思。社会的错综复杂导致了人性的错综复杂,也一并使得小说中的人物与环境更能够反映真实的历史与文化问题。

20世纪以来的数十年间,西方世界的文学从现实主义转化到其他反模仿的文学表现形式。作家们牺牲了社会现实主义中暗含的目的与价值,以加大其他小说形式的个性与主体性。以色列的现实主义传统担负重要的,也许是不可避免的民族主义作用:为缺乏已经确立了的社会现实的民众提供一种观念上的社会模式。这与20世纪30年代以来现实主义在其他国家,比如说东欧社会主义、共产主义国家所遵守的教化与范例作用基本相同。对社会现实主义作家来说,艺术问题就是如何将社会宣言和文献素材一方与展现个人命运一方进行分割或融合。换句话说,就是如何组织从社会现实中提取的情节来创造独立于现实之外或者对其基本假设形成挑战的文学作品?

这是伊兹哈尔《在洗革拉的日子》所经历的最主要挑战,《在洗革拉的日子》无疑是那个时代出现的描写那个时代的最重要的长篇小说。这部长篇作品深深忠实于那些小说化了的历史素材,把文献素材从构思情节置换为人物意识与风光本身,实现了审美独立。许多现实主义作家用类似方法来处理历史对艺术主题的控制问题。另一个放松现实限制的方法是引进一个起扰乱作用的反情节。也就是说,如果早期小说奠定了能够唤起读者期待的标准叙事方式,那么现在作家们开始建构完全不符合那些期待的情节。对民族通用情节(metaplot)作出颠覆的最显著的例子有平哈斯·

撒代的《寓言人生》(Hahayim Kemashal, 1958)和耶胡达·阿米亥的《并非此时,并非此地》(Lo me'akshav, lo mikan, 1963)。这些长篇小说为继续满足民族通用情节(塔木兹、亨德尔、巴托夫、塞纳德夫妇、奥兹、约书亚、本－奈尔、阿佩费尔德、康尼尤克、奥帕斯)或者是背离民族通用情节(卡哈娜－卡蒙、凯纳兹和沙哈尔)的新型虚构作品一并做了铺垫。其他的人对社会现实主义的控制作出回应,像伊兹哈尔,比较注重结构与风格。像约拉姆·康尼尤克(在《亚当复活了》[Adam ben kalev, 1968];《最后的犹太人》[Hayehudi ha'aharon, 1982])和雅考夫·沙伯泰(在《过去的延续》中)改变了靠因果关系而推进的情节与某些离题延宕因素的关系。他们强调对客观目的的实现步骤进行回忆与反省。他们也用多维视角或者是独白(在约书亚和奥兹的作品中)更换了无所不能的作家或主人公-叙述人——二者在40年代的文学中比较流行。他们完善了书信体的书写方法、改善了回忆录、复杂的三联结构——指互为说明的几个独立成篇的小说(卡哈娜－卡蒙)——在意识流手法中使用作家的全知手法(雅考夫·沙伯泰)。

这些发展不仅出现在同社会现实主义传统保持联系的年轻作家们的小说中,而且出现在40年代即开始笔耕的作家的作品里。40年代确实是第一代本土作家的创作形成期,但是当他们的创作持续到60年代、70年代和80年代时,其作品便加入到总体上松动了的社会现实主义模式中。当然,甚至连社会现实主义小说作家——沙米尔、沙哈姆、麦吉德等人——成为为小说定名的中心势力时,现实主义也从没有完全居于统治地位。诸如1946年开始发表作品的伊扎克·奥伦、50年代发表《金沙》(Holot hazahav)的本雅明·塔木兹不是传统意义上的现实主义者,正如我们所知,现实主义的重要人物伊兹哈尔本人发展了不符合现实主义传统的独特的外部意识流技巧。

50年代的国家一代作家和本土一代作家一样在文学形式上具有统一性。尽管各种各样的象征主义短篇小说在50年代早期就开始出现了（约书亚的第一个短篇小说发表在 1957 年），但现实主义却难以被从文坛上祛除。它确实以各种形式出现，与其他学派和思潮一起占据着重要地位。现实主义在全盛时期，在本时代作家的创作中经历了某些有趣并富有革新色彩的变化，与出自本土一代作家之手的作品一样。约书亚和奥帕斯最初继承的是阿格农和卡夫卡的创作衣钵，其早期作品被称做是超现实主义的。然而，到了后来，二人的文学风格均有所改变。这种新型小说同希伯来古典小说中的另两种重要流派有着渊源关系：由别尔季切夫斯基、巴伦、斯坦伯格所代表的两种浪漫主义形式。在其中一种浪漫主义形式中，主人公以及所描绘的客观世界乃自我的形象表现，而不是独立的现实生活画卷。在另一浪漫主义形式（比如说别尔季切夫斯基）中，文学形式表现为告白、神话或英雄传奇。继承别尔季切夫斯基浪漫主义风格的三位截然不同的作家是平哈斯·撒代、阿摩司·奥兹和约拉姆·康尼尤克。撒代和奥兹从一开始就喜欢自我告白和神话。他们强化文学表现，在这一点上，他们和康尼尤克都接近于比斯特里特斯基和哈扎兹。撒代、康尼尤克和奥兹把表现主义手法引入小说创作。他们受到遥远世界的吸引，将神话素材带进以色列体验中。

与此同时，抒情印象主义思潮也逐渐强化，这一思潮也把社会政治世界当成描写对象。虽然这种印象主义受凯瑟琳·曼斯菲尔德和玛格丽特·杜拉斯等英法作家的影响甚于希伯来小说先辈，但基本前提是，在描绘新兴的以色列现实生活时，要求对敏感的人物个性做出诗意化的反应，而不是逼真的反应。在阿米亥、撒代、奥兹和其他许多作家笔下，易受影响的英雄或者反英雄，并不代表着公众心声，而是生存在以色列社会的边缘世界，这些人取代了英雄主人公。这一诗意化的印象主义传统在尼西姆·阿洛尼、约书亚·凯纳兹、露丝·阿尔莫格、海姆·拜伊尔、阿哈龙·阿佩费尔德、阿玛利亚·卡哈娜－卡蒙、耶胡达·阿米亥的小说中得以继续。

与这一传统相关的，且将文学从新兴社会现实主义代言人的方位上拉得稍远一些的,是50年代后的希伯来语小说日益强调记忆的重要性。原因很简单:大屠杀意识日渐增长,一向认为自己是这一地区的子女、完全与大流散割断了联系的、土生土长的以色列人被迫承认他们在犹太历史上的位置。可怕而不愿接受的历史身份负担强加到他们身上。的确,有些土生土长的以色列作家发现,他们和欧洲犹太人一样拥有幸存的创伤。尤其是在"六日战争"和"赎罪日战争"之后,认为自己不会遭受二战期间600万犹太人毁灭命运的以色列社会,突然面临着易受攻击的现实。

由于这个原因,并非只有像阿哈龙·阿佩费尔德、约娜特·塞纳德、尤里·奥来夫等本人是幸存者的作家开始描写历史和记忆;以色列出生长大的作家,像阿米亥、康尼尤克、奥兹和阿尔莫格也着手找寻过去和这里以及现在的联系。始于声称自己从大海出生的阿里茨以色列希伯来语小说,向其历史渊源回归。它抛弃了父辈所向往的身体强健、目光炯炯的年轻主人公,酷爱更为真实可信复杂多变的新希伯来人,这些新人将阿里茨以色列上的复兴与前辈犹太人传统的(流亡的)遗产结合起来。直面历史记忆也需要形式上的变化。作家们不得不寻找适当的方式去表达无法表达之事,尤其是一向无法表达的过去的根由,在颇为吓人的无法表达的大屠杀恐惧中便已成形。

20世纪40年代的社会现实主义是对混乱与不确定现实的一种反应。它在不断继续着的政治与社会张力中发展起来。从40年代到80年代早期的犹太史是一幕幕大大小小的戏剧化事件。以色列的犹太社区居民从60万上升到400多万的意义也非常深远。因此,伴随着一次次移民浪潮席卷这个国家,不仅以色列文学的活动场景不断变化,其读者和素材也在不断变化。在一个不断进行重要变革的世界里,社会现实主义小说提供了一种永恒感。它在重要变革的环境里,铸造英雄与积极的价值模式。犹太复国主义神话使人们确信以色列能够将犹太人从流亡与毁灭中解救出来,他们的回归将使犹太人民在精神和社会领域获得再生。古代有关枯干骸骨异象与救世主幻象的传说,得到世俗化的犹太复国主义解释,灌输给了年轻一代人,影响着他们对历史事件的认知。他们对文学的专注创造了标准的叙事文,不管其创作是忠实详尽地遵循这种模式,还是故意偏离这种模式,甚至与这种模式进行斗争。就连主人公最具有个人色彩的体验也打下了这一基本模式的烙印。这不仅仅是对文学情节进行依附。确实有必要决定文学表现中的情节及其模仿模式,作家和读者都会从中受到影响,从而使现实主义文学必然出现。

早期沿袭这一传统的作家——阿格农、布伦纳,在某种程度上还有比斯特里特斯基和哈扎兹——与社会现实主义者一样,没有忽略生活的阴暗面。他们从未能履行使命——即在以色列从事"建设与接受重建"——的视角,来描写新移民。社会现实主义作家的创作彻底改变了这一传统,故意回避他们世界里表现出的失望、挫败与失利,相应缺乏创造性。50 年代末期,作家们开始热中于潜藏在对犹太现实做的理想化描绘中的阴影,热中于在被文学改善了的世界中所存在的虚假。与这种现实主义传统发生强烈交锋的是雅考夫·沙伯泰 1977 年的长篇小说《过去的延续》,该书把许多可能会在犹太复国主义叙述中被逐出的幽灵拉出水面。

然而,在四五十年代,由阿哈龙·麦吉德、伊戈尔·莫辛松、摩代克海·塔比伯、纳坦·沙哈姆、耶胡迪特·亨德尔、施罗莫·尼灿、哈诺赫·巴托夫、本雅明·塔木兹、海姆·古里和约娜特和亚历山大·塞纳德等代表的社会现实主义传统在作家与读者群中占据统治地位。这些作品试图取悦读者,在布局上避免和读者群格格不入(唯一的例外是伊兹哈尔,他向文化精英说话)。为得到这一社会保证,以色列四五十年代的现实主义小说非常清晰地表现出超出文学框架之外的关联,普通读者可以对小说作出反应,仿佛小说是现实生活的翻本。

不仅读者期望这样,而且作家本人也情愿这么做。所以,纳坦·沙哈姆在回应对他作品的批评时说:"我不准备接受任何与枪有关的评论,如有必要请把它挪到一边。文学只关心面对火焰的人。而且,最好不要去寻找小说人物背后的'真人'。我可以事先告诉你一个秘密:在所有的人物背后,藏着的是你我昨天晚上都碰见过在路上走着的那个人。"(前言,《诸神懒洋洋的》[Ha 'elim 'atseilim , 1949])尽管被迫承认,有时他允许自己与真实世界的严格特征稍有些偏差,但沙哈姆执意说他基本上忠实地表现历史事件,其作品遵守社会主义现实主义准则。作家在马克思社会现实主义理想的指引下创作,无偿地借助具体的社会素材把作品和他们所处的时空联系起来。小说经常缺乏自己独立的情节结构,依靠的是一连串的历史事件。可以理解,历史比任何想象出来的情节都更富有戏剧性,会很好地发挥作用的。

值得注意的是,不仅仅创作现实主义小说要使用文献资料。其他文学流派,比如说超现实主义和表现主义,也有时使用文献资料。比如,大卫·沙哈尔《伯爵夫人的一天》(Yom harozenet , 1976)提到了1936年的暴乱;约书亚的《情人》(Hame'ahev , 1981)提到了"赎罪日战争";奥兹在《黑匣子》(Qufsah shhorah , 1987)中,讨论了1977年政治混乱后内在公共关系的变化。非现实主义小说家按照其他文学目的来处理这些材料,相形之下,现实主义作家表现的素材在很大程度上杂乱无章,近乎是照搬素材。

扩展文类领域

对现实主义作家来说,形式上的挑战将会缓解他或她在题材上的局限,扩大小说中人物活动的时空范围,并且不抛弃社会现实主义目的。换句话说,社会现实主义者得使文学超乎直接的文献或者伪文献数据之上,但仍旧对素材本身保持忠实。获得比较大的回旋余地与自由度的一个方式是通过回溯过去来装扮素材,比如,摩西·沙米尔在小说中写的是"第二圣殿"时期(《血肉之王》)

和大卫王统治时期(《赫悌王必死》)。另一个方式是增加文本内容范围。沙米尔的小说《在阳光下》(1950)和阿哈龙·麦吉德《阿夫月旅行》(Masa' Be'av, 1980),比如说,也通过探讨不同代人之间的关系,试图突破青年运动所限定的范围。这些对策并非打算颠覆犹太复国主义叙事话语,而是要用不同的方式来反映这一叙事话语。时至目前,他们依旧忠实于对现实做某种特别的解释,现实主义的局限性继续约束着作家。

早期现实主义小说实践者未能摒弃的现实主义的另一个局限性是人文主题狭窄。犹太复国主义精英对宗教习俗不同、种族与政治信仰相异的其他社会群落弃之不顾。只有从50年代开始,作家们才开始对不同社会阶层中的社会群落发生了兴趣。比如,哈诺赫·巴托夫在小说《人人都有六只翅膀》(Shesh knafayim la'ehad, 1954)中描写新移民,纳坦·沙哈姆在《穷人的智慧》中也是这样,耶胡迪特·亨德尔在《步行街》(Rehov hamadregot, 1955)中描写了东方犹太人。到后来一段时间,犹太复国主义的标准情节被视为不平等,因为它忽视了许多群体,比如说,东方犹太人、大屠杀幸存者和其他的人,所以是不平等的。来自各个社会群体的作家——伊胡德·本－埃泽尔、西蒙·巴拉斯、撒米·米海尔、沙麦·高兰——向这种舆论倒向进行反叛。他们提出,占据统治地位的精英们,抛弃了公开宣布的价值,因而丧失了领导权。

这些作家没有质疑犹太复国主义标准叙事的价值。他们只是辩驳说,这套叙事让貌似支持它的人们给背叛了。确实,经过一段时间以后,对主流精英的反叛导致全盘接受它所拒绝的一切。一度处于社会边缘的作家,尤其是那些来自塞法尔迪社区的犹太人,成为社会现实主义传统的继承人。其反响与约书亚的迥然不同,约书亚在60年代到80年代之间也关心边缘人,但是其反叛集中在真正颠覆民族价值上。比如说,在他的小说《情人》中,两个人物,阿地提和纳伊姆战胜了第三个人物亚当,亚当代表着标准的犹太复国主义导向。阿地提,从以色列军队开小差儿移居到了海外,是犹太复国主义的叛逆者。他是个装成极端正统派犹太教徒的塞法尔迪犹太人。纳伊姆是个年轻的阿拉伯人。他们一同表达出一度处于社会边缘的因素赢得了胜利：塞法尔迪犹太人、正统派犹太教徒、非复国主义犹太人和以色列阿拉伯人，顶替了过去处于精英地位的富有开拓性的阿什肯纳兹英雄战士。

当作家从20世纪50年代开始发表反映现代犹太社会两大体验——大屠杀和"独立战争"——时，文学形式的严重局限性和潜在的变形、改编特征一并体现出来：怎样用社会现实主义术语真正表现难以说明的大屠杀事件？本时期两部著名的长篇小说成功地对大屠杀事件以及导致大屠杀的历史环境进行描写，这两部长篇小说是娜欧米·弗兰克尔的《扫罗与约拿单》（*Shaul veYohana*，1957—1961）和塞纳德夫妇的《在死者与生者中间》（*Bein hameitim uvein hahayim*，1958—1964）。两本书均描写的是欧洲犹太青年。在弗兰克尔的小说中，主人公们是一个已经同化了的德国-犹太家庭的孩子。作品通过情节展现出究竟是什么势力导致了纳粹主义的兴起，最后强化了主人公的犹太身份问题。由于主人公们被作家定位为马克思主义-犹太复国主义，在作品末尾最终成为犹太复国主义者。小说着眼于一种史诗式的恢弘，囊括了20世纪20年代末和30年代初期德国社会和德国犹太人的众多阶层，与此同时重新建构18世纪犹太社区的历史。约拿单的祖父，在纳粹上台后，对同化前景产生绝望，自杀身亡。然而，新一代的代表扫罗和约拿单，镇定自若地移居到了以色列。弗兰克尔通过传统的、自然主义的和模仿的表现手法，创作出德国犹太人的心灵回忆录。

在这方面，作品与约娜特和亚历山大·塞纳德的《在死者与生者中间》比较接近，后者也致力于表现对在大屠杀中逝去的犹太社区所进行的追忆。《在死者与生者中间》是由四部分组成的史诗系列，集中描写20世纪三四十年代生活在波兰的犹太年轻人。情节靠两条平行结构来推进：一是移民阿里茨以色列的一个年轻人的故事，另一则是他的同学在波兰争取自由与身份的斗争。斗争的高潮是在华沙犹太人居住区举行的起义,在起义中,年轻人所受的社会主义犹太复国主义思想的培养经历了最终考验,而且证明令人信服。与弗兰克尔不同,塞纳德没有关注导致大屠杀的社会势力。尽管小说从事实、事件本身到犹太居住区居民亲手誊抄的文卷均使用的是历史文献资料,然而发动大屠杀的势力被当成不可改变的无法避免的已知事实。这种力量是无可补救的令人费解的恶魔,像自然现象一样发生。该书集中描写人们对待历史境况的方式,对每个个体进行生存检验。犹太人问题不仅是死亡与屈辱的问题,而是个体怎样在极端环境下保持他或她作为人的身份问题。

历史环境尽管恐怖,但弗兰克尔和塞纳德夫妇借历史环境暗示出欧洲犹太人恢复了身份与民族自尊,所发生的事件提供了证实犹太人巨大精神力量的一个契机,似非而是地创造出乐观主义小说。两位作家都矢志维护标准的犹太复国主义叙事方式。幸存者最后都回到了以色列。确实,这两部史诗表明大屠杀故事能够成为民族建设进程的一部分,而没有毁损民族形象。

"独立战争",似乎把不可能变为可能,在现实主义文学表述中也造成了类似问题。世上所有的政治与军事评论均无法解释犹太人在不比普通欧洲城市大的阿里茨以色列,能够抵抗比自己多几倍的兵力。少数作家撰写历史史诗或者传奇来迎接表现战争的挑战。多数人描写他们最为了解的情况,即他们有限的时空环境。许多人没有把本地的事件与以前的环境结合在一起,也没有尝试去描绘"独立战争"那较为宏大的历史背景。

这方面的典型作品是施罗莫·尼灿发表于 1953 年到 1960 年间的三部曲,《在他和他们之间》(*Beino leveinam*)、《深情厚谊》(*Tsvat bitsvat*)、《连帐篷桩也不是》(*Yated la'ohel*)。这部小说在描绘先驱者父辈与战士儿子的关系上比其他多数"独立战争"作品更富有洞察力,它写的是旧日的犹太复国主义活动家比克尔和他两个儿子绍里克和埃兹拉的故事。绍里克是个调皮的战士,实现了父亲要他做新型希伯来人的梦想。埃兹拉无论做人还是当战士都让父亲失望,在战场上被杀身亡。然而在小说的第三卷,也就是最后一卷里,活下来的儿子也没有经受住对一个新型男子汉进行的考验。尽管小说从多方面来描写战争——战场,后方,区域性防御,指挥部,但没有抓住战争的整个历史意义,也没有探究创造战争这一奇迹的男子汉们的心理特征。

其他作家选择通过编年史的方式来表现战争,比如阿巴·库夫纳发表于1953—1955年的两卷本的长篇小说《面对面》(*Panim 'el panim*)。摩西·沙米尔也没有直接描绘战争本身,而是描绘战前所发生的其他冲突,或几年间(《他走在田野中》、《在阳光下》、《用他自己的双手》)或数千年间的冲突,像在《血肉之王》和《赫悌王必死》中。伊兹哈尔对"独立战争"的回应是写了《在洗革拉的日子》。如果弗兰克尔和塞纳德的长篇小说酷似为消灭了的犹太社区作的回忆录,那么"独立战争"作品则与纪念阵亡将士与战斗团体的书籍近似。沙米尔在《用他自己的双手》以哥哥埃里克为原型创作了准虚构小说文类。战士传奇和回忆性的作品并行出现,虚构性的评论试图给后者补充一个维度。

富有创造性的艺术家们期待按照希伯来人和斗士-拓荒者的形象给读者勾勒出他们的子辈与同志的画像,造成四五十年代出现了大量教育小说。这些教育小说基本上是在做成熟与否的测试,在测试中,年轻的男人(甚于年轻女人)得证明自己愿意为社会作出牺牲,这才有资格成为社会的一员。强调把考验男子战斗气概作为主要资格,限定了当时现实主义小说的人物范围。然而,早在1956年,出现一种新的起拓宽形式作用的教育小说。尤里·奥勒夫的《小铅兵》对大屠杀时期犹太人居住区和集中营里的两个孩子进行带有自传色彩的现实主义描述。这与新希伯来人没有关系,既没有沿袭其套路,也算不上什么例外。它写的是二战期间欧洲背景下的旧犹太人的孩子。当本土现实主义作家突然看见这些幸存者创作的长篇小说时,便发现了问题。继之而来的把大屠杀主题融入社会现实主义的传统表明,这些作家体会到了负疚感,认为自己在某种程度上对旧犹太人的死亡负有责任。

迄今遭排斥的旧式犹太人就这样出现在哈诺赫·巴托夫的教育小说中。然而,巴托夫在对大流散犹太人流亡的失败进行尖锐评判的同时,表达了一种仁慈的宽恕。下面是《特种部队》(*Pitz 'ei Bagrut*,直译"痤疮",1965)里土生土长的主人公面对同胞们被毁灭了的世界时所作出的反应:

> 我在审视自己的人生时一直听见他们的声音。这二十年来我在哪里——我爱,我恨,我得到,我失去,我痛苦,我快乐。一副充满空虚语词的皮囊。让我来亲吻你的创伤,孩子们。让我摆脱你,孩子们,迅速地将你遗忘,立即遗忘,用装玻璃工使用的油灰来充填锈钉子的滑痕。把巧克力拿去。把我口袋里的钱全拿去。我要把你佩在绶带上。只是让我离开这里。(142页)

说此话的人在意大利犹太特种部队里当兵。他感到负疚,既认同欧洲犹太人身份,又强迫自己压制欧洲犹太人体验的冲动。尽管这些感情,更确切地说,反映出他的矛盾之处,但他也不能对德国人产生报复性的仇恨。当特种部队来到德国时,他拒绝执行战友们去报复德国人的计划。他为自己无力复仇而感到耻辱。然而,他也为自己身为斗士所具备的勇武而难堪。巴托夫的小说,主要探讨需要和欧洲犹太人一道接受历史延续性并且需要证实犹太人在以色列新的生存特性,这二者是复杂的。

他发表于1975年的小说《伪装者》(*Habad'ai*)又重新描写这一冲突。这部介于反恐小说与政治小说之间的作品叙述的是两个故事:一个大屠杀幸存者假装要做一个新希伯来人,而一个本土以色列人在暴露他人可怕历史的过程中发现自己是旧犹太人的残渣余孽。在赤裸裸的生存追求中,欧洲犹太人一会儿伪装成德国人,一会儿又伪装成法国人,在每次伪装时扮演不同的角色,最后又伪装成土生土长的以色列人。在某次以色列战争中,他像一个本土人一样被杀死。以色列身份主题在成为以色列总体小说中的一个中心问题,尤其是教育小说中的一个中心问题。海姆·古里在《审讯》和《来尤爱拉的故事》(Hahakirah; Sipur Re'u'el, 1980)中也表现出,完成标准的犹太复国主义叙事的途径并非一帆风顺,本土子孙在走向成熟的过程受到内部冲突和外部冲突的困扰。

教育小说,表达了"独立战争"一代人的幻灭以及他们对主流叙事话语的反抗,与它有关的另一种文学形式是流浪汉小说,用制造争端的流浪汉,及其无拘无束的野蛮冒险暴露以色列社会的失败。这些小说构成了某种意义上的反教育小说。它们把主人公描绘成社会沦落的反映。较早的一部流浪汉小说作品是大卫·沙哈尔的《金蜜月》(Yerah hadvash vehazahav, 1959)。像托马斯·曼的《费历克·克鲁尔》中的现代流浪汉一样,小说中的主人公施姆里克也在利用社会腐败。尽管标准的犹太复国主义叙事话语在这部小说的背景中不断闪现,但它只起到含有讽刺色彩的标尺作用,用以衡量时下衰落的现实。这本书没表现正面人物。施姆里克本人是个无赖,其性爱冒险在社会上大出风头,被作家说成是犬儒主义和地方褊狭。只有某些奇异而遥远的力量,以一个出身贵族的非犹太裔法国情人的形象出现,有可能成为救赎标准。

另一篇类似的长篇小说是本雅明·塔木兹的三部曲《埃勒亚库姆》(1965)、《西班牙城堡》(Besof ma'arav, 1966,字面翻译:"西方的末日")和《幻觉》(Sefer hahazayot, 1969)。作为本土一代作家的一员,塔木兹没有完全接受他的时代传统,这一点从他的短篇小说集《金沙》(1950)中即表现了出来。小说中的人物是只代表自己的优秀而敏感的个体。塔木兹的埃勒亚库姆,像沙哈尔的施姆里克一样,遭到以色列社会的抗议,他也寻求逃离社会战场,投到一个具有很高文化修养的瑞典女贵族怀中。然而,塔木兹的三部曲,开始时像富有喜剧色彩的流浪汉小说,逐渐变成令人生厌的反流浪汉小说。在他的经历中,埃勒亚库姆经历了重要的心理转变。在三部曲的第一部中,他至少是受人利用、受人伤害的无辜者;在第二部中,他有点聪明;在最后一部作品中,他成了可怜的疯子,住进了精神病院,既为过去也为现在感到悲伤。在主人公性格发展的过程中,塔木兹仿佛发现,在幻灭了的新希伯来人外表下,隐藏着绝望了的旧犹太人。到1980年发表小说《米诺托》时,他对以色列社会的批评的确势不可挡。主人公亚历山大·阿伯拉莫夫爱上了一个他从来没有见过面的英国女人。他感到同国家没有任何联系。从开始就不是真正的现实主义者的塔木兹,在《米诺托》和《夜莺和蜥蜴》(*Haziqit vehazamir*,1989)中,接近于伊扎克·本－奈尔、耶沙亚胡·科伦,尤其是约书亚·凯纳兹那错综复杂的新现实主义。

后代的继承:社会现实主义的瓦解和新的爆发

在50年代后,有两位作家的创作从风格和主题上对改变以色列小说、变革文学传统起到了催化作用,即品哈斯·菲尔德曼－萨代的《寓言人生》(1958)和耶胡达·阿米亥的《并非此时,并非此地》(1963)。菲尔德曼－萨代1929年生于波兰的利沃夫,1934年来到巴勒斯坦,1993年去世。他在基布兹长大,熟悉"独立战争"一代作家的社会环境。萨代的主人公摒弃了集体主义哲学和青年运动符号学,开始创造近似于犹太人的离经叛道运动(如沙巴特派、弗兰克派等)和基督教的神话,而不是传统犹太复国主义的自我神话。采用告白式文体——沿袭的是圣奥古斯丁、卢梭、布伦纳和费尔伯格的传统——哲学思索、宗教热情和奇异的情欲体验充斥着整个文本。倘若是在陀思妥耶夫斯基的俄国,或者是在产生了D.H.劳伦斯、亨利·米勒之后的欧美大陆,这样的作品不会引起骚动。但是在50年代的以色列,这本书还是引起了轰动。它暴露出为社会小心翼翼控制着的隐藏起来的原始冲动的弱点,更别说作品所体现的基督教倾向了。它给个人主义的、超乎寻常的"我"以发言权,而这个"我"与集体界定出来的、具有意识形态立场的新希伯来人截然相反。

耶胡达·阿米亥的《并非此时,并非此地》也以类似的方式反映出社会的阴暗面。阿米亥1924年出生在德国的维尔兹堡,1934年来到巴勒斯坦。在第二次世界大战期间,他在英国军队里作战,"独立战争"期间在"帕尔马赫"打仗,即使他所接受的宗教教育与多数人不同(他生长在一个正统派犹太教之家),但也拥有同代人的主要体验。阿米亥小说的主人公具有一种分裂人格,对公认的价值标准倍加反抗。他一方面——如同全知作家所展示的那样——与一个非犹太女人一起背叛了自己的妻子,那是他在"帕尔马赫"服役时上司的女儿。另一方面——正如对主人公自我告白中描述的——同样热中于富有挑战性的规范假定;主人公在回归出生地德国的过程中发现的不是一个历史魔怪,而只是童年时代的场景。

这两部长篇小说的革新之处在于,萨代复兴了表现主义模式,而阿米亥的小说采用了复杂的结构,后者也可称之为表现主义。这些不同的艺术特质与作品中所表达的价值变化互为呼应。阿米亥和萨代瓦解了犹太复国主义标准叙述所达成的共识,并分别引进一种与之对抗的策略和一种离经叛道的情节。二人都不是现实主义作家。阿米亥采用大量富有隐喻意义的语言,把白话用语升华到富有诗意的高度,而萨代则以诗人格林伯格的修辞方式来强化措辞,达到了文体上的独创性。这些方面也改变了读者的期待,为迄今为止尚未想见的新的可能性打开了通道。两位诗人 – 小说家对年轻一代小说作家产生了直接冲击,在他们的影响之下,老一代现实主义作家也变得乐于接受新思想了。

一群焕然一新、才华横溢的文学新人登上了文坛,他们当中有诗人扎赫、阿维丹、道尔、西万、品哈斯、拉维考维茨；小说家沙哈尔、约书亚、奥兹、卡哈娜-卡蒙、凯纳兹、沙伯泰、阿佩费尔德和奥帕斯等；戏剧家尼希姆·阿洛尼等；批评家纳坦·扎赫、本雅明·哈鲁绍夫斯基、丹·米兰、加布里埃尔·莫克德、阿迪·载迈赫、西里勒·巴泽尔，以及格尔绍恩·谢克德。非现实主义化成为小说创作的主导倾向。出现了新型的文学人物。用富有象征色彩的表现主义手法来表达多年来民族心理所承受的较为黑暗势力的重压。这种变化之风同样席卷着老一代作家。他们也从外界吸收新的影响，许多老作家对盎格鲁-撒克逊文化和法国文化感兴趣，投身于希伯来文学和世界文学领域的现代主义运动。

这些变化的过程是渐进的，形式多种多样。随着小说视点的主观化程度日渐增加，现实主义作家本人开始采用更为错综复杂的技巧。一些人选择复杂的叙事方法，包括日记摘录，复杂的时间结构，以及叙事间的内在关联。另一些人选择多角度并存的技巧（例如，麦吉德、沙哈姆、巴托夫、沙米尔）。有些运用印刷手段表示不同的时间与现实层面（如巴托夫和亨德尔）。然而，对于多数作家来说，变化最为深刻的是主题，而不是风格，他们并非总能成功地找到与内容相匹配的形式。一些现实主义作家试图从新的角度展现传统主题，以便使自己适应特殊的文学发展。观念的变化不可避免地影响到文学形式的变化，反之，对形式的要求也使世界观发生了变化。

在本土作家中，能够适应社会与文学变化的人是海姆·古里。他的长篇小说《巧克力交易》('*Isqat hashoqolad*, 1965) 在"艾赫曼审判"之后问世，当时阿哈龙·阿佩费尔德发表描写大屠杀幸存者的早期小说《烟》('*Ashan*, 1962) 和《在肥沃的山谷中》(*Bagai haporeh*, 1963) 已经出版。古里长篇小说中的主要人物是大流散中的犹太人，不带有任何以色列人特征的反英雄。带有印象主义氛围的风格与小说的现代主义倾向一致。但在神秘气氛的浪漫作用下，人物性格在某种程度上均得以强化，尽管主人公主要从事黑市交易，努力拼合他们的破碎人生。

20世纪60年代后期，塞纳德夫妇也摒弃了现实主义小说的安全领地。像许多作家一样，他们开始用类似于娜塔莉·萨洛特（Nathalie Sarraute）和罗伯-格里耶（Robbe-Grillet）新近产生的长篇小说技巧，以便使熟悉的命题，比如基布兹、大屠杀以及隔都起义留下个体印记，更好地表达现代体验。塞纳德夫妇的长篇小说《另一种尝试》（*Hanisayon hanosaf*, 1968）和中篇小说《谈都》（1973）把各种互为关联的结构、混合的语言和其他现代主义技巧结合起来，实现了形式上的革新。事件本身比行动和对话重要，占据了大部分文本。他们后来的作品《居住的土地》（1981）、《绿洲》（1988），以及《我们叫他列昂》（*Nikra' lo Le'on*, 1985），是对以前运用现实主义方法展示的素材进行的一种现代主义再利用。

耶胡迪特·亨德尔也属于老一代作家，是沙米尔、麦吉德、巴托夫、沙哈姆的同龄人，以短篇小说集《他们与众不同》（*'Anashim 'aherim heim*, 1950）登上文坛之时是一位现实主义者。然而在20世纪60年代末期，她用富有抒情色彩的印象主义长篇小说《伟大嬷嬷的院落》（*Hahazer Shel Momo Hagedolah*, 1970）加入到反叛传统文学的行列中。这本书写的是雅法下城。其人物为身处社会边缘的、一蹶不振、穷困潦倒的东方犹太人和大屠杀幸存者，孤独无助，生活在"六日战争"爆发前夕。小说中心写的是一场三人游戏。主要人物绍尔大概是大屠杀幸存者，爱上了生活不幸、结了三次婚的塔玛拉。塔玛拉的第三任丈夫每隔两个星期前来看望她一次，其余时间她便和绍尔住在一起。原配丈夫乔基姆是个生性古怪的病秧子，令绍尔在内心深处感到负疚；乔基姆在撞车事件中丧生（或许是自杀）后，绍尔在小说中便消失了。情节并非由一连串令人着迷的事件推进（比如，像是主人公把分割开来的场景连缀在一起），也缺乏连贯性。相反，它将与主要故事相关的各式各样的次要情节汇编起来，产生出一个按照自己内在章法行事的小说世界。

此乃亨德尔创作中一部富有转折性意义的长篇小说。它显示出亨德尔逐渐在关注病痛与死亡。这一点在亨德尔悼念亡夫、画家兹维·梅洛维茨的散文体诗歌《另一种力量》(*Hakoah ha'aher*, 1984) 和短篇小说集《小钱》(*Kesef qatan*, 1988) 中得到证实。在《另一种力量》中, 亨德尔摒弃了情节建构的套路, 创造出半记录、半诗歌化的散文体描述, 充满依恋与静静的忧伤。《小钱》中的短篇具有抒情与怪诞色彩。它们不仅探讨死亡, 而且也表达出面对父权制暴虐和普遍非人道时的强烈痛苦。

尽管舒拉密特·哈莱文或许是最为真正的现实主义作家之一, 甚至在其他作家改变创作风格后, 仍然沿用现实主义创作方法, 然而, 她也投身于总体上扩展希伯来文学形式的活动之中。哈莱文和20世纪四五十年代的现实主义作家一样, 最初写作采用的是庄严风格。后来转向较为实用的现实主义表达方式, 最后创作出风格化的非模仿作品。她在大多数作品中, 描写女性的脆弱。哈莱文对女性世界所做的敏锐描述, 比以色列女性主义小说浪潮产生得要早, 几乎与阿摩司·奥兹等人的男性小说创作同时出现, 尤其惹人注目。

她最好的短篇小说集是《孤独》(*Bididute*, 1980)。与短篇小说一样, 长篇小说《城中多日》('*Ir Yamim rabim*, 1972) 堪称社会印象主义小说。故事发生在20世纪20年代到40年代末期和以色列"独立战争"期间的耶路撒冷, 从众多视角集中描写社会问题。情节围绕着出生在耶路撒冷的一个古老的塞法尔迪犹太人之家的女子萨拉·阿莫里洛展开, 同时展示她与自己出生在德国、上了年纪的老师巴泽尔博士、丈夫埃里亚斯·阿莫里洛; 以及她过去和未来的情人马提之间的关系。这些关系以及作品所展示的其他关系阐明了以色列社会的复杂多样。尽管不同民族社区(刚刚到达此地的阿什肯纳兹与已经建立起来的塞法尔迪社区) 之间, 以及英国人、阿拉伯人、犹太人之间的紧张状况在小说中得到真正的关注, 但作家正面塑造人物形象, 笔法幽默, 这样一来作品没有降格为哀婉动人的感伤文学或传奇剧。

20世纪80年代,哈莱文开始写高度程式化、编排紧凑的古体中篇小说,在描绘场景、叙述情节方面颇为简练,艺术效果强烈,显得很现代。此类作品中的第一部《奇迹憎恨者》(*Sone' hanisim*, 1983)对以色列人出埃及进行重新解说。中心人物埃施卡哈尔对养母贝塔产生一种俄狄浦斯式的依恋,后成为她的情人。只有在养母死去后他才能够和另外一个女人迪娜建立关系,只有当他们的儿子出世后二人才成熟起来,进入应许之地。不连贯的句式创造出一种古风氛围和戏剧化强度,由此产生出一个微缩神话。在圣经事件与时下现实世界之间没有一一对应的比喻关联。然而,通过凸现遥远的过去,凸现奴隶制与自由、个人主义与集体主义、回溯式的恋母情结与近亲交媾之间的两极特征,小说强烈地暗示出古老故事和当代犹太以色列社会的关联。即使是这样,哈莱文创作中的转变,与塞纳德夫妇创作中的转变一样,似乎形成了一种自觉的形式变化,而不是代表着一种有机进化。

正如我们所见,外部世界的变化与追求新文学技巧引起许多作家以类似的方式来改变它们的主题与风格。这样,比如说,阿摩司·奥兹《何去何从》对沙哈姆《第一人称复数》(1968)、纳欧米·弗兰克尔《我挚爱的朋友》(*Dodi vere' I*, 1973)等基布兹小说和伊扎克·本－奈尔的短篇《阿塔利亚》(1979)的影响便显而易见了。他们与奥兹一样也对基布兹的社会与性道德观念进行审视;前两部长篇小说在技巧上也采用奥兹采用的多重视角。这表明现实主义作家并没有在方法上一成不变,而是借助新的主题与技巧力求使自己适应变化着的社会与文化环境。他们这样做既是对新环境的回应,也是要努力赶上20世纪50年代末期后统领希伯来小说的潮流。由于那些思潮依次受到西方文学中的现代主义文学运动的影响,所以现实主义作家也直接或间接地受到以色列外部和内部文学发展的影响。本国的文学思潮开拓了新的渠道,而西方文化成为启迪文学灵感的一个重要源泉。

在 20 世纪 70 年代,现实主义传统处于防御阶段,试图用文学与政治术语证明自己的存在。尽管较为革新而富有实践性的形式对希伯来语作家具有吸引力,但他们没有把意识形态和集体主义承诺弃之不顾。即使在赞美个人体验与感情之际,小说依然保持拥抱公共理想的魅力。现实主义作为一种文学表现形式难以退出舞台,即使它偶尔朝着与前代作家稍微不同的意识形态目标前行。作家们像纳欧米·弗兰克尔、兹维·卢兹以及舒拉密特·拉皮德在历史小说《哈盖·奥尼》(*Hgai Oni*, 1982)中忠诚于传统的现实主义,没有试图采用同代人或者年轻一代作家那种练达的知性与娴熟的技巧。

因此,20 世纪 70 年代在通俗小说创作领域也出现了对现实主义的回归,在丹·本－阿莫茨、伊胡德·本－埃泽尔和沙麦·戈兰的长篇小说中,意识形态因素注入细致复杂的情节中,也体现出这种回归。本－阿莫茨和本－埃泽尔写富有载道色彩的社会小说。他们与前辈巴－约瑟夫和莫辛松一样,采用自然主义而不是纯现实主义风格,从主人公的视角观察社会现象。这方面的典型例子是本－埃泽尔的长篇小说《采石场》(*Hamahtsevaeh*, 1963),把塞法尔迪(尤其是在库尔德社区内部)与已经安定下来的阿什肯纳兹之间的关系描绘成一场为性与权力而展开的大规模战争。小说中的新移民并没有被描绘成为适应新环境而角逐的没有归属的社团,而是被描绘成依然为赤裸裸的原始冲动所左右的人。

最著名的通俗小说作家本－阿莫茨尽管身为"独立战争"一代作家的同龄人,但在 20 世纪 60 年代才开始向文学界以外的读者说话。他将色情描写与社会痛楚独特地结合在一起,符合心怀不满的左翼年轻人士的文化心理需求。本－阿莫茨的读者偏爱表达反约定俗成观念、不需什么精神努力的轻小说(light fiction),他的长篇小说获得相当大的商业成功。尽管缺乏心理深度或诗歌力度,它们为广大读者提供了反对犹太复国主义思想的新型叙事模式。在本－阿莫茨反约定俗成观念的畅销小说中,有增强大屠杀记忆的《记住,忘却》(Lizkor velishkoah, 1968)和描写战争英雄主义的《他不是不在乎》(Lo sam zayin, 1973)。在他们所处的时代,这些作品代表着一种形式上的反叛。但是由于缺乏合适的文学形式,这些作品以商业冒险做结。与新的现代主义作家创作和试图采用新形式的老作家的实践活动并驾齐驱,这些作品,包括历险与侦探小说、浪漫传奇和富有载道色彩的传奇剧,在20世纪60年代相当流行。

尼提娃·本－耶胡达是又一个继续现实主义传统的小说家。她和本－阿莫茨一样创作通俗小说,但主题并不琐碎。她的《在历法之间的1948》(1948 Bein Hasfirot, 1981)和《通过捆绑的绳索》(Miba'ad la'avotot, 1985)通过毁坏第一代本土现实主义作家创造的富有诗意的形象,祛除了"帕尔马赫"的神话色彩。

1962年出版的介于旧现实主义传统和新兴的非现实主义类型之间的两部长篇小说是拉海尔·伊坦的《第五天堂》(Baraqiya 'hahamishi)和施罗莫·卡娄的《跳跃》(Ha'aremah)。伊坦把文学用语和特拉维夫流浪孩子收容所里年轻人所讲的俚语结合在一起,形成自己的风格。她超越前人之处在于,成功地反映了以色列社会语言的多元化特征。在忠诚于现实主义－自然主义传统的同时,也集中描写边缘化的社会主题,这样便扩展了小说的疆界。此外,小说中的一些段落超越了表面上的现实主义效果,暗示着其他可能性。在某种程度上,伊坦奠定了后来出现的新现实主义传统,这一传统由凯纳兹、本－奈尔、科伦、沙伯泰等做了进一步发展。

施罗莫·卡娄的长篇小说《跳跃》标志着希伯来文学史上的两个转折点:一是以色列现代主义小说的开端,一是出现了描写塞法尔迪犹太移民社区的塞法尔迪和阿什肯纳兹作家。《跳跃》在希伯来小说史上具有特殊意义,因为它是一位移民作家做的新现代主义社会抗议。小说构成了有空间联系的系列轶事,在移民群体中突出写大量没有工作的新移民,他们来自捷克、保加利亚、摩洛哥、俄国、土耳其和印度等国的不同社区。他们在市政办公室找工作时,奉命去清除一堆垃圾。他们都去试了,或一起或独自,但都失败了。移居以色列之前,这些人过着平静而富裕的生活。他们时下的处境反映出生存的危机。与此同时,他们具体地代表了人类失败的原型体验。在这方面,卡娄或许比同时代作家更接近于反对种族歧视的亚伯拉罕·约书亚。试图反映20世纪70年代末期社会问题的长篇小说是本－奈尔的《遥远的土地》(*Eretz Rehokah*,1981),作品以工党运动走下坡路,右翼利库德集团上台,埃及总统萨达特来访为背景,展现阿什肯纳兹和塞法尔迪犹太人、以色列居民和新移民的关系。

总体上看,20世纪60年代以后,在描写人口占多数然而未享有合理的国家经济、社会与文化资源比例、处于外围位置的移民社区的创作中,现实主义传统生存了下来。大体上,这些人移居以色列是迫于出生地国家的政治事件,而不是出于犹太复国主义动机。作家包括发表了《临时难民营》(*Hama' abarash*,1964)的西蒙·巴拉斯、发表《平等与超乎平等》(*Shavim veshavim yoter*,1974)的撒米·米海尔、发表《米海尔·埃兹拉·萨法拉与儿子们》(*Mishel 'Ezra Safra' uvanav*,1978)的阿默农·沙莫什,以及发表《亚历山大的夏天》(*Qayits' Alexandroni*,1978)的伊扎克·高麦扎诺－高伦。

《临时难民营》和《平等与超乎平等》都表现移民们对以色列文化的一副优越屈尊的态度表示抗议。每每当现代主义成为占统治地位的文学形式时,社会现实主义小说便代表着一种具有颠覆性的少数人的声音,这样便把希伯来创作的方向从社会现实主义转化为现代主义。米海尔和巴拉斯是两位重要的移民小说家。他们均曾属于伊拉克年轻的知识分子精英。均和共产党有联系。当他们来到以色列时,经历了个人与公共歧视。在学会希伯来语,并能用希伯来语进行表达后,他们发出了愤恨之声。

然而一段时间以后,他们的创作不再那么关心移民问题,因为他们具有共产主义者背景,愤世嫉俗,所以便和以色列阿拉伯知识分子建立联系。巴拉斯的长篇小说《锁住的房间》(*Heder na 'ul*, 1980)和米海尔的《难民》(*Hasut*, 1977)以及《一抔雾》(*Hofen shel 'arafel*, 1979)便描绘了这种结盟关系。比如《难民》，描写的是赎罪日战争期间阿拉伯党员和犹太党员之间的关系。阿拉伯主人公们到一个女犹太共产党员舒拉的家里，舒拉的丈夫马杜卡因为是个共产党人曾在伊拉克遭到监禁，刚被征兵。法提憎恨那些在观念上与他接近、也必须保护他的犹太人。另一方面，舒拉无法将爱国热情，其中包括她对在前线丈夫的情感、在战争中遇害的旧情人的情感，与她的共产主义信仰协调起来。作为对以色列共产党的评论，作品把共产主义描绘成教条主义的运动，由犹太人和阿拉伯人分歧所操纵着的信仰者派别，而犹太人与阿拉伯人的普遍信条是不会达成一致的。最后，尽管《难民》代表了巴勒斯坦阿拉伯人、以色列公民和占领区定居者的观点，但它以申明犹太复国主义纲领作结。对于米海尔来说，对巴拉斯也一样，意识形态的寓意比人物性格和情节的微妙更为重要。

阿默农·沙莫什的《米海尔·埃兹拉·萨法拉与儿子们》是一部完全不同的作品，其中作家通过寻根开始恢复移民们的自尊。该书是描写叙利亚阿勒颇的萨法拉家族的家庭传奇，时间是在迫使他们流亡的以色列"独立战争"时期，当时尚未对犹太人居住区展开袭击。该书阐释了犹太复国主义思想，但也清晰地透视出作家对逝去的旧日阿勒颇的倾心，在那里，整个家庭是完整的，兴旺发达，没有任何歧视，也不谈论令他们感到落寞的东方犹太人社会身份。另一部带有民间传说色彩的怀旧长篇小说也出现在1978年，即伊扎克·高麦扎诺-高伦的《亚历山大的夏天》。埃及的亚历山大对高伦来说犹如阿勒颇之于沙莫什。尽管高伦的文学技巧更为复杂和有趣，但在这里标准的犹太复国主义叙述再次置于返回故乡这一秘密愿望的背景之下。对根之所系的怀恋也是撒米·米海尔《维多利亚》(1993)的一个重要主题。

安东·沙马斯(Anton Shammas)1986年发表的长篇小说《阿拉

伯式》(*Arabesqot*)，也同样属于对占统治地位的国家权力机构进行颠覆性抗议的传统。身为采用词藻丰富的希伯来语进行创作的阿拉伯基督徒，沙马斯成为以色列一个重要少数民族的代言人。他采用伊兹哈尔式的怀旧风格，描写了他青年时代的村庄。主要人物具体体现出犹太殖民建功立业与以色列巴勒斯坦居民离群索居之间的冲突。当非阿什肯纳兹作家，像巴拉斯和米海尔通过描写社会现实主义小说来抗议占统治地位的国家权力机构时，沙马斯以更为复杂的方式，恰恰通过这个社会的真正语言，来面对和颠覆这个社会。

* * *

前面对从20世纪40年代到80年代在希伯来文学创作中居于统治地位的文学现实主义予以评论，勾勒出一些结构类型和主题类型，将各式各样的实践者加以描绘与区分，尤其是对"本土一代作家"，即第一代以色列作家与挑战其基本主题设想的第二代本土作家，即"国家一代作家"互为冲突时期的文学实践者加以描绘与区分。正如我们所见，文学运动不会一成不变，也不能完全按照清晰的时代界限来进行划分。然而，它继续坚持不懈，存在于当代希伯来文学创作中，并与另一种形式的文学产品并存，这种文学产品真正与社会现实主义分道扬镳，并产生新的迥然不同的小说形式。现在我们来看希伯来作家的新浪潮，以及他们对犹太复国主义通用情节的颠覆。

11
政治危机与文学革命
新浪潮,1960－1980

正如我们所见,现实主义传统从来就不是同质的。尽管现实主义文学作品具有某种共同特征,但技巧与主题领域宽泛。不同的小说学派相互作用,现实主义者们在演变着的总体文学系统内部改变了其角色。20 世纪 40 年代和 50 年代便开始创作生涯的现实主义作家到了 20 世纪 70 年代则与以前不尽相同,20 世纪 70 年代登上文坛的后期现实主义者,与前辈也迥然有别。

在 20 世纪六七十年代,现实主义作家的创作越过了传统的基本界限,他们当中的有些人在文学类型方面创作出最为感人的作品。其中包括巴托夫《你是谁的小男孩》(*Shel mi'atah yeled?* 1970);阿哈龙·麦吉德《生活在死者中间》;纳坦·沙哈姆《第一人称复数》和《罗森多夫四重奏》;约娜特和亚历山大·塞纳德《在死者与生者中间》(以及他们后期的某些作品);莫辛松的《犹大》;耶胡迪特·亨德尔《伟大嬷嬷的院落》及其他某些作品和舒拉密特·哈莱文的创作;本雅明·塔木兹的某些创作,比如《金沙》、《莫诺托》以及《夜莺与蜥蜴》。与此同时,几乎与 1948 年后的表现主义、超现实主义、印象主义等文学潮流分庭抗礼,新现实主义流派得到发展,其作品试图把非现实主义传统中的因素与新的社会需要结合在一起,并使之适合新的社会需要,这种新的社会需要似乎又一次召唤文学直接与社会政治世界联系起来。新现实主义作家包括耶沙亚胡·科伦、伊兹哈克·本－奈尔、梅厄·沙莱夫(Meir Shalev),雅考夫·沙伯泰在某种程度上也属于新现实主义作家。也有的作家与现实主义相去甚远,如露丝·阿尔莫格和约书亚·凯纳兹,然而他们的创作代表着后来的一种辩证的发展趋向。

然而在大多数情况下,第二代土生土长的作家、多尔哈迈迪纳挑战并对抗现实主义,把可供替代的反现实主义表现方式引进到文学经典中。当我们对这一时代的作家进行考察时,似乎有必要说我在本章和下一章的评论都是初步的,不完善的。如何回顾以色列文化,文学如何反映或者反驳总体历史、政治和文学威力,依然有待观察。而且,在过去的几十年间,以色列国内外的文学学术研究领域均做出了颇为复杂的评判,这些作家在本国的希伯来文文本和国外的翻译文本都得到了广泛分析。考虑到这些因素,我想从 50 年代的小说开始讨论。

从西奈战争到赎罪日战争:
政治和文学主题

正如我们所指出的那样,后现实主义希伯来小说主要是由 20 世纪三四十年代出生的作家创作的。然而,必须指出,它的一些主要支持者虽出生较早,但到了 20 世纪 50 年代末期和 60 年代才登上文坛。主要人物有本雅明·塔木兹、伊扎克·奥帕斯、耶胡达·阿米亥、尼西姆·阿洛尼、阿玛利亚·卡哈娜-卡蒙、大卫·沙哈尔、阿摩司·凯南和约拉姆·康尼尤克。这些作家,还有那些出生在 30 年代或 40 年代的作家的成长,是以对其人生产生影响的重大历史事件为标志的。尽管文学不是简单地以艺术方式对社会事件作出反应,但它无疑也由各种各样内在发展因素所决定,但必须对文本的社会历史背景予以关注。的确,通过详细的考察我们得知,从 50 年代末期开始,希伯来小说对犹太复国主义通用情节的态度已经发生变化,挑战犹太复国主义的文本已经开始付梓。当昔日的自觉理想主义者社区转化为拥满一波波新移民的官僚体制国家时,各个年龄段的作家的梦想均被打破。作家们反省精英情感,觉得正在失去希伯来社会自20世纪20年代以来创造的文化身份。西奈战争、艾赫曼审判、拉翁事件、对本-古里安的反叛、六日战争、赎罪日战争、20世纪70年代末期的政治动乱,均对不同年龄段的创作者产生了深远影响,对年轻人尤其如此,因为他们在成长过程中没有经历过大屠杀和独立战争。正如我们所见,在现实主义者及其稍后的那代作家像阿米亥和撒代的作品中,均表达出一种幻灭。20世纪50年代早期,阿摩司·凯南在《国土报》的讽刺栏目"乌兹及其公司"中,对"国家的突然出现"予以回应。1963年,他的现代主义荒诞小说《在车站上》(*Batahanah*)回归到原来的创作主题上。1963年成为非现实主义希伯来小说发展中的一个里程碑。以下出自凯南小说首页的几行字反映出20世纪40年代梦想者的精神状态,这些梦想者在50年代和60年代成为幻想破灭、对社会心存不满的个体人:"或许感到怀旧?或许心存梦想?或许梦见怀旧?或许怀恋一种梦想?我不知道。我不知道。我知道不能像现在这样子继续下去。"(13页)

对于那些出生在20世纪30年代的人们来说,1956年的西奈战争使他们经历了犹太复国主义通用情节的关系的变化。与1948年战争不同,西奈战争似乎是一次人为选择的战争,而不是争取生存之战。这也是以色列武装力量第一次在加沙地带碰到大批阿拉伯难民。正如一个士兵在数年后的1967年所记载的那样:

> 在西奈战役的最后一轮中,我在加沙,我记得这样一幅画面……我们在主街长驱直入,人们——常住居民——站在门口,缓慢而勉强地拍打着双手。那是一幅肮脏的画面……我想起从电影里看到的关于征服者军队的所有画面,我真觉得恶心。(《第七日》[*Si'ah Lohamim*],118页)

也是在西奈战争期间,以色列卡法卡塞姆的阿拉伯村民在宵禁后从田间返回,遭到士兵残杀。对男女老少的屠戮震惊了整个犹太社区。

战争所导致的矛盾心态给小说创作的内容与形式均带来了变化。作家们与想象中的外部审查而其实是内部审查的斗争,创作出反对现存社会体制的隐喻,这种隐喻在某种程度上遮掩了他们的动机。这类作品有阿哈龙·麦吉德的《傻瓜的运气》(1959)和《逃离》(*Habrihah*, 1962)以及亚伯拉罕·约书亚的早期讽喻作品,这些作品在20世纪50年代初发表在报纸《致苍穹》(*Lamerhav*)和期刊《开晒特》(《箭》、《彩虹》, *Keshet*)上。比如说,约书亚收在1962年出版的《老人之死》(*Mot hazaqeim*)集子中的短篇小说《最后的指挥官》("Hamefaqed ha'aharon"),写的是一群士兵宁肯睡觉也不愿意打仗。这篇小说唤起人们的厌战情感,就像西奈战争期间那代人所感受到的那样。亚里夫·本-阿哈隆的长篇小说《战斗》(*Haqrav*)发表于六日战争爆发之际的1967年,对因西奈战争和拉翁事件影响而导致的态度变化作了更为直接的反映,在拉翁事件中,以色列人策划打击美国人并归咎于埃及人的计划破产。在《以皮易皮》('*Or be' ad' or*, 1962)中,奥帕兹对战争和导致战争的价值观念予以抗议,阿摩司·奥兹在他的主要作品之一《我的米海尔》(*Mikha'el sheli*)中也作了类似描述。尽管《我的米海尔》一书是在六日战争之后的1968年才得以出版,然而其内在高潮,却与被当成化解"生活在边缘"时期形成的紧张状态的西奈战争一致。

以色列人一直无法直接面对大屠杀,直到20世纪60年代许多压抑着的因素才得以公开披露。20世纪20年代的一代现实主义作家内奥米·弗兰克尔、约娜特和亚历山大·塞纳德证明了大屠杀时期可能展现的犹太青年巨大的精神和心理力量。《扫罗和约拿单》以及《在死者与生者中间》表示相信,人类甚至有能力同历史灾难抗衡。两部长篇小说均申明犹太复国主义的通用情节。它们暗示,尽管犹太人民遭到灾难性的毁灭,但通用情节将会赢得胜利,解放将会取代流亡。在某种程度上,在 20 世纪 50 年代,在许多人的心目中,华沙隔都起义(又一次展示出犹太人在马萨达对罗马人所作的那最后抗击)是战士们在反对前来进犯的阿拉伯人的战斗中所标榜的一种理想。在萨法德遭到围困时,一名帕尔马赫军官埃里德·佩雷德在对部下讲话时举了这样一个例子:"以色列的旗帜,在隔都战斗中倒了下去的以色列旗帜,将重新飘扬在萨法德的城堡上。萨法德,加利利的首都,将是我们的。你们这些勇士,要勇敢坚强,让隔都英雄们成为你们的象征,成为以色列通往自由道路上的里程碑"。(《公开的召唤》)

1961 年艾赫曼审判后,为以色列社会所压制的大屠杀因素开始上升到民族意识的表层上来。有些因素在 1953 年审判卡斯纳时便已经触及,卡斯纳曾经是匈牙利犹太社区的一名领袖,1953 年一个叫马尔凯尔勒·格林瓦尔德的人控告他与纳粹合作。1955 年,一位法官得出结论,没有足够的证据证明卡斯纳在做"撒旦仆人"时犯过罪。国家提起上诉,可是到了 1957 年,卡斯纳被一名右翼极端分子谋杀。在对待 600 万犹太同胞遭到灭绝一事上,以色列人所表现的无知与漠视,尤为令人痛苦。

艾赫曼审判后,以色列作家协会的喉舌杂志《天平》(*Moznayim*)发表社论,社论中写道:

> 出生在沙龙地区一个小村子里的一个年轻士兵承认,得知数百万他的同胞遭到灭绝与折磨,并未使他感到同情、恐惧或者是想复仇。这些……年轻的土生土长的以色列人当然确信,这样的事情在此不会发生。倘若我们自己的儿女在自己的国土上说这样的话,我们又能期冀不愿再揭旧日创伤的德国年轻一代做些什么?这场灾难造成无尽的创伤,但我们的孩子对它冷眼旁观同样是一种创伤。(《天平》,1961 年 6 月)

诗人海姆·古里在《面对玻璃亭》(Mul ta' hazkhukhit, 1962) 一书中，表达出民族的负疚感，他说："我们在评判他们时没有评判自己……我们当中有谁能够把手放在胸口上发誓，我们国家的希伯来社区竭力去警醒世人，揭露真相，去挑战，去营救呢？我们当中有谁能够真挚地说出我们的营救努力与屠杀比例相称？"(249 页) 世俗犹太复国主义对大流散和大流散犹太教持否定态度。艾赫曼审判使旧式犹太人在以色列人眼中重新恢复了法律效力。遭到屠杀的犹太人没有任何罪过，甚至连没有及时听从犹太复国主义思想也不是罪过。他们是一个充满敌意世界里的无辜受害者。因此，犹太人的通用情节，犹太复国主义通用情节只是其中的一个部分，不得不承认这些犹太人在展现民族叙事时是具有同等合法地位的主人公。

与艾赫曼审判对认知大屠杀的影响相似，1961 年的拉翁事件对西奈战争也产生了重要影响。因此它使在 20 世纪 50 年代开始创作生涯的作家们为之一震。在事件过后，本-古里安攻击他的继任列维·埃什科尔，阿摩司·奥兹在 1963 年写道："大卫·本-古里安在国家处于弱势时代领导这个国家，渐渐习惯于无论何时都发出痛苦之音，这种做法最后变得怪诞，堕落为非理性地号叫'先知般'的专制戒律，即使在日常的极世俗的政治中也是如此。痛苦之音具有宽大的后盾，有助于滋养各种各样的要人，以及代表着世俗事务中的神圣精神霸道小人，痛苦之音的迷雾越浓厚，其世俗阐释者的土壤就越肥沃"（阿摩司·奥兹，《来自根本》[Min hayesod] 的文章，第 9 页）。按照奥兹的观点，本-古里安不仅是个心胸狭隘、可怜巴巴的暴君，其夸夸其谈的言语变得荒诞不经，而且整个他那代人似乎变成了"救赎猛兽"，这是奥兹在《完美的和平》(1982) 中所沿用的概念。本-古里安的倒阁给以色列小说投下了浓重的阴影。伊扎克·奥帕斯的《以皮易皮》尖锐地讽刺了工党政府，通过与小说主人公莫莫对立的埃里拉姆象征性地表现出本-古里安的专制独裁。约书亚（《老人之死》）和阿佩费尔德

《烟》)在具有里程碑意义的 1961 年之后发表第一个短篇小说集,并非巧合。接下来的一年里,约拉姆·康尼尤克出版了第一部长篇小说《跌落》(*Hayored lema' alah*, 1963),随之约书亚·凯纳兹发表了第一部长篇小说《节日之后》('*Aharei hahagim*, 1964)。阿摩司·奥兹的第一个短篇小说集《胡狼嗥叫的地方》('*Artsot hatan*, 1965) 不久后也问世了。

加剧大屠杀记忆的创伤体验是 20 世纪 60 年代的又一个重大事件,六日战争不可避免地令人联想到大屠杀。战争迫近之际再度唤起以色列人对犹太人遭到毁灭的恐惧。它重新复兴了民族神话,并赋予了它新的活力。奠定民族文学的领衔人物米哈里在《天平》的战争专辑中这样写道:

> 国家体现了几代受苦受难人的梦想。毁灭这个国家的威胁,令人联想到希特勒,是对整个民族的威胁。以色列国防军的胜利,士兵与阵亡将士的英雄主义,只有一个目的:从毁灭中拯救人民,与阿拉伯国家实现永久性和平,这既是为了阿拉伯人,也是为了以色列人……年轻的以色列国家,乃分布甚广的大流散中的巨石与亮光,并非为满足独裁者和暴君的野心而建立。这个民族,历经灾难,自从被逐出家园之日起就一直在流血悲怆,应该安全地生活,不受任何干扰地和平地生活。
> (1967 年 7 月《天平》,99 页)

在《第七日》集子的引文中,士兵们在大屠杀和战争之间建立起一种近似的关联:

> 西蒙:"他们谈论很多诸如大屠杀不能再发生之类的话题,谈论我们必须把仗打好,所以大屠杀就不会再次出现,就不会在犹太民族身上再次发生……我记得他们谈论大屠杀,我感觉得到。"(68 页)

"目睹焚尸炉的那代人的孩子,"海姆·古里写道,"能够记住那场灾难的教训。许多犹太人突然明白了它的含义,相信已变成活生生的语词撕裂并踩躏着心灵……焦虑的时刻。接着,我们突然间数量剧增,强壮起来,尽管只有以色列人用子孙们的鲜血为那一刻付出了代价。"(《恩典的奇妙与可怕时刻》,175页)大屠杀与六日战争之间的关联也渗透到小说中。比如康尼尤克的长篇小说《最后的犹太人》(1968),其中一个人物说过这样的话:"他们用爱乐交响乐团为自己营建了一座奥斯维辛,现正坐在那里等候。他们为什么不猛烈攻击呢?"(347页)

然而,对胜利的反应复杂多样。伴随日渐涌起的对巴勒斯坦老百姓——战争把他们从潜在的威胁变成以色列占领的受难者——的负疚感,也产生一种高涨的民族情绪,相信胜利本身是实现了神明许诺和犹太复国主义幻想。

> 倘若迄今为止,需要我们做虔敬的信徒,将我们过去数十年间的复兴事业称为"以色列的再生",那么今天我们将亲眼看到救赎的征兆!以色列斗士攻破——西部、东部、北部和南部,向我们提供了预言中所向往着的全部土地,神圣的耶路撒冷、希伯伦、杰里科和伯利恒,蒂朗海峡和戈兰高地、平原和山脉,约旦河岸。犹太人心目中所渴望的还有什么没能得到?先知们所看见的、梦想家们所梦见的,诗人们所吟唱的,还有什么没能实现? 从现在开始,解放以色列的人只剩一项戒律没有完成:起来继承!(《救赎的到来》)

沙洛姆继续说,其反响将会是分布广泛的定居点:

> 哪一天没有履行这一崇高的目的,那一天就算白过,不能算作救赎。哪一刻没有伟大的壮举便虚度而逝,就是对民族犯了罪。哪一片空间因为我们的拖延而空空如也,那就会开

启另一场战争。(同上)

许多作家和沙洛姆拥有同样的热情,他们在"扩充以色列版图"(希伯来语意为"完整的以色列")请愿书上签下自己的名字,这一请愿书宣称犹太人对所有征服来的定居点拥有权利。在这批作家的代言人中,有小说家和诗人阿格农、海姆·哈扎兹、纳坦·阿尔特曼、摩西·沙米尔、海姆·古里、多夫·萨旦和门纳海姆·多曼。尽管他们的立场极富有争议,从一开始就遭到属于20世纪三四十年代的以色列左翼作家的反对,但他们的情绪反映出社会许多营垒的心愿。其中包括《第七日》中提到的士兵:

> 现在,我能够真正理解(巴勒斯坦人)。他们始终对有朝一日会回来的渺茫希望珍视备至。我认为正是那种渴望导致了这场战争……阿拉伯国家煽动起这种强烈的愿望,将他们困在其中。不允许他们融入他们自己的国家之内。有巴勒斯坦拉法和埃及拉法……但我没有看到任何理由——即使今天,对……让阿拉伯人呆在扎尔努加(Zarnuga)或比尔谢巴……让他们说他们扎尔努加和比尔谢巴的居民。(120 – 121页)

作为战争中的赢家,年轻的士兵愿意慷慨,但对他来说军事上的胜利就是以色列道义上的胜利。

这种必胜信念令许多左翼知识分子大光其火,左翼知识分子强烈呼吁反对1967年以后的主旋律。梅厄·维塞尔提尔在1968年写道:"我们只是作家,文学载体陷于民族主义蠢货们那混沌的沼泽中,变得不能自拔。"(1968年《国土报》)露丝·阿尔莫格遭到社会的排斥,在小说《雨中之死》(*Mavet bageshem*, 1982)里,她把1967年后的以色列社会描绘成承包商、势利小人和新富人们的土地。其中一个主人公希腊人亚尼斯把这些以色列人描绘成"躁动不安的,病态民族的后裔。一个忧虑深重的民族"(167页)。

并非所有的人都表现出这种极端立场。然而,把占领与吞并当作正义的人和把以色列强权视为腐败的人,把国家及其文学化为两大阵营。1973年春天,赎罪日战争爆发前几个月,一家文学先锋杂志《现在》(*Achahav*)上刊登了一篇由加布里埃尔·莫克德和丹·米兰编辑的社论,将作家们划分为两类:一类出生于20世纪20年代,支持完整以色列运动;另一类出生在20世纪三四十年代,追求和平事业:

> 显然,以色列社会正在进行一场激烈的争论,文学社团也分为吞并主义者,包括"完整以色列"的支持者,以及笃信和平、安全、尤其以避免吞并为基础,承认居住在这个国家的其他民族的权利……巧合的是,在这种令人痛苦的交锋中,多数老一代作家和"帕尔马赫"作家站在同一营垒(不过两名杰出的作家S.伊兹哈尔与阿米尔·吉尔伯阿除外),而绝大多数"国家一代"作家支持和平与安全运动纲领。

社论承认,这种划分并非一刀切、不带有任何偏见,但它确实针对1967年到整个90年代的以色列所面临的问题,划分出两大阵营。1974年秋天,《现在》杂志发表了题为《我们这样告诉你》的社论,仿佛以色列近期在阿拉伯人那里遭遇的失败给先锋派文学带来了某种道义上的胜利。

> 我们,身为作家与知识分子,会不会在这种损害以色列、愚蠢地拒绝承认这个国家中的其他民族、即巴勒斯坦民族和我们一样拥有自主权面前一言不发呢?

今天看来,忠诚的信仰集团(Gush Emunim)和现在就和平(Peace Now)显然表达出两种带有政治意识形态的世界观。坚定的左翼作家对和平事业的追求，在20世纪30年代及其晚辈作家创作的小说和非小说类作品中占据着中心位置。最著名的有约书亚、奥兹、康尼尤克、露丝·阿尔莫格和伊扎克·本－奈尔。

这样一来，就有了阿摩司·奥兹《触摸水，触摸风》（*Laga' at banmayim, laga' at baruah*, 1973）的一段描写，《触摸水，触摸风》发表于赎罪日战争前夕，但以1967年为背景。小说围绕着一对大屠杀幸存者夫妻展开叙述，其中妻子成为苏维埃共产党的一名高级官员，丈夫在波兰的森林中辗转，在战争中存活下来，迁移到以色列。这段描写的是约塔姆和奥德里，一个是"自幼便患有神经衰弱，眼睛近视"的基布兹人，另一个是具有嬉皮士特点和脂粉气的美国仔，在战争前夕，他们两个都在试图找到和平的途径。

> 语词是不够的。就在那天夜里，他们打定主意，他们将动身走向边境那边的群山，在那里他们将努力会晤、解释、劝说，用恰当的言辞扑灭盲目仇恨的火焰。他们并非特别确信其努力将获得成功。但是约塔姆和奥德里拥有共同的情感，这个世界上的任何事物都比不上他们的努力，即使这种努力会遭到失败。（182－183页）

阿摩司·凯南在他富有怪诞－讽刺色彩的中篇小说《第二次大屠杀》（1975）中又向前迈进一步。这部作品简直是在为过去的阿里茨以色列吟唱一曲挽歌，意味着占领将会导致自我毁灭，导致第二次大屠杀。

多数后现实主义小说在政治分野中属于左翼，只有一些作家——多数属于从文学和政治舞台上消失了的那代人，少数属于20世纪20年代的现实主义作家——依然忠诚于他们的右倾理念。赎罪日战争在某种程度上撼动了以色列社会的自我形象。六日战争中产生的新希伯来人是不可战胜的神话在文化中失去信任。作家们感受到，新以色列人表面上戴着自信的面具，但其背后却潜藏着犹太人旧日的重重焦虑，不确定的命运和紧张不安的体验。

1977年政府重新组阁，利库德政权接替工党上台，左翼知识分子的这种反应更加强烈。越来越多带有载道色彩的创作向右翼政府、忠诚的信仰集团和正统派犹太教社区敲起警钟。本雅明·塔木兹的《耶利米客栈》(*Pundaqo shel Yimiyahu*, 1984) 和伊扎克·本－奈尔的《天使来了》(*Mal' akhim ba' im*, 1987) 讽刺正统派犹太人。阿摩司·凯南的《通往艾因哈罗德之路》(*Haderekh le ' Ein Harod*, 1984) 是一部反对现存体制的、反乌托邦的作品，康尼尤克、奥帕斯和奥兹也在他们的小说中同样面对新的政治形势。所有作品，均警示大家不要由极端右翼势力和正统派犹太教徒来接管以色列。试图反映20世纪70年代末期社会与政治问题的长篇小说是本－奈尔的《遥远的土地》(1981)。它涉及的主要论题有工党运动的衰败，右翼利库德的崛起，萨达特的来访，阿什肯纳兹与塞法尔迪犹太人的关系，移居国外与移居国外的人。作为带有怀旧成分的政治小说，它根据犹太复国主义通用情节评估了自政府重新组阁以来那些年月的情形。

所有这些社会与政治因素——还要加上所谓第二以色列年轻人的崛起，社会经济中的不利因素——影响到20世纪50年代到80年代之间的后现实主义小说主题。这些因素也对忠诚于严格的现实主义创作方法的老一辈作家产生了深刻影响。文学上有两种大的回应。一方面，是对往昔犹太复国主义价值的怀恋（例如，摩西·沙米尔的创作）。另一方面，文学对犹太复国主义通用情节的某些基本价值提出挑战。小说得寻找展现社会分化及其渐趋加剧着的冲突的途径。小说形式领域里的革命乃为这一社会艺术需要的结果。

文学批评与社会

被称作"新浪潮"的一群年轻作家最早于20世纪50年代末出现在文坛。最早使用"新浪潮"这一术语的是阿哈龙·麦吉德,作为《旅程》(*Masa*)杂志文学增刊《拉迈尔哈夫》的编辑,他在1962年发表的一篇位置显要的文章标题中使用这一术语。为警告人们不要将这些作家混为一谈,他说:"让他们以自己的独特方式发展。必须认识到新一代人正悄悄地成长,将在几年后崭露头角,他们是由独具个性的年轻人组成的。与以前一样,他们一起出现,但各自发挥着作用。"

反叛时下文学主体的元凶是出生于20世纪20年代,在50年代末期登上文坛的作家。20世纪三四十年代出生的作家也加入到他们的行列之中:阿佩费尔德、约书亚、奥兹以及凯纳兹。70年代,又有雅考夫·沙伯泰、伊扎克·本－奈尔、以色列·埃里拉兹、耶沙亚胡·科伦、约塔姆·鲁文尼、露丝·阿尔莫格、大卫·舒茨、莱尤文·米兰和以色列·哈梅里等人加盟。其斗争既艰难又容易。难就难在,他们面对的是相当一致的作家阵线,以及同占据主导地位的社会政治机构联系紧密、具有自己严格的社会和文学标准。继多尔巴阿里茨(本土一代)作家在1958年发表集子——界定了20年代出生的作家们的共同特征——后,阿哈龙·麦吉德强调,"我们生活中的激烈变革引导我们沿着新方向前进,之后再对早期方向进行审视。"新作家与地位已经巩固了的群体之间的冲突与个人和社会领域的冲突有关。与此同时,"新浪潮"作家的反叛也相当容易。他们与之角逐的势力尽管团结一致,但并不复杂。这并不是说20世纪40年代的作家与50年代早期的作家一模一样。正如我们所见,出生在20世纪20年代的作家均是迥然不同的个体作家。然而,除伊兹哈尔外,其他作家之间在风格,甚至题材上没有太大区别。

诗歌革命先于小说革命。本土一代作家由小说作家领衔,其中一些人后来成为戏剧家。诗歌处于边缘地位,只有到了后来,平哈斯·撒代、耶胡达·阿米亥、纳坦·扎赫、大卫·阿维丹、达利亚·拉比考维茨、以色列·平卡斯以及其他诗人的革新,才把诗歌带到了前沿位置。与其他诗人相比,阿米亥和扎赫做得更多,阿米亥在实践上,扎赫在理论与实践两个方面变革了诗歌。两位诗人曾经一度与扎赫和本雅明·何鲁绍夫斯基－哈沙夫领导的"行进"团体有联系。这一团体早在20世纪50年代初就在耶路撒冷希伯来大学形成了文学生活的一个焦点。希伯来大学的主要评论家和研究家——加布里埃尔·莫克德、丹·米兰、阿迪·载迈赫和格尔绍恩·谢克德——乃多夫·萨旦和西蒙·哈尔金的弟子。在巴伊兰大学,有巴鲁赫·库尔兹维尔的学生希勒里·巴杰尔、兹维·卢兹,以及耶胡达·弗里德兰德,而最富有革新意识的群体最后在特拉维夫大学新办的总体文学系产生,这个系的创办者有 B. 哈沙夫、M. 佩里、Y. 哈埃法拉提、A. 埃文－佐哈尔、H. 高隆波,以及 G. 托里。"行进"群体从一开始就基本上分为移民和本土以色列人。在移民当中,有耶胡达·阿米亥、本雅明·何鲁绍夫斯基－哈沙夫、纳坦·扎赫、以色列·品卡斯、加布里埃尔·莫克德、格尔绍恩·谢克德、马克西姆·格西兰,以及约拿·戴维。影响这些人的是德语和英语文化,而不是史龙斯基的诗歌遗产传统,史龙斯基的诗歌传统更接近于俄国诗歌和法国象征主义。

纳坦·扎赫偏爱 T. S. 艾略特、埃兹拉·庞德、莱纳·里尔克和格奥尔格·特拉克尔的诗歌,胜于偏爱在史龙斯基和阿尔特曼时代地位至高无上的俄国－法国象征主义和构成主义(constructivism),给他那个时代的诗歌带来了变革。然而,他像艾略特一样,是一位诗歌批评家,反对古老的诗歌传统,并指出了未来的方向。他还为某种历史研究创造了一个新的必要前提,为曲解、攻击或者修正过去或压制其某些部分而写作。他的评论文章在许多方面起重要作用,比学术界还要超前。早在1953年,扎赫意识到需要进行艺术革新。在为《战斗》(*Ma'avaq*)杂志写画展评论时,他这样写道:

> 我在星期六那天看了画展。外面酷热难耐,小小的展厅则成了避难所。许多人来来往往。我听着他们的评论。我们的普通公民缺乏对艺术的起码理解,真是触目惊心。他们区分作品好坏的标准似乎就是看作品与自然的近似程度。作品的资质水平,不同的精神实质或风格——这些对他们来说没有任何意义。在这方面,我们落后于其他发达国家,我们必须认真思考如何向感兴趣的公众介绍基本的艺术概念。

扎赫用反对父辈一代的宣言来引导他的文学伙伴,界定他那个时代的诗,创造出一个新兴的历史王朝,在这个王朝里,曾遭摒弃的名字被带到前沿地带,而一些杰出的人物则被弃置一旁。

1959年,扎赫发表了一篇纲领性的理论文章,攻击曾对诗歌、散文和时代精神产生影响的杰出希伯来语诗人纳坦·阿尔特曼。这篇宣言问世之际,新诗在文坛上已经占据了相当中心的位置。文章的题目叫做《对阿尔特曼诗歌的思考》,后来扩展为一本书《伯格森与现代诗的时间与韵律》(*Zman veritmus'etsel Bergson ubashirah hamodernit*, 1966),列举了扎赫诗学所攻击的标准。也是在1966年,他在《国土报》增刊上发表了系列文章《论五六十年代我们诗歌的风格倾向》,试图界定他和他那代人的诗歌特点。扎赫强调指出,他并非追寻"一个同质的整体,片段的整合,而至多是相关的精神框架,以个体的作品形式来表达自身,这也许比其他方式更具多样性。而且,当一种风格传统成为典范时,其他的传统则成为帮衬,从长远看,这些帮衬比主导其时代的主要传统更富有影响力。"接着,他详细说明创作新诗的前提条件:不是(没有)四行诗;没有固定的行数;不讲究规则的韵律;格律自由;诗行的组合不那么呆板;不滥用比喻;缩小诗歌意象;接纳现代世界的物体、景色与风光;语言更为灵活;摒弃修辞格("夸张的语言不再具有说服力,即使在政治演说中也是如此");对特定环境中"不具有代表性"的次要方面(比如说,避免用其标准的符号与象征,打破以往的平衡,偏重意象和不完整的涵延,偏重短小的抒情形式,期望用诗歌表达与现实世界的某种和谐);诗人的生平现实或环境;继续使用圣经材料(但是不装腔作势!),有时在小说语境中彻底改变了意义;反对只采用同一种风格的群体创作(不管何种"风格潮流")。

这些前提对于形成于50年代成熟于60年代的诗歌传统尤为适用。它们也同新小说的风格与主题特征有近似之处。新小说最早于20世纪50年代末出现在期刊《彩虹》和《尺度》('Amot)及其文学副刊上。它在1962年以来发表的短篇小说集和长篇小说中走向成熟。自20世纪50年代末期以来,"新浪潮"小说在风格与修辞上也表现出某种不及从前的特征。对现实生活中边缘的、不具代表性的方面给予关注。与诗歌一样,它开始展示现代世界,情节开始多变,叙述也摆脱了现实主义传统和社会现实主义意图的限制。

总体上看,后现实主义作家创作的小说比大多数前辈们的创作更为灵活和复杂。与现实社会(通常是边缘现实)保持一致也成为此类小说的一个特征——比如说,凯纳兹的第一部长篇小说《节日之后》(1964),扎赫对这部小说给予了高度评价。由于亚伯拉罕·约书亚的早期小说并没有展示出同现实生活的这种特殊联系,扎赫攻击那些作品缺乏可信性(在1962年3月的《神鸟》上)。扎赫珍视并力主的是,时代所需要的小说和诗歌应当彻底摆脱风格与主题上的统一性,这种统一性在扎赫看来是老一代的特征。年轻一代作家努力"在侧门的多面窗子上",借用耶胡达·阿米亥诗歌中的意象,形成他们自己的个人表达形式。

在创立新文学传统,并对旧传统进行重新评估与修正上,扎赫起到了催化剂的作用。他和其他批评家一道恢复了对门德勒、布伦纳、阿格农、格尼辛和雅考夫·斯坦伯格的兴趣。他们发现了阿哈龙·鲁文尼、大卫·弗格尔、多夫·吉姆西、雅考夫·胡尔金以及其他作家。他们把旧现实主义搁置一旁,推动了新小说的发展。1959年春天,文学期刊《现在》的编辑加布里埃尔·莫克德做过这样的描述:

> 我们不仅要对付对我们现实生活所采取的伪形而上学观点,而且要试图把现实当作伪形而上学的进程来纪念。千万不要强迫我们的文学去描绘武装力量、地下活动、基布兹、沙漠、移民村庄、新老定居点。总之,文学对任何事情也不必承担义务,既不用和伪弥赛亚的解救方式保持一致,也不必与小布尔什维克、左翼人士、具有超责任感的社会民主主义者提供的解决方式保持一致。整整一代本土作家主要创作带有民间文学色彩的速写,精彩的文学。那代人中的戏剧家除了平庸无奇的滑稽短剧,写不出更好的东西,散文作家充其量就是给中等学校和青年运动写教材,或者是写具有可读性的童年回忆录。40年代中期活跃在文坛的群体中,真正的诗人屈指可数。他们中的大多数从事文学事业是出于偶然,或由于他们是第一代本土出生的人,或由于他们所描写的社会-民族主题——主要是独立战争主题。总的说来,他们必须要成为青年运动领袖,广播公司的高级公务员,教育部的代言人,泰利姆(一家负责新移民村庄的营销机构)的滑稽短剧作者,军事高级指挥部门的公关人员,基布兹小册子的编辑。但是也许现在,当刚刚描绘的社会现象正在失去其新奇之处时,我们的文学世界则能够摆脱它们,抛弃其具有原始色彩的胡言乱语、落伍过时的精神以及文化联系,恢复健康的、带有个性的、理智的文学张力。只有在这种精神张力中,未先经过"救赎以色列"这一带有形而上学色彩的意识形态棱柱的折射,也没有经过"建设事业"和"家园再生"这一社会民族棱柱的折射,便

可以体验到所有问题。只有这样的张力才能帮助我们按照现实的本来面目去面对现实,在文学和哲学领域都是如此。

就莫克德而言,现实主义诗人和小说家只是文化公务员。正如他们的集体理念已经过时一样,其现实主义也显得低人一等,缺乏文学性。莫克德的攻击与扎赫对阿尔特曼的攻击一样,乃是伴随着新浪潮崛起的一系列攻击与论争中的一个。《行进》、《装订者》、《现在》、《神鸟》等杂志令老一代文学团体的领导人非常气恼。无论是作家协会的工作人员,还是本土一代文学社团的领导人,均对这些年轻人感到厌烦。他们在作家协会月刊《天平》以及本土一代的主要喉舌《旅程》上对这些年轻人进行讨伐。但新作家们通过莫克德和米兰(使用了各种笔名)两位代言人进行回击,在刊物《现在》(讽刺专页题为《鱿鱼》)上发表社论与讽刺文章。尽管在功成名就的文学机构及其反对派(最后凭自己的实力奠定了功名)的冲突中,有许多愚蠢的举动,但交战方是为文学价值而战。双方均豁出血本,直到最后"新浪潮"作家把老一代作家打败。

对于多数"新浪潮"作家来说,他们和文学之间的关系就其学术本质来说在变革以色列小说上至关重要。同前人相比,20世纪30年代的一代人拥有不同的社会背景。伊兹哈尔、沙米尔、麦吉德、沙汗、巴托夫、塞纳德、尼灿、古里、N. 约纳坦、莫辛松的生活在某种程度上均与青年运动、农业定居、基布兹有关,在第二次世界大战和独立战争期间均参加过这样那样的战斗组织。"行进"团体中的某些人参加过独立战争,但除了耶胡达·阿米亥,打仗并没有在他们的成长经历中产生多大的影响。尽管多数"新浪潮"作家都出生在1948年之前,但他们在以色列长大,他们的社会和文化准则与战争期间一代人迥然不同。很可能他们的共同体验不是他们曾在同一个基布兹呆过,也不是他们曾在同一个部队服役,而是他们曾经在耶路撒冷希伯来大学学习的课程,许多人是从特拉维夫到希伯来大学读书的。

回归祖辈

对上世纪中叶作家所施加的重大压力是，在不依赖于历史事件的内在审美的发展中，创作出更富有文学性的希伯来文学，纳坦·扎赫等人所倡导的诗歌革命促进了这种新文学的产生和发展，新文学重新唤起对老一代希伯来作家的兴趣，比如说门德勒、布伦纳、阿格农、格尼辛和雅考夫·斯坦伯格。作家们也发现了阿哈龙·鲁文尼、大卫·弗格尔、多夫·吉姆西和雅考夫·胡尔金。对非现实主义小说影响最大的作家是阿格农。人们认为阿格农与伊兹哈尔、沙米尔和麦吉德等当代作家极端对立，认为他超越了时空。由于这个原因，不能将其狭义地归结为认同伊舒夫和以色列国的传统。正如加布里埃尔·莫克德所说：

> 这一地区什么都没给阿格农，但他身为作家，给我们的精神现实赋予了充满活力的内容，不过这些未得到重视。因此，以色列作为一个文化实体不能把阿格农吹捧为以色列的重要代表作家。对布伯或许也可以这么说。我们必须驱除近期在这里生根的某种稀奇古怪的习惯，对在发展过程中与真正典型的以色列文化传统没有任何关系的精神现象忙不迭地进行认领，或者是将其国有化。（《事》，1966）

阿格农对约书亚的影响十分明显。约书亚写过关于阿格农创作（比如，《一个简单的故事》）的心理分析，在一篇把自己创作与阿格农创作联系在一起的文章中，他承认阿格农的《善行书》与库尔茨威尔以及莫克德的评论一道影响了他的第一个短篇小说集《老人之死》。《老人之死》在风格上近似卡夫卡和阿格农的小说，它采用超越时空的非现实主义小说形式，能够对超现实世界和近似于现实的世界做隐喻的表达,而这一点其他文学传统无法做到。但是,阿格农是从具体而富有地方色彩的现世环境中撷取题材,以便从心理学、神学和哲学角度对世界做出解释,约书亚的《老人之死》(除《歌利亚的婚礼》["Hatunatah shel Galyah"]之外)则把永恒的原型材料具体化并历史化(多采用的是卡夫卡的方式,而不是阿格农的方式)。在后来的岁月里,威廉·福克纳(尤其是他的《我弥留之际》)在某种程度上占据了阿格农和卡夫卡的位置,对约书亚的小说创作产生了重要影响。

约书亚并非唯一一个依赖阿格农的作家。阿摩司·奥兹就阿格农的三部作品(《黛拉》、《一个简单的故事》、《去年》)出版了一部专著。他详述了阿格农小说创作中的超凡因素,这种因素在他自己的创作中也被使用。对阿佩费尔德来说,阿格农作为前大屠杀作家,使他自己重新回到他少年时代的犹太村庄。他写道,《宿夜的客人》"向我展示出朦胧童年中的某种东西,展示出儿子在父母的叹息声中放弃了的宽敞房子的味道"(《第一人称随笔》[Masot beguf rish'on])。伊扎克·奥帕斯在《彩虹》(1965年秋季)杂志上讨论实验小说时,把阿格农的短篇小说《迁居》("Midirah ledirah")说成是实验小说的范本。奥帕斯的《利桑达之死》(Mot Lysanda, 1964)、《猎雌鹿》(Tzeid hatsviyah, 1966)、《蚂蚁》(Nemalim, 1968)以及《狭窄的阶梯》(Madregah sarah, 1972)所体现出的超现实主义,说受到阿格农的影响,显然不会有误。

别尔季切夫斯基也对新小说,尤其是奥兹的创作产生了影响,奥兹作品中表现出的压抑与欲望、极度的艺术氛围与紧凑简约的风格令人触发起对别尔季切夫斯基的极度联想。"人骨子里是罪与火的总和,"奥兹在阐述别尔季切夫斯基艺术的一篇文章(《在炽烈的阳光下》[Be'or hatkhelet ha 'azah])中写道。在长篇小说《最后的犹太人》中,康尼尤克实际上提到别尔季切夫斯基,当主人公尼哈米娅·施涅奥森预见了新希伯来人和先知们的道德目标:"在以利亚和亚哈之间,选择亚哈。在扫罗和大卫之间,选择扫罗。

他在毁灭中出生,先知们预言了我,他说,我将预言他们的诽谤者;老拉比在哭泣"(123页)。

20世纪50年代,布伦纳也产生了巨大的影响,在新小说的道德表达方面尤为如此。在一篇题为《悬在头顶上的怪诞奇迹》("Pele' meguhach me 'al ler'asheinu")的文章中,奥兹专门结合布伦纳的创作谈了自己的创作,而约书亚在几篇文章中也论述了布伦纳的创作。对许多作家来说,布伦纳是以犹太复国主义现代主义者和存在主义者之父的身份出现的。正如阿佩费尔德在一篇文章中,把布伦纳的犹太身份和他本人的犹太身份联系在了一起:"布伦纳无疑是最强有力地表现了犹太危机的作家之一。没有人能够如此成功地表达出濒临死亡与疯狂的复杂性。他以不宽容自己,不宽容任何事情著称。正如病势正在加剧一样,对披着文化外衣、超乎父亲遗传的神灵渴望也愈加强烈,居然如此有力"(《第一人称随笔》,76–77页)。

这样,沙伯泰在《过去的延续》中,既保留了布伦纳观点上的复杂性,又显示出他同样复杂的遗产。《过去的延续》主要描写劳工运动的衰落,依然就真正拓荒者与无法响应召唤的个人做了标准区分。然而,沙伯泰强调导致年轻一代的失败原因是教条主义(在老戈德曼身上)和父辈奠基者们的贪欲(在埃尔文身上)。与之相似,康尼尤克《跌落》和《西莫,耶路撒冷之王》(*Himo, melech Yerushalayim*, 1965)的人物在体验犹太复国主义时非常矛盾,基本上(用布伦纳主人公的话说)非常"困惑",然而他们继续追寻:"瑞夫卡的父亲夜里来了,拥抱了自己的女儿,摸摸尼哈米亚的胳膊说'也许这是死亡之兆,也许这个国家没有前途,但到那里去给我建一所房子'"(《最后的犹太人》,139页)。这一基调贯穿在奥帕斯后来的创作中,像《给一个人的家》(*Bayit le 'adam 'ehad*, 1975),《女主人》(*Hagvirah*, 1983)和《迷人的叛徒》(*Ha 'elem*, 字面意思是"青春",1984)等,抨击了社会道德责任的主体基调。甚至连伊扎克·本－奈尔等新现实主义作家的作品中也充满着布伦纳的理念和残片。正如布伦纳的《从这儿到那儿》，本－奈尔的《礼仪》(1983) 也追求的是纪实效果，把英雄叙述人的体验和理念并入到文本中。但与布伦纳不同的是，本－奈尔把戏剧性事件和犹太复国主义历史放到了一起。

纳坦·扎赫等人重新发现的另一位边缘作家是大卫·弗格尔。《婚姻生活》最早发表于 1929－1930 年，1986 年得以再版，翻译成了几种欧洲语言。《面对大海》(1934) 在 1974 年再版。尽管弗格尔的作品似乎不属于希伯来文学经典的范畴之内，但几位年轻的以色列作家，并非所有的人都了解弗格尔，开始借鉴他的风格。这方面一个引人注目的例子是丹·扎尔卡，其中篇小说《巴克尔博士和他的儿子米海尔》(*Doktor Barqel uvno Micha'el*, 1967) 关注波兰犹太人的同化生活，而不关注犹太人在复兴时期的问题，或年轻希伯来人在巴勒斯坦的经历。按照弗格尔的方式，本地事务与民族文化处于一种分离状态，这一特点在凯纳兹和卡哈娜－卡蒙等人创作中的某些方面可以看出。在 20 世纪 90 年代的后现代主义创作中变得尤其重要。

在这种背景下，尤里·尼桑·格尼辛对精英创作的持久影响也必须提上一笔。作为作家之作家，格尼辛使意识流小说技巧趋于完美，对伊兹哈尔的创作产生了至关重要的影响；而伊兹哈尔和格尼辛结合在一起，又同欧洲作家普鲁斯特、吴尔夫和乔伊斯一脉相承，在大卫·沙哈尔、阿玛利亚·卡哈娜－卡蒙和雅考夫·沙伯泰的创作中留下了痕迹。接着，格尼辛的继承人伊兹哈尔又影响了一大批作家，甚至比较散文化的作家，如伊扎克·奥帕斯，他证明伊兹哈尔对他那具有丰富心理内涵的风光描写具有影响：

突然，他感觉到天空很高，繁星乃是对一切都漠不关心的孤立的冰冷晶体，夜茫茫，茫茫，他以前拥有的奇怪感觉随着两次吞咽而强烈起来，相信将会逐渐消散，现在是一阵剧痛，恐惧着畏缩：这样的夜晚，这样的小事，这样的瞬间，对你毫无所知。繁星寒彻,自我专注,阴影稠密,声音凌乱。你,尽管你有这样的身材(一米八八)和体重(85公斤),但不过是渺小而惊恐万状的人。他快步走着。(《以皮易皮》,14–15页)

耶胡达·阿米亥严格地说是伊兹哈尔的同龄人。然而,他属于后现实主义作家,他的诗歌和散文对整个一代人具有明显的影响。阿米亥把作家从时下流行的高度诗化风格中解放出来。他把使用白话与荒诞比喻相结合的手法合法化。他也给使抒情与怪诞并存的新风格开拓了语言和故事内容。这些特征开始成为几代新作家创作的显著特色。比如,康尼尤克声明放弃诗化追求,创造审美关联。他喜爱怪诞与出人意料。

新小说并没有完全同沙米尔、巴托夫、麦吉德和沙哈姆的现实主义传统割裂开来。的确,有些新现实主义作家与前辈非常接近。比如说,伊兹哈尔·本－奈尔《遥远的土地》中的一个中篇描绘了20世纪80年代的以色列人,其思想根源当追溯到20世纪40年代。为向本源、向一个衰落社会回归的一代人描绘了一幅画像。基本上是为一去不复返的阿里茨以色列吟唱了一曲怀旧的挽歌。在这方面,本－奈尔与伤悼逝去的过去与未来的本土一代作家有相像之处。他的长篇小说《礼仪》也承袭的是这一血脉,属于传统的现实主义情节剧作品,没有任何特别的风格革新。尽管作家把一个坐落在伊舒夫边缘的共产主义社区放到了故事的最重要位置,但作品主要是在矢志维护社会主义犹太复国主义价值。

从西方吹来劲风

从50年代中期到60年代,文学革命中最重要的因素或许就是以色列文化与文学日渐向西欧和美国开放。从主体和风格上看,当希伯来文学创作和西方世界的关系得以强化后,东欧文化

（尤其是俄国）的影响逐渐衰落了。西方的这种影响力在伊扎克·奥帕斯1965年的文学宣言《论实验小说》("'Al hasipur hanisyoni")中便已得到阐明,《论实验小说》把存在主义哲学和新小说,即卡夫卡、加缪、阿格农、安德列泽夫斯基和罗伯-格利耶的小说交融起来。

> 实验小说并非像心理小说支持者所经常描绘的那样是绝望或虚无主义的小说。也许在它最初展示没有上帝的孤独世界时是那样。到如今,它已经适应了环境。甚至不时探索一种新的启示……实验小说是对死亡的反叛。它描写瞬间。将力量赋予瞬间。(66页)

奥帕斯的第一部作品是现实主义小说集《野生植物》('Esev Pere')。到1962年,其小说显然更加现代了(《以皮易皮》),他成为当代希伯来小说的奠基者之一。奥帕斯未尝试设计一种新的诗学,他只把现代欧洲诗学移植到希伯来文学中来。除奥帕斯所援引的作家外,马克斯·弗里施(尤其是《能干的法贝尔》)、意识流先驱者(弗吉尼亚·吴尔夫、詹姆斯·乔伊斯、普鲁斯特,特别是威廉·福克纳)、新荒诞主义小说和戏剧家(君特·格拉斯,迪伦马特)以及某些现代美国作家,犹太人和非犹太人,均在约书亚、康尼尤克、卡哈娜-卡蒙、阿佩费尔德等作家的作品中留下了痕迹。约书亚的第一个短篇小说集《老人之死》显然受到了加缪作品主要是《局外人》的影响。

在所有这些影响中,最起支配作用的是弗兰兹·卡夫卡。约书亚、奥帕斯等作家在寻求摆脱希伯来文学创作的现实主义模式时,卡夫卡的超现实主义对他们起过作用。在许多方面,卡夫卡起到了类似阿格农的许多作用。卡夫卡为描绘人类总体境况和犹太人特殊境况提供了某种神话基础。正如阿佩费尔德指出,有时会从某些出人意料的材料中得到帮助,从并未经历过大屠杀、但在哈布斯堡王朝衰落时期就已经预示到噩梦行将发生的人,即犹太作家弗兰兹·卡夫卡那里得到帮助。我们一翻开《审判》,就会情不自禁地感到他和我们一起度过所有的流亡岁月。每一句话表达的都是我们的心声。我们在卡夫卡的语言中找到了踌躇和疑虑,以及对意义的病态渴求。(《第一人称随笔》,15页)

阿佩费尔德的话既代表着康尼尤克、奥帕斯和约书亚,也代表着他自己。

稍晚一些的影响是加西亚·马尔克斯的《百年孤独》,这部作品在1972年翻译成希伯来语。康尼尤克总是倾向于奇幻与怪诞。《摇木马》(*Sus'etz*, 1973)、《大舅妈施罗姆津的故事》(*Hasipur 'al dodah Shlomtsion hagdolah*, 1976),尤其是《最后的犹太人》,都令人联想起马尔克斯。沙伯泰的《过去的延续》、约书亚的《曼尼先生》(也有福克纳影响的痕迹),以及梅厄·沙莱夫(80年代开始文学创作,所以只能在下一章进行讨论)的三部长篇小说《蓝山》(*Roman Rusi*, 1988)、《以扫》('*Esav*, 1991) 和《恰如几天》(*Keyamim 'ahadim*, 1994),也融合了民间传说、意识流和怪诞奇异色彩。最不折不扣地将欧洲文学的冲击转送到希伯来文学上的作家,是丹·扎尔卡,在这方面此前约珥·霍夫曼也有贡献。扎尔卡《巴松森林》('*etz habasun*, 1973) 中的短篇小说《阿哈罗尼和古玩收藏者》("Aharoni vehovevei ha'atiqot") 充满欧式狂欢作乐的人物(比如,《巴克尔博士》,《菲利浦·阿拜斯》,1977;以及《千心》['*Elef levavot*, 1991])。

文学语言

总体上说,"新浪潮"作家是比较富有自我意识的男女艺匠;许多人(比如阿佩费尔德、约书亚、奥兹、阿米亥以及扎赫)在以色列的大学讲授文学。阿玛利亚·卡哈娜－卡蒙用诗化了的宣言给她的短篇小说集《同一屋檐下》(*Bikhfifah 'ahat*, 1966)1966作结,她的中篇小说《阿亚龙谷地的月亮》(*Veyareah be'emeq 'Ayalon*, 1971)的最后一章("死亡面具")通过与一个年轻女记者的虚拟访谈,来阐明她的诗歌原则。奥帕斯在他谈实验小说的文论和《世俗朝圣》(*Hatsalyan hahiloni*, 1982)中,也写过这样的宣言,在《世俗朝圣》中,他为超现实主义技巧和存在主义哲学进行辩护。阿摩司·奥兹在随笔集《在炽烈的阳光下》(1979)中,讨论了一系列作家,昭示自己,甚于昭示主题。阿佩费尔德的《第一人称随笔》同样也是如此。其他几位作家(扎尔卡、奥帕斯、康尼尤克)也写比较富有自我意识的小说,以表现他们具有技艺－意识的审美哲学。

国家一代作家("新浪潮")绝非来自同一传统。然而,如果从体裁、主题以及风格或流派对其进行分类的话,便会清晰地看到国家一代的许多作家具有明显的相似性。20世纪50年代末期到60年代之间,目睹了后现实主义革命,其特征是日渐追求非模仿的怪诞表现方式。这种从根本上反对社会现实主义和模仿表现的倾向,当小说在60年代末期和70年代早期再次试图把自身同现实联系起来并反映社会现实时,开始与其对立面达成平衡。如果说最初"新浪潮"小说的基调由约书亚、奥帕斯、康尼尤克、奥兹、阿佩费尔德和卡哈娜－卡蒙等作家决定,那么后来的作家像沙伯泰、扎尔卡、本－奈尔、科伦,再后来的凯纳兹、露丝·阿尔莫格和大卫·舒茨不久便参与到再次改变创作进程的活动中。

在 20 世纪 60 年代,如同扎赫所指出的,诗歌追求高度风格化与修辞手法的势头有所减弱,于是有理由期待小说也作同样的改变。但是这并非是一种普遍现象,许多后现实主义作家使用庄严的诗歌用语,不过运用方式有所不同。现实主义者用亚伯拉罕·史龙斯基及其同代人的方式,使用古典成语和大量新词,遵循固有的程式。酷爱高雅语言的后现实主义作家采用其他方法来提升自己的风格。许多人采用节奏铿锵的句式和意义复杂的比喻,错综复杂的比喻语言往往是一种高度风格化的替代物,替代现实主义作家丰富的古典语言。

倾向于超现实主义手法的奥帕斯,开始运用自然主义风格。他在对话中尽量削弱表达的作用。在这方面,并没有与同龄人莫辛松和沙米尔等有什么区别。以下是《以皮易皮》中试图代表真实语言的一段话:"你这个一文不名的家伙,蠢蛋,婊子养的患麻风病的可怜虫,现在拉着我的手,因为你又无耻又放肆,你这个婊子养的混蛋"(19 页)。这一自然主义风格大概是要反映投身西奈战争的战士们的话,同独立战争中的战士们,比如说,伊兹哈尔《在洗革拉的日子》中的话截然不同。

在所有以高度风格化表达著称的后现实主义作家中,最具有风格化特色的是阿玛利亚·卡哈娜-卡蒙。在《阿亚龙谷地的月亮》中,作家哈里姆阐述了其风格化诗学,暗示其创造者诗学:"语词。语词部队是唯一的敌人。一个个将其击败。结合,组织,润色。一切都自己做。只有语词和你,没有其他因素进入画面。没有公众读者。没有其他作家。谁都没有。"(202 页)卡哈娜-卡蒙对她那代人有可能造成的风格衰落忍无可忍。她使用相当庄严的用语和复杂的比喻语言,她迫使人们在阅读时放慢步伐,考虑的不仅是她所说过的话,还有她没有说出来的话。

然而卡哈娜-卡蒙的风格不如伊兹哈尔和沙米尔的风格那么崇高,风格降低只是为了升华到甚至更高的诗化表达境界。达到这一境界靠的是节奏,省略的句式,首语重复法的修辞,不同寻常的词汇，甚至内在节奏。她不时采用古代文献的非常庄严的表达方式以借助古老的语言技巧来达到夸张和半奇异的效果：

> 日子一天天过去。但没有过去。国家恢复了青春。我们蜕掉了旧皮,我们说。大家对这一切也会很快适应。城市的喧嚣。一个人奔跑,另一个人漫步。一张张网一座座陷阱布好了等待动物、飞鸟和鱼。床单给了洗衣工。光限制在冒着火焰的炉火房。炉子燃烧着稻草或谷壳,或者燃烧着火绒和木头,像一个人点燃炉火那样。这些用两个字母写作又丢失一个字母的人在圣所的木板上写字,通知他的配偶。刻写板和刻写板的碎片横七竖八地躺在方舟里。一座座塔耸立在空中,大地充满着智慧。倘若判决用石块把他砸死,就给他喝一杯烈酒,因此砸下的石块不能把他伤害,在没有人看见的情况下撕碎他的双臂和双腿。(《月亮》,147页)

菲利浦,女主人对他说这些话的怪人,在六日战争后回到以色列,钦佩那里发生的变化。女主人公的反应过于夸张,求助于引用《密西拿》,以便强化她的评论效果。最后,语言占据了作品内容的主导地位,产生了自己的真实性。

这样的文学自我意识是卡哈娜－卡蒙风格中的一个主要特色。她大量使用删节了的句子,有些句子只包含主语和形容词,或者使用由人称代词破坏了的倒装句("你知道和你我多年在一起了吗?"《月亮》,103页)。构成她意象的是强有力的隐喻,如下面取自《在同一屋檐下》的例子:"女人似被损坏的叉子,身穿旧大衣,扣扣鞋,胳膊上挎着煤筐"(25页),或者"黑漆漆的铺路石,打下了轮胎般的印记"(27页),或者"内盖夫,以及我们,在上面漂泊,像白色浅盘上的飞蝇"(59页),或者说"空气沉重,潮湿,如同在温室里一般"(21页)。

阿摩司·奥兹也没有降低语言表达的力度。相反——他通过短小精悍的句子和充满深情的主题,强化了修辞效果,例如:"外面无边无垠的黑暗。草上的跳虫。星斗。风。我现在要结束了"(《恶意之山》[Har ha'eitsah hara'ah], 81页)。他的《直至死亡》('Ad mavet)是一篇表现主义历史小说,展示出各式各样的风格设计。比如说,形容词修饰语得以强化——暴力的,寒冷的,怀有恶意的,卑贱的,火热的,阴郁的,缓慢的,狠毒的,歹毒的,小心谨慎的,细心的,安静的,有毒的;"秋天,一个病恹恹的灰衣修士,伸出默不作声的冰冷手指,轻轻地抚摸大地的脸庞。"(122页)奥兹也对风光进行象征性的描绘,在《胡狼嗥叫的地方》营造出具有代表性的一个真正的野生动物园:胡狼,蝰蛇,狂暴的水族馆,猫和猫头鹰。在《何去何从》中,对群山的描绘暗示了人间的淫乱(194—195页),然而在《触摸山,触摸水》中,奥兹呈现出如下的意象:

> 直挺挺地立在五斗橱上表现出一种好战姿态的是一个非洲武士木雕,上面涂着出战前涂在身上的颜料。这个野人夜以继日地用他那硕大奇异的阳物威胁着马蒂斯画里惊恐万状的女人,头上,奇妙地安静,长矛的头探了出来。(30页;参见8页)

《了解女人》(Lada'at'ishah, 1989)中的一个重要意象是一只作飞扑状的猫的雕像,自觉地反映出小说的诗学。"因此问题在于,一次受阻的跳跃、被羁留的起飞,它永不停息但永远完成不了,或者说因为永远完成不了才永不会停息,造成的持续痛苦比起一劳永逸地把那爪子砸碎的痛苦,是大还是小?"(81页)还有:"能进行自我保护,甚或得到慈悲或怜悯的机会吗?或者说不是自我保护,而只是起身逃跑。可问题是,那只没长眼睛的动物怎么跳,又跳向哪里呢?"(140页)

约拉姆·康尼尤克的创作也具有高度的表现力,充满笨拙的比喻和异质材料的怪异组合,这些材料为了引起对语言的关注,暗示出物质世界的棘手与恐怖:"冷水罐、盐罐、胡椒罐、芥末罐、鳀鱼罐、辣酱油罐、调味番茄酱罐、柠檬汁罐、醋罐、生橄榄油罐"(《亚当复活了》,57页);要么就是"我不是米利斯·戴维斯。这里是一家医院。我叫亚当·斯泰恩,这里没有荷枪实弹的卫兵。格罗斯博士将朝你撒尿。他的尿液刺得人发痛,是黄色的,他有寄生虫,他母亲是耶路撒冷的娼妓。吉娜是亚当的女朋友,她很可怕,你会见到她的。一次,她扎我,她口袋里有针,她就扎吧。"(146页)或者是"一个老人在卖克瓦斯酒。一个姑娘拿着一串面包圈。在下面——我为你着迷,凡奇。希伯来书商在仔细察看。他在找我。他总是跟着我。面包圈是战争指环。电影院墙上的印度人没有头。有人挖出了伊娃·加德纳的双眼。20世纪40年代无辜的暴力"(《摇木马》,45-46页)。用带有暗示与图解功能的语言,以碎片形式描绘出整个现实,并且暗示着某种威胁。

阿佩费尔德通过把他有限的希伯来语知识转化为一种优势,在革新希伯来小说文体方面取得了非凡的成就。他的希伯来语词汇有限,又不熟悉希伯来语出处,囿于这方面的局限,他在以色列作家中,也许是第一批试图把希伯来语适应西方句子结构和表达方式,创造了希伯来语中所没有的形容词和副词的人。在这方面,他步了格尼辛的后尘。在日后的岁月里,阿佩费尔德试图使他的创作符合特定程式或传统,但总体上,他继续写直截了当的简单句,其中运用的突如其来、出人意料的意象或动作打破了风格上的宁静,令读者惊奇地予以关注:"一个犹太人就像从一个伪装了的巢穴中出现了似的,站到了路上。那样子像只迷了路的大甲虫。'啊,天哪,犹太人大叫一声,四肢瘫倒在地上'"(见《飞翔》["*Habriha*"],出自《在底层》[*Beqomat haqarq'a*],12页)。或者,同一个短篇小说集中,"坐着犹太人的四轮马车不时地经过。从他们穿的黑衣服上可知他们是犹太人。巨大的甲虫暴露在田野里。没有犹太人进入别尔丁斯基的房子"(见《背叛》["Habgidah"],同上,21页)。"她的脸很结实,像她以前的全部身心。一棵树连根拔起,于是你可以展望它留下的窟窿。他想到当一个人忘记了自己的妻子时会是什么样子"(《皮与袍》[Ha 'or vehakutonet],17页)。"光向后面退去。退到不能再退了。许多年又过去了,所有的语词变得缄默无语;他们有自己的年龄,就像囚犯得到了假释:卫兵,屋门,插销,格鲁兹曼难以平息的哭泣"(同上,109页)。"雪花慢慢地飘落,给大地表面披上了一层灰白的衣装。远方地平线的风暴一阵紧似一阵,折断的树木立在那里抖动,树皮变成了蓝色"(《仿佛他的眼仁》[Ke'ishon ha'ayin],5页)。还有:"我知道:曾经拥有的一切将不复重现。就连我们曾经生活过的地方,也已经死亡"(《奇妙岁月》[Tor hapla'ot],15页)。甲虫,连根拔起的树木,获释后的囚犯,无人居住的地方,树木变蓝——这些意象来源与所表现的主题没有关联。阿佩费尔德的风格力量依赖于这些卓越的比喻组合,并与他的西式句子结构结合在一起。在这方面,比较早的先例大概有格尼辛,他也使用西式句子结构与动词惯用法,以及大卫·弗格尔,他在借鉴西式表达时有各种各样的变化。

雅考夫·沙伯泰在《过去的延续》中的风格与20世纪20年代德国所称的"新平淡无奇"近似:"确实,几个星期后,曼弗雷德和伊利诺已经离开以色列,戈德曼和那个手相士联系,约下见面时间,但是在见面的前几天他自杀了,没有见成"(269页)。这一风格减弱了文学作品的感伤力,削弱了在现实主义作家、乃至一些后现实主义作家中非常流行的过于追求风格的现象。沙伯泰使所有极端感性的表达变得舒缓。他客观地反映生死问题,不带有情感。任何情感出现时,都通过文本的剪切省略进行处理。

沙伯泰通过舒缓风格而取得情感冲击力的方式非同一般。然而,他那个时代的所有作家,以各种不同的方式对削弱以前希伯来小说的高度风格化特征作了补偿。有些强调语言本身的诗化作用,或者通过其他方式提高表达方式。不过,极少数的人试图将白话俗语风格化使之成为文学语言(如剧作家哈诺赫·列文)。在这一时期的大多数文本中,存在着书面语和口语的差距,这一点与现实主义小说的情况一样。

叙述有形的和隐藏的

1973年,在摩西·沙米尔出版文集之际,他告诉一个访谈者:

> 倘若我们把希伯来小说当成一个家庭,我们可以说,有两种互相对立的倾向贯穿其中。偶尔它们会互相启迪,但多数情况下互相阻止。一种冲击力——我们姑且称之为善的——热中于追寻隐藏意义,热中于隐喻、寓言、幻象与象征。这一切的含义是什么?它问。另一种冲击力——姑且称之为恶的——对具体现实的混乱物质感兴趣,对可见的、有形的,物质的和现实的东西感兴趣。这一切的特点是什么?它问。(艾利·莫哈尔,《小说是项艰难的职业》)

沙米尔相当正确地区分了多数同龄人的诗化原则——即,对于有形物的描述——以及那些年轻一代作家,热中于展示隐藏在视野之外的东西。体现这一技巧特征的作家有具有神秘倾向的大卫·沙哈尔、超现实主义作家如奥帕斯、表现主义作家如奥兹和康尼尤克、抒情印象主义作家如卡哈娜-卡蒙和阿尔莫格,乃至新现实主义小说家如本雅明·塔木兹、沙伯泰以及倾向于象征化和隐喻化手法的本-奈尔。非模仿表现从本质上看比现实主义更富有影响力。正如阿哈龙·阿佩费尔德在系统阐述这种现象时所指出的:"在任何表达特质中,均包含有表面性和隐藏性两个方面。但对我们了解大屠杀的人来说,这一特质就是灵魂。语词站在或者落在表达与非表达的纤细金属线上。"(《第一人称随笔》,41页)

象征化成为许多小说中的重要倾向,但也是其他创作技巧用来克服代表现实主义传统特征的线性情节的方式。这些包括各种各样的叙事片段技巧，表达多种多样的、常常互为矛盾的观点，经常通过独白与告白的方式。比如说，有塔木兹的《米诺托》和《夜莺与变色蜥蜴》以及亚伯拉罕·约书亚的小说，卡哈娜－卡蒙《磁场》（*Sadot magnetiyim*，1977）中三幅图画相连的技巧；阿佩费尔德追溯过去的结构；大卫·沙哈尔系列小说《碎器之宫》（*Heichal hakeilim hashvurim*）中的复调现象；以及本－奈尔的长、短篇小说。沙哈尔纯熟地发展了双重记述的技巧，比如在《尼恩－盖尔》（1983）中，叙述人听到了他一个老同学、阿里克·维索斯基的告白，主要讲述他的母亲安娜斯塔西娅。

尽管现实主义作家也曾经使用了一些这样的技巧，但后现实主义者甚至走得更远，一并打破了现实主义传统。比如，在《在洗革拉的日子》中，伊兹哈尔运用多种视角来观察他想描述的中心现象，而在沙米尔《在太阳下》和《边界》（*Hagvul*）中，情节是从由不同人物集中起来的许多角度展开的。麦吉德在《埃弗雅塔笔记》中，沙哈姆在《罗森多夫四重奏》中，运用了多个叙述人。然而，这些文本并没有达到塔木兹《米诺托》或者是《夜莺与蜥蜴》中的复杂程度。

的确，在20世纪中叶依然活跃着的本土作家来说，塔木兹是以最为重要的革新叙事风格的人而出现的。《米诺托》是部书信体小说，写信的恋人隐瞒了自己的身份。通过多愁善感的书信段落和其他写得比较真实的文体之间的对立，小说获得了张力。《夜莺与蜥蜴》更为复杂。在布局上采用了不连贯的碎片，反宗教和反现存体制的系列事件中点缀着怀旧段落和诗化宣言。自传叙述人阿布拉姆森的意识，继续与其他同样奇怪的人物混在了一起。

大卫·沙哈尔的系列小说，统称为《碎器之宫》，比任何其他以色列小说都更近似于普鲁斯特的《追忆逝水年华》。小说讲述的是一群毫无关联的个体人之间的故事，所有这些人都生活在社会的边缘，通过叙述人流动着的记忆来建构意义。通过与现实世界交流而唤起的记忆,赋予了沙哈尔独特的审美特性。

> 在我与外界的各种邂逅中,不仅是和人相遇,而且也同房屋、树木、小巷、街道、气味和景物相遇,总是感受到回忆出现的某些特质。它们的存在恰恰是为了做另外的事情,在漫长的岁月中它们生活在我们的日常生活圈子之外,对我们无动于衷,身处外部,行将灭亡。突然间,当他的例行公事与我们产生关联时,他们就像拉撒路从死者中复活一样在我们眼前起身,向我们证明道:他们对我们无动于衷,是由于火炬射出的光线非常密集,集中,只照亮一截土路,我们沿着这条土路,穿过那不然就看不到的茫茫田野,因为黑漆漆的幔帐使我们看不到它是那么浩淼无边,即使当它在我们当中张开血盆大口。(《先知街的夏天》,118 页)

沙哈尔的主人公——在小说系列中代表着作家——是一位目击者叙述人,他经常要面对另一位目击者叙述人,后者以一个忏悔者的身份对他说话,讲述他的人生故事或者是另一个人物的人生故事。

近几十年来希伯来小说最杰出的成就之一是沙伯泰的《过去的延续》。小说中的每一个人物都独特非凡,这些人物一起组成20 世纪 70 年代以色列社会墓碑上的浮雕。小说采用集体意识流的形式,人物的生活交织成一幅用线编织而成的挂毯。然而,许多人物都想各自独立,他们是构成集体社会记忆的不可缺少的组成部分。

那时期的许多小说家采用相类似的错综复杂的叙述方式。阿摩司·奥兹在《黑匣子》中恢复了书信体长篇小说的手法,亚伯拉罕·约书亚早在 1977 年创作第一部长篇小说《情人》时采用了视角交替更迭的方式。在 1982 年《迟到的离婚》(*Geirushim me'uhavim*)中,他进一步锤炼了这一技巧,而《曼尼先生》采用半对话的形式写成,也就是,在记录对话时,只写一方的谈话。

阿玛利亚·卡哈娜-卡蒙的三折屏式的《磁场》产生了一种迥然不同的效果；作家视角由连接前两个短篇和最后一个中篇的类比关联展示出来。露丝·阿尔莫格的《雨中之死》通过设计一个虚构的编辑利赫特造成一种模棱两可的效果，利赫特把各种各样的日志、书信、短篇小说和社评合并在一起，并加上注解。大卫·舒茨的《白玫瑰，红玫瑰》(*Shoshan lavan*, *shoshan'adom*, 1988) 继续了这一趋向。它在写法上通过与互文联想有关的三种不同的视角呈现出来。与之相似的是，康尼尤克的《最后的犹太人》让他的主人公编辑具有自我意识的叙述人和各式次要人物的录音带，他们的个体特征在叙述过程中模糊起来，这样一来他们便代表着作家所暗示的千面人的性格特征：

> 然后我明白了，我数百个小时的谈话和录音已经让我摆脱了一堵高墙，我想知道自己的人生，它是否曾经美好，是否曾经令人满意。我不知道想些什么。这么多年我差不多第一次摆脱了迄今一直讲述我心声的所有人，现在我在谈论一个瞬间，我不是对一个匿名的观众讲话，不是在夜总会讲话，我在和德国作家和汉金讲话，他们听到这些话会说，啊，伊文乃扎不再做最后的犹太人了。当然如果我停止做最后的犹太人，他们就能够写我从不属于自己的记忆中为他们编织的书。(448页)

使用复合视角，有时兼用复合视角的技巧，是指在一卷书中把几个各自独立的故事聚拢起来，以期创造出一种扩充了的多维视角，如在本-奈尔的《遥远的土地》(1981) 中，展示出对1977年利库德政府当选和埃及总统萨达特来访 (1977-1978) 的大量不同的反应。

怪诞

怪诞从开始就是"新浪潮"的一部分。在《并非此时,并非此地》中,阿米亥就沿用了他诗歌中所体现出的许多哥特式因素:风格混杂的比喻,游戏与双关,荒诞与不合情理配合在一起,以及一系列感伤怪诞的人物。另一位本土一代作家阿摩司·凯南是这类文学的先锋人物,他在报纸上开设的讽刺栏目贯穿了整个50年代,他还写了大量充满奇异与荒诞色彩的中篇小说,著名的有拟诗体作品《在车站上》。这个中篇小说的主题、时间和地点难以准确描述,但它似乎是写一个住在巴黎的流亡者,不断遭受着同过去的冲突,脑海里充满"对死者的思考"(用阿尔特曼的话说)。小说由一个主要人物和几个不断讨论死亡与绝望的次要人物之间的荒诞对话组成。恐惧意象与20世纪90年代奥莉·卡斯特尔－布鲁姆的创作和戏剧家哈诺赫·列文的对话有相像之处。从结构上看,小说是通过没有关联的系列事件在空间上展开,而不是靠时间推进。人物在心理上没有发展,也没有传统的亚里士多德式的情节。

凯南创作的一个最典型的风格是对经典性素材进行戏仿性的互文处理,比如说,把《诗篇》的137首插入到他自己的故事中:"正午的这些渴望令人发疯/我们曾在巴比伦的河边坐下,一想到锡安就哭了。/巴比伦河里没鱼。你终日扶着钓竿坐在那儿,把面包屑撒向水中,/吸吮着烟斗,从未钓过一条小鱼……就是这样。所有的鱼都去了大海。被抛弃的父母。没人留在家里来温暖寒冷的冬夜。还留下了什么? 只有记忆,痛哭,痛哭"(《在车站上》,20页)。在另外一处戏仿中又进一步运用了同样的韵文:"许多年,许多年,过去了,我们又一次在巴比伦的河畔相遇……悬浮在我们头上的琴声在东风中不停地响起。足矣就是足矣。倘若有人唱起一支新歌"(86页)。

凯南的文本不住地在爱怜、怪诞与琐碎之间转换，作家骤然转向琐碎，这一点十分明显。尽管小说没有明确的时空感，但讽刺了20世纪50年代小资产阶级的犹太－以色列生活。在某种程度上，比后来康尼尤克、奥帕斯、约书亚和奥兹的小说要超前一步（凯南在1975年发表了又一部怪异荒诞小说《第二次大屠杀》），凯南展示出精神渴望与物质渴望的对立，对人生的渴求与对死亡的期待，对故乡的怀恋和对破碎希望之丑恶的厌恶。

亚伯拉罕·约书亚从开始创作生涯之际，就运用怪诞的文学手法来构思情节，构筑他对社会的不同看法。从总体上看，他把传统与超世拔俗的素材结合起来，在《亚提尔村夜行》（"Masa ha 'erev shel Yatir"，也有英文版本《亚提尔村一夜》）中爱与恐怖行为并存，在《老人之死》中，一个老人因另一个老人之故而遭到活埋，在《面对森林》中，一个被割掉舌头的阿拉伯人看护犹太民族储备的森林。这种将平常与荒诞结合在一起的特征甚至在《情人》、《迟到的离婚》、《五季》（Molho）中也有所体现。典型的约书亚情节运用破碎的以色列家庭作为某种提喻法，代表变了形的整个以色列社会，比如，约书亚在戏剧《五月的夜晚》（Layla bem'ay，1975）中，描绘了1967年5月、六日战争前夕一个以色列家庭生活中的一连串事件。在多数小说中，弥漫着一种欢宴气氛。所产生的印象是，当个体或家庭崩溃之际，部落和社会却得以生存下来，或许是由于荒诞－狂欢本身将活力释放了出来。

阿哈龙·阿佩费尔德也把怪诞成分并入自己的小说中，比如说在《灼热之光》（Mikhvat ha'or，1980）中，他从反面来描绘解放与移民以色列：输送人口、集中营以及战争本身的流放地。成为以色列军队中的一员恰似一种放逐。

与之相似，约拉姆·康尼尤克在《跌落》里，创造出一个诗化了的怪诞的文本，并在《希莫，耶路撒冷之王》、《摇木马》、《最后的犹太人》、《他的女儿》（Bito，1987）和《解剖》（1992）中创造出一种悲悯怪诞的形式。在《亚当复活了》中，在奇异的恐惧之上弥漫着一种悲悯色彩;只有在《大舅妈施罗马津的故事》中,康尼尤克创造出某种幽默而自由的怪诞。在创作过程中,康尼尤克紧紧抓住 20 世纪犹太历史上的两大事件——大屠杀和独立战争。

奥帕斯继续着康尼尤克这一超现实的表现主义传统。在他早期半现实主义的创作中,已经出现了荒诞因素,比如,《以皮易皮》中有这样的描写:

> 住在隔壁房间里长着两条粗腿的胖女人令她瘦骨嶙峋的矮丈夫永远呆在她的床边。她长着一只大嘴,当她将张开嘴,侵吞那个戴着眼镜、领带和随身用具、全副武装的小傻瓜时,你会感到诧异茫然。(65 页)

继之小说变得具有施虐倾向:

> 埃利拉姆先生非常高兴,他那令人惬意的脖颈变得像蜂箱上的新鲜蜂巢,有着蜂巢式的颜色、细孔、潮湿和甜蜜。莫莫给自己逗乐,想象他怎样把剪刀刺入后颈,只有剪刀把露在外面,一桶蜂蜜从脖子上流下来了,第二天早晨,整个国家的头版头条将会登载埃利拉姆先生镶了黑框的著名照片,标题赫然写着:"死于颈部大面积出蜜。"(175 页)

的确,作为作家,康尼尤克和奥帕斯相互之间极度相像,阿米亥也是这样,不过他们没有阿米亥真正的幽默感。在奥帕斯第一批超现实主义系列小说《利桑达之死》(1964)、《猎雌鹿》(1966)、《蚂蚁》(1968)、《狭窄的阶梯》(1972)中,倾向于讽喻性荒诞的成分有所增长。这种倾向在他的社会-超现实主义作品《一个人住的房子》(1975)、《女主人》(1983)和《迷人的叛徒》(1984)中也有所发展。总之,奥帕斯的荒诞趋向于残酷与狂热,缺乏幽默的均衡。

阿摩司·奥兹早期的一个中篇小说集里也有接近怪诞的一部作品《直至死亡》（见于同名小说集）。小说以十字军东征为背景，故事围绕着一批具有怪诞色彩的人物展开，这些人与浪漫渴望和令人憎恶的畸形情节搅在一起。对犹太人恶狠狠的屠杀，以及十字军骑士朝着终将死亡结局的行进，创造出具有荒诞色彩的卓越历史场景。在收于同名小说集中的小说《迟暮之爱》("'Ahavah me'uheret") 中，一个巡回讲师一心沉迷于毁灭俄国的承诺中，同样把悲悯与怪诞混合在了一起。这种因素在他的第一个短篇小说集《胡狼嗥叫的地方》便已初露端倪。在 20 世纪 90 年代得以持续，如近年发表的小说《费马》(Hamatsav hashlishi，希伯来语含义"第三种状态"，1991)。在奥兹的创作中，怪诞与魔力联系在了一起。他的主人公经常是聪明得病态或聪明得丑陋的人物，他们污染着环境，又挑起事端。《我的米海尔》中出现在汉娜梦里的一对阿拉伯双胞胎和《完美的和平》中的阿扎里亚，以及《黑匣子》中的吉代恩（以比较可人的版本出现），均与奥兹笔下最杰出的恶魔、《直至死亡》中既丑陋又聪明的驼背克劳德相像。

奥兹并非唯一引入充满威胁的非理性因素的作家。超自然的神秘力量也出现在奥帕斯的作品中，出现在萨比（《狭窄的阶梯》）身上和《蚂蚁》中。它也以一种毁灭的力量出现在约书亚的作品中，有时以一种非人类的样子出现，如在《歌利亚的婚礼》和《高潮》("Ge'ut hayam") 中；有时以可怕的人形，如在《亚提尔村夜行》中；或者是受压迫者反叛的呼喊，如《面对森林》。在长篇小说《迟到的离婚》中，恶魔出现在家庭成员的疯狂中，把情节推向悲悯荒诞的高潮。阿佩费尔德在《巴登海姆，1939》(Badenheim: Ir Nofesh，字面意思"巴登海姆：城市胜地")中，把历史上的恶魔化因素描写成能够控制人类生存非个人的力量，而卡纳兹却表现为一种错乱，如（《节日之后》，1964，《梦中的伟大女性》[Ha'ishah ha-gadolah min hahalomot]，1973)。

从第一部长篇小说《节日之后》开始，约书亚·卡纳兹的作品便显示怪诞倾向。但是这种怪诞陡然在第二部长篇小说《梦中的伟大女性》中达到高峰,《梦中的伟大女性》可以视为门德勒《乞丐书》的以色列版。凯纳兹的人物是人间的不幸者。他们居住在特拉维夫一个比较穷困地区里的一座公寓房内。公共财产迫使极不相干的各色人等彼此生活相差无几,引起冲突和互相之间的厌恶。凯纳兹在这部书中和在其他书中一样,表达出物欲横流世界的力量与污浊,对物质欲望的遏制便产生出荒诞效果。

海姆·拜伊尔在长篇小说《羽毛》(*Notsot*, 1979)中走的是同样的路子,作品从一个孩子的视角出发描写一个丧葬公司,这个孩子和一个笃信乌托邦启示的人过从甚密。作品产生的总体印象是死亡中具有可怕快感。拜伊尔的第二部长篇小说《剪枝时节》('*Et hazamir*, 1988)是一部关于军事拉比的社会荒诞小说,具有强烈的讽刺色彩。

无归属英雄的回归

社会政治与审美的变革也终止了某种流行主人公,即终止了带有意识形态先驱色彩的军事精英、以色列年轻人的理想人物。主人公的这种翻新有两种形式。按努里特·格尔茨的说法,"在这一代作家创作的小说中,一个被动、粗心大意的主人公试图同非他可及的因素,诸如人性、超自然性、社会等等,建立联系。这些因素歪曲了[传统的社会标准]。通过毁灭、暴力与瓦解方可与之建立联系"。与此同时,她评论说,"老一代英雄人物被引进到一种新结构中",就这样得到戏仿与挫败("戏仿的作用")。比如说,大卫·沙哈尔的《碎器之宫》,以及尼希姆·阿洛尼(《猫头鹰》[*Hayanshuf*], 1975,最早在60年代发表于《彩虹》杂志)在耶路撒冷的边陲街道和特拉维夫的穷苦居民区逐一找到了自己的主人公。在引进新的反英雄的同时,对旧式英雄的态度有所轻视,比如阿摩司·

奥兹收于小说集《胡狼嗥叫的地方》中的短篇《风之路》("Derekh haruah")中的伞兵吉戴恩·什哈夫。吉戴恩全然是个不幸的小伙子,没有担当起分派给他的民族角色。与之类似的人物是约书亚笔下的学生/护林员,他在使一个阿拉伯守林员焚烧了森林之际便背叛了自己的职责,小说运用戏仿手法嘲弄了老卫士的形象,老卫士的职责乃是保卫民族安全。即使是丧子的父亲、以色列小说中最神圣的人物之一、一个把儿子牺牲在故乡祭坛上的亚伯拉罕,也被写得似乎有些滑稽可笑了。这样奥兹笔下吉戴恩的父亲就把儿子推向了不可能实现的致命的英雄行为。"一个痛失爱子的父亲,这一地位会给人披上一层受难圣人的光晕。但是申鲍姆却顾不上想这层光晕。一群人目瞪口呆、默默地陪伴他走向食堂。走在前妻拉娅身边、减轻她的痛苦尤为重要。怎样才能做得不直截了当,不直截了当。"(《风之路》,57页)儿子可能会引起同情。然而,父亲唤起的却是不折不扣的厌恶情感。约书亚在小说《1970年的初夏》(*Bithilat Kayitz 1970*)中,也讽刺了忍受丧子之痛的父亲。的确,小说的结尾,当父亲发现儿子依然活着,他没有理由悲切时,这种讽刺便复杂化了。"但是再看看却不一样,一切仿佛都颠倒了。你的消失变得充满了意义,突然闪动着光亮,是赋予我们奇妙而持久的启迪的动人源泉"(48页)。

对曾经的理想人物进行讽刺具体体现在伊扎克·奥帕斯《一个人的房子》(1975)、亚伯拉罕·拉兹的戏剧《以色列·舍费先生的独立日》(*Yom ha' atzma' ut shel mar Yisra' el Shefi*, 1972)以及约拉姆·康尼尤克的《希莫,耶路撒冷之王》等作品中。《希莫,耶路撒冷之王》中的女主人公哈姆塔尔,是阿里茨以色列社区的一名精英分子。作为沦陷了的耶路撒冷的一名护士,她爱上了一度被称为"耶路撒冷之王"(令人想起基督的词语)的希莫,希莫现在的身体已经毁坏,几乎脱了人形,没有什么恢复的希望。希莫由哥哥马尔克照顾,在马尔克身上,不但有"一种原始的高贵。在没有受过教育的人身上发现这点让哈姆塔尔有点吃惊";而且"他声音和眼睛里的什么东西让哈姆塔尔联想起某种鲁莽的恶棍"(77,78页)。凭借他们二人的社会地位(希莫和马尔克出生在耶路撒冷一个古老的塞法尔迪社区),也凭借希莫外形的毁损,他们既代表着阿什肯纳兹社会主义犹太复国主义者青年运动神话之外的世界,也代表着那种理念的牺牲品。

约书亚·凯纳兹《心灵絮语》(*Hitganvut Yehidim*;题目的字面含义指部队教的渗透战术,1986)中的主人公也是以往英雄们(比如说伊兹哈尔《在洗革拉的日子》里的士兵)的缩略版本。部队招募非战斗士兵,他们在英雄主义的神话里长大,然而在体力上又不能胜任做个英雄,他们的唯一愿望就是挺过基本训练。然而就连这个最低目标,对于其中一个年轻人也显得太重,到作品最后主人公自杀身亡。伊扎克·本-奈尔的小说集中有一篇《乡间落日》(*Shki'ah kafrit*, 1976),中心人物是个陆军上校,在赎罪日战争期间精神崩溃,遭到阿格拉纳特调查团的起诉。小说集中的另外一个主人公这样描述这种集体崩溃:

> 大家都很恐惧。像我一样,他们都把恐惧隐藏起来。灾难在角落里等候着我们大家。他们努力不去管它。我不能。我在经历恐惧。不是战争恐惧。而是存在于战争之外的东西。像一个先知。那几场战争我全部参加了:56年的西奈战争。六日战争。最近的这次战争。我愿意面临肉体上的危险。吓住我的只有恐惧。只有恐惧。恐惧。(《十八个月》["Shmonah 'asar hodesh"],144页)

阿哈龙·阿佩费尔德比任何人更能改变英雄形象。阿佩费尔德本人是个移民,他没有对过去进行戏仿,也没有具体体现20世纪四五十年代的幻灭。而是把旧式犹太人形象再度引进了希伯来文学,他削弱了新希伯来人具有效力与精神优越感的主张。尽管许多作家,像沙米尔、亨德尔、沙哈姆、麦吉德和其他作家试图表现新移民体验，但是是阿佩费尔德最终把难民、年迈者、女人、孩子、无归属者以及那些遭到迫害、恐吓和损害的人并入希伯来小说。他的第一个短篇小说集《烟》是一场没有宣言的革命。小说中充满了刚刚经历了战争的幸存者，无论他们走到哪里都摆脱不了对大流散和灾难的记忆，小说讲述的是一些个体人，其最热切的愿望是回到曾令他们伤心的地方（《寒冷的春天》["Aviv Kar"]），讲述的是那些因漂泊记忆而失去生活勇气的人们（《烟》中的马克斯，《巴尔塔》中的马克斯以及《认真的努力》["Nisayon retsini"]中的齐默尔，其焦虑与恐惧最终导致了死亡）。阿佩费尔德也描绘了在战争前后均令犹太人感到痛苦的犹太身份问题所引起的难以置信的内在冲突。比如说，在收于小说集《肥沃的山谷》（1963）的短篇小说《最后的难民》("Hamahaseh ha'aharon")中，逃到寺庙的犹太人被草药治疗毒死，或者收于小说集《大地严霜》(Kfor 'al ha'arets, 1965)中的《在圣乔治岛上》("Be'iyei seint Geoge")的楚克霍夫斯基，他在那片土地上始终没有安定下来，被迫离去。同样，《巴登海姆，1939》和《奇妙岁月》中的犹太人试图否定他们的身份，对于即将来临的灾难征兆视而不见。

在阿佩费尔德的世界中，"移民"并没有解决犹太幸存者的问题。不仅是欧洲难民带来了他们的创伤和犹太人的矛盾，而且，正如在《灼热之光》中所描绘的那样，以色列人使受难者永久受难。他们坚持向幸存者灌输一种文化哲学，对他们的受难经历表示怀疑，否定他们在世界上的生存方式。阿佩费尔德确实没有像本土作家那样描写以色列的社会政治现实，他为幸存者建立起一种尊严，使大流散重新出现在希伯来小说中。这样一来使得直到那时依然创作超现实主义本土小说的伊扎克·奥帕斯等作家，在1979年创作了短篇小说集《托马珍娜大街》(Rehov hatomotsena)，作品以布格河畔的一个犹太人隔都为背景，如同比阿里克《重生》和伯克维茨的短篇小说，通过一个欧洲犹太孩子的视角来讲述。

但是以色列作家并不需要大流散来创造陌生而绝望的人物。

沙伯泰的《佩雷斯伯伯起飞了》(*Dod Perets mamri'*, 1972) 以及《过去的结束》(*Sof Davar*, 1984) 刻画的便是这样的人物, 约书亚·凯纳兹的长篇小说《节日之后》、《梦中的伟大女性》、《音乐瞬间》(*Moment misiqali*, 1980), 尤其是《通向群猫之路》(*Baderekh' el hahatulim*, 1991)。

女作家像阿玛利亚·卡哈娜－卡蒙和露丝·阿尔莫格的小说也展示了代表人类绝望的人物。卡哈娜－卡蒙的人物是多愁善感的女性, 在期待真正的情感交流中不断遭到挫败。她的女性人物都是艺术家, 或者是将要成为艺术家的人, 渴望诗歌体验, 但找到的只是最为陈腐的现实："次要的东西将主要的东西埋没了。日常生活沉闷无趣。但是为什么现实生活中的事情与梦中的情形不同。不像梦中那样。"（《阿亚龙谷地的月亮》, 185 页）露丝·阿尔莫格小说中的人物也是一样, 在同生活中男性（父亲与配偶）的复杂交往中, 她们成了牺牲品, 对命运进行反叛（如《光之根》[*Shorshei' Avir*], 1987）。与卡哈娜－卡蒙的主人公一样, 阿尔莫格的女性沉湎于"浪漫幻想", 当她们的爱"[缩减到]微不足道的需要、饥饿、孤独、自我肯定、没完没了地付出努力逐渐专注于短暂的事务, 以便求得瞬间的永恒"（《雨中之死》, 146 页）时, 他们心灰意冷。

大卫·沙哈尔《尼恩·盖尔》中的主人公多为犹太人, 而不是以色列人, 令人不禁联想起阿格农和世纪之初小说中体现出的那种没有归属感。看到纪念奥地利犹太作家约瑟夫·罗斯的标志, 叙述人规劝道：

> 人一提到自己是奥地利人、波兰人、意大利人、印度人或者是日本人, 就意味着他属于某一民族, 拥有自己的国家, 他也就这样出现在世人面前, 标示特征, 为人所接受, 然而犹太人既不在此, 也不在彼, 但他身处各地, 不属于他所居住的民族, 没有属于自己的地方, 对他来说, 总有某些不同寻常、杰出

卓越之处,不是多点什么,就是缺点什么,不是有点过于隐藏,就是有点过于昭彰,有点过于令人难以置信,过于不切实际和不可思议。(45页)

这样的大流散模式在世纪中叶的许多小说中占据着重要位置,比如说奥帕斯的《野生植物》或者《以皮易皮》,其中的主人公莫莫在苏伊士战争期间和战争结束后均居住在以色列,是个"空心人","与一切分离,甚至与他自己的思想分离":

> 困扰着他的人生就像一块破旧不堪没有用途的毛毯。他在任何地方都找不到自己。在任何地方也无法生活。在任何地方实现不了自我。他只是播撒烦恼和苦难。他的爱不是爱。他的恨不是恨。他的复仇不是复仇。就连他的逃避也不是真正的逃避,而是发狂似地追逐着什么,天晓得。或许追逐着生存的某种意义,生存,死亡。他在各处发现了什么?愚蠢的陷阱:"一起"……"一起"……"像一个人"……一头多臂的猛兽……他想看许多头,犹太人的头,在上下攒动,在生活中做些什么,在某些行动、甚至一次行动中面对什么。(63页,222 247页)

至于在康尼尤克的小说中,这些没有归属的新犹太人或许也成为回归的移民(《摇木马》),自我憎恨的以色列人(《解剖》),或者是处于半疯狂状态的大屠杀幸存者(《亚当复活了》、《最后的犹太人》);或者,像在丹·扎尔卡的作品中,他们可能是移民。在扎尔卡的创作中,对于老主人公采取的评论方式是,把移民表现得优于本土以色列人(比如说,《巴克尔博士》和《菲利浦·阿巴斯》。)正如扎尔卡所见,这种交锋不是新希伯来人和旧犹太人之间的交锋,而是西方文化和中东文化的交锋。在这种交锋中,以色列站错了位置。

在《最后的犹太人》中，本土出生的约拉姆·康尼尤克化解了新希伯来人和旧犹太人之间的界限。"你知道那个时候，"一个人物问，

> 布阿兹和施奈欧尔森和施姆埃尔·利普克尔出生在同一天的同一个时辰？那么你知道你抛弃在村子里的儿子布阿兹和你在集中营里找到的施姆埃尔是同一硬币的两面，基本上一模一样吗？那么对我说布阿兹是你的私生子！那个布阿兹和施姆埃尔是不同母亲，甚至是不同父亲生在不同地方的一模一样的双胞胎。（83页）

在他的自传体小说《解剖》中，康尼尤克把这种萦绕心怀的疑虑与挥之不去的往事人格化，揭示出他本人总是喜欢他父亲所代表的德国犹太人，而不甚喜欢身为儿子的他可能代表的新型本土人模式："仿佛鲜有那么一刻，摩西（其父）想成为犹太人中的犹太人，没有赫茨里亚中等学校里异教徒的迦南，没有研讨会，没有压花、鹡鸰和盛开的海葱，没有歌唱'我的犁啊，只有你'，没有特鲁姆佩尔道"。（129页）康尼尤克的《最后的犹太人》和《解剖》把阿米亥、撒代、阿佩费尔德、奥兹、约书亚、凯纳兹和沙伯泰早期创作中出现的表达倾向推向极端。《解剖》并非虚构肖像画创作领域的新发展，而是其顶点。

犹太复国主义通用情节的观点与修正

在战时的政治-社会背景下，不仅阿拉伯人和犹太人之间的关系不断发生变化，而且来自不同的社会经济背景和民族群体背景的犹太人之间的关系也发生着变化，对犹太复国主义通用情节进行多棱面、多含义的抵抗文学开始出现。比如说，耶胡达·阿米

亥的人物倾向于反叛集体主义叙事,以便强调他们的独立性和个性。亚伯拉罕·约书亚小说中异化了的人洞察了犹太复国主义理念的矛盾,而阿玛利亚·卡哈娜-卡蒙的个体人在观察社会时采用的是如此深入的个人视角,从本质上全然抹杀了他们思想上的意识形态维度。在阿摩司·奥兹的小说中,人物热中于摒弃,甚至毁坏犹太复国主义理想,至少认为犹太复国主义是一个悖论。雅考夫·沙伯泰笔下继承父辈梦想的人出现了机能障碍,几乎不能自持,更不用说坚持梦想了;而阿哈龙·阿佩费尔德的难民并非理想主义者,他们来到以色列乃是受无法控制的恐怖环境驱使。

正如我们所见,塔木兹从未接受他那代人的传统,这一点在短篇小说集《金沙》中便有所显现。1965 年,他开始创作带有社会批评色彩的流浪汉小说三部曲《埃里亚库姆的人生》,后来他对社会的批评确实势不可挡。他在 1980 年创作的长篇小说《米诺托》的中心人物是亚历山大·阿伯拉莫夫,人在西方,心系东方。他理想中的形象是同以色列没有任何关联的西方女性泰(Thea)。由于无法摆脱个人的、文化的和社会的僵局,主人公离开了人间。

大卫·沙哈尔在着手创作自 1969 年开始问世的系列小说《碎器之宫》之前也写带有讽刺色彩的流浪汉小说《金蜜月》(1959)。追溯奥斯曼时期、英国托管时期和阿里茨以色列等不同时期在以色列土地上发生的历史,其人物处在犹太复国主义语境之外,其情节围绕着各式古怪个人的奇特命运展开。这些作家的作品中体现出迦南体验和欧洲体验的冲突。

> 我确信,而且显而易见的是,这一欢愉从古代迦南世界流泻而来,在迦南土地上继续不知不觉地存在着,只有在夜深时分,在孤寂的田野上,某一男神或女神的精灵从我们身边走过,给我们注入了那种难以名状的恐惧。那欢愉的降临或许不是在夜晚,而是在白天,或许不是在孤寂的田间,而是在拥挤的城市,不是在迦南,而是在国外——我从来没有想象过,

是否可能在一个明媚的日子里，在拉丁区中央的苏弗洛街。（《尼恩·盖尔》，85 页）

伊扎克·奥帕斯在《以皮易皮》中，较早对多年来在政治上具体代表犹太复国主义通用情节的马帕伊（以色列工人党的简称）所领导的政治制度提出批评。他对反叛现存体制的没有归属的莫莫进行讽刺，批评苏伊士战争，批评对待新移民的方式。莫莫的对立派爱里拉姆先生对本－古里安独裁政府进行了漫画式嘲讽。《女主人》中的多数人物也展现了反犹太复国主义的通用情节，他们与半疯狂的英雄，某种犹太复国主义圣徒形成反差，这些圣徒提供了犹太复国主义背景，在这样的背景下社会注定要播撒其价值。

约书亚的小说《面对森林》针对围绕六日战争出现的驱逐、压迫阿拉伯人并占领阿拉伯领土的事件做出了直接回应。《面对森林》讲述的是一个学生在做关于十字军东征的论文时，当了防火护林员，他发现他的助手、一个阿拉伯哑巴，正准备纵火焚烧森林。现在的森林位于以色列建国前的一个阿拉伯村庄。故事最后对破坏他人财产的行动进行评判。本书没有指出建立国家或接受改造，而是暗示出，或许应该通过焚烧与摧毁来开始。这一想法也弥漫在约书亚的小说《曼尼先生》中。的确，约书亚的许多小说都围绕着这样的反－通用情节展开。

在最早的犹太复国主义小说中，精英主人公乃为世俗的阿什肯纳兹先驱者斗士。在约书亚的小说《情人》中，精英乃是塞法尔迪犹太人－阿拉伯人。这里，代表旧体制所抛弃的一切价值的人物具备优势，并赢得了最终胜利：阿蒂提是一位移居国外的以色列人，伪装成极端正统派的犹太教教徒，在服役时擅离职守，内姆是个年轻的阿拉伯人，在犹太人失败的地方他却能够获得成功。这个家庭让亚当的妻子阿蒂提和他女儿的情人内姆从内部征服。读者的脑海里依旧保持着旧式犹太复国主义通用情节，形成强烈的对照与讽刺。

在与犹太复国主义通用情节的特点相抗衡上,如果说有什么不同,那就是在阿摩司·奥兹的短篇小说和长篇小说中体现得非常突出,比如说《何去何从》、《恶意之山》、《完美的和平》、《黑匣子》,尤其是历史中篇小说《直至死亡》。在《何去何从》和《我的米海尔》中,作家对到德国寻求解救途径的以色列移民和一对法塔赫双胞胎表现出同情。与之相反,这些作品中忠诚的以色列人,如鲁文·哈里什和米海尔·戈嫩,却没有得到作家的特别钟爱,令作家青睐的是黑暗者、比外在实体更为捉摸不定的势力。在奥兹看来,恶魔就存在于犹太复国主义通用情节之内,存在于犹太复国主义意识形态的主张中,存在于奠基之父强加给后辈的把浪漫渴望、焦虑和实用主义不安定地结合在一起。

尽管对犹太复国主义有着如此强有力的批评,然而奥兹依旧不失为"新浪潮"作家中最为积极的犹太复国主义者之一。在他的许多作品中,依旧用犹太复国主义标准,尤其是基布兹标准来衡量道德规范。比如,在《完美的和平》中,基布兹书记斯鲁里科既是人道主义者,又是犹太复国主义者:"世界上的痛苦已经够多了,"他说,"我们的任务是减少这种痛苦,而不是增加痛苦"(362页)。与之相似,那些抛弃犹太复国主义的人这么做,是出于种族问题的缘故。在《何去何从》中,神秘甚至有点邪恶的伊娃·汉姆伯格弃基布兹而去到德国居住;在《恶意之山》中,一位母亲离开自己的国家为的是和一个英国官员私奔;在《完美的和平》中,可起到青年约拿单替身父亲作用的人逃到了美国;而在《黑匣子》中,反英雄吉代恩·亚历山大回到故乡以色列落叶归根。奥兹知道,犹太人本身是受难者,正如他在《直至死亡》中所展现的那样,《直至死亡》中,作家对十字军东征期间的反犹主义记述进行了嘲讽。

伊扎克·本-奈尔甚至比奥兹更加忠诚于犹太复国主义通用情节。在《遥远的土地》上,把人物放在他们所背弃的犹太复国主义信仰的背景下进行衡量。在《礼仪》(1983)中,又采用类似的定居点价值,以及工人运动的人道主义宗旨,以便对小说的主题、对

20 年代以巴勒斯坦为基地的共产主义恐怖组织进行评判。最终，当主人公及其恋人维拉走投无路之际，维拉重新追随犹太复国主义的基本信条："从已经失败的伟大宇宙梦想中痛苦地觉醒，只能导致这一解放，亲爱的，或者是毁灭。只有这种解放——现实的、冷静的、人道的、意识到其局限的解放，寻求在不太损害他人的情况下加以实现。"（366 页）

与犹太复国主义的意识形态假设进行对抗，产生出一系列对犹太历史的回顾性修正。沙伯泰的《过去的延续》、康尼尤克的《最后的犹太人》、约书亚的《曼尼先生》以及扎尔卡的《千心》，均在不同程度上属于历史小说，试图把现实主义和奇幻色彩结合在一起，为民族提供了一份新族谱。在范围和质量上可以与阿格农的《昨天》（关于第二次阿利亚）相比，哈扎兹的《亚伊什》（写也门犹太人社区），以及约书亚·巴－约瑟夫的《富有魅力的城市》（写 19 世纪的萨法德）。与其他 20 世纪史诗一样，它们没有描绘其王朝的兴起与繁荣，而是描写它们的衰落。鉴于这些作品写于一个刚刚复兴的国家和民族，因此勾勒其螺旋形下降具有特殊的意义。

也许，"新浪潮"对犹太复国主义批评得最为彻底、最为有力者当推雅考夫·沙伯泰的《过去的延续》。小说从先驱者劳工犹太复国主义运动的奠基人之一戈德曼之死写起，又以他儿子的自杀作结，后者软弱无力，代表着见证父辈梦想破灭的一代人。在小说中也可以找到代表父辈理想的人物，比如说，小戈德曼的姑妈吉珀拉，她相信，"一个人必须学会适应自己，尽量帮助他人，并且……相信工作，任何工作都是有尊严的，而懒惰和懈怠乃罪恶之源，注定要毁灭一个人，致人思淫欲、堕落，甚至犯罪，奢侈浮华与卖弄炫耀也是如此……她相信人必须和自己的烦恼斗争，不要匆忙把烦恼强压在别人身上"（217、228 页）。然而这些想法，与先驱者戈登和布伦纳的信仰相呼应，置于沙伯泰的小说的背景位置。反之，占据整个中心舞台的，为父子之死所框住的确是人物为只保持某种常态和意义假象而进行的斗争。仿佛本书是要打算讲述先驱者之家与应许之地结清账目之举的史诗。

小说在技巧上——不间断地展开，像一个单一的段落，自始至终，以类似某种集体意识流的方式——强调其既共时又历时的人物。过去的事业同现时生活没有显著差异，也不可能颠覆其必然结果。小戈德曼真正的自杀以及他的同伴凯撒象征性的精神自杀，表明以色列不过是先驱者留给后辈的一份遗产，这些后辈既比不上父辈，也无法应对父辈创造的现实生活。

> 戈德曼，仍然攥着现已空空如也的茶杯，悲伤而无助地感觉到，一切均已损坏，并走入尽头——身体和人与人之间的关系，以及他本人就是这损耗进程中的一部分。（214页）

或者：

> 他一度打算去看看父亲的墓地，但没那么做，越往回走，越强烈地感觉到拉扎尔伯父死了，起初是近乎使人快乐的终结与孤独感，它化作无法补救的失落与渴望的消尘意识，而后他是感到人生已老，他正在步步走向死亡，一切正离他而去。（253页）

丹·扎尔卡的《千心》也是移民与定居的历史记载，作品把第三次新移民的第一艘船"鲁斯兰号"放在叙述的中心位置，"鲁斯兰号"抵达雅法开辟了犹太复国主义历史的新篇章："轮船上的每一个人，每一个孩子都将要讲述他的故事，讲述与航行有关的一切。甚至有照片，有些人还记着日记！我和历史学家波甘教授谈话。他说在1919年、'鲁斯兰号'抵达的那一年，开辟了犹太复国主义历史和阿里茨以色列的新纪元，第三次阿利亚的开始！那是一个时代！我已经记了满满一柜子。"（138页）作家沿着双重轨道，在描述"鲁斯兰号"乘客约二十年后的故事之后，又写那些仍然留在波兰的犹太人的故事，尤其是在乌兹别克斯坦这个俄罗斯大后方获得一枚波兰勋章的年轻人的故事。采用多重解释，强调历史的平行线索与不同时期的犹太复国主义移民浪潮联系起来，而小说重要的比喻——主人公创造轮船档案的愿望——则暗示国家关心其过去的自我意识。

　　约书亚的《曼尼先生》在阐释犹太复国主义历史时甚至更富有革新性与独创性，正是人们所谓的反－家庭、反－史诗。这部作品采用从现在向过去回溯的倒叙手法，它不是由家族成员（最后独白除外）叙述，甚至不是由全知的叙述人叙述，而（主要）是由旁观者进行叙述，在文本中这个旁观者通过与其他非曼尼家族成员的谈话得以展现。形成贯穿小说历史的主要事件是（通过小说的倒叙手法回溯过去）黎巴嫩战争，第二次世界大战期间德国占领克里特岛，英国征服巴勒斯坦，1917 年阿拉伯民族主义和犹太民族主义的兴起，第三次犹太复国主义大会和巴勒斯坦古老的塞法尔迪犹太人社区（约 1898），1848 年革命，犹太复国主义移民到来之前的塞法尔迪犹太人社区。《曼尼先生》不单纯作历史性的阐释，也作心理文化分析。是对一个民族所作的精神与情感传记。

　　在对犹太复国主义通用情节进行修正时，作家们不禁会改写对大屠杀的解释。后现实主义者并未尝试把受难者描绘成英雄。反之，他们按照其原有的样子接受他们，即认为他们是被驱赶着走向集体死亡的无助受难者。下面节选自《亚当复活了》的段落，简明概括了一个后现实主义作家对大屠杀的反应：

　　　　施普苓太太，我们怨声载道，打哈欠，试图获利，建造房屋，匆匆忙忙，快快，所有这一切均发生在白天。夜晚，我们噩梦缠身，尖叫，因为撒旦在我们的手臂上刻下蓝色的号码。我亲爱的载斯苓太太，你知道，在死寂的夜晚在这个国家可以听到什么样的尖叫吗？声嘶力竭的尖叫……所有这些号码，尖叫着、号哭着，不知道为什么，不知道理由、怎么样、何时、以何种方式、多长时间、多么遥远……没有逃避。于是他们尖叫。哭号。强烈的伤害。知晓,深深地知晓在欧洲最先进的工厂里,在上帝坐在那里像陌生人一样流亡的天空下,他们是原材料……知晓这些令我们发疯,我们变成一个国家,世界上最大的一座疯人院。(46页)

致力于这一危险题目的其他几位希伯来语作家有创作《小铅兵》和《直至明天》('Ad mahar, 1959)的尤里·奥勒夫和创作《流亡》(Be 'eretz Gzeirah, 1971)中的露丝·阿尔莫格。1980年代出现的大屠杀长、短篇小说"新浪潮"中有大卫·格罗斯曼、纳娃·塞梅尔、伊塔玛·列维、萨维扬·利比莱赫特、德·佩莱格等作家创作的作品。

阿哈龙·阿佩费尔德是创作大屠杀小说的伟大作家,一并变革了犹太历史的通用情节。阿佩费尔德的通用情节以亚哈随鲁神话为基础,写漂泊中的犹太人,被判在世界上漂泊,不能过上完整生活,不能在死中寻求安宁。从20世纪60年代创作的《烟》、《在肥沃的山谷》、《大地严霜》到后来创作的如《灼热之光》(1980)、《彩莉:人生故事》(Hakutonet vehapasim,字面意思:"衬衫和条纹",1983)、《卡特琳娜》(1989)、《深渊》(Timayon, 1993)以及《莱什》(1994)等作品,他的主人公,就像亚哈随鲁,没有可能获得解放。对阿佩费尔德来说,从毁灭中拯救犹太人的目的论,即犹太教和犹太复国主义的前提,乃是一种幻影。

阿佩费尔德的人物形象乃行走着的死人。他们无法从大屠杀的恐惧中摆脱出来。这种对死亡与自我毁灭的兴趣在许多后现实主义作家的创作中占据着中心位置,比如说,约书亚,他的许多主人公——从《老人之死》到《1970年初夏》以及令人毛骨悚然的《五季》——看似在真正追逐毁灭。它亦曾出现在阿摩司·奥兹《直至死亡》中寻觅死亡的十字军身上,抑或出现在康尼尤克的绝望人物身上,从《希莫,耶路撒冷之王》到《亚当复活了》、《摇木马》、《最后的犹太人》和《解剖》。死亡与(在以色列)丧失亲人以及死亡与(在大流散和以色列的幸存者中间)大屠杀的主题在耶沙亚胡·科伦的《午间葬礼》(1974)中不断重现;也在本-奈尔的《乡间落日》;凯纳兹的《梦中的伟大女性》、《心灵絮语》和《通向群猫之路》;奥帕斯《以皮易皮》、《女主人》和《迷人的叛徒》以及阿尔莫格的《雨中之死》中重现。

然而,沙伯泰在创作中真实地再现了这一死亡主题,对以往希伯来文本中的英雄主义和理想主义提出了挑战:

> 他几乎不愿意听,不愿意用凝固的目光注视凯撒,凯撒站起身,在屋里走来走去,开始气呼呼地讲述戈德曼先生,两天前,他暗示他儿子的病情,试图使他振作起来,说他不应该恐慌,即使世界上最好的医生也有搞错的时候,相信他终究会安然无事,当他讲这些话的时候,声音有些异样,接着又说人生不过是死亡之旅,正如古人已经意识到的那样,这一点确定无疑,而且——死亡是人生精髓,一个时辰接一个时辰地逐渐在人生中变形,直至最终完全具体化,就像蠕虫不可压制地在蛹里成形,从中会出现蝴蝶。于是,人必须培养自己接受死亡,死亡从不会很快到来,等它全然降临时,没理由拒绝。(《过去的延续》,255页)

《过去的延续》并非在总结与犹太复国主义通用情节相抗衡的后现代立场。它涵盖了产生这种影响的许多事件:西奈战争、艾赫曼审判、拉翁事件、本-古里安的倒阁、六日战争,最重要的是赎罪日战争,在赎罪日战争中,以色列人经历了从欣喜到深深绝望的过程。

不用说,被迫死亡,或者是没有任何英雄理想便被迫死亡的人物,并非希伯来小说所独有。正如纳坦·扎赫在1983年的《电波》(*Qavei 'avir*)中所指出的:"当代希伯来散文的风景线多么凄凉、阴暗。从我们一起审视的书籍来判断（我一点也不认为它们代表着整幅画面！），竟有如此多的陌生和伤痛、疏离和孤独、乏味与死亡！在普遍痛苦面前缺乏激情与活力。作为创造力与繁殖力的爱神遭到怎样的镇压。"（62 页）然而，以色列文坛出现这样的作品在希伯来文学史上意义重大。主题的变化影响到了形式。犹太复国主义通用情节中把英雄之死当作高潮来结束故事，与采用渐衰形式作为高潮导致了不同的净化效果，正如前面引自《过去的延续》中的段落。

这些变革了的以色列历史与犹太民族意识的新型史诗，不光是要在大屠杀、独立战争、西奈战争、六日战争的背景下进行阅读，就像我们在 20 世纪 70 年代、80 年代、90 年代那样，也要在赎罪日战争、黎巴嫩战争并逐渐增至巴勒斯坦起义的背景下进行阅读。后来的这些事件均在重新回顾早期以色列历史时投下了阴影，导致对以前事件的重新阐释。小说作家并非唯一重写民族历史的人。历史学家和社会学家，诸如本尼·莫里斯、汤姆·萨吉夫、伊戈尔·埃拉姆、伊兰·佩波、阿莫农·拉斯和巴鲁赫·吉马陵，也致力于对后犹太复国主义历史的修正，他们当中有些人在重新阐释过去时指出，在独立战争和以色列建国初期，犹太复国主义者不仅对巴勒斯坦人犯了罪，而且也对大屠杀幸存者犯下了罪。在康尼尤克等人的创作中，这一点恰恰表现为优先考虑大屠杀幸存者，而不是优先考虑以色列自己的伤亡，因为 1948 年的英雄们不仅选择牺牲个人与子女，而且在牺牲过程中杀害无辜的人们。这样一来，从 20 世纪 50 年代开始，犹太复国主义通用情节逐渐被称作问题，作家——就小说人物范围展开论争，把其他地方、其他时代、其他犹太人的反－历史引进到以色列历史的标准叙事中——创作出的希伯来语小说不但对重申犹太复国主义理念责任重大，而且对民族历史和文化进行无拘无束的、常常是严厉批评的审视负有责任。

* * *

撒代、奥兹、康尼尤克和早期凯纳兹的表现主义；约书亚、奥帕斯和阿佩费尔德怪诞的超现实主义、卡哈娜-卡蒙和阿尔莫格的抒情-巴洛克与女性主义主题；沙伯泰普遍的公共意识流；或许还有凯纳兹后来的印象主义——所有这些都令20世纪六七十年代的希伯来小说卓尔不凡。从犹太复国主义主导叙事彻底转向在公共与私人层面直面失望与幻想破灭情绪，也起到同样的作用。希伯来文学似乎已经取得属于自己的东西。但文学传统当然不是这么发展的。"新浪潮"兴起25年后的20世纪80年代，文学传统又一次经历了根本性的变革，而当时的新政治现实——黎巴嫩战争（1982–1985）以及1987年的巴勒斯坦起义——再度改变了小说主题。

许多作家参加左翼示威，签署请愿书，撰写文章与书籍抨击政府的政策。阿摩司·奥兹在1983年发表了题为《在以色列土地上》（*Po vesham be'eretz Yisra'el*）的政治随笔集，在《黎巴嫩斜坡》（*Mimordot halevanon*, 1988）中又描写了黎巴嫩战争。1987年，格罗斯曼出版了《黄风》（*Hazman hatsahov*），详细描述被占领土地的状况，就仍在继续的占领问题发出警告。这些事件在文学机构产生了主要影响，使年轻作家进一步脱离犹太复国主义主导叙事的辩证法。与此同时，20世纪80年代涌现出大批文体革新者，他们又一次从根本上修改了希伯来文学的诗学。这样的作家有约珥·霍夫曼、丹·本纳亚-塞里、亚伯拉罕·海夫纳以及约兹尔·波施坦等老一代作家，他们在文坛上初次亮相相对较晚。但也有年青一代作家，包括对当代以色列希伯来文学结构产生决定性影响的格罗斯曼。

12
90年代
没有梦想的一代

20世纪60年代作家的合法继承人是大卫·格罗斯曼,他从传统内部实行了一场革命。其早期短篇小说和长篇小说体现出与奥兹、约书亚小说同样的社会参与意识。然而,在《参见:爱》('Ayen 'erekh:' ahavah, 1986)中,他表明自己已经是个独立的作家。该书用典丰富,互文性强,将不同的叙事方式和文学风格组合起来,打乱了常见的文学界限,形成极富独创性的艺术作品。小说第一部分以新现实主义艺术手法表达了以色列大屠杀幸存者居住区中一个孩童的体验,这些体验通过孩童意识体现了出来。第二和第三部分,背景转移到第二次世界大战时期,充满奇幻、讽刺嘲弄与怪诞。作品在运用明显的后现代主义手法方面登峰造极。作品并非在进行叙述,它创造出蕴藉大量姓名、术语、事件、概念的一部百科全书,其中许多与大屠杀和出现在小说其他地方的事件有关。作品援用了现实生活中的真人布鲁诺·舒尔茨——不属于希伯来作家世系中的波兰-犹太作家、画家,二战期间遭纳粹杀害体现出德国哥特式小说传统的特点,尤其是君特·格拉斯(《铁皮鼓》和《比目鱼》)的创作特点。这样一来,即使该书带有受内在希伯来文化影响的痕迹,比如约拉姆·康尼尤克的大屠杀小说(《亚当复活了》)和奥兹的超历史-怪诞小说《触摸水,触摸风》和《恶意之山》,但它亦将自己置于不折不扣的欧洲语境之中。

与此同时,它铸造出大屠杀小说创作的新版图。它强调,倘若不进行变幻无常的情景表现,就无法抵达死亡营的现实世界。它显示出艺术在尝试适应恐惧时的功效。在处理大屠杀时,格罗斯曼打破了将大屠杀视为不适合做任何一种虚构类文学作品的主题,尤其是格罗斯曼自己创作的那种想象狂放的作品主题的神圣禁忌。尽管《参见:爱》明显在反叛20世纪60年代的文学传统,但它也对那一传统做了某方面肯定,即肯定了居于希伯来小说中心的集体意识的重要性。

奥兹、约书亚、康尼尤克、奥帕斯,以及同时代的多数作家敏于进行社会讽喻阐释,这是因为作家对民族背景作出了观察与评判。在20世纪80年代,作家们放开手脚偏向体现个人特色的表现手法和自我类型体验。因此,比如在阿摩司·奥兹写关于独立战争时期一个孩子的中篇小说(《恶意之山》)中,焦点放在了英国军官、地下抵抗运动领袖和一位绝症患者之间的冲突上,这位绝症患者正在殚精竭虑研制抵抗阿拉伯人的武器。与之相对,在格罗斯曼的小说《内在语法规则》(Sefer hadiqduq hapnimi, 1991)中,六日战争在一种不问政治的叙述中仅仅作为背景。作品追述的是一敏感、内向的年轻人在60年代成长于耶路撒冷并走向成熟的过程,小说没打算直面主要的时代冲突,比如说犹太-阿拉伯冲突(像格罗斯曼早期小说《羔羊的微笑》[Hiyukh hagdi], 1983)或者大屠杀及其幸存者。反之,尽管小说自始至终限定在具体的时空里,但它并未有意要对时空做出解释。小说也没有明显的意识形态痕迹。主人公乃处于社会与政治边缘的个人,聊且打发普通而平淡无奇的人生(如阿尔伯特·苏伊萨的长篇小说《束缚》['Akud, 1990])。孩子们熟悉居民楼的里里外外,熟悉那野火般在一套套住房里蔓延的流言飞语,熟悉在某一范围内兴旺人生。邻里的日常生活远比重大的民族事件重要。

在这方面,小说与亨利·罗斯的经典作品《安睡吧》有相似之处。无论格罗斯曼是否熟悉亨利·罗斯的小说,但是《安睡吧》和《内在语法规则》受到同一源流的影响,即受到詹姆斯·乔伊斯的《青年艺术家的画像》和《尤利西斯》的影响。在这类作品中,普通家庭生活转移到了中心位置,似乎只通过中产阶级女人与陈腐来反映潜藏在深处的精神与情感体验。格罗斯曼笔下的克来恩费尔德一家既是典型的以色列家庭,又不是典型的以色列家庭。在这个背景中,有曾囚禁在苏联大草原劳动营中的父亲,还有身为孤儿难民并将两个妹妹带大的母亲。纵然这些历史背景颇为重要,但小说和《参见:爱》不同,不太关心历史的冲击作用以及历史对日后集体意识的影响,而是关心家族历史对家庭本身的特殊影响。最为重要的是群体与私人之间的距离。这样一来,当"刺耳的警笛凄厉响起"之际,对14岁的阿龙来说,比战争更为重要的是他自己与众不同的个人解放。"也许是他们的战争打响了,"他沉思着。"警笛突然停息"(《内在语法规则》,308页)。"晶体管一代,yeah-yeah一代,"主人公说,"与时下流行的事物有什么关系?也许,天晓得,别处再没有生命与生存了"(234页)。

《内在语法规则》集中描写的是人与人之间的私人关系,而不是描写群体,令人想起约书亚·凯纳兹(《节日之后》和《梦中的伟大女性》)和耶沙亚胡·科伦的早期长篇小说(《正午时分的葬礼》,1974)。格罗斯曼吸收的是教育小说中的新现实主义(凯纳兹的《音乐瞬间》和《心灵絮语》),并且引进了怪诞因素,正如在关于埃德娜·布鲁姆的大段描写中,埃德娜和孩子父亲的关系几近于荒诞。在这一点上,本书令人想起 A.B.约书亚。它创造了一种浮掠历史边缘的新现实主义。

加盟革新60年代创作的另外两位作家是梅厄·沙莱夫和丹·拜纳亚·塞里。梅厄·沙莱夫采用约书亚的怪诞探讨迄今无人问津的领域,创作出带有怀旧色彩的社会历史场景:《蓝山》(1988)、《以扫》(1991)和《恰如几天》(1994)。小说包罗万象,风格酷似文艺复兴时期的英法创作。通过大量的第二手传说与奇闻轶事来推进情节发展,使泪与笑奇妙地浑然一体,随意使用奇异和反差强烈的素材,在两性关系上着眼于部落而不是个人。在某种程度上,与20世纪30年代的颓废文学相反,梅厄·沙莱夫将神话、传说、仪式和幻觉与生活舞曲结合在一起。作家用火、水、太阳等原始因素没完没了地做游戏，并将光怪陆离充满怪异的悲剧事件混合在一起，比如说（在《以扫》中）儿子不赶回来参加母亲的葬礼，一个女人在儿子死后拒绝振作起来生活，一个女人目睹了一群阿拉伯暴徒屠杀自己的家人，一个年轻姑娘遭到父亲遗弃嫁给一位自己并不打算嫁的男人，荒唐可笑、目光短浅的两兄弟，两对主要人物的失败婚姻。

234　　在这三部小说中，《以扫》无论从哪方面说都最为重要。表面看来，它描写的是一个家庭烘烤作坊。其中一兄弟（以扫）离开自己的国家，不再做生意，撰写关于烹饪烘烤问题的书籍。另一个兄弟留在国内，他在一场军事行动中失去儿子，继续从事父亲的生意。但作品运用互交手法，并使用大量典故，以至人物关系具有了圣经和历史原型中的意义。此乃神话般的历史，人物的名字——亚伯拉罕和撒拉、雅各和以扫、利亚和便雅悯——及其各种行动使其圣经含义准确无误。它也是戏仿之作。小说中的兄弟之争，重物质享受的是雅各，而不是以扫；兄弟们爱的是利亚，而不是拉结；美国成了主人公移居前往的埃及。戏仿并没有消除文本的象征力量。例如，作家坚持认为，兄弟冲突乃人类境况的基本因素之一，对该隐和亚伯、以撒和以实玛利、雅各和以扫、约瑟及其兄弟来说尤为如此。在圣经传统中，哥哥为弟弟服务，因为弟弟更重精神。在《以扫》中，画面不住地翻转。叙述人以扫看似更重精神，可他的精神实质上一片贫瘠。他可以写面包，可是不会烤。他和许多女人有床笫之欢，但没有留下任何子嗣。兄弟二人中雅各重物质享受：是个荒诞不经的情人，孤寂凄凉的父亲。他作为一个烤面包者，传达了文本中的正面观点。

　　另一位作家丹·本纳亚·塞利像沙莱夫一样，把约书亚的怪诞加以改编以适应新的目的。甚至在约书亚用《五季》《曼尼先生》扩展了自己的技巧之前，塞利便已将怪诞手法内化，对公共心灵的神话、心理层面进行探讨。《纳夫塔里·西曼托夫的上千个妻子》

("Elef neshotov shel Naftali Siman – tov"),揭开了《阴影中的鸟儿》(*Tziporei tsel*, 1987)文集的序幕,写人类性关系的不可能性。男女主人公无法进入使之能够结合的任何直接交谈,在性生活上更是无法交流。性,在文本世界中,属于外部语言。无论男女,在交媾前后均不进行精神交流,他们甚至似乎不知道接下来将要发生什么。比如,一位孕妇甚至不知道她已经怀孕。另一个人物,是个男子,知道她怀孕了,但又不能向她挑明,因为他也知道自己不是使她怀孕的人,因为他在性交时喜欢手淫。塞利凭借使用公共素材,委婉地避开主题,对主人公进行怪诞的描述,成功地描绘出一幅社会画卷,在这幅画卷中,冲突通过逃避到无意识中,通过抑制意淫需要等手段得以避免。在这方面,小说有点离谱,招致非难。塞利的创作洞察了独特的以色列社会。但他的创作本身不属于民族特色的小说。而是,风格化了的、反模仿的创作,它产生一种带有普遍意义的人类境况外加中东说法的画像。

  作为后现代主义的典范作品,约珥·霍夫曼的小说也明显植根于希伯来创作传统。他的小说《卡茨晨》(关于一个移民男孩最终被送到基布兹的故事)和《约瑟书》("Sefer Yosef",故事发生在战前欧洲),均收入在小说集《约瑟书》(1988)中,与阿佩费尔德对离群索居、没有归属的移民和难民所作的概述有着异曲同工之妙(像大卫·舒茨《草与沙》[*Ha' esev vehahol*]和《白玫瑰,红玫瑰》中的人物)。但是,阿佩费尔德对他人物的种族出身轻描淡写,霍夫曼对此却加以强化,在行文中直接采用德文短语,在书页边上加上翻译。霍夫曼的结构极端支离破碎,创造出一种感觉,有些东西遭到压抑,要么就是没有说出,要么就是与之相反没能给予清晰的表达(见康纳《后现代主义文化》。与阿佩费尔德一样,霍夫曼牢牢把握住战争前后犹太人身份的力量与同化的力量。但是霍夫曼干巴巴的奇异风格改变了上述两种情势下蕴涵着的内在感伤力,他对人物及其苦境的描述显示出比阿佩费尔德等人所作的同类表述具有更大的同情与温暖。

在他后来的小说中，霍夫曼变得更加富有实践性。他从富有诗意的简单速写，转入快照小说，提出关于现实自然的问题，以及在展现现实自然时的连续性与非连续性问题。作家运用各种各样的叙事技巧，比如，采用日本俳句形式等短小的文本单位，印单面，以便强化非连续性、支离破碎性以及解说性想象的角色在创造秩序与意义时的作用。

对于霍夫曼来说（如同阿佩费尔德和其他的人），移民在自己的故乡是外人。然而，作为一个身处边缘的局外人，他也是民族故事中的中心主人公。正如他在《伯恩哈特》（1989）中写道：

> 伯恩哈特小时候骑在野鹅背上飞到芬兰。他、西格蒙德和克拉拉遇到了许多怪事。西格蒙德和克拉拉死了，伯恩哈特一个人回到巴勒斯坦，娶了葆拉，葆拉也死了，那些年伯恩哈特从来没说过"阿兰"（本土以色列人打招呼时说的阿拉伯语）。他讨厌那些双下巴的人在巴勒斯坦闲逛说"阿兰"。他想问："伯恩哈特，西格蒙德的儿子，他不是人吗？有时连那些瘦骨嶙峋的不可知论者也（不自然地）说'阿兰'。"伯恩哈特看见他们时感觉不舒服，就好像他们给他看自己的私处一样。（37页）

主人公在文化上属于他所抛弃了的世界的一部分（比如，通过提及塞尔马·拉格洛芙发表于1907年的《尼尔斯骑鹅旅行记》谕示出来）。他憎恨那些在匆忙同化中背弃欧洲出身的移民。这一问题以前由本－锡安·托马尔在剧本《阴影里的孩子们》（*Yaldei hatsel*，1963）和阿佩费尔德提出。在霍夫曼的创作中，这一问题得到更加清晰尖锐的阐释。霍夫曼的小说《鱼基督》（*Qristos shel hadagim*，1991），甚至是一部更富有革新意识的大胆之作。这部作品不再依赖20世纪60年代的主题和风格传统，标志着希伯来小说创作的一个全新起点。小说结构与《伯恩哈特》一样，由小的诗歌单位构成。这些单位是不间断的叙述组成部分,然而每部分均自我限定,独立成体。只有解释,没有表述。这部作品支离破碎,其片段或随心所欲或不可避免地结合在一起——不可能决定。实际上,小说是一首东拉西扯的诗,有许多空白,令人想起日本的俳句以及上世纪之交奥地利的"微型艺术",其中文本的停顿与节奏单位相比显得不那么重要了。

在霍夫曼的其他创作中,文本极其理智,引经据典,显得颇为熟谙西方和德国传统以及希伯来传统。比如,读者期望得知维尔德甘斯(奥地利表现主义诗人和戏剧家,1881－1932)是谁,期待了解帕西法尔神话(圣杯)、奈费尔提蒂(埃及王后)神话、信天翁神话,斯宾诺莎、摩西·门德尔松、莱布尼茨、休谟、圣伊纳爵、《薄伽梵歌》的思想,以及大量的神话学、文学和历史资料。不用说,这本书的标题令人想起基督教传统。

霍夫曼在早期小说中,就本民族不接纳欧洲移民的问题展开批评:

> 战争结束后(在74年冬天),/上帝把凛冽的风吹向世界各地。/醒来的机械装置(杜鹃,诸如此类者/墙上的挂钟凝固了。马各大大妈点燃火/煤油暖气里一束蓝色的火苗,坐在那里/她和斯泰尔太太在旧沙发上/一前一后。……五点钟,斯泰尔夫人说"依纳"。她说的可是安提阿(安提阿一世)的主教,他在使徒书信里号召/主教要得到上帝般的尊重?她说的可是伊纳爵,他在蒙马特/圣马利亚教堂/创建了耶稣会?(170－180页)

两种暂时的连续性,一种是历史的,另一种是自然的,两类意象(战争与杜鹃钟、煤油暖器并置或者和两个依纳并置)反映出这些女人所生存的外部世界及其内在生活特征的差异。对她们来说,基督教和犹太教一样是她们人生体验的一部分。这种文化对比经常在充满喜剧色彩的怪诞意象中传达出来:"实际上,马各大大妈的人生故事/乃身穿长裙的马各大大妈的人生故事。"/枪弹射向"艾塔列纳号"。贝京大叫。/但马各大大妈站在那里/(这样的决定不平等!)像一块泥土,在拨弦古钢琴旁边,身穿长裙。"(98页)"或许英国人可以在巴勒斯坦有托管地,"作品在什么地方写道,"但是我的伯伯/赫尔伯特在全世界拥有托管地"(102页)。这是用挽歌体写成的长篇故事,写文化的衰落以及在一块陌生的不是故乡的土地上落落寡欢的移民。

在20世纪80年代作家中,运用文献和拟书信文本,自己有意暴露出创造小说的虚构手法来写后现代小说,并非霍夫曼独家。这方面的突出例子有亚伯拉罕·海夫纳(《包括一切》[*Kolel hakol*],1987)和伊塔玛·列维(《悲湖的传说》['*Agadat ha'agamim ba'atsuvim*],1989)。其中最有意思的是犹太复国主义诗人尤瓦尔·施莫尼。尤瓦尔·施莫尼乃大卫·施莫尼之孙,他对老祖宗不屑一顾,就像弗格尔用希伯来语撰写德国小说一样,施莫尼使用希伯来语撰写美国-法国小说。与霍夫曼一样,施莫尼也在希伯来小说之外寻找资源。他也在运用印刷技巧进行创作实践。其小说《鸽子的飞翔》(*Ma' of hayonah* ,1990)写成相互对应的两栏,每栏各叙述一个不同的故事。在右栏中,主人公是一对美国人,住在巴黎,不过这并没有什么意义,因为他们是作为普通人物、而不是作为民族人物出现的。左栏写的是一个孤独的法国女人,思忖着要自杀,她同样具有普遍性。尽管小说没有表现出两个故事之间有什么明显的联系,只是暗示出某种内在关联,但小说的特有模式本身建立在把人类思维当成一个整体的假设之上,能够创造性地校勘和组合其他不相干的材料。组合上的对称——房间、大都市、信鸽——强调的是不对称。然而它们也建构了一种平衡,暗示人物所拥有的共同人性。右栏旅行中的夫妇均在性角逐中失败。他们之间的关系不过是拥有共同的空间和习惯。然而,并非只有他们拥有这样的命运。此乃一夫一妻制本身的命运。

时间以毁灭者的姿态出现,婚姻徒然尝试着做出反抗,但是无法制止。在谈到子女时,丈夫说:"他们是我们的该死的时间沙漏……对他们来说增加的东西对我们却在减少"(69 页 a)衰老是内在变化过程唯一的外在表现形式,它导致人们彼此分离,甚至感到彼此抗拒:"她朝他转过脸,迫使他看见变得厚重松弛的肉身。眼睛下呆板的眼袋,脖子上耷拉着的皮肤。"

在另一栏,正在用一种不同的风格讲述一个不同的故事。摒弃了外部观察,采用的是意识流手法。我们对女主人公孤独的过去一无所知,只知道她现在过着可怜平凡的生活,用强烈的诗歌意象描绘出来:"因此它应盖上。瓶盖儿。盐瓶盖儿应盖上。在那儿,现在盖上了。盖上了。它转动着,转到了大洞,于是再动动,转到这一个位置。这里。盐瓶盖从视线中消失了,它身下的桌子从视线中消失了。桌布是红白格的。"(71 页 b)客观描述和比喻继续互相置换,直至人们无法告知是否真的有外部世界。倘若在 A 栏中,我们描述正在衰退的性欲,肉体世界前来代替情感世界,孤独逐步蚕食夫妇所共同拥有的生活,那么在 B 栏中我们则强化了性欲与情感,这种性欲与情感由一种比夫妇承诺享受人生快乐生活还要重要而有力的死亡愿望驱动。对于美国夫妇来说,带有强制性的生存问题则是参观蓬皮杜中心还是参观埃菲尔铁塔。"最后,一切都散架了,"妻子说。"他们没把它放好,他们没有担保,所以你能怎么办。你的鞋带。"(79 页)语词的乏味表达出他们生活的无价值,无意义。

奥尔特加在《艺术的非人性化》一书中描述了他所谓的"情节之死"。在施莫尼的长篇小说中,我们不仅体验到情节的终结,而且体验到心理特征描述本身也走到了尽头。假定小说必须在传播媒介中找到一个新的位置,因为其情节无法同电影竞争,其心理特征描述也赶不上精神分析研究。它可以比其他传播媒介做得好的地方在于,可以比特写镜头更能细致入微地描绘人类活动。因此,施莫尼没有加快情节演进的速度,而是让它缓慢前行;没有创造张力,而是把日常生活的细枝末节描绘成反映夫妇生活的戏剧——或反戏剧,以及一个孤独女人的单人剧。

这个孤独的与世隔绝的女子,尽管没有和任何人进行对话,但仍然坚持自己某种内心的对话,在这方面,本书表达出一种意义。当然,结尾有些模棱两可。鸽子的飞翔可以代表女子的死。但也可以表示她从世界上消失或者逃避。右栏勾画出交流的终结;左栏——则是激烈、充满疯狂与自我毁灭的人类内心独白。

但是,左栏倒数第二页的一个段落显示出某种比较乐观的可能性:

> 在亮着灯的房间内,在由于灯罩作用而变得轻柔起来的亮光下;那里,甚至当他们靠近时,男人触摸女人,人对人那渴望触摸的触摸遭到遏制;希望,犹豫,恐惧,相互靠近,紧紧抓住对方,整个世界只有他们。在密集的楼群那边,一个女人站在柜台旁,撒白砂糖。水从她身边的饮水器里喷出。一只鸽子,像这只一样,大摇大摆地走向面包屑。(96 页 a)

从文本中可以得知,"路的尽头只是渴望";在生死之外,或许有似闪烁灯光的触摸,不只是人与人之间的触摸,而是人与非人(鸽子)之间的触摸。施莫尼从以色列场景飞向集体体验,在强烈的孤独中找到一份希望。

女性小说,彻底修正传统的另一个领域,是新近吸引许多希伯来文学学者的一个话题,这些学者包括埃斯特·福克斯,纳欧米·索科洛夫、安妮·霍夫曼、亚埃拉·菲尔德曼和汉娜·纳维。尽管女性在诗歌领域总是占据着显著地位,但在小说领域中情况则不尽相同。黛沃拉·巴伦,艾莉谢娃和埃斯特·拉阿夫和莉娅·戈德伯格的短篇小说从未引起足够的反响,然而戈德伯格的《他就是光》大概是希伯来女性文学传统中的开创性作品。

20世纪四五十年代,许多女作家出现在文坛。纳欧米·弗兰克尔创作了三部曲《扫罗和约拿单》,约娜特·塞纳德(和丈夫亚历山大)合写了多部小说。耶胡迪特·亨德尔,以创作印象主义—现实主义小说起步,后转向写印象主义小说《另外的权力》、《在寂静处所附近》(*Leyad kfarim shkeitim*)和《小钱》。拉海尔·伊坦在她1962年的小说《第五天堂》中表现得大有可为,而舒拉密特·哈莱文向世人奉献了许多短篇小说,一部长篇小说(《城中多日》,1973),几部历史小说著作(《奇迹憎恨者》、《先知》[*Navi*'],1989)。

倘若有女作家独自创立一个标准,开创一种风格,创造了女性主义意识的话,这个人则是阿玛利亚·卡哈娜-卡蒙,尽管她是亨德尔和约娜特·塞纳德的同龄人,但崭露头角则是20世纪50年代末期的事情。从主题上看,她致力于描写以色列不同时期、不同地区和不同阶层的男男女女之间的关系和家庭体验。从风格上说,其创作表现出复杂的抒情特征,对女主人公的情感和渴望观察得细致入微。露丝·阿尔莫格也很重要;她在稍后不久登上文坛,在短篇小说集《女人》(*Nashim*, 1986)以及长篇小说《流亡》、《雨中之死》和《光之根》中创作出准确无误的女性主义话语。

到20世纪80年代,确实有大批女性出现在文坛:萨维扬·利比莱赫特、利亚·艾尼、耶胡迪特·卡茨尔、哈娜·巴特-沙哈尔、多利特·佩莱格、娜娃·塞梅尔、诺佳·特莱维斯、莉莉·佩里、吉伯拉·多伦、奥莉·卡斯特尔-布鲁姆等等。短时期内出现如此众多的女作家,这一现象本身值得注意,可能也与总体文学发展趋向,特别是女性文学内部发展趋向有关,这种文字同大范围的政治场景拉开距离,或是从微小的局部描绘进行观察。比如说,露丝·阿尔莫格的《光之根》,开始是写一个小姑娘在一个以色列小镇上成长起来的家庭故事,又以年轻女人反叛以色列背景——父亲以及想统治她的男人这样一种女性主义的描述作结。

19世纪80年代的某些女作家(如耶胡迪特·卡茨尔、萨维扬·利比莱赫特)对主流传统进行重新加工,但没有颠覆传统。卡茨尔令人联想到雅考夫·沙伯泰的样本，而利比莱赫特在《沙漠苹果》（*Tapulhim min hamidbar*，1986）中，从新的女性视角对旧主题进行重新探讨。在《屋顶屋》（"Heder 'al hagag"）中，她通过一个单独和阿拉伯工人修新房子的犹太女性视角（令人联想到阿摩司·奥兹的《游牧人和蝰蛇》），描述阿拉伯人和犹太人的关系，而《鸽子》（"Yonim"）写的是一位信仰共产主义的母亲不住地劝说儿子不要皈依正统派犹太教。

汉娜·巴特－沙哈尔的《称之为蝙蝠》（*Likro' la ' atalefim*，1990）展现了一批怪诞绝望的人物形象，这些人极其孤独，和父母关系错综复杂，满怀不能实现的性期待。正如作者在描述一个人物时写道，"其身体状况总使她感到沉重和恐惧。使她离群索居，为自己奇怪的生活方式开释。虽令她痛苦，但也是她的依靠，就像依靠一个赋予她以不同眼光看待现实的秘密，某种不同的价值标准。"（166页）都什卡住在一个供食宿的膳宿舍，保罗（她暗恋他）在那里打工。她想离开膳宿舍，搬到母亲住过并自杀的单元住房，舅舅是这项财产的遗嘱执行者。

如此古怪又复杂的情境在她多数小说中重现。其人物为无法实现的爱而遭受损害，不能实现爱情的原因或是她们本人性格上的弱点，或者是因为她们屈从于体弱多病、性格专横的双亲，如同在《阴影密布的公寓》（"Behadarayikh tsel"）。多数人物用的不是希伯来人的名字（罗提、伊迪丝、都什卡、缇塔、保罗、拉里、雷伯、门塞尔、泊丽娜、阿玛丽亚、戈尔达），把本质上属于非以色列人——与普通本土人世界的迥然不同——的背景加以强化。巴特－沙哈尔集中笔力描写性爱的挫败；她所描绘的性关系是不真实的，不能实现。所有的故事都具有强烈的压迫感，景色则充当负载着主人公绝望和机能不良意义的意象。

女性文学也实验性地迅速侵入女性世界，把女人当成题目来作。莉莉·佩里和奥莉·卡斯特尔－布鲁姆一并反对传统的表现模式，改变了希伯来小说的面貌。卡斯特尔－布鲁姆的《我是谁？》

(*Heikhan 'ani nimts'eit*? 1990) 当然是近年来出现的最为怪异的作品之一。与创作极富诗意作品的卡哈娜－卡蒙不同,卡斯特尔－布鲁姆没有使用任何文化典故和富有诗意的比喻,在毫不相干又出人意料的事件中创造出喜剧性的荒诞,"当你潜水时,所有的人都是平等的。你梦想和高大的黑人调情,就像你和第一个丈夫调情那样。公安部长查看我的电脑,用一种友好的方式同我说话。"(12页)黑人、丈夫、公安部长这些不可能并列的人物在大文本的层面上反复重现。小说叙述的是离婚、结婚、打字员的工作、从法国前来探望他们的堂兄弟们,尝试着到戏剧学校和大学读书,尝试强奸,一个恶棍引诱让女主人公给一无名之辈作"伴侣",和总理的会晤——她也打算这样做——以及诸如此类在逻辑上说不通又不连贯的故事。这些题材反映了特拉维夫的真实现实,涉及出版业、校园、底层社会或——差不多是——谍报机构等方方面面。但现实本身杂乱无章。这里没有对真正爱情的渴望,没有对性爱的描述。要是有性描写的话,充其量像姑娘操作电脑那样机械。

与卡哈娜的创作形成反差,这样的作品是反浪漫主义的。卡斯特尔－布鲁姆的叙事平淡无奇,趋于一种后现代式的语词和情节的终结,其人物也为这种叙事方式所左右。作家花费大量笔墨似乎在说,她所居住的世界是电脑、记者、政治家、想象中的丈夫、想象中的情人的世界,没有情感,死气沉沉:"大概是初冬。外面雷暴大作。但和我的情绪没有关系,我的情绪像沙漠中的枯井那样无动于衷。"(22页)女主人公冷漠的挣扎就是文本的社会意义。很难确认卡斯特尔－布鲁姆的文学起点:也许始于沙伯泰两部长篇小说《过去的延续》与《过去的结束》的结局。把她的女主人公想象成凯撒之子和埃尔文之子,不是没有可能。但是,倘若沙伯泰的凯撒是先驱者的孩子,其梦想正在失去,那么对布鲁姆来说,梦想则逝而不返,只留在记忆中:

我一个亲戚,他60岁了。满头银发。我喜欢他。他写了本反映他在自己祖国生活的书。写他决定去阿里茨以色列。参与犹太复国主义组织里的活动。他在北方一个基布兹度过了愉快的岁月。他到金融界发展。那本书的首句道出一切:"我并非自始至终都是银行家,"这个亲戚写道。我采用这句话写道:"我并非自始至终都是打字员。我并非自始至终都知道怎么盲打。"(21页)

银行家从事银行业之前的生存经历(犹太复国主义、拓荒、基布兹)和叙述人从事打字生涯之前的生活情形进行了排列组合,既怀旧,又充满对幻想破灭的讽刺。

倘若说卡斯特尔-布鲁姆在主题上继承了沙伯泰未竟的事业,那么她在形式上则重新恢复了伊扎克·奥伦、门纳西·列文(尽管她可能从未读过他们的作品)现代主义拼贴画和哈诺赫·列文的苦涩讽刺。与20世纪60年代的奥帕斯也不无相似之处,奥帕斯的城市三部曲(《一人之家》、《主妇》、《迷人的叛徒》)也用充满荒诞色彩的散文写成,将特拉维夫人绝望的真谛囊括进去,然而在奥帕斯的创作中,依然保持着一种痛悼失落体验的怀旧情绪。

就像霍夫曼、施莫尼以及后来的伊扎克·拉奥一样,卡斯特尔-布鲁姆传达出一代人的绝望,这代人甚至不再对犹太复国主义历史怀有梦想。她并非过多地为犹太复国主义的通用情节写作,也不是为反对这种通用情节写作。而是像与她同时代的许多以色列作家那样,只写它的外在世界。

* * *

我们漫长的文学旅程就到达终点了,这种文学在没有自然版图或者地理平台、没有口头用语、没有过多机会产生不间断的生机勃勃传统时便开始启程。然而,布伦纳命名的"困难重重"的文学尽管有重重困难还是获得了成功,一度是隔都文学、被遴选的知识分子群体的文学化作整个现代社会的文化声音,由许多非以色列人阅读、翻译。没有语言的文学不仅超越自己的语言而繁荣,而且超越了自己民族的疆界。民族建设与被重建,造就了某种文学的建设与被重建。

名词解释

阿利亚：移民到阿里茨以色列地区（指旧巴勒斯坦地区）

第一次移民：1882年到1904年，俄国发生"南方风暴"大屠杀后，约25000犹太人从东欧到达巴勒斯坦（阿里茨以色列，或者以色列地区）。（主要作家有：摩西·斯米兰斯基和尼哈玛·波卡柴夫斯基。）

第二次移民：1904年到1913年，约40000年轻的犹太拓荒者，在社会主义和"回归土地"理念的影响下，从俄国到达巴勒斯坦。这一群体的首领（大卫·本－古里安、百莱尔·卡茨尼尔森）乃奥斯曼巴勒斯坦犹太居民的社会和文化体制，如贸易联盟和各式各样农业定居社会组织（基布兹、莫沙夫等）的奠基人。多数移民在1914年到1919年间离开这个国家（主要作家：约瑟夫·海姆·布伦纳和施穆埃尔·约瑟夫·阿格农）。

第三次移民：1919年到1923年，近35000名年轻的拓荒者从波兰、立陶宛和苏维埃俄国移居巴勒斯坦。他们建立了劳工运动中的大多数机构（主要作家：伊扎克·什哈尔、以色列·扎黑以及海姆·哈扎兹）。

第四次移民：1924年到1926年，中产阶级商人和小贩主要因波兰犹太人经历了经济危机和发生在波兰的反犹主义，移居到巴勒斯坦。多数移民定居在特拉维夫。

第五次移民：1933年到1939年，德国犹太人在纳粹势力兴起后，移居到巴勒斯坦。20多万移民或合法、或非法来到英国托管下的巴勒斯坦，基本上变革了国家文化和经济。

同盟会：犹太社会主义党，工人阶级党派。在巴塞尔举行第一届犹太复国主义大会的 1897 年在卡托维兹（Katowitz）建立。这一运动在俄国、波兰、立陶宛后来在美国得以壮大。其成员主张，犹太人要在自己的故乡实现平等和文化自治。意第绪语，东欧大流散时期的语言，被宣作该运动的民族语言。同盟会员反对犹太复国主义，反对用土地解决"犹太问题"。

多尔巴阿里茨（本土一代）：移民们在本土生下的第一批孩子。20 世纪 20 年代初期出生，在 20 世纪 30 年代末期和 40 年代发表作品。多数人和农业定居点和劳工运动有关。他们主要撰写社会现实主义小说。这一群体在人生形成时期经历过"独立战争"，有时被称作"1948 一代"；或者是"帕尔马赫"一代（突击队员一代），这是因为在战争期间有些作家属于这些军事团体，或者是支持这些军事团体。其小说中的英雄主人公是新希伯来人，如摩西·沙米尔的埃里克：强壮、独立、健康的犹太人取代了大流散中的旧式犹太人。（主要作家：载迈赫·伊兹哈尔、摩西·沙米尔和阿哈龙·麦吉德。）

多尔哈迈地那（国家一代）：比较年轻的一代人，多数人出生在 20 世纪三四十年代，对他们来说，1948 年宣布建国是一个决定性的事件。多数人从 60 年代开始发表作品，反叛多尔巴阿里茨作家的社会现实主义传统。在多数情况下，他们撰写表现主义、超现实主义和印象主义小说。许多人向着旧式犹太人物回归，通过模仿嘲弄前代作家所创作的英雄人物——新希伯来人。（主要作家：阿摩司·奥兹、阿·巴·约书亚、阿玛利亚·卡哈娜－卡蒙，以及阿哈龙·阿佩费尔德。）

德拉沙（布道）：由布道人对经典文献所做的口头解释，后以书面和印刷形式保存下来。

弗兰克斯特：雅各·弗兰克（1726－1291）的追随者，伪弥赛亚，将自己称作沙白泰·兹维的继承人。他发起搞神秘的性狂欢，设想通过不洁来带来救赎。他和其追随者在 1756 年被驱逐出教会。

哈鲁茨（拓荒者）：指那些在流散期间便准备到奥斯曼和后来英国托管时期的巴勒斯坦（阿里茨以色列）参加农业劳动的青年男女。拓荒者运动意在通过体力劳动，与土地建立联系来使犹太人得到复活与更新。哈鲁茨——拓荒者——同盟在拓荒者青年运动中形成。这一组织从1919年到1921年在欧洲创立，1924年成为一个世界性的组织。拓荒者同盟为在巴勒斯坦建立犹太人定居点提供了大量的拓荒劳动者。

哈泼埃勒哈擦伊尔（青年劳动者）：1905年由第二次移民领袖在巴勒斯坦建立的犹太劳工党。哈泼埃勒哈擦伊尔受马克思主义思想影响较小，而受与马克思主义相像的犹太复国主义劳工运动影响较大。其主要的理想国内容是通过体力劳作和与土地的联系来实现犹太人的救赎。

哈守麦尔哈擦伊尔（青年卫士）：始于加利西亚的青年运动，受到德国青年运动"漂鸟"和巴勒斯坦托管地青年劳工运动的社会主义乌托邦思想的影响。在第三次移民时期，该运动成员在巴勒斯坦安顿下来。20世纪20年代末期，这一运动日渐受到马克思社会主义的影响。

哈西迪派：由以色列·巴阿尔·神木·托弗（1699–1761）奠定的宗教和社会运动。巴阿尔·神木·托弗指出在上帝面前人人平等，净化心灵优于研修。这一新运动迅速遍及东欧各地。在18和19世纪，变得形式多样，每一位擦迪克（义人或拉比）均拥有起自己的信义。

哈斯卡拉（启蒙运动）：受十七、十八世纪欧洲启蒙运动影响而发起的知识分子和意识形态革命。犹太启蒙运动在18世纪末期发轫于意大利和德国。在19世纪成为东欧的主要运动之一。这场运动倡导某种同化和文化适应，其口号为"在家做犹太人，在外面做人"。然而，哈斯卡拉的思想是，适应了新文化习俗的新型犹太人依然是少数民族的一部分。这一运动为一种世俗的犹太民族身份、后演化为犹太复国主义开辟了道路。（哈斯卡拉的主要作家有门德勒·莫克哈·塞法里姆、佩雷茨·斯米兰斯基和 R. A. 布劳代斯。)

海代尔（字面意思：房间）：犹太男孩上的传统犹太小学。

西瓦特锡安（热爱锡安）：俄国和罗马尼亚在 19 世纪末期发起的前犹太复国主义运动。运动的一些支持者移居巴勒斯坦。在 20 世纪初期，这场运动并入到赫茨尔的犹太复国主义运动中。

卡斯纳事件：1953 年，一个名叫马尔基埃尔·格林瓦尔德的人指控鲁道夫·卡斯纳和纳粹合作，卡斯纳曾经是匈牙利犹太委员会里的一位领袖（同艾赫曼进行谈判，从死亡营里拯救了一些犹太人）。1955 年，一位法官接受了格林瓦尔德的指控，但下结论说，为卡斯纳定罪的证据不足。以色列国家提出上诉，但高级法院宣布卡斯纳无罪，与此同时，卡斯纳在 1957 年被极端右翼分子谋杀。审判引起了巨大轰动，在审判过程中以色列民众不得不去面对大屠杀中的非英雄主义方面。

凯夫茨阿（群体）：奥斯曼和后来英国托管巴勒斯坦时期在民族土地的农场上劳作的农业合作组织。最早成立于代甘亚赫（1910）。与基布兹人不同（如下所见），他们在接受成员上具有比较大的选择性，努力避免雇佣外面挣工资的工人。他们也反对引进工业文明。

基布兹（聚集）：基布兹的主要原则和凯夫茨阿相似。这一体制最早创立于第三次移民时期，当时创立了需要合同工作的大型的劳动者群体，并需要拓展大片土地，导致凯夫茨阿概念的扩大化，并入了工业工人和工资工人，不再限制群体的规模。

拉翁事件：1954 年在埃及发现一个由以色列情报机构负责的犹太地下组织，并将一些领导人绞死。关于是谁下达的行动命令问题在以色列引起轰动。政府授权进行调查导致国防部长品哈斯·拉翁引咎辞职。1960 年，一位军官的证词暗示其长官伪造了相关文件。拉翁要求为自己洗清罪责，本－古里安要求免去拉翁的劳工联盟（西斯塔达鲁特）总书记一职。

麦里茨阿：在希伯来语圣经中，指格言；在中世纪，指典雅的文体。现表示哈斯卡拉时期通行的一种文体，以艺术化地融合圣经中的华丽短语为基础。

密德拉希：一种文本阐释方法，对圣书文本中的意义进行精细阐述与扩展。塔木德传统系统阐述某种规则推断这种隐含意义。密德拉希插入到《塔木德》文本中，但是也存在着独立的密德拉希创作，依旧保留着圣书中所出现的韵文规则。

民哈耶素德（从地脚开始）：由 N. 罗坦斯特莱赫教授、阿摩司·奥兹等人在 1964 年拉翁事件后所开创的运动，在拉翁事件中，劳工联盟的总书记拉翁在本－古里安的强迫下辞职。他们出版与运动同名的周刊（1962－1965），试图与本－古里安斗争，重申劳工运动的价值。斗争以马派伊——主要劳工党的分裂和本－古里安下台而告结束。

《密西拿》：律法集成，包含了犹太口头律法的核心内容。《密西拿》由拉比耶胡达·哈纳西按照以前的法律集成编纂而成。它分为六大论说部分，约在公元前 2 世纪末期成书。

密特奈盖蒂姆（反对者）：哈西迪运动的反对派，1722 年维尔纳·加昂签署哈西迪派禁令后得名。他们反对哈西迪派笃信义人，而不相信塔木德学者占据主导地位。

莫沙夫欧夫迪姆（劳动者定居点）：农业村庄，通常只称作莫沙夫，在莫沙夫里，居民们拥有自己的家和少量物品，但是在购买装备、销售产品时相互合作。最早的这类农业定居点试验基地有拜尔雅考夫（1907）和艾因加尼姆（1908）。

莫沙瓦（聚居地，定居点）：农业村庄，个人在那里耕种私有土地。莫沙瓦最初出现在第一次移民时期。最早的定居点是佩塔提克瓦（1878 年流产，1883 年重建）和里雄来茨用（1882）。许多村庄由巴伦·埃德蒙·德·罗特切尔德建立并协助办成。

新词使用：通过把现存语义学词根和语言学模式中的新构型结合起来创造的新词。这是在门德勒和比阿里克时代之后，出现在诗人史龙斯基和小说家伊兹哈尔作品中的一种重要的文体革新技巧。

奈图莱卡塔（阿拉米语：城市卫士）：耶路撒冷极端正统派犹太教反犹太复国主义群体，多居住在梅沙埃利姆区，既不接受犹太复国主义，也不接受以色列国家。按照他们的理念，救赎必须等到弥赛亚时代的到来，任何带有强迫性的世俗化救赎都是罪恶。

努萨赫：门德勒·莫克哈·塞法里姆发展而成的一种风格。它以非常对称的句法结构为基础，追随《圣经》和《密西拿》的对仗文体。词汇丰富，使用了众多希伯来语言资源，并具有丰富的传统短语、互文隐含意义和典故。

帕尔马赫（突击队，希伯来语拍鲁高特马哈茨的缩写）：以色列地下自我防卫组织（哈加纳）的作战团体，1941年由其最高指挥部建立。1948年拥有5500多名士兵。1948年后遣散，其成员成为以色列军队的有机组成部分。

萨伯拉（阿拉伯语，字面意思：带刺的梨状仙人掌）：以色列本土犹太人。这一术语用比喻手法指称本土人所谓在带刺外表下隐藏着温柔内心的性格特征。

沙巴特派：由所谓伪弥赛亚沙巴特·兹维（1626年生于士麦那；1676年逝世）领导的弥赛亚运动的追随者。沙巴特信徒甚至在沙巴特皈依伊斯兰教后仍然保持对他理念的信仰。

《塔木德》：名字可以适用于两部巨著集成，巴比伦《塔木德》和耶路撒冷（巴勒斯坦）《塔木德》，其中记载了《密西拿》编纂结束以来的几个世纪对犹太律法所进行的讨论。从结构上说，《塔木德》（德文）是对《密西拿》所作的评注和补充说明。然而其内容远远超越法律界限。正文主要用阿拉姆语写成，多数学者认为巴比伦《塔木德》在公元5世纪末期"完成"。

茨阿迪克（义人）：哈西迪主义把茨阿迪克当成上帝和人之间的中间人。他给追随者提供指导和忠告。一些茨阿迪克依姆采取奢侈的生活方式，包括拥有庭院。

耶什瓦（字面意思：会议场所）：学习犹太学知识的最高学府，学生在那里主要学习律法（《塔木德》）及其评注。

伊舒夫（字面意思：居住地区）：英国托管时期（1919 – 1947）住在巴勒斯坦的犹太居民。

文学报刊一览表

《阿赫沙乌》(《现在》):1957年以来在耶路撒冷和特拉维夫出版的不定期先锋文学刊物。由加布里埃尔·莫克德和巴鲁赫·切费兹(60年代和丹·米兰一道)编辑。1957年到1959年的最初几期以《奥格丹》(锉刀)名称发表。

《阿莫特》(《测量》):1962年到1965年间由施罗莫·格罗德森斯基在特拉维夫编辑的一份文学双月刊,读者对象为具有高文化修养的人。

《吉尔伯阿》(吉尔伯阿是座山名,在耶斯列山谷的基布兹中心附近):文学与意识形态刊物,只于1926年在基布兹艾因哈罗德出版过一次。在表达第三次移民拓荒者观念方面至关重要。

《哈阿达马》(《大地》):1920年和1923年间由布伦纳在特拉维夫编辑的文学月刊。最后一期出版于布伦纳被暗杀之后。

《哈多尔》(《一代》):1901年和1904年在波兰克拉科夫由D.弗里希曼创办的文学和美学周刊。

《哈梅里兹》(《雄辩的演说者/倡导》):自1860年在敖德萨出版、1871年以来在圣彼得堡出版的周刊和双周刊。从1881年到1903年改成日报。《哈梅里兹》由亚历山大·杰德鲍姆-埃里兹创立,埃里兹在那里做编辑一直做到1893年。

《哈迈欧莱尔》(《觉醒者》):1906-1907年由约布伦纳在伦敦出版的文学月刊。是世纪初年最有影响的刊物之一。

《哈欧兰姆》(《世界》):世界犹太复国主义组织的喉舌。该周刊自1907年到1914年在科隆出版。从1919年到1950年出版在维也纳、敖德萨、伦敦、柏林和耶路撒冷。

《哈欧麦尔》(《麦捆》):1907 – 1908 年出版的不定期文学刊物,由西姆哈·本·锡安编辑。阿格农在奥斯曼巴勒斯坦时期在这期刊物上发表了第一个希伯来语短篇小说;伊扎克·沙米也在该刊物上发表了第一个短篇小说。

《哈泼埃勒哈茨阿伊尔》(《青年工作者》):双周刊,后改为周刊,1907 年到 1970 年为青年运动和马帕伊党的喉舌;自 1912 年改为周刊。首位编辑是约瑟夫·阿哈龙诺瓦兹(1877 – 1937)。

《哈施洛阿赫》(《暖流》):第一次世界大战结束之前一直是俄国一份重要的文学月刊。1897 年到 1926 年相继出现在克拉科夫、华沙、敖德萨和耶路撒冷。该刊先由阿哈德·哈阿姆编辑,后又由海姆·纳赫曼·比阿里克和约瑟夫·克劳斯纳编辑。在阿哈德·哈阿姆的支持下,它在选择稿件及文学方法上体现出犹太理念。

《哈西弗鲁特》(《文学》):文学批评和文学理论季刊,由特拉维夫大学总体文学系出版,1968 年到 1986 年由本雅明·何鲁晓夫斯基(哈沙夫)编辑。

《哈图法》(《划时代》):文学季刊,后来成为年鉴,从 1918 年到 1950 年先后在莫斯科、华沙、柏林、特拉维夫和纽约出刊。该刊是《哈施罗阿赫》和《哈多尔》的精神继承人,它由大卫·弗里希曼编辑,弗里希曼在期刊上发表自己翻译的欧洲文学作品。1922 年弗里希曼去世后,刊物由其他编辑接管。

《哈约姆》(《日子》):1886 年 2 月 12 日到 1888 年 3 月 12 日圣彼得堡的一份希伯来语日报。

《哈迪姆》(《回声》):1922 年到 1928 年在特拉维夫出版的重要的文学双月刊;由阿晒尔·巴拉什和雅考夫·拉宾诺维茨编辑。

《伊提姆》(《世纪》):1946 年到 1948 年在特拉维夫出版的左翼文学周刊,由亚伯拉罕·史龙斯基编辑。

《伊通施维姆瓦晒瓦》(《77 报》):1977 年在特拉维夫出版的一份文学月刊;由雅考夫·白萨编辑。

《开晒特》(《箭》,《彩虹》):1958 年到 1976 年在特拉维夫出版的先锋派文学季刊;由阿哈龙·沙米尔编辑。一些重要的新浪潮作家（约书亚、凯纳兹和奥兹）在该刊上开始文学生涯。

《卡图维姆》（《作品》）：年轻先锋派作家群创办的文学期刊，1926 年到 1933 年在特拉维夫出版，由埃利泽·斯坦曼、亚伯拉罕·史龙斯基和雅考夫·霍洛维茨编辑。

《利克拉特》（《行进》）：耶路撒冷希伯来大学青年作家群的喉舌。1952 年到 1953 年出版，编辑为纳坦·扎赫和本雅明·赫鲁晓夫斯基。

《马萨》（《旅程》）：1951 年到 1954 年出版的文学双周刊；由阿哈龙·麦吉德和 T. 卡米编辑而成。1954 年后，成为左翼活动家党派阿哈杜特哈阿沃达《拉迈尔哈夫》报的文学副刊。自 1971 年开始，成为联合会喉舌《事》的副刊。

《莫兹纳伊姆》（《天平》）：希伯来作家团体的出版物。从 1929 年到 1933 年以周刊形式出版。其首任编辑为伯克维茨。自 1933 年（有间断）以来，成为协会的月刊。这是一份传统的文学刊物。

《奥洛金》（《时钟》）：1950 年到 1957 年间由工人出版社（西弗鲁特炮阿里木）出版的一份不定期文学刊物。亚伯拉罕·史龙斯基为其编辑，在以色列新国家成为左翼人士的喉舌。

《莱维维姆》（《雨滴》）：一份不定期文学刊物，和其编辑布伦纳一起从利沃夫、加里西亚到雅法、阿里茨以色列，漂泊不定。自 1908 年到 1919 年出版了 6 期。

《萨旦》（《砧》）：1924 年到 1926 年由表现主义诗人格林伯格编辑出版的一份不定期文学刊物。该刊物包括多数表现主义宣言和文本。

《希曼克里阿》（《感叹号》）：自 1972 年以来在特拉维夫出版的不定期先锋派文学刊物，由门纳海姆·佩里编辑。自 1996 年以来，再度出刊。

《图里姆》（《专栏》）：政治左翼文学期刊，1933－1934 年在特拉维夫出版。从 1938 年到 1939 年，由亚伯拉罕·史龙斯基编辑。

阅读书目

ANTHOLOGIES

Abramson, Glenda, ed. *The Oxford Book of Hebrew Short Stories*. Oxford: Oxford University Press, 1996.
Alter, Robert, ed. *Modern Hebrew Literature*. New York: Behrman House, 1975.
Lelchuk, Alan, and Gershon Shaked, eds. *Eight Great Hebrew Short Novels*. New York: Meridian, 1983.

INDIVIDUAL WORKS

Agnon, Shmuel Yosef. *Ad henah* [*Thus Far*]. Tel Aviv: Schocken, 1953.
———. *Agadat hasofer* [*The Tale of the Scribe*]. In *Eilu va'eilu* [*Of Such and Such*]. Jerusalem: Schocken, 1941.
———. *Behanuto shel mar Lublin* [*In Mr. Lublin's Shop*]. Tel Aviv: Schocken, 1974.
———. "Binʿareinu uvizkeneinu" ["With Our Youths and with Our Aged"]. In *Al kapot hamanʿul* [*At the Handles of the Lock*]. Berlin: Jüdischer Verlag, 1922.
———. *The Bridal Canopy*. Trans. Israel Meir Lask. London: Gollancz, 1968.
———. *Collected Stories*. New York: Schocken, 1970.
———. *A Guest for the Night*. Trans. Misha Louvish. New York: Schocken, 1968.
———. *Meʿatsmi 'el ʿatsmi* [*From Myself to Myself*]. Jerusalem: Schocken, 1976.
———. *Sefer hamaʿasim* [*The Book of Deeds*]. Tel Aviv: Schocken, 1941.
———. *Shira*. Trans. Zeva Shapiro. New York: Syracuse University Press, 1997.
———. *A Simple Story*. Trans. Hillel Halkin. New York: Schocken, 1985.
———. *Tmol shilshom* [*Yesteryear*]. Tel Aviv: Schocken, 1966.
———. *Vehayah heʿakov lemishor* [*And the Crooked Shall Become Straight*]. In *Eilu va'eilu*. Jerusalem: Schocken, 1941.
Almog, Ruth. *Death in the Rain*. Trans. Dalya Bilu. Santa Fe: Red Crane, 1993.
Amichai, Yehuda. *Not of This Time, Not of This Place*. Trans. Shlomo Katz. New York: Harper and Row, 1968. Hebrew: *Lo meʿakhshav lo mikan*. Jerusalem: Schocken, 1963.
Appelfeld, Aharon. *The Age of Wonders*. Trans. Dalya Bilu. Boston: Godine, 1981.
———. *Ashan* [*Smoke*]. Akhshav, 1962.
———. *Badenheim 1939*. Trans. Dalya Bilu. Boston: Godine, 1980.

———. *Bekomat haqarqa'* [*On the Ground Floor*]. Tel Aviv: Sifrei Daga, 1968.
———. *Ha'or vehakutonet* [*The Skin and the Gown*]. Tel Aviv: Am Oved, 1971.
———. *Ke'ishon ha'ayin* [*As the Apple of His Eye*]. Tel Aviv: Kibbutz Hameuhad, 1972.
———. *Massot beguf rish'on* [*First Person Essays*]. Jerusalem: Hasifria HaZionit Alyad Hahistadrut HaZionit Haolamit, 1979.
Barash, Asher. *Pictures from a Brewery*. Trans. Katie Kaplan. London: Peter Owen, 1972.
Baron, Devorah. "Sunbeams." Trans. Joseph Schachter. In *The Oxford Book of Hebrew Short Stories*, ed. Glenda Abramson, 85–93. Oxford: Oxford University Press, 1996.
Bartov, Hanoch. *The Brigade*. Trans. David Simha Segal. New York: Holt, Rinehart and Winston, 1968.
Bar-Yosef, Yehoshua. *'Ir ksuma* [*Enchanted City*]. Twersky, 1950.
———. *Sukat shalom* [*The Tabernacle of Peace*]. Tel Aviv: Am Oved, 1958.
Bat-Shahar, Hannah. *Likro' la'atalefim* [*Calling the Bats*]. Jerusalem: Keter, 1990.
Ben-Avigdor, Abraham Laib. *Le'ah mocheret hadagim* [*Leah, Fishmonger*]. Warsaw, 1891.
Ben-Ner, Yitzhak. *'Eretz rehoqah* [*A Far Land*]. Jerusalem: Keter, 1981.
———. *Protoqol* [*Protocol*]. Jerusalem: Keter, 1983.
———. *Shki'ah kafrit* [*Rustic Sunset*]. Tel Aviv: Am Oved, 1976.
Berdyczewski, Micha Yoseph. *Kol kitvei* [*Collected Works*]. Tel Aviv: Am Oved, 1951.
———. *Mimekor Yisra'el: Classical Jewish Folktales*. Ed. Emanual Bin. Trans. I. M. Lask. Bloomington: Indiana University Press, 1976.
———. "Without Hope: Beyond the River." Trans. Yael Lotan. In *The Oxford Book of Hebrew Short Stories*, ed. Glenda Abramson, 28–39. Oxford: Oxford University Press, 1996.
Berkowitz, Yitzhak Dov. "Cut Off." Trans. Yael Lotan. In *The Oxford Book of Hebrew Short Stories*, ed. Glenda Abramson, 56–69. Oxford: Oxford University Press, 1996.
Bialik, Haim Nahman. *Aftergrowth and Other Stories*. Trans. I. M. Lask. Philadelphia: Jewish Publication Society of America, 1939.
———. *'Igrot, cerech 'aleph* [*Letters*, vol. 1]. Tel Aviv, 1938.
Brenner, Yosef Haim. *Breakdown and Bereavement*. Trans. Hillel Halkin. Ithaca: Cornell University Press, 1971.
———. *Ktavim II* [*Collected Works II*]. Tel Aviv: Dvir, 1960.
———. *Nerves*. Trans. Hillel Halkin. In *Eight Great Hebrew Short Novels*, ed. Alan Lelchuk and Gershon Shaked, 31–58. New York: Meridian, 1983.
Burla, Yehudah. *'Alilot 'Akavi'a* [*The Adventures of Akavia*]. Mitzpeh, 1939.
Castel-Bloom, Orly. *Heichan 'ani nimts'eit* [*Where Am I?*]. Tel Aviv: Zemora-Bitan, 1990.
Conner, Steven. *Postmodernist Culture*. Oxford: Basil Blackwell, 1989.
Feierberg, Mordechai Zeev. "The Calf." Trans. Hillel Halkin. In *The Oxford Book*

of Hebrew Short Stories, ed. Glenda Abramson, 40–44. Oxford: Oxford University Press, 1996.

———. *Whither? and Other Stories.* Trans. Hillel Halkin. Philadelphia: Jewish Publication Society of America, 1973.

Frischmann, David. *Bamidbar* [*In the Desert*]. Jerusalem: Knesset, 1950.

Frye, Northrop. *Anatomy of Criticism.* Princeton: Princeton University Press, 1957.

Gertz, Nurit. "Mekomah shel haparodiyah behilufei hadorot basifrut ha'ivrit" ["The Role of Parody in the Changing Generations in Hebrew Fiction"]. *Siman Kri'ah* 12–13 (Feb. 1981): 272–273.

Gnessin, Uri Nissan. *Sideways.* Trans. Hillel Halkin. In *Eight Great Hebrew Short Novels*, ed. Alan Lelchuk and Gershon Shaked, 3–27. New York: Meridian, 1983.

Goldberg, Leah. *Vehu ha'or* [*And He Is the Light*]. Merchavia: Kibbutz Ha'artzi Hashomer Hatzair, 1946.

Gouri, Haim. "Sh'at hesed nifla'ah venora'ah" ["A Wondrous and Terrible Hour of Grace"]. *Moznayim* 25 (Aug. 3, 1967).

Grossman, David. *The Book of Intimate Grammar.* Trans. Betsy Rosenberg. New York: Farrar, Straus, Giroux, 1994.

———. *See Under: Love.* Trans. Betsy Rosenberg. New York: Farrar, Straus, Giroux, 1989. Hebrew: *'Ayen 'erekh: 'ahavah.* Tel Aviv: Hakibbutz Hameuchad, 1986.

Halkin, Shimon. *Ad mashber* [*Crisis*]. Tel Aviv: Am Oved, 1945.

———. *Yehiel Hahagri.* Berlin: A. Y. Shtibl, 1928.

Hareven, Shulamith. *City of Many Days.* Trans. Hillel Halkin. New York: Doubleday, 1977. Hebrew: *'Ir yamim rabim.* Tel Aviv: Am Oved, 1972.

———. *The Miracle Hater.* Trans. Hillel Halkin. Berkeley: North Point, 1988. Hebrew: *Soneh hanisim.* Jerusalem: Dvir, 1983.

Hazaz, Haim. *The Gates of Bronze.* Trans. S. Gershon Levi. Philadelphia: Jewish Publication Society of America, 1975. Hebrew: *Daltot hanehoshet.* Tel Aviv: Am Oved, 1956.

———. "Rahamim." Trans. I. M. Lask. In *The Oxford Book of Hebrew Short Stories*, ed. Glenda Abramson, 94–101. Oxford: Oxford University Press, 1996.

———. *The Sermon.* Trans. Ben Halpern. Tel Aviv: International Theatre Institute, Israeli Centre, 1981. Hebrew: *Hadrasha.* Tel Aviv: Institute for the Translation of Hebrew Literature, 1981.

Hendel, Yehudit. *Hahatser shel Momo hagdolah* [*The Yard of Momo the Great*]. Tel Aviv: Am Oved, 1969.

Hoffman, Yoel. *Bernhard* [*Berhnart*]. Jerusalem: Keter, 1989.

Horowitz, Ya'acov. "El mul machbesh hayetsirah" ["Opposite the Furnace of Creation"]. *Sadan* 4 (1925).

Hurgin, Yaacov. *Professor Leonardo.* Jerusalem: Keter, 1990.

Kabak, Aharon Avraham. *The Narrow Path: The Man of Nazareth.* Trans. Julian Louis Meltzer. Tel Aviv: Massada, 1968. Hebrew: *Bamish'ol hatsar.* Tel Aviv: Am Oved, 1949.

———. *Toldot mishpahah 'ahat* [*History of One Family*]. Tel Aviv: Am Oved, 1943–1945.
Kahana-Carmon, Amalia. *Bikhfifah 'ahat* [*Under One Roof*]. Merchavia: Sifrut Hapoalim, 1966.
———. *Veyareah be'emek 'ayalon* [*And Moon in the Valley of Ajalon*]. Tel Aviv: Hakibbutz Hameuchad, 1971.
Kaniuk, Yoram. *Adam Resurrected*. Trans. Seymour Simckes. New York: Atheneum, 1971.
———. *Hayehudi ha'aharon* [*The Last Jew*]. Tel Aviv: Hakibbutz Hameuchad Sifriat Poalim, 1981.
———. *Himmo, King of Jerusalem*. Trans. Joseph Schachter. New York: Atheneum, 1969.
———. *Post mortem* [*Post Mortem*]. Tel Aviv: Hakibbutz Hameuchad/Yedioth Aharonot, 1992.
———. *Rockinghorse*. Trans. Richard Flantz. New York: Harper and Row, 1977.
Kaufman, Yehezkel. *Goleh venechar, cerech sheini* [*Exile and Foreign*, vol. 2]. Tel Aviv: Dvir, 1930.
Kenan, Amos. *Batahanah* [*At the Station*]. Tel Aviv: Hakibbutz Hameuhad, 1992.
Kimhi, Dov. *Beit Heifetz* [*The House of Hefetz*]. Jerusalem: Mosad Bialik, 1951.
Liebrecht, Savyon. *Apples from the Desert*. Trans. Marganit Weinberger-Rotman et al. New York: Feminist Press and the City University of New York, 1998. Hebrew: *Tapuhim min hamidbar*. Tel Aviv: Sifriat Poalim, 1986.
Maletz, David. *Young Hearts: A Novel of Modern Israel*. New York: Schocken, 1950. Hebrew: *Ma'agalot*. Tel Aviv: Am Oved, 1983.
Megged, Aharon. *Fortunes of a Fool*. Trans. Aubrey Hodes. New York: Random House, 1962. Hebrew: *Mikreh haksil*. Tel Aviv: Hakibbutz Hameuchad, 1960.
———. "Hagal hehadash" ["The New Wave"]. *Masa, musaf Lamerchav* (June 29, 1962).
———. *Hedvah and I*. Jerusalem: World Zionist Organization, 1957. Hebrew: *Hedvah ve'ani*. Hakibbutz Hameuchad, 1953.
———. *The Living on the Dead*. Trans. Misha Louvish. London: Jonathan Cape, 1970.
Mendele, Mokher Seforim (S. Y. Abramowitz). "Burned Out." Trans. Jeffrey M. Green. In *The Oxford Book of Hebrew Short Stories*, ed. Glenda Abramson, 17–27. Oxford: Oxford University Press, 1996.
———. "Shem and Japeth on the Train." Trans. Walter Lever. In *Modern Hebrew Literature*, ed. Robert Alter, 19–38. New York: Behrman House, 1975.
———. *Tales of Mendele the Book Peddler: Fishke the Lame and Benjamin the Third*. Trans. Ted Gorelick and Hillel Halkin. New York: Schocken, 1996.
Michael, Sami. *Refuge*. Jewish Publication Society of America, 1988. Hebrew: *Hasut*. Tel Aviv: Am Oved, 1977.
Michali, B. Y. "Bein milhamah veshalom" ["Between War and Peace"]. *Moznaim* 2, no. 25 (July 1967).
Mohar, Eli. "Romanim zeh 'inyan qasheh—re'ayon im Moshe Shamir" ["Novels Are a Difficult Business—An Interview with Moshe Shamir"]. *Dvar Hashavu'a* (Feb. 3, 1973).

Moked, Gabriel. "Ma'amar ma'arekhet" ["Editorial"]. *Akhshav* (Spring 1959).
———. "Sifruteinu bishnot hashishim, hirhurim vetiqvot" ["Our Literature in the Sixties, Thoughts and Hopes"]. *Davar* (October 7, 1966).
Mossinsohn, Yigal. *Judas*. New York: St. Martin's, 1963. Hebrew: *Yehudah 'ish krayot*. Tel Aviv: Am Oved, 1963.
Muir, Edward. *The Structure of the Novel*. London: Hogarth Press, 1957.
Niger, S., and Nomberg, H. D. *Vegen Yiddishe Shreiber*, Vol. 2. Warsaw, 1913.
Nitzan, Shlomo. *Beino leveinam* [*Between Him and Them*]. Tel Aviv: Hakibbutz Hameuchad, 1953.
———. *Tsvat betsvat* [*Togetherness*]. Tel Aviv: Hakibbutz Hameuchad, 1956.
———. *Yated la'ohel* [*Not Even a Tent Peg*]. Tel Aviv: Sifriat Poalim, 1960.
Orpaz, Yitzhak. "'Al hasipur hanisyoni" ["On the Experimental Story"]. *Keshet* (Autumn 1965).
———. *'Or be'ad 'or* [*Skin for Skin*]. Tel Aviv: Massada, 1965.
Ortega y Gasset, Jose. *The Dehumanization of Art*. Garden City: Doubleday, 1956.
Oz, Amos. *Be'or hatkhelet ha'azah* [*Under This Blazing Light*]. Tel Aviv: Sifriat Poalim, 1979.
———. *Black Box*. Trans. Nicholas De Lange. New York: Harcourt Brace Jovanovich, 1988. Hebrew: *Kufsa shehorah*. Tel Aviv: Am Oved, 1987.
———. "Drushah te'udat zehut 'ideit" ["An Ideological Identity Card Is Required"]. *Min Hayesod* 31 (Jan. 8, 1963).
———. *Elsewhere, Perhaps*. Trans. Nicholas De Lange. New York: Harvest, 1985.
———. *The Hill of Evil Counsel*. Trans. Nicholas De Lange. New York: Harvest, 1991.
———. *To Know a Woman*. Trans. Nicholas De Lange. New York: Harcourt Brace Jovanovich, 1991.
———. *My Michael*. Trans. Nicholas De Lange. London: Chatto and Windus, 1988. Hebrew: *Micha'el sheli*. Tel Aviv: Am Oved, 1968.
———. *A Perfect Peace*. Trans. Hillel Halkin. New York: Harcourt Brace Jovanovich, 1985.
———. *Touch the Water, Touch the Wind*. Trans. Nicholas De Lange. New York: Harcourt Brace Jovanovich, 1974.
———. *Unto Death*. Trans. Nicholas De Lange. New York: Harvest, 1985.
———. *Where the Jackals Howl*. Trans. Nicholas De Lange and Philip Simpson. New York: Harcourt Brace Jovanovich, 1981.
Peled, Elead. "Qriy'ah ptuhah mehamefaked hatsvai shel ha'ir" ["An Open Call by the City's Military Commander"]. *Kol Tzfat* (April 23, 1948).
Peretz, Isaac Leib. *Kol kitvei, kerech sheini* [*Collected Works*, Vol. 3]. Tel Aviv: Dvir, 1942–1947.
———. *Selections: The I. L. Peretz Reader*. Ed. Ruth R. Wisse. New York: Schocken, 1990.
Rabinowitz, Y. "Sifruteinu vehayeinu" ["Our Literature and Our Life"]. In *Maslulei Sifrut* [*Literary Paths*]. Jerusalem: Neiman, 1971.
Reuveni, Aharon. *Ad Yerushalayim* [*Unto Jerusalem*]. Jerusalem: Keter, 1987.
Sacks, Sheldon. *Fiction and the Shape of Belief*. Berkeley: University of California Press, 1967.

Sened, Yonat, and Alexander Sened. *Bein hameitim uvein hahayim* [*Between the Dead and the Living*]. Tel Aviv: Hakibbutz Hameuchad, 1964.

Shabtai, Yaakov. *Past Continuous*. Trans. Dalya Bilu. Philadelphia: Jewish Publication Society of America, 1985.

Shaham, Natan. *Guf Rish'on Rabim* [*First Person Plural*]. Tel Aviv: Sifriat Poalim 1968.

———. *Ha'eilim 'atseilim* [*The Gods Are Lazy*]. Merchavia: Hakibbutz Haartzi Hashomer Hatzair, 1949.

———. *The Rosendorf Quartet*. Trans. Dalya Bilu. New York: Grove Weidenfeld, 1991.

Shahar, David. *Nin-Gal*. Tel Aviv: Am Oved, 1983.

———. *Summer in the Street of the Prophets*. Trans. Dalya Bilu. New York: Weidenfeld and Nicolson, 1988.

Shalev, Meir. *Esau*. Trans. Barbara Harshav. New York: Harper Collins, 1994. Hebrew: *Esav*. Tel Aviv: Am Oved, 1991.

Shalom, Sh. "Hitgalut hage'ulah" ["The Advent of Redemption"]. *Moznayim* (July 1967).

Shami, Yitzhak. *The Vengeance of the Fathers*. Trans. Richard Flantz. In *Eight Great Hebrew Short Novels*, ed. Alan Lelchuk and Gershon Shaked, 61–163. New York: Meridian, 1983.

Shamir, Moshe. *The Hittite Must Die*. Trans. Margaret Benaya. New York: East and West Library, 1978. Hebrew: *Kivsat harash*. Tel Aviv: Sifriat Poalim, 1956.

———. *He Walked through the Fields*. Trans. Aubrey Hodes. Jerusalem: W.Z.O, 1959. Hebrew: *Hu halach basadot*. Tel Aviv: Sifriat Poalim, 1948.

———. *The King of Flesh and Blood*. New York: Vanguard, 1958. Hebrew: *Melech basar vadam*. Tel Aviv: Sifriat Poalim, 1954.

———. *With His Own Hands*. Trans. Joseph Schachter. Jerusalem: Institute for the Translation of Hebrew Literature, 1970.

Shapira, Avraham, ed. *The Seventh Day: Soldiers Talk about the Six-Day War*. New York: Scribner, 1971.

Shenhar, Yitzhak. "Prazon" ["Country Town"]. In *Sipurim ktsarim* [*Short Stories*], 3 vols. Jerusalem: Mosad Bialik, 1960.

Shimoni, Yuval. *Ma'of hayonah* [*The Flight of the Dove*]. Tel Aviv: Am Oved, 1990.

Tammuz, Benjamin. *Castle in Spain*. Trans. Joseph Schachter. New York: Bobbs-Merrill, 1973.

———. *Hayei Elyakum* [*The Life of Elyakum*]. Tel Aviv: Am Oved, 1963.

———. *Minotaur*. Trans. Kim Parfitt and Mildred Budny. New York: New American Library, 1981. Hebrew: *Minotaur*. Tel Aviv: Hakibbutz Hameuchad, 1980.

———. *Hazikit vehazamir* [*Chameleon and Nightingale*]. Jerusalem: Keter, 1989.

Tzalka, Dan. *Elef levavot* [*A Thousand Hearts*]. Tel Aviv: Am Oved, 1991.

Vogel, David. *Beveit hamarpe'* [*In the Sanatorium*]. Tarmil, 1975.

———. *Facing the Sea*. Trans. Daniel Silverstone. In *Eight Great Hebrew Short Novels*, ed. Alan Lelchuk and Gershon Shaked, 221–268. New York: Meridian, 1983.

———. *Married Life*. Trans. Dalya Bilu. New York: Grove Press, 1989.

Wallenrod, Reuven. *Dusk in the Catskills*. Trans. Reuven Wallenrod. New York: Reconstructionist Press, 1957. Hebrew: *Ki panah yom, sipur*. Tel Aviv: Neuman, 1946.

Wieseltier, Menachem. "'Ish vede'ato: 'eich hifsadnu 'et milhemet sheshet hayamim" ["Each Man's Opinion: How We Lost the Six-Day War"]. *Ha'aretz* (Aug. 9, 1968).

Yaari, Yehuda. *Ke'or yahel* [*When the Candle Was Burning*]. Tel Aviv: Eretz Yisrael, 1937.

Yehoshua, Avraham B. *Bithilat Kayitz—1970* [*Early in the Summer of 1970*]. Jerusalem and Tel Aviv: Schocken, 1971.

———. *The Lover*. Trans. Philip Simpson. New York: Dutton Obelisk, 1985. Hebrew: *Hame'ahev*. Tel Aviv: Schocken, 1981.

———. *Mot hazakein* [*The Death of the Old Man*]. Tel Aviv: Hakibbutz Hameuchad, 1962.

———. *Mr. Mani*. Trans. Hillel Halkin. New York: Doubleday, 1992. Hebrew: *Mar Mani: roman sihot*. Tel Aviv: Hakibbutz Hameuchad, 1990.

Yizhar, S. *Ephraim hozer la'aspeset* [*Ephraim Returns to Alfalfa*]. Hakibbutz Hameuchad, 1978.

———. *Midnight Convoy and Other Stories*. Jerusalem: Israel Universities Press, 1969.

———. *Yemei ziklag* [*Days of Ziklag*]. Tel Aviv: Am Oved, 1958.

Zach, Natan. "Biqoret" ["Review"]. *Ma'avak* (Jan. 9, 1953).

———. *Kavei 'avir* [*Airwaves*]. Jerusalem, 1983.

———. "Le'akliman hasignoni shel shnot hahamishim vehashishim beshirateinu" ["On the Stylistic Climate of Our Poetry in the Fifties and Sixties"]. *Ha'aretz Literary Supplement* (July 29, 1966).

———. *Zman veritmus' etsel bergson ubashirah hamodernit* [*Time and Rhythm in Bergson and Modern Poetry*]. Tel Aviv, 1966.

Zioni, A. "Tarbut ha'avodah" ["Culture of Labor"]. *Hedim* 4, no. 1 (1925).

索 引

本索引所标页码为英文码页,请参见中文版边码

Above Rubies trilogy (Yizhar),《无价》三部曲(伊兹哈尔),149–150

Abramowitz, S. Y. (Mendele Mokher Seforim) 阿布拉莫维茨,S. Y. (门德勒·莫凯尔·塞弗里姆)(1935 年生于白俄罗斯;1917 年死于敖德萨),3, 9, 24, 28, 30, 40, 118;比阿里克和~;作为希伯来文学之父,6;公式化表述和~;11–20, 85;怪诞文学和~, 121;~的影响,43, 48, 122, 150;~的自然主义, of, 37;62 心理文学和~, 62;~的现实主义,38;重新开始的兴趣,201;风格和~, 68;希伯来语言的变革和~, 8

Abyss (Timayon) (Appelfeld),《深渊》(阿佩费尔德),228

'Achshav journal,《现在》期刊,159, 194, 199, 200

Acrophyle, The (Hayored lema'alah) (Kaniuk),《跌落》(康尼尤克), 192, 203

Adam Resurrected (Adam ben kerev) (Kaniuk),《亚当复活了》(《亚当,犬之子》)(康尼尤克), 168, 209–210, 222, 227, 228, 231

Adventures of Akavia (Alilot 'Akavia),《阿卡维亚历险记》(伯尔拉),73

After the Holidays ('Aharei hahagim) (Kenaz),《节日之后》(凯纳兹),192, 199, 217, 220, 232

"Aftergrowth" (Bialik),《重生》(比阿里克),19, 39, 220

Age of Wonders, The (Tor hapla'ot),《奇妙岁月》(阿佩费尔德), 210, 220

Agnon, Shmuel Yosef [Czaczkes] 阿格农,施穆埃尔·约瑟夫(Czaczkes)(1888 年生于 Buczacz 的加利西亚;1970 年逝世于耶路撒冷),6, 9, 12, 19, 39;反类型和~ 75, 78;作为年代史–叙述人,33;~与哈扎兹相比,122;新希伯来文学的创作和~, 81–95;批评文学和~,101;作为希伯来文学之父,112;~在德国,4;扩充以色列版图的请愿,193;~的影响,150, 162, 169, 202;旧式伊舒夫和~, 73–74;重新开始的兴趣,201;第二次阿利亚和~, 54;风格和~, 68;~的独特风格,7, 49

agriculture 农业，97-98

Ahad, Ha'am[Asher Ginsburg]，阿哈德，哈阿姆（阿舍·金斯伯格）（1856年生；1927年逝世于特拉维夫），2，3，29，34

Aharonnowitz, Yosef, 阿哈龙诺维茨，约瑟夫（1877年生于乌克兰；1937年逝世于特拉维夫）

Aini, Leah, 艾尼，利亚（1962年生），240

Airwaves（Qavei'avir）（Zach），《电波》（扎赫），229

Aleichem, Sholem[Rubinowitz]，阿莱海姆，沙洛姆（鲁宾诺维茨）（生于乌克兰皮斯拉夫；1916年卒于纽约），25，42，83

Alexandrian Summer, An（Qayits' Alexandriani）（Gormezano Goren），《亚历山大的夏天》（高麦扎诺-高伦），184，185

alienation, 疏离感，异化，40，55，69，77，93，128，171

aliyah movements, 阿利亚运动，96，97，98，139

All Inclusive（Kolel hakol）（Heffner），《包括一切》（海夫纳），237

All Quiet on the Western Front（Remarque），《西线无战事》（雷马克），107

Allegory, 寓意，隐喻 13，89，212，216

Alleys（Simta'ot）（Elisheva），《小巷》（艾莉谢娃），126

allusion, 典故，13，14，21，62

Almog, Ruth, 阿尔莫格，露丝（生于佩塔提克瓦），157，159，169，188，194，221，240 Aloni, Nisim,阿洛尼，尼西姆（1926年生于特拉维夫；1998年卒于特拉维夫），166，169，188，218

Altenberg, Peter, 艾滕伯格，彼得 47，53，116，127，128

Alterman, Natan, 阿尔特曼，纳坦（生于1910年；卒于1970年），163，193，197，198

Always Us（Tamid'anahnu）（Shaham），《总是我们》（沙哈姆），158

American Literature, 美国文学，113，150，205

American Tradedy, An（Dreiser），《美国悲剧》（德莱塞），135

Amichai, Yehuda, 阿米亥，耶胡达（1924年生于德国温伯格；1936年移居以色列，2000年逝世），10，95，112，140，165，197；~情感异化了的人物223；希伯来文学范围的扩大，166；表现主义和~，123；印象主义和~，169；新社会现实主义和~，178；~的诗学，197；后现实主义小说和~，188，204；独立战争，201

"Amid the Silver Birches"（"Bein livnei haksef"）（Steinberg），《在桦树中》（斯坦伯格），59

Amid the Walls of New York（Bein homot Nyu York）（Wallenrod），《在纽约的城墙内》（瓦兰罗德），134，135

anarchists, 无政府主义者，120

And He Is the Light（Vehu ha'or）（Goldberg），《他就是光》（戈德伯格），126-127，239

And Moon in the Valley of Ajalon（Veyareah be'emeq' Ayalon）（Kahana－Carmon）,《阿亚龙谷地的月亮》（卡哈娜－卡蒙）, 206, 208, 221

"And the Crooked Shall Become Straight"（"Vehayah he 'akov lemishor"）（Agnon）,《迷途知返》（阿格农）, 82, 83, 86, 93, 95

Andersen, Hans Christian, 安德森, 汉斯·克里斯蒂安, 21, 22

Andersen, Sherwood, 安德森, 舍伍德, 133

Andrezeiwski, Jerzy, 安德烈泽夫斯基 205

Angels Are Coming（Mal'akhim ba'im）（Ben－Ner）,《天使来了》（本－奈尔）, 195

Anna Karenina,《安娜·卡列尼娜》（托尔斯泰）, 91

Another Attempt（Hanisayon hanosaf）（Sened）,《另一个尝试》（塞纳德）, 180

Anti－genre 反－类型, 66, 67, 73, 74, 82, 114; 反－英雄和～, 103; ～定义, 7; 无归属主题的复兴, 167; 第二次阿利亚和～, 97; 申哈尔和～, 108; 类型张力 68, 80

anti－heroes, 反英雄, 76, 91, 103, 114, 129; 大流散犹太人, 180; 怀旧和～, 155

anti－Semitism, 反犹主义, 23, 50, 127, 131, 225; 俄国内战和～, 96; 犹太人, 47; 犹太人团结运动, 107; ～的上升, 1

Ants（Nemalim）,《蚂蚁》（Orpaz）, 202, 216, 217

Appelfeld, Aharon, 阿佩费尔德, 阿哈龙（生于罗马尼亚的契尔诺维茨; 1946 年移民）, 10, 95, 140, 161, 192; 希伯来文学范围的扩大和～, 166; 希伯来语言和～, 163, 210; 大屠杀小说, 180, 228; 印象主义, 169; 荒诞文学和～, 216; 旧式犹太人和～, 219－220; 援引, 206; 倾吐, 212

Apples from the Desert（Tapuhim min hamidbar）,《沙漠苹果》（利比莱赫特）, 240

Arabesques（Arabesqot）（Shammas）,《阿拉伯式》（沙马斯）, 186

Arabic Language, 阿拉伯语, 8, 52, 73, 103, 142, 163; ～对希伯来语的影响, 163; 新希伯来人和～, 165

Arabs, 阿拉伯人, 64, 65, 67, 69, 70－72, 74, 181; ～和犹太人的冲突, 108, 147; 以色列共产党和～, 185; 犹太人观点, 68; 和犹太人的恋爱事件（风流韵事）, 75; ～的民族主义, 158, 227; 与犹太人的关系, 96, 97, 145, 153, 222, 240; ～视为高贵的野人, 149; ～富有同情的描绘, 173; ～的通俗, 103; 希伯来语创作中的～, 186。See also Palestinians 又见巴勒斯坦人

Arad, Zvi Rudnik, 阿拉德, 兹维·路德尼克（1909 年生于立陶宛的维尔纽斯; 1933 年移民; 1994

年去世),98
Aramaic language, 阿拉米语, 8, 53
archetypes, 原型, 32, 88
Aricha, Yosef, 阿里哈, 约瑟夫 (1907 年生于乌克兰奥莱夫斯克; 1925 年移民; 1971 年去世); 98, 102, 103
Arieli – Orloff, Lev Arieh, 阿里埃里 – 奥罗夫, 莱夫·阿里耶 (1886 年出生在俄国的 Shishuk; 1909 年移民; 1943 年卒于纽约), 9, 67, 68, 75 – 77
Armenians, 亚美尼亚人, 74
Around the Points (Misaviv Lanequadeh) (Brenner),《原点周围》(布伦纳), 48
"As a Fallen Leaf" ("Ke' aleh nidaf") (Baron),《一片落叶》(巴伦), 60
As a Few Days (Keyamim' ahadim) (Shalev),《恰如几天》(沙莱夫), 206, 233
As I Lay Dying (Faulkner),《我弥留之际》(福克纳), 202
As the Apple of His Eye (Ke' ishon ha 'ayin) (Appelfeld),《仿佛他的眼仁》(阿佩费尔德), 210
Ashkenazi Jews, 阿什肯纳兹犹太人 (德裔犹太人), 70, 74; 作为精英的~, 173; ~作为新来者, 181; 与塞法尔迪(西班牙裔)犹太人的关系, 183
assimilation, 同化, 1, 2, 42, 94, 126, 131, 236; 希伯来文学的衰落和~, 99; 美国希伯来文学语言和~, 133; 身份和~, 220; 犹太身份和~, 235; 纳粹主义和~, 173 – 174; ~在波兰, 204; 通俗语言和~, 2
At the End of Days (Bekeits hayamim) (Hazaz),《末日》(哈扎兹), 123
At the Handles of the Lock ('Al kapot haman 'ul) (Agnon),《锁柄》(阿格农), 93, 94
At the Station (Batahanah) (Kenan),《在车站上》(凯南), 189, 214, 215
"At Uncle Raful's House" ("Beveit hadod Raful") (Hurgin),《拉甫尔大叔的家》(胡尔金), 74
"Athalia" (Ben – Ner),《阿塔利亚》(本 – 奈尔), 182
atheism, 无神论, 6
"Atonement" ("Kipurim"),《赎罪》(阿格农), 86
Austro – Hungarian Empire, 奥匈帝国, 96, 106, 107
autobiography, 自传, 36, 60, 132
Avidan, David, 阿维丹, 大卫 (1934 年生于特拉维夫; 1955 年卒于特拉维夫), 179, 197
Baal, Mahshavot (Eliashiv) [Israel Isidor], 巴阿拉, 马河沙沃特(埃里亚西乌)[以色列·伊西多尔] (1873 年生于立陶宛库夫诺; 1924 年卒于柏林), 46
Babel, Issac, 巴别尔, 伊扎克, 123
Badenheim 1939 (Badenheim: Ir Nofesh) (Appelfeld),《巴登海姆 1939》(阿佩费尔德), 217, 220
Bag of Fibs, A (Yalqut hakzavim) (Heffer and Ben – Amotz),《说谎

大王》(海费尔和本-阿莫茨),
143
Balfour Declaration,《贝尔福宣言》,
96
Ballas, Shimon, 巴拉斯, 西蒙 (1930
年生于伊拉克; 1951 年移民),
166, 173, 184, 185
Banished One, The (Hanidah),《被排
斥者》(阿格农), 93, 94
Bar Kochbah,. 巴尔·科巴赫, 110
Bar Josef Yehoshua, 巴-约瑟夫, 约
书亚 (1912 年生于萨法德,
1992 年去世), 10, 41, 101,
105; 阿利亚运动和~, 73; 哈
斯卡拉的继承人, 109–111; ~
在特兰西瓦尼亚, 98, 109; 通
俗用法和~, 104
Barash, Asher, 巴拉什, 阿舍 (1889
年生于加利西亚布罗迪附近的
洛帕汀, 1952 年卒于特拉维
夫), 19, 33, 43–44, 100
"Barefoot Days" ("Yamim yehifim"),
《打赤脚的日子》(扎赫), 105
Baron, Devorah, 巴伦, 黛沃拉 (1887
年生于明斯克的 Ozdah, 1956
年卒于特拉维夫), 3, 36, 44,
45, 239; ~的印象主义, 138;
心理文学和~, 59–61; ~的
浪漫故事, 169; 作为第二代作
家, 9; 短篇小说和~, 46
Bartov, Hanoch, 巴托夫, 哈诺赫
(1926 年生于佩塔提克瓦), 9,
139, 142, 150, 172–173, 176–
177
Barzel, Hillel, 巴泽尔, 希里勒
(1912 年生于萨法德; 1992 年
去世), 179, 197

Barzilai-Eisenstadt, Yehoshua, 巴兹
来-艾森斯塔德特, 约书亚
(1855 年生于克沃兹科; 1918
年卒于瑞士日内瓦), 9, 67
Bassoon Wood ('etz habasun) (Tzal-
ka),《巴松森林》(茨阿尔卡),
206
Bat-Shahar, Hannah, 巴特-沙哈
尔, 汉娜 (1944 年生于耶路撒
冷), 240–241
Battle, The (Haqarav) (Ben-A-
haron),《战斗》(本-阿哈龙),
190
Beams of Our House, The (Korot beit-
einu) (Agnon),《我们家的房
梁》(阿格农), 86
Bedouins, 贝督因, 165
Beer, Haim, 拜埃尔, 海姆 (1945 年
生于耶路撒冷), 166, 169,
217–218
Before Departure (Yizhar),《启程前
夕》(伊兹哈尔), 147
Before the Dark Gate (Lifnei hasha'ar
ha'afel),《在黑暗的门前》(弗
格尔), 127
Bek, Alexander, 贝克, 亚历山大, 5,
161
Belinsky, 柏林斯基, 12
Bell and Pomegranate (Pa'amon veri-
mon) (Hazaz),《铃铛和石榴》
(哈扎兹), 121
Bellow, Saul, 贝娄, 索尔 (1915 年
生, 2005 年去世), 113
Ben-Aharon, Yariv, 本-阿哈龙,
雅利夫 (1934 年生于吉乌特·
哈伊姆); 190
Ben-Amotz, Dan, 本-阿莫茨, 丹

（1923 年生；1991 年去世），111, 112, 143, 164, 183

Ben – Avigdor, Abraham Laib [Shaikovich]，本－阿维革多，亚伯拉罕·莱夫（沙伊考维奇）（1867 年生于维尔纳附近的 Zhelvdok；1921 年卒于卡尔斯巴德），6–7, 9, 22, 23, 28, 37

Ben – Ezer, Ehud，本－艾泽尔，伊胡德（1936 年生于佩塔提克瓦），173, 183

Ben – Gurion, David，本－古里安，大卫，188, 191, 224, 229

Ben – Ner, Yitzhak，本－奈尔，伊扎克（1937 年生于卡发约书亚），112, 143, 157, 178, 182, 187, 195

Ben – Yehuda, Netivah，本－耶胡达，尼提娃（1928 年生于特拉维夫），164–165, 183

Ben – Zion, S.［Simha Alter Gutmann］，本－锡安（西姆哈·阿尔塔·古特曼）（1870 年生于比萨拉比亚；1932 年卒于特拉维夫），30, 39–40

Berdyczewki, Micha Yosef［Bin Gorion］，别尔季切夫斯基，米哈·约瑟夫（宾·高黎安）（1865 年生于波多利亚，Medzibezh, 1865；1921 年卒于柏林），2, 6, 7, 9, 24, 37, 43; ~ 与巴伦相比，61; ~ 的影响，47, 48, 55, 62, 84, 162, 202; 尼采的影响，69; 浪漫主义和 ~, 21, 22, 28–34, 169

Berkowitz, Ytzhak Dov，伯克维茨，伊扎克·多夫（1885 年生白俄罗斯, Slutsk, 1885；1967 年卒于特拉维夫），8, 9, 19, 41–43, 112; 与斯坦伯格相比，58; 第三次阿利亚和 ~, 54

Bernhart (Hoffman)，《伯恩哈特》（霍夫曼），235–236

Bessarabia，比萨拉比亚，98

"Betrothed"（"Shvu 'at' emunim"），《未婚夫》（阿格农），83, 85, 94

Between Water and Water (Bein mayim lemayim) (Brenner)，《水水相连》（布伦纳），48

Between Him and Them (Beino leveinam) (Nitzan)，《他和他们之间》（尼灿），175

Between the Dead and Living (Bein hameitim uvei hahayim) (Sened)，《在死者与生者之间》（塞纳德），173, 174, 190

Beyond the Border (Me'ever ligvulin) (Brenner)，《界外》（布伦纳），48

"Beyond the River" (Berdyczevski)，《在河那边》（别尔季切夫斯基），28, 30, 32

Bialik, Haim Nahman，比阿里克，海姆·纳赫曼（1873 年生于拉地；1934 年逝世于维也纳），3, 6, 7, 19, 35, 40, 62; ~ 的死，101; 公式化和 ~, 38, 85; ~ 在德国，4; 模仿和 ~, 30; ~ 的诗学，2; 援引 11; 现实主义和 ~, 38–39; 作为第二代作家，9; ~ 的支持者，99; 希伯来语言的变革和 ~, 8

Bible，《圣经》，8, 24, 92, 199; 圣经

神话学，33；圣经文献，106，234；事件，13；母题，151 – 152；习语，12；明喻，61；故事，6

Bikhovski, Elisheva [Zhirkova]，比克霍夫斯基，艾莉谢娃（杰尔考娃）（1888年生于俄国的梁赞；1949年卒于太巴列），9，61，113，115；喜欢分析，胜于喜欢情节，114；格尼辛和~，57；未给予~充分注意，239；现代主义和~，125，126；浪漫主义和~，7

bildungsroman，教育小说，18，40，153，175 – 176

bilingualism，熟练运用两种语言，67

Birds of the Shade (Tziporei tsel) (Seri)，《阴影中的鸟儿》（塞里），234 – 235

Birstein, Yossel，伯施坦，约瑟尔（1920年生于波兰），230

Bistritski, Nathan，比斯特里特斯基，纳坦（1896年生于Zunigrodka；1920年移民；1980年去世），9，36，57，98，102，114，123 – 125

Bjornson, Bjornsterne，比昂松，43，68，84

Black Box (Qufsah shhorah)，《黑匣子》（奥兹），172，213，217，224，225

"Blind Girl, The" ("Ha'iveret") (Steinberg)，《盲姑娘》（斯坦伯格），59

Blue Mountain, The (Roman Rusi) (Shalev)，《蓝山》（沙莱夫），206，233

Bolshevik Revolution，布尔什维克革命，4，96，123；海姆·哈扎兹和~，118 – 119；小说主题，105；犹太复国主义和~，118。See also Russia 参见俄国

"Bonche the Silent" (Peretz)，《沉默的邦赫伊》（佩雷茨），27 – 28

Book of Beggars The (Mendele)，《乞丐书》（门德勒），15 – 17，217

Book of Deeds, The (Sefer hama'asim) (Agnon)，《善行书》（阿格农），84，86，94，161

Book of Destruction, The (Sefer haqilyonot) (Kimhi)，《毁灭之书》（吉姆西），77

Book of Intimate Grammar, The (Sefer hadiqduq hapnimi) (Grossman)，《内在语法规则》（格罗斯曼），232，233

Book of Joseph (Sefer Yosef) (Hoffman)，《约瑟书》（霍夫曼），235

Boader, The (Hagvul) (Shamir)，《边界》（沙米尔），212

Borders (Gvulot) journal，《界限》期刊，46；《束缚》(akude) (suissa)，232

"Brazen Serpent, The" (Frischmann)，《响尾蛇》（弗里希曼），24

Bread and Vision (Lehem vehazon) (Aricha)，《面包和幻觉》（阿里哈），102

Brenner, Yosef Haim，布伦纳，约瑟夫·海姆（1891年生，1921年去世），~的人物，94；33告白形式和~，33；绝望和~，45，63；"阿里茨以色列类型"和~，7；关于类型的文论，141；希伯来文学之父，112；~的主人

公，59，60；～的影响；82，127，162，203；老工运动，98；凶手，69，75；长篇小说和～，46；关于拓荒者，66-67；心理文学和～，47-53；重新开始的兴趣，201；第二次阿利亚，54；申哈尔和～，108；社会意识小说和～，54；希伯来语言的变革，8

translation of Crime and Punishment (Dostoyevsky)，《罪与罚》（陀思妥耶夫斯基）的翻译，68

Bridal Canopy, The (Hakhnasat kalsh) (Agnon)，《婚礼华盖》（阿格农），86-87，93，94

Brigade, The (Pitz'ei Bagrut) (Bartov)，《特种部队》（巴托夫），176

British Mandate，英国托管，96-97，140，223

"Broken Dish, The" ("Hapinkah hashvurah") (Agnon)，《打碎的碟子》（阿格农），85

Brothers Grimm，格林兄弟，22

Buber, Martin，布伯·马丁（1878年生于维也纳；1969年卒于耶路撒冷），4，201

Buddenbrooks (Mann)，《布登伯洛克一家》（曼），87

Bund，同盟会，1，3，21，48；文学支持者，24，27；意第绪语和～，2，3

Burla, Yehuda，伯尔拉，耶胡达（1886年生于耶路撒，1969年去世），7，68，70，72-73，103，163

burlesque，诙谐模仿，83

"Burned Out"，《燃烧殆尽》（门德勒），14

By ('Etsel) (Gnessin)，《在一旁》（格尼辛），56-57，145

Byron, Lord，拜伦，21，22

Cahan, Abraham，卡汉，亚伯拉罕（1860年生；1951年去世），113，132

"Calf, The" (Feierberg)，《初生牛犊》（费尔伯格），35

Call it Sleep (Roth)，《安睡吧》（罗斯），132，232

Calling the Bats (Likro' la 'atalefim) (Bat-Shahar)，《称之为蝙蝠》（巴特-沙哈尔），240

Camus, Albert，加缪，阿尔贝，138，161，162，205

"Canopy of Love, The" ("Hupat dodim") (Agnon)，《爱情的华盖》（阿格农），86

Castel-Bloom, Orly，卡斯特尔-布鲁姆，奥莉（1960年生于特拉维夫），214，240，241

Castle in Spain (Besof ma 'arav) (Tammuz)，《西班牙城堡》（塔木兹），177

cathasis，净化，73

Cervantes, Miguel，塞万提斯，5

Chapters of a Novel (Pirkei roman) (Shenhar)，《长篇小说的篇章》（申哈尔），108

Charming Traitor, A (Ha 'elem) (Orpaz)，《迷人的叛徒》（奥帕斯），203，216，228，242

Chekhov, Anton，契诃夫，安东，5，41，47，53，55，68；～对申哈

尔的影响, 108; ~的风格（文体）影响, 59
childhood, 童年, 39, 40, 57
children of the Shadows (Yaldei hatsel) (Tomer),《阴影中的孩子》（托马尔）, 236
Chocolate Deal, The ('Isqat hashoqolad) (Guori),《巧克力交易》（古里）, 180
Christ of Fish, The (Qristos shel hadagim) (Hoffman),《鱼基督》（霍夫曼）, 236
Christianity, 基督教, 2, 178, 236–237
"Citizen, The" (Frank),《居民》（弗兰克）, 107
City and the Fullness Thereof (Agnon),《包罗万象的城市》（阿格农）, 92, 95
City of Many Days ('Ir yamim rabim) (Hareven),《城中多日》（哈莱文）, 181, 239
Collected Works (Berdyczewski),《文集》（别尔季切夫斯基）, 30–32
comic tales, 喜剧故事, 15, 26, 92
communism, 共产主义, 89, 100, 115, 121; ~作为东欧文学模式, 167; 大屠杀幸存者和~, 240; 伊拉克共产党中的犹太人, 185; 旧式伊舒夫和~, 205; 波兰–犹太人, 158; 恐怖主义, 225
confessional genre/style, 告白类型/风格, 7, 22, 178, 212
constructivism, 构成主义, 197
context, 语境, 76

Counterfeiters, The (Gide),《伪币制造者》（纪德）, 156
"Country Town" ("Prazon"),《乡间小镇》（申哈尔）, 109
Couples (Zugot) (Steinmann),《伴侣》（斯塔曼）, 116
"Covering the Blood" ("Kisuy hadam") (Agnon),《遮住那血》（阿格农）, 82, 85–86, 93
Crane, Stephen, 斯蒂芬·克兰, 133
Crime and Punishment (Dostoyevsky),《罪与罚》（陀思妥耶夫斯基）, 47, 68
Crisis ('Ad mashber) (Halkin),《危机》（哈尔金）, 136–37, 161
critics, 批评家, 46, 49, 55, 66, 101, 160, 161, 179
"Cut Off" (Berkowitz),《弃绝》（伯克维茨）, 42

Dada, 达达主义, 100
Daf hadash (New Page),《新页》杂志, 144
"Dance of the Death, The" ("Meholat hamavet") (Agnon),《死亡舞蹈》（阿格农）, 86
"Dances" (Frischmann),《舞蹈》（弗里希曼）, 23
"Daughter of Israel, A" (Steinberg),《以色列的女儿》（斯坦伯格）, 59
David, Yonah, 大卫, 约拿, 197
David Copperfeld (Dichens),《大卫·科波菲尔德》（狄更斯）, 18
Day of the Countess, The (Yom harozenet) (Shahar),《伯爵夫人的一天》（沙哈尔）, 172

Days and Nights（Yamim veleilot）(Bistritski),《日与夜》(比斯特里特斯基), 111, 123 – 124

Days of Ziklag（Yemei tziqlag）(Yizhar),《在洗革拉的日子》(伊兹哈尔), 147 – 148, 167 – 168, 175, 207, 212, 219

de profundis, literature of, 底层文学, 45 – 62

"Dead Child, The"（"Hayaldah hameitah"）(Agnon),《死去的孩子》(阿格农), 86

"Death in the Desert, The"（"Metei midbar"）(Bialik),《沙漠之死》(比阿里克), 39

Death in the Rain（Mavet bageshem）(Almog),《雨中之死》(阿尔莫格), 194, 213, 221, 228, 240

Death of Lysanda, The（Mot Lysanda）(Orpaz),《利桑达之死》(阿尔莫格), 202, 216

Death of the Old Man, The（Mot hasaqein）(Yehoshua),《老人之死》(约书亚), 189 – 190, 192, 202, 205, 215, 228

"Death of the Old Woman, The"（"Mot hazkeinah"）(Steinberg),《老妇人之死》(斯坦伯格), 59

Dehumanization of Art, The（Ortegay Gasset),《艺术的非人化》(奥尔特加·加赛特), 238

"Depth"（"Metsulah"）(Baron),《深层》(巴伦), 60

despair, 绝望, 45, 46, 49, 63, 221

diaspora, 大流散, 3, 6, 9, 47; 反英雄和～, 180; 反犹主义, 131; 分散原因, 29; 文明的终结, 119; 阿里茨以色列和～, 81; 流亡者和以色列人, 165; 与～有关的冲动, 102; 读者, 64; 现实主义和～, 44; 悲喜剧观点, 19; 伊舒夫和～, 64

Dickens, Charles, 狄更斯, 查尔斯, 18

Didacticism, 载道, 5, 54, 65, 183

Dissembler, The（Habad'ai）(Batov),《掩盖者》(巴托夫), 176 – 177

Doblin, Alfred, 德布林, 阿尔弗雷德, 113

Dr. Barkel and His Son Michael（Doktor Barqel uvno Micha'el）(Tzalka),《巴克尔博士和她的儿子米海尔》(茨阿尔卡), 204, 206, 222

"Doctor's Divorce, The"（"Harofe"vegrushato),《一个医生的离婚》(阿格农), 85

documentary novels, 纪实小说, 104, 111, 123, 162, 203

Dolan, Tzipporah, 多伦, 吉波拉（1948), 240

Don't Give a Damn（Lo sam zayin）(Ben – Amotz),《他不是不在乎》(本 – 阿莫茨), 183

Dor Ba'aretz, 多尔巴阿里茨。See Native Generation 见本土一代

Dor Ba'aretz anthology,《本土一代作家作品选集》, 196

DorHamedinah, 多尔哈迈迪纳。See State Generation 见国家一代

Dorman, Menahem, 多曼, 门纳海姆, 193

Dos Passos, John, 多斯·帕索斯, 约翰, 133

Dostoyevsky, Fyodor, 陀思妥耶夫斯基, 5, 34, 47, 48, 68

"Doves" ("Yonim") (Katzir), 《鸽子》(卡茨尔), 240

"Drabkin",《德拉布金》(哈扎兹), 119

"Dream of Yaacov Nahum" ("Halono shel Ya'aqov Nahum") (Agnon),《雅考夫·纳胡姆的梦》(阿格农), 85

Dreiser, Theodore, 德莱塞, 西奥多, 133, 135

Dumas, Alexandred, 大仲马, 21, 151

Duras, Marguerite, 杜拉斯, 玛格利特, 169

Durenmatt, Friedrich, 迪伦马特, 205

Dusk in the Catskills (Ki Panah Hayom),《卡茨基尔的黄昏》(瓦伦洛德), 134, 135

"Dust",《尘埃》, 84

Early in the Summer of 1970 (Bithilat Kayitz 1970) (Yehuoshua),《1970年初夏》(约书亚)

Earth, The (Ha'adamah) journal,《大地》杂志, 46

Eastern Europe, 东欧, 1–3, 4, 34, 42; ~犹太社区的瓦解; ~社区多样化, 92;; 希伯来期刊, 64; ~犹太民族运动, 21; 外省, 63; 影响逐渐衰弱, 205

"Edo and Enam" ("'Ido ve 'Einam") (Agnon),《伊多和埃纳姆》(阿格农), 82, 86, 93

Egypt, ancient, 埃及, 古代, 23

Eichmann trial, 艾赫曼审判, 180, 188, 190–191, 229

"Erik Chronicles, The" ("Pikrei 'Elik") (Shamir),《埃里克成长史》(沙米尔), 150

Eliot, T. S., T. S. 艾略特, 197

Eliraz, Israel, 埃里拉兹, 以色列 (1936年生于耶路撒冷), 196

Elisheva. See Bikhovski, Elisheva,

"Eliyahu the Butcher" (Eliyahu haqatsav) (Hurgin),《屠夫埃里亚胡》(胡尔金), 74

Elsewhere, Perhaps (Makom' aher),《何去何从》(奥兹), 157, 162, 182, 209, 224, 225

Empty Space, The (Bahalal barek) (Kabak),《空旷的空间》(卡巴克), 40

Enchanted City ('Ir qsumah),《富有魅力的城市》(巴–约塞夫), 110, 225

Encounter with a Poet (Pgishah' im meshorer) (Goldberg),《与一个诗人的邂逅》(格尔德伯格), 126

England, 英国, 99

English language, 英语语言, 8, 13, 52, 132, 163

Enlightenment, 启蒙, 2, 18

Enmity, The (Berdyczewski),《敌意》(别尔季切夫斯基), 30–32

Ephraim Returns to Alfalfa ('Ephraim hozer la'aspeset) (Yizhar),《埃弗莱姆回归苜蓿》(伊兹哈尔), 57, 111, 139, 145, 147

Epilogue (Aharit) (Kimhi),《尾声》(吉姆西), 77

Epistolary novels, 书信体小说, 25

Equal and More Equal (Shavim veshavim)(Michael),《平等与超乎平等》(米海尔),184

"Ere Summer"("Between qaytiz")(Shenhar),《夏季之前》(申哈尔),109

Eretz Yisrael,阿里茨以色列,3,10,20,25,58,81,86;第一次世界大战后的变化情况,96-97;面对大屠杀记忆,170;社区的多样化,92;对留在那里表示疑虑 79;失败的定居者,76;作为口语的希伯来语,8-9;~历史,223;理想主义与苦难,50;现代主义文学,114,116;对建国之前岁月的怀恋,143,155;~人口,99;~出版社,101;现实对乌托邦,119;作为安全避难所,54;反对英国统治的斗争,119;~与东欧的联系纽带,64; See also Israel, State of Palestine 见以色列国;巴勒斯坦

Eretz Yisrael genre,阿里茨以色列类型,7,44,62,66

eroticism,性欲,30,33,48,128,138; erotic frustration,性爱挫败,241;疯狂与死亡,110;新社会现实主义,178;自我实现和~,58

Esau('Esav)(Shalev),《以扫》(沙莱夫),206,233,234

Escape, The(Habrihah)(Megged),《逃亡》(麦吉德),189

Esther Hayot(Steinman),《埃斯特哈由特》,斯坦曼,115

European literature,欧洲文学,22,25,35,150;现实主义,85;翻译成希伯来语,162

"Eve of Yom Kippur, The"("Be 'erev Yom Kippur")(Berkowitz),《赎罪日前夜》(伯克维茨),42

Even–Zoha, A.,埃文-佐哈尔,A. 197

Ever–Hadani, Aharon(Feldman),埃弗-哈达尼,阿哈龙(费尔德曼)(1899年生于 Zwidza;1913年移民;1979年去世),9,54,98

Everyone Had Six Wings(Shesh knafayim la'ehad)(Bartov),《人人有六只翅膀》(巴托夫),173

Evtatar Notebooks(Mahharot Evyatar),《埃弗雅塔笔记》(麦吉德),156,212

"Excerpts from the life of Fliegelman"("Kta'im mehayei Fliegeman")(Nomberg),《弗利尔戈曼人生片段》(诺姆伯格),45-46

Exile, The(Be'eretz Gzeirah)(Almog),《流亡》(阿尔莫格),227,240

existentialism,存在主义,162,203,205

Experiments(Nisyonot)journal,《实验》期刊,46

Expressionism,表现主义,4,7,100,169;~对希伯来文学的冲击,102;现代主义和~,115;否定,187

Eytan, Rachel,伊坦,拉海尔(1931年出生;1987年去世),8,183-184,239

"Facing the Forests"("Mul Haye

'arot")（Yehoshua），《面对森林》（约书亚），215，224

Facing the Sea（Nokhot hayam）(Vogel)，《面对大海》（弗杰尔），127，130－131，203

"Fahrenheim"（Agnon），《华氏温度》（阿格农），85

Falling Generation, A（Be'ein dor）(Wallenrod)，《失败的一代》（瓦兰洛德），134，135

Falling Leaves（Shalekhet）journal，《落叶》（期刊），46

families，家族，27，39，42，77，91

"Family"（"Mishpahah"）(Baron)，《家》（巴伦），60

Far Land, A（Eretz Rehokah）(Ben-Ner)，《遥远的土地》（本－奈尔），184，204－205，214，225

fate，命运，93

"Father of the Ox, The"（"Avi hashor"）(Agnon)，《公牛的父亲》（阿格农），86

Faulkner, William，福克纳，威廉，133，138，162，167，202

Feathers（Notsot）(Beer)，《羽毛》（拜耶尔）217－218

Feierberg, Mordechai Zeev，费尔伯格，莫代海（生于诺夫哥罗德的沃伦斯科；1899年逝于沃伦斯科），2，33，34－36，37，40；～的影响，48，62；romanticism, 浪漫主义，21

Felix Krull，《菲利克斯·克鲁尔》（曼），177

feminism，女性主义，60，230，239；See also women

femmes fatales，荡妇，94，129

feuilletons，通俗小品文专栏连载，22，24，26，27

Fichman, Yaacov，费赫曼，雅考夫（1881年生于比萨拉比亚的贝尔兹；1958年在特拉维夫逝世），101

Fiction and the Shape of Belief（Sacks），《小说与信仰的形成》（萨克斯），116

Fielding, Henry，菲尔丁，亨利，18

Fifth Aliyah，第五次阿利亚，18

Fifth Heaven, The（Baraqiya 'hahamishi）(Eytan)，《第五天堂》（伊坦），183，239

Fima（Hamatsav hashlishi），《费马》（奥兹），217

Fire anf the Trees, The（Ha'eish veha'eitsim）(Agnon)，《火与树》（阿格农），95

First Aliya，第一次阿利亚，9，68，106，139

First Personal Essays（Masot beguf rish'on）(Appelfeld)，《第一人称随笔》（阿佩费尔德），202，203，207

First Person Plural（Guf rish'on）(Shaham)，《第一人称复数》（沙哈姆），157，158，182，187

First World War，第一次世界大战，2，9，38，43，63；～后果，96；小说中的～，78－79；～期间的德国，94；巴勒斯坦犹太人和～，64；犹太老兵，106

Fishke the Lame（Fishke der Krumer）(Mendele)，《瘸子非什卡》（门德勒），15，17

Fitzgerad, F. Scott，费茨杰拉德，斯

各特，133

Five Seasons (Yehoshua),《五季》(约书亚)，228，234

Flaubert, Gustave, 福楼拜，古斯塔夫，40，59，84

Flight of the Dove, The (Ma' of hayonah) (Shimoni),《鸽子的飞翔》(施莫尼)，237 - 238

"Flood Tide" ("'Ge' ut hayam") (Yehoshua),《高潮》(约书亚)，217

Flounder, The (Grass)《比目鱼》(格拉斯)，231

Foigelman (Megged),《佛伊格尔曼》(麦吉德)，156 - 157

folklore 民间文学，22，26，28，185，206

"Footstool and Throne" ("Hadom vekise"),《脚凳和御座》(阿格农)，86

Foretellings (Miqdamot) (Yizhar),《预言》(伊兹哈尔)，149

"Forevermore" ("Ad 'olam") (Agnon),《千古事》(阿格农)，86

formulation, 程式化，7，9，38，47，85，125，~ 的审美主义，48；使用新词，114

"Forsaken Wives" ("'Agunot") (Agnon),《弃妇》(阿格农)，81，82，83，92，95

Forsythe Saga (Galsworthy),《福尔赛世家》(高尔斯华绥)，91

Fortunes of a Fool (Mikreh haskil) (Megged),《傻瓜的运气》(麦吉德)，155，189

"Four Gems" (Peretz),《四块宝石》(佩雷茨)，27

Four Generations (Berdyczewski),《四代人》(别尔季切夫斯基)，30 - 32

Four Rooms in Williamsburg (Be'arba 'at hahadarim shebe Wilyamsberg) (Wallenrod),《威廉斯堡的四个房间》(瓦伦诺德)，134

Fourth Aliyah, 第四次阿利亚，10，96

"Fradel" (Baron),《福莱德尔》(巴伦)，60，61

France, 法国，99

France, Anatole, 法兰士，(安纳托尔)，21，22，40

Frank, Leonard 弗兰克，莱奥纳德，107

Frankel, Naomi, 弗兰克尔，纳欧米 (生于1920年)，166，173，182，190，239

Frankists, 弗兰克主义，178

Freitag, Gustav, 弗莱塔格，古斯塔夫，151

French literature, 法国文学，40，162

Freud, Sigmund, 弗洛伊德，127

Freudianism, 弗洛伊德主义，113 - 114，115，124，125，138

Friedland, H. A. 弗里兰德，H. A. (1892年生于立陶宛；1907年移民美国；1939年去世)，132，133

Friedlander, Yehuda, 弗里德兰德，耶胡达 (1939年出生)，197

Frisch, Max, 弗里希，马克斯，5，162，205

Frischmann, David, 弗里希曼，大卫 (1859年生于波兰 Zgierz；1922年卒于柏林)，2，7，9，37；~

的影响，84；浪漫主义和~，21，22-24，35

"Frogs, The"("Hatsfarde'im")(Agnon)，《青蛙》（阿格农），85

"From Behind the Fence"(Me'ahorei hagader)(Bialik)，《隔离墙的背后》（比阿里克），39

Form here and there (Mikan umikan)，《从这儿到那儿》，48，49，51，203

"From Lodging to Lodging"("Midirah ledirah")，《迁居》（阿格农），202

From Myself to Myself (Me'atsmi'el'atsmi)(Agnon)，《从自身到自身》（阿格农），82

From the Beginning (Mehathalh)(Brenner)，《起初》（布伦纳），48

Frost on the Land (Kfor'alha'arets)(Appelfeld)，《大地严霜》（阿佩费尔德），220，228

Frye, Northrop，弗莱，诺斯罗普，7

Funeral at Noon (Levayah batsohorayim)，《午日葬礼》（考伦），228，232，

futurism，未来主义，100

Gadiel, the Wonder Child (Ma'aseh berabi Gadi'el hatinog)(Agnong)，《加迪埃尔，漂泊的孩子》（阿格农），86

"Galiah's Wedding"("Hatunatah shel Galyah")(Yehoshua)，《歌利亚的婚礼》（约书亚），202，217

Galicia，加利西亚，3，43，87，94；See also Poland

Galilee，加利利，67

Gallows, The (Beqolar'ehad)(Hazaz)，《绞刑架》（哈扎兹），119，120

Garden of Eden，伊甸园，39

Gates of Bronze, The (Dalot hanehoshet)(Hazaz)，《青铜之门》（哈扎兹），120-121

Genealogical stories，谱系短篇小说，32，33

generations，一代 4，9-10，42，110，157，172

genres/genre fiction 类型/类型小说，18，63-80，82，102；阿里茨以色列类型，7，44，62，66；欧洲文学中的~，5，18；类型作家，44，117

gentiles 非犹太人，12，16，23，25，43，65，125

German Jews，德国犹太人，113，166，173-174，222

German language，德国语言，24，94，127，163

German literature，德国文学，47，53，77，113，125

Germany 德国，4，22，81；~作为希伯来文学中心，99；多种多样的社区，92；东欧犹太人，91；第五次阿利亚和~，96；第一次世界大战期间的~，94

Gertz, Nurit，戈尔茨，努里特，218

Ghillan, Maxim，格西兰，马克西姆，197

Gide, André，纪德，安德烈，156，161

Gilboa, Amir，吉尔伯阿，阿米尔（1917年生于 Radszilov；1984年卒于特拉维夫），194

Gilbo' journal，《吉尔伯阿》期刊，

100

Gilyonot journal，《印刷杂志》，100

Ginsburg, Asher，吉斯伯格，阿舍 See Ahad Ha'am 见阿哈德·哈阿姆

Gladkov, Fyodor，革拉特科夫，5

Glass Cage, The（Mul ta'hazkhuhit）（Gouri），《面对玻璃亭》（古里），191

Gnessin, Uri Nissan 格尼辛，尤里·尼桑（1879年生于乌克兰；1913年卒于华沙），7，8，34，36，41，44；~的人物形象；与斯坦伯格相比，59；与伊兹哈尔相比，145；作为希伯来文学之父，112；~继承人，76；~的主人公，59；~的影响，127，204；长篇小说和~，46；心理文学和~，54 – 59；区域现实主义，45；重新开始的兴趣，201；第二代作家，9；意识流和~，115；句法，47

Gods Are Lazy, The（Ha'elim'atseilim）(Shaham)，《诸神懒洋洋的》（沙哈姆），171

Goethe, J. W. Von，歌德，5，23

Gogol, Nikolai，果戈理，18，84

Golan, Shammai，戈兰，沙麦（1933年生于波兰），173，183

Goldberg, Leah，戈德伯格，利亚（1911年生于哥尼斯堡；1970年卒于耶路撒冷），15，61，163，164，239；分析胜于情节，114；欧洲现代主义和~，125；~散文著作，126 – 127

Golomb, H.，高隆波（1939年出生），197

Gordon, Aharon David，戈登，阿哈龙·大卫（1845年生于立陶宛卡尔姆；1912年卒于佩塔提克瓦），97，98

Goren, Yitzhak，高伦，伊扎克·高麦扎诺（1941年生于埃及），184

Gouri, Haim，古里，海姆（1922年生于特拉维夫），142，163，177，180，191；，扩充以色列版图请愿和~，193；关于大屠杀，192

Grabski migration，格拉布斯基移民，96，97

Grain and Lead（Dagan ve'oferet）(Shaham)，《谷物与铅弹》（沙哈姆），158

grammar，语法，52

Grass, Günther，格拉斯，君特，162，205，231

Grass and the Sand, The（Ha'esev vehahol）(Schutz)，《草与沙》（舒茨），235

Great Madness, The（Hashiga'on hagadol）(Hameiri)，《伟大的疯狂》（哈梅里），106

Great Women of the Dreams, The（Ha'ishah hagdolah min hahalomot）(Kenaz)，《梦中的伟大女性》（凯纳兹），217，220，228，232

Greater Israel（Eretz Yisrael Hashleimah），扩充以色列版图运动，193，194

Greenber, Uri Zvi，格林伯格，尤里·兹维（1896年生于加利西亚；1923年移民；1981年去世），100，102，118，179

Grey as a Sack（'Aforim kasaq）(Mossinsohn)，《灰不溜秋》（莫

辛松），153

Grossman, David, 格罗斯曼，大卫（1954年生于耶路撒冷），228, 230, 231 – 233

grotesque, literatureof the, 荒诞文学，14, 15, 19, 74, 83, 94；哈扎兹和～，121 – 23；"新浪潮"和～，214 – 218

"Grove on the Hill, The"（"Hahurshah bagiv'ah"）（Yizhar），《山上的果园》（伊兹哈尔），147

Guest for the Night, A（'Oreah natah lalun）（Agnon），《宿夜的客人》（阿格农），83, 86, 87 – 90, 92, 202

Guest House（Malon'orbim），《客房》（扎黑），105, 106

Gush Emunim, 古什·艾姆尼姆，忠实的信仰集团 194, 195

Haad, aham, 阿哈德，哈阿姆，11

Ha'adamah journal, 《大地》杂志，66, 77

Hador（The Generation）weekly, 《一代》周刊，23

Haefrati, Y., 海法拉提，Y., 197

Halkin, Shimon, 哈尔金，西蒙（1898年生于俄国多布斯克；1914年移居美国，1987年逝世于耶路撒冷），10, 113, 133, 134, 135 – 137, 197

Hallucinations（Sefer hahazayot）（Tammuz），《幻觉》（塔木兹），177

halutzim. See pioneers, 哈鲁茨，见拓荒者

Hamahar journal, 《明天》杂志，106

Hameiri, Avigdor [Feuerstein], 哈梅里，阿维革多（1890年生于Davidhaza Carpatho；1921年移民；1970年逝世），98, 104, 105, 106 – 107

Hame'orer journal, 《觉醒者》期刊，46, 47

Hamsun, Knut, 哈姆孙，卡努特，5, 43, 47, 77, 87

Handful of Fog, A（Hofen shel 'arafel）（Michael），《一抔雾》（米海尔），185

"Hanya"（Shoffman），《汉娅》（肖夫曼），53 – 54

Ha'omer journal, 《麦捆》期刊，81

Hapo'el Hatza'ir journal, 《青年工作者》期刊，3, 46, 47, 64

Hareven, Shulamith, 哈莱文，舒拉密特（1931年生于波兰；1940年移民），132, 166, 181 – 182

Harshav, B., 哈沙夫，197

Hashiloah journal, 《哈施洛阿赫》期刊，35, 36, 38, 64

Hashomer（Guard），《哈守麦尔》（卫士）长篇小说，104

Hashomer Hatza'ir, 青年卫士，123, 149, 153

Hasidism, 哈西迪主义，2, 26, 28, 87, 94, 124

Haskalah（Jewish Enlightenment），哈斯卡拉（犹太人启蒙运动），1, 6, 13, 65, 109, 118；圣经措辞和～，24；～的失败，2, 14；～的终极阶段，37；～的文学，2, 5, 7 – 8, 18, 75；～反对，3, 12；感伤小说和～，19, 28

Hatekufah journal, 《划时代》期刊，22, 73

Hatsfirah journal,《汽笛》期刊，25，35

Hatsofeh journal,《观察》期刊，42，58

Hauptmann, Gerhard, 豪普特曼·格哈特，47，68

"Hawaja Nazar"（Smilansky），《哈瓦加·纳扎尔》（斯米兰斯基），69

Hazaz, Haim, 哈扎兹，海姆（1898年生于 Sdorovichi；1931年移民；1973年去世），8，12，19，98，102；阿利亚运动和～，10；表现主义和～，115；形式化和～，53；扩充以色列版图和～，193；～的影响，150；现代主义和～，114，118–123

He Walked in through the Fields（Hu halakh basadot）(Shamir),《他走在田野中》（沙米尔），142–143，144，150，175

Heap, The（Ha'aremah）(Kalo),《跳跃》（卡娄），183，184

Heart Murmur（Hitganvut Yehidim）(Kenaz),《心灵絮语》（凯纳兹），219，228，233 "Hebrew The"（Luidor),《希伯来语》（路易多尔），69

Hebrew language 希伯来语言，4，8，119；与意第绪语的较量～，24–25，99；～的堕落，9；～在美国的衰落，133；欧洲文学翻译成～，22–23；外来语，52；历史层面，12；移民作家和～，185；西方文化的影响，5；作为祈祷与神圣话语的语言，2；作为文学语言，3；马斯基尔（启蒙思想家）和～，11；在苏联被宣布为不合法，4；在阿里茨以色列的重要地位，67；～中的宗教和世俗人文主义，6；第二次阿里亚和～，3；革新的源泉，163–165；苏联文学翻译成～，161–162；翻译成～，59；作为通俗语言，62，67，103

Hebrew literature, 希伯来文学，30，37，188–196；二元辩证，39；～经典，76，84，134，203；～衰落，4；绝望和～，46；内部的辩证张力，84；大流散和～，98–99；～的困境，4–5；女性主义，60；作为舶来品，139；俄国文学的影响，23；犹太人身份和～，2，20；～在苏联被宣布为不合法，99；在巴勒斯坦重新安置，6；俄国大屠杀和～，1；～翻译成俄文，126；～在美国，132–137；女性传统，239–242

Hedvah and I（Hedvah ve'ani）(Megged),《海德瓦和我》（麦吉德），144，155

Heffer, Haim, 海费尔，海姆（1925年出生；1936年移民），143

Haffner, Abraham, 海夫纳，亚伯拉罕（1935年出生），230，237

Heidim journal,《回声》期刊，43，100

Heimatliteratur（homeland art),《故乡艺术》，112

Hemeiri, Israel, 海梅里，以色列（1938年生于 Givut Haim），196

Hemingway, Ernest, 海明威，5，133

Hendel, Yehudit, 亨德尔，耶胡迪特（1926年生于华沙；1938年移居以色列），132，173，180–181，239

"Henikh"（Baron），《海尼克》（巴伦），60

heroes，英雄（主人公），38, 160, 218–222

Hagai Oni（Lapid），《盖伊·奥尼》（拉皮德），182

Hibbat Zion，希伯特锡安（热爱锡安），1, 3, 18, 21

Highway of Wolokolamsk（Bek），高速公路 161

Hill of Evil Council, The（Oz），《恶意之山》（奥兹），224, 225, 231, 232

"Hill of Sand, A"（"Giv'at hahol"）（Agnon），《沙山》（阿格农），85

Hillel, S. 希勒里（1873年生于波多利亚的巴尔；1925年移民；1953年卒于特拉维夫），98, 105

Himmo, King of Jerusalem（Himo, melech Yerushalayim）（Kaniuk），《西莫，耶路撒冷之王》（康尼尤克），203, 216, 219, 228

His Daughter（Bito）（Kaniuk），《他的女儿》（康尼尤克），216

His Hated Wife（'Ishto hasnu'ah）（Burla），《他可恨的妻子》（伯尔拉），73

History of One Family（Toldot mishpaha'ahat）（Kabak），《一个家族的传说》（卡巴克），40

Hittite Must Die（Kivsat harash），《赫悌王必死》（沙米尔），152–153, 172, 175

Hoffman, Yoel，霍夫曼，约珥（1937年生于匈牙利；1938年移民），230, 235–237

Holocaust，大屠杀，1, 10, 140；艺术和～，90；艾赫曼审判和～，190–191；作为历史传奇剧的～，216；～的阐释（解释），227–228；记忆和～，170；在现实主义小说中，173–174, 176；"六日战争"和～，192；～幸存者，157, 166, 173, 180, 222；违反禁令和～，232；年轻一代和～，188–189；also Second World War

Homeland art，故乡艺术，112

homiletic literature，讲经文学，86

Homo Faber（Frisch），《能干的法贝尔》（弗里希），162, 205

Horizon（'Ofeq natui）（Hazaz），《地平线》（哈扎兹），119

Horowitz, Ya'akov，霍洛维茨，雅考夫（1901年生于加利西亚卡鲁什；1975年卒于特拉维夫），7, 10, 57；现代主义和～，116–118；新词使用（旧词新意）和～，103, 115；援引，118

House for One, A（Bayit le'adam）（Orpaz），《一人之家》（奥帕斯），203, 216, 219, 242

House of Hefetz, The（Beit Hefetz）（Kimhi），《海费茨的家》（吉姆西），77

House of Koresh, The（Berdyczewski），（别尔季切夫斯基），30–32

"Hovevei Zion Street"（"Rehov Hovevei Tsiyon"），《霍维外锡安街》（申哈尔），109

Howells, William Dean，豪威尔斯·威廉迪安，133

Hrushovsky–Harshav, Binyamin，何鲁

霍夫斯基-哈沙夫，本雅明（1928 年生于立陶宛维尔纳；1948 年移民），179

Hugo, Victor, 雨果，维克多, 18

Hunchback of Notre Dame (Hugo),《巴黎圣母院》(雨果), 18

Hungary, 匈牙利, 98

Hunting of the Doe, The (Tzeil hatsviyah) (Orpaz),《猎雌鹿》(奥帕斯), 202, 216

Hurgin, Yaacov, 胡尔金，雅考夫（1898 年生于雅法；1970 年去世），68, 70, 73–75, 80, 201

Ibsen, Henrik, 易卜生, 22

idealism, 理想主义, 79

identity, 身份, 2, 10, 177; 否认犹太身份, 220; 历史的～, 170; 民族的和宗教的～, 29; 城市主义和～, 137

ideology 意识形态, 66, 70, 71, 119, 157; 性本能和～, 105; 实验形式和～, 182; 理想主义和～, 79; 基布兹的～, 73; 文学和～, 97–105; ～的反对, 159; ～的逐渐衰落, 158; See also communism; socialism; Zionism

immigration, 移民, 108, 109, 114; ～第二次世界大战后, 170; 新移民进入以色列, 184; ～进入美国, 132–133, 136

impressionism, 印象主义, 4, 30, 53, 83, 134; 德国/斯堪的纳维亚～, 43, 76; 抒情的～, 211–212; 现代主义和～, 115, 138; ～的否定, 187; 维也纳～, 130

In Mr. Lublin's Shop (Behanuto shel mar Lublin) (Agnon),《在卢布林开的店》(阿格农), 86, 91–91, 93

In the Desert (Frischmann),《在沙漠里》(弗里希曼), 23–24

"In the Expanses of the Negev" ("Befa'atei hanegev") (Yizhar),《在广袤的内盖夫沙漠》(伊兹哈尔), 145

In the Fertile Valley (Bagai haporeh) (Appelfeld),《在肥沃的山谷》(阿佩费尔德), 180, 220, 228

In the Grip of Gross Currents ('Eleh toldoth adam) (Lisitzky),《在逆境中角逐》(里斯特兹斯基) 134

In the Heart of the Seas (Bilvav hayamim) (Agnon),《大海深处》(阿格农), 93

In the Land of Israel (Po vesham be'eretz Yisra'el) (Oz),《在以色列土地上》(奥兹), 230

In the Mountain of Ephraim (Bein harei' Ephraim) (Hurgin),《在埃弗莱姆山》(胡尔金), 74, 75

"In the Prime of Her Life" ("Bidmi yameyah") (Agnon),《在她盛年之际》(阿格农), 85, 94

In the Sanatorium (Beveit hamarpe') (Vogel),《在疗养院》(弗格尔), 127, 128

In the Shadow of the Gallows (Betsel 'eitz hatliyah) (Kabak),《绞刑架下的阴影》(卡巴克), 40

In the Winter (Bahoref) (Brenner),《在冬季》(布伦纳), 48, 51

In Those Days (Bahoref) (Brenner),

《在那些日子》(门德勒),17,19

Individual/individualism,个体人/个人主义,31,40,144,223,社区和~,124,142;社会现实主义的衰退和~,167;家庭和~,87;~的描绘,115

intellectuals,知识分子,2,29,75,136

interior monologues,内心独白,114,212

intermarriege,通婚,131

Interrogation, The (Hahakiram) (Gouri),《审讯》(古里),177

Intifada,巴勒斯坦起义,230

Iraq,伊拉克,185

irony,反讽,59,107,161

Issacs, B.,以撒克,巴(生于Pilvishki;1904年移居美国;1975年去世),132

Israel, State of,以色列国,111,132,135,140,145,186;See also Eretz Yisrael; Palestine

Israelites,以色列人,23

'Itim journal,《世纪》刊物,144

'Iton 77 journal,《77报》期刊,159-160

Jacobsen, PeterJens,雅各布森,彼得5,47,68,84

Jeremiah's Inn (Pundaqo shel Yirmiyahu) (Tammuz),《耶利米客栈》(塔木兹),195

Jerusalem,耶路撒冷,51,77-78,90,218

Jesus, in Hebrew fiction,耶稣,在希伯来小说中,41,154

Jewish – American novelists,犹太-美国小说家,113

Jewish community,犹太社区,30,33,59;~与阿拉伯的冲突,108;~崩溃瓦解,38;~东欧文化中心,46,64;~家庭,27,32;~移民社会,2-3;来自穆斯林国家~,163;使用多种语言的特点,1-2;~宗教基础,2;~学者,44;盗贼与乞丐,16-17;~在美国,132-137;第一次世界大战后的动荡,96;See also Old Yishuv

Job, The Story of a Simple Man (Roth),《约伯,一个简单人的故事》(罗斯),128

journals,期刊,2,46,47,64,100-101,159-160。See also special journals

Journey in the Month of Av (Masa' Be'av) (Megged),《阿巴月的旅程》(麦吉德),172

Jorce, James,乔伊斯,詹姆斯,55,113,161,204

Judaism,犹太教,30-32,76,228;大流散的~,191;离经叛道运动,178;耶稣和~,154;~与犹太复国主义分裂,90。See also Orthodox Judaism

Judas (Yehudah' Ish – Krayot) (Mossinsohn),《犹大》(莫新松),41,153-154,187

Kabak,卡巴克,A. A.(1880年生于立陶宛Smorgon;1944年卒于耶路撒冷),40-41,59,154

Kabbalism,卡巴拉派110-111

"Kaddish, The"(Peretz),《祈祷文》(佩雷茨), 27
Kafka, Franz, 卡夫卡, 弗兰兹, 84, 138, 161, 162, 205; ~的影响, 169; ~革新技巧, 167; ~的超现实主义, 205 – 206
Kahana – Carmon, Amalia, 卡哈娜 – 卡蒙, 阿玛利亚(1926年生), 8, 10, 161, 165, 206, 208 – 209, 223; 绝望与~, 221; 女性主义和~, 239; 抒情 – 印象主义和~, 169; 后现实主义小说和~, 188; 超现实主义和~, 140
Kalo, Shlomo, 卡娄, 施罗莫(1928年生于保加利亚), 183
Kaniuk, Yoram, 康尼尤克, 约拉姆(1930年生于特拉维夫), 10, 123, 137, 161, 192, 202; 希伯来文学的扩大和~, 166; ~措辞, 165; 怪诞文学和~, 206, 216; 后现实主义小说和~, 188; ~与情节的关系, 168; 讽刺和~, 143, 语言的使用, 209 – 210
"Karl and Anna"(Frank),《卡尔和阿娜》(弗兰克), 107
Karni, Yehuda, 卡尔尼, 耶胡达(1884年生于平斯克; 1921年移民; 1948年卒于特拉维夫), 3
Kastner trial, 卡斯纳审判(1953), 190
Katerina(Appelfeld),《卡特里娜》(阿佩费尔德), 228
"Katschen"(Hoffman),《卡茨晨》(霍夫曼), 235

Katzir, Yehudit, 卡茨尔, 耶胡迪特(1963年生于海法), 240
Kaufman, Yehezkel, 考夫曼, 耶海兹凯尔, 47
Kayser, G., G.凯塞, 123
Keller, Gottfried, 凯勒, 戈特弗里德, 84
Kenan, Amos, 凯南, 阿莫斯(1927年生于特拉维夫), 143, 188, 189, 195, 214
Kenaz, Yehoshua, 凯纳兹, 约书亚(1937年生于佩塔提克瓦), 123, 140, 166, 178, 188; ~的印象主义, 169; 作品, 192, 220; 犹太复国主义和~, 10
Keshet magazine,《彩虹》杂志, 189, 199, 202, 218
kibbutzim 基布兹人, 124, 166, 180, 242; 从~退出, 117; 人性完善和~, 82; ~理想形象, 111 – 112, 153; 意识形态和~, 73; 期刊和~, 101; ~中社会和性风俗, 182; ~社会学, 158; 作家卷入~, 201
Kimhi, Dov, 吉姆西, 多夫(1889年生于波兰 Jaslo; 1908年移民; 1961年逝世), 9, 68, 75, 77 – 78, 80, 101, 201
King of Flesh and Blood, The Melekh basar vadam(Yizhar),《血肉之王》(伊兹哈尔), 150, 152 – 152, 172, 175
Kishon, Ephram, 吉顺, 埃弗莱姆(1924年生于布达佩斯特; 1949年移民), 143
Klatzkin, Yaacov, 克拉斯金, 雅考夫(1882年生于 Kurtosz Brazy;

1938年逝世于瑞士 Viviers),4
Klaist, Heinrich, 克莱斯特, 亨利希, 128
"Klonimos and Naomi"（Berdyczewski),《克罗尼莫斯和纳欧米》(别尔季切夫斯基),30-32
Koren, Yeshayahu, 考伦, 耶沙雅胡(1940年生于萨巴),166,178,187
Ktuvim-Turim group, 作品-专栏群体, 100, 101, 102, 103
Kurzwei, Baruch, 库尔茨维尔, 巴鲁赫(1907年生; 1972年去世), 160-161, 197

labor literature, 劳工文学, 97
labor movement, 劳工运动, 67, 72, 98-99, 142; ~的衰落, 184, 203; ~理想形象, 153
Labor party, 劳工党, 195
Ladino language, 拉地诺语, 73, 103, 163
"Lady and the Peddler, The"("Ha'adonit veharokhel"),《女主人和小贩》(阿格农), 86
Lagerloef, Selma, 拉格洛莫, 塞尔玛, 236
Laishi (Appelfeld),《莱什》(阿佩费尔德), 228
Lamdan, Yitzhak, 拉姆丹, 伊扎克(1898年生于乌克兰 Mlinov; 1954年卒于特拉维夫), 100
Land Inhibited, The (Kvar'eretz noshevet) (Sened),《居住的土地》(塞纳德), 162, 180
Land Unsown, A ('Eretz la zru'ah) (Zachi),《未耕耘的土地》(扎黑), 102, 105, 106
Land without Shadow ('Adamah lelo tsel) (Sened),《没有阴影的土地》(塞纳德), 144
languages, 语言, 1-2, 3, 24-25, 52-53, 99。See also specifiic languages
Lapid, Shulamith, 拉皮德, 舒拉密特(1934年生于特拉维夫), 182
Last Chapter (Hamsun),《最后一章》(哈姆逊), 128
"Last Commander, The" ("Hamefaqed ha'aharon") (Yehoshua),《最后的指挥官》(约书亚), 189-190
Last Jew, The (Hayehudi ha'aharon) (Kaniuk),《最后的犹太人》(康尼尤克), 168, 192, 202, 206, 214, 216, 222, 225
Late Divorce, A (Geirushim me'uharim) (Yehoshua),《迟到的离婚》(约书亚), 213, 215, 217
"Late Love, A" ("'Ahavah me'uheret") (Oz),《迟暮之爱》(奥兹), 217
Lavon Affair, 拉翁事件 (1961), 188, 190, 191, 229
Lead Sodiers (Hayalei 'oferet) (Orlev),《小铅兵》(奥莱夫), 176, 227
Lebanon War, 黎巴嫩战争, 229, 230
Legend of the Sad Lakes ('Agadat ha'agamim ha'atsuvim) (Levy),《悲湖的传说》(列维), 237
Levin, Hanoch, 列文, 哈诺赫(1943年生于特拉维夫; 1999年逝世于特拉维夫), 215, 241
Levin, Menashe, 列文, 门纳西(1903

年生于 Groszk；1981 年生于特
 拉维夫），103, 115, 118, 241
Levy Itamar, 列维，伊塔玛（1956 年
 生于特拉维夫），228, 237
Lewis, Sinclair, 刘易斯，辛克莱，
 133
Lewisohn, Ludwig, 刘易松，路德维
 格，(1883 年生；1955 年去世），
 113
Liebrecht, Savyon, 利比莱赫特，萨
 维扬（1948 年生于德国），228,
 240
Life as a Parable (Hahayim Kemashal)
 (Sadeh), 《寓言人生》（撒代），
 168, 178
Life of Elyakum, The (Hayei 'Elaqum)
 (Tammuz), 《埃勒亚库姆的生
 活》（塔木兹），166, 177, 223
Like Olive Seedlings (Kishtilei zeitim)
 (Wallenrod), 《如同橄榄幼苗》
 （瓦兰洛德），134
Likrat magazine, 《行进》杂志，159,
 160, 197, 200, 201
Likud Party, 利库德党，195, 196,
 214
Lisitzky, Efraim, 里兹斯基，埃弗莱
 姆（1885 年生于 Minsk, Belarus；
 1900 年移居美国；1962 年去
 世），113, 134,
Lithuania, 立陶宛，14, 59, 98
Living on the Dead (Hahai 'al hamet)
 (Megged), 《生活在死者当中》
 （麦吉德），156, 187
local colour realism, 地方色彩现实主
 义，37, 38, 39, 44, 46, 62
Locked Room, A (Heder na 'ul) (Bal-
 las), 《锁住的房间》（巴拉斯），

185
London, Jack, 伦敦，杰克, 133
Loneliness (Badidute) (Hareven), 《孤
 独》（哈莱文），181
Love Stories, 爱情故事，23, 24, 34,
 85, 104; disappointed, 失望，
 56, 88; 在犹太人和非犹太人
 之间，28, 39, 75, 129, 178
Lover, The (Hame 'ahev)
 (Yehoshua), 《情人》（约书亚），
 172, 173, 213, 215, 224
Lower Hell (Begeheinom shel matah)
 (Hameiri), 《地狱》（哈梅里），
 106
"Lowered Eyes" (Peretz), 《垂下眼
 帘》（佩雷茨），28
Luah Ahiasaf journal, 期刊，35
Luidor, Yosef, 路易多尔，约瑟夫
 （生年不详；1921 年逝世于雅
 法），65, 67, 69, 76
Luz, Zvi, 路兹，兹维（1930 年生于
 Deganyah），182, 197

Ma'avaq journal, 期刊，198
Madame Bovary (Flaubert), 《包法利
 夫人》（福楼拜），59, 91, 疯
 狂，110, 122, 127, 203
Maeterlinck, Maurice, 梅特林克，5,
 21, 47
Magic Mountain, The (Mann), 《魔山》
 （曼），127 – 128
Magnetic Fields (Sadot magnetiyim),
 《磁场》(Kahana – Carmon), （卡
 哈娜 – 卡蒙），212, 213
Malamud, Bernard, 马拉姆德，伯纳
 德（生于 1914 年；1986 年去
 世），113

Maletz, David, 马莱茨, 大卫（1899年生于柏林；1920年移民；1981年卒于基布兹艾因哈洛德）, 98, 111

"Man is Good"（Frank），《人挺好》（弗兰克）107

Mann, Heinrich, 曼, 亨利希, 127, 129

Mann, Thomas, 曼, 托马斯, 84, 87, 127, 161, 177

Mansfield, Katherine, 曼斯菲尔德, 凯瑟琳, 169

Mapu, Abraham, 玛普, 亚伯拉罕（生于1808年；卒于1867年）, 12, 65

Marquez, Gabriel Garcia, 马尔克斯, 加布里埃尔·加西亚, 162, 206

Married Life (Hayei nisu'im)（Vogel），《婚姻生活》（弗格尔）, 127, 128–130, 131, 203

Marxism, 马克思主义, 151, 157, 172, 173

Masada, uprising, 马萨达起义, 190

Maskilim (Haskalah Jews), 马斯基尔（启蒙犹太思想家）11, 19, 22

Maupassant, Guy de, 莫泊桑, 40, 59

Meanwhile (Beinatayim)（Gnessin），《与此同时》（格尼辛）, 55

Megged, Aharon, 麦吉德, 阿哈龙（1920年生于波兰；1925年移民）, 7, 111, 139, 142, 189; ~的政府从属关系, 150; 讽刺和~, 143; 社会现实主义和~, 154–157; 术语"新浪潮"的使用, 196–197

melodrama, 传奇剧, 5, 18, 27, 55, 67, 68, 104; 载道, 183; 历史~, 216; ~的局限, 123; 程式和~, 117

memory, 记忆, 169–170

Mendele, Mokher Seforim, 门德勒, 莫凯尔·塞弗里姆。See Abramowitz, S. Y.

Messianism, 弥赛亚主义, 40, 111, 122, 158, 170

"Metamorphosis"（"Panim aherot"）(Agnon),《大城市》（阿格农）, 85

Metaplot, 主导情节, 168, 188, 189, 190, 196, 222–230

Michael, Sami, 米海尔, 撒米（1926年生于伊拉克的巴格达）, 166, 173, 184–185

Michali, B. Y., 米哈利, B. Y.（1910年生于比萨拉比亚阿图基；1989年卒于Hulon）, 192

Michel Ezra Safra and Sons (Mishel 'Ezra Safra' uvanav)（Shamosh）,《米海尔·埃兹拉·萨法拉与儿子们》（沙莫什）, 184, 185

Middle East, 中东, 65, 73, 102, 108, 166

"Midnight Convoy"（"Shayarah shel hatsot"）(Yizhar),《午夜护航》（伊兹哈尔）, 145, 147

Midrashim,《密德拉希》, 6, 8, 83

Mimekor Yisrael: Classical Jewish Folktales (Berdyczewski),《以色列的源起：古代犹太民间故事》（别尔季切夫斯基）, 28

mimesis, 模仿, 4, 7, 14, 30, 58, 115; 心理文学和~, 62; ~的弃绝, 207

Minotaur (Tammuz),《米诺托》（塔木

兹），177，178，187，212，223
Miracle Hater, The（Sone' hanisim）(Haraven)，《奇迹憎恨者》（哈列文），181-182，239
Miran, Reuven, 米兰，莱尤文（1944年生），196
Miriam: A Novel About Life in Two Townships（Berdyczewski），《米里亚姆》（别尔季切夫斯基），30-32，22，197
"Miriam's Well"（"Be'erah shel Miriyam"）(Agnon)，《米里亚姆的井》（阿格农），83
Miron, Dan, 米兰·丹（1934年生于特拉维夫），179
Mr. Israel Shefi's Independence Day（Yom ha'atzma'ut shel mar Yisra'el Shefi）(Raz)，《以色列·舍费先生的独立日》（拉兹），219
Mr. Mani（Yehoshua），《曼尼先生》（约书亚），206，213，224，225，227，234
Mistress, The（Hagvirah）(Orpaz)，《女主人》（奥帕斯），203，216，224，242
Modern Hebrew Literature: Trends and Values（Halkin），《现代希伯来文学：走向与价值》（哈尔金），135
modernism, 现代主义，77，86，100；欧洲~，136，161，182；国际文学和~，113，38；社会现实主义和~，184
Moked, Gabriel, 莫克德，加布里埃尔（1933年生于波兰华沙；1946年移民），179，197，199-200

Moon of Honey and Gold（Yerah hadvash vehazahav）(Shahar)，《金蜜月》（沙哈尔），177，223
Mori Said（Hayoshevet baganim）(Hazaz)，《莫里·萨伊德》（哈扎兹），121-122
Moshavot（farming villages），莫沙沃特（农业村庄），67，68
Mossinsohn, Yigal, 莫辛松，伊戈尔（1917年生于艾因加尼姆；1993年逝世于特拉维夫），7，9，41，111，139；社会现实主义和~，153-154；~的无意义小说，112
"Mount Scopus"（"Har Hatsofim"）(Zachi)，《守望山》（扎黑），105
Moussa, Hawajah, 穆萨，哈瓦加，See Smilansky Moshe
M'oznayim journal,《莫兹纳伊姆》期刊，100，200
Multiple viewpoints, 多重视角，179，181，182
"Munira"（Hurgin），《穆尼拉》（胡尔金），74
Musical Moment（Moment musiqali）(Kenaz)，《音乐瞬间》（凯纳兹），220，233
My Beloved Friend（Dodi vere'I），《我亲爱的朋友》（弗兰克尔），182
My Michael（Mikha'el sheli），《我的米海尔》（奥兹），190，217，224
Mystery（Hamsun），《谜》（哈姆孙），77
mysticism, 神秘主义，83
myth, 神话，30，32，33，169

Narrative, 叙述，15，26，155，212

Narrow Path: The Man of Nazareth, The (Bamish'ol hatsar) (Kabal), 《窄路：拿撒勒人》（卡巴克），40，154

Narrow Step, A (Madregah tsaretz) (Orpaz),《狭窄的阶梯》（奥帕斯），202，216

Native Generation (Dor Ba'aretz), 本土一代（多尔巴阿莱茨），73，123，137，162，169，186；扩充以色列版图运动和~，194；现代主义和~，161；作为散文作家，197；现实主义和~，139－140，188；"丑陋的以色列人"和~，53

naturalism, 自然主义，4，14，22，37，78，110，183

nature, 自然，29，30，97，110

Nazism, 纳粹主义，99，173－174，231

Near Quiet Places (Leyad kfarim shkeitim) (Hendel),《靠近静谧的所在》（亨德尔），239

Neo－realism, 新现实主义，187，203，204

Neo－romantinism, 新浪漫主义，47，68，77，84

Neologisms, 新词使用，9，99，100，115，125，164；公式化和~，114；现实主义的运用，207

Nerves ('Atsabim) (Brenner),《心神不宁》（布伦纳），45，48，49

New Criticism, 新批评，160－161

New Hebrew Man, 新希伯来人，69，149，160，175；对－对神话失去信心，195；旧式犹太人和~，165－172，177，222

New Path writers, 新道路作家，37

New Wave writers, "新浪潮"作家，141，162，187－188；批评和社会，196－201；~对犹太复国主义的批判，225－226；怪诞文学和~，214－218；复兴对前辈作家的兴趣，201－205；无归属的主人公和~，218－222；"西奈战争"到"赎罪日战争"，188－196；西方文学和~，205－211；犹太复国主义通用情节和~，222－230

Nice Stories about R. Israel Baal Shem-tov (Siourim na''im shel rabi Yisra'el ba'al shem－tov) (Agnon),《芳名远扬的拉比以色列·巴阿拉的故事》（阿格农），86

Nietzsche, Friedrich, 尼采，22，26，34，47，69

Night in May, A (Layla bem'ay) (Yehoshua),《五月的夜晚》（约书亚），215

"Night without Shots, A" (Yizhar),《没有交火的夜晚》（伊兹哈尔），145

Nightingale and Chameleon (Haziqit ve-hazamir) (Tammuz),《夜莺与蜥蜴》（塔木兹），177，178，187，212

"Nights" ("Leilot") (Agnon),《夜晚》（阿格农），85

Nin－Gal (Shahar),《尼恩·盖尔》（沙哈尔），221

1948 between the Calendars (1948 Bein Hasfrot) (Ben－Yehuda),《日历上的1948》（本－耶胡达），183

Nitzan, Shlomo，尼灿，施罗莫（1922年生于 Lavia Liban），175
Nobel Prize for Literature，诺贝尔文学奖，81
"Nomad and Viper"（"Navadim vatsefa"）（Oz），《游牧人和蝰蛇》（奥兹），240
Nomberg, H. D.，诺姆伯格，H. D.，（1876年生；1927年逝世），44，45–46，47，59
Nonsence（Berdyczewski），《胡言乱语》（别尔季切夫斯基），28
nostalgia，恋旧，怀乡病，19，90，185，215，242；不满和～，189；～对旧式以舒夫，143，155；～对犹太复国主义的价值，196
Not Even a Tent Peg（Yated la'ohel）（Nitzan），《连帐篷桩都不是》（尼灿），175
Not Far from the Tree（Lo rehoqim min ha'eits）（Shamir），《离树不远》（沙米尔），150
Not of this Time, Not of This Place（Lo me'akhshav lo mikan）（Amichai），《并非此时，并非此地》（阿米亥），168，178，214
Nouveau roman，新小说，180，205

Oasis，《绿洲》（塞纳德），180
Occupiued territories，占领地，185，139，230
Odessa（Ukrain），敖德萨（乌克兰），11，14，39，46；作为"俄国人的耶路撒冷，"3–4；西方大城市文学和～，113
Of Such and Such（Agnon），《如此般这般》（阿格农），94
Of Trees and Stones（Megged），《论树与石》（麦吉德），156
Offended Trumpet（Bialik），《愤怒的号角》（比阿里克），19
'Ogdan magazine《装订者》杂志，159
Old Jews，旧式犹太人，165–172，176，177，191，220，222
Old Yishuv 旧式以舒夫，9，64，65，67，105，110，205；～多重特征，73–74；思乡，143；See also Jewish community
Oliver Twist（Dichens），《雾都孤儿》（狄更斯），18
"On Taxes"（"'Al hamisim"）（Agnon），《关于税收》（阿格农），85
"On the Experimental Story"（"'Al hasipur hanisyoni"）（Orpaz），《论实验小说》（奥帕斯），205
On the Ground Floor（Beqomat bahaqarq'a）（Appelfeld），《在底层》（阿佩费尔德），210
On the Seven Seas（'Al shiv'ah yamim）（Kimhi），《在七大洋》（吉姆西），77
On the Third Floor（Badyitah bashlishit）（Wallenrod），《在第三层》（瓦兰洛德），134
One Hundred Nights in Old Jaffa（Me'ah leilot beyafo ha'atiqah）（Levin），《在老雅法的100夜》（列文），118
One Hundred Years of Solitude（Marquez），《百年孤独》（马尔克斯），162，206
One of a Thousand（Shenhar），《千分之一》（申哈尔），108

Oren, Yitzhak, 奥伦, 伊扎克 (1918 年生于西伯利亚; 1936 年移民), 137-138, 242

Oriental Jews, 东方犹太人, 173, 180, 185

Orlev, Uri, 奥勒夫, 尤里 (1931 年生于华沙), 166, 176, 227

'Orlogin (Clock) magazine,《奥洛金 (时钟)》杂志, 144

Orpaz, Yitzhak (Auerbach), 奥帕斯, 伊扎克 (1923 年生于俄国; 1938 年移民), 95, 137, 169, 205; 阿格农的影响, 202; ~的后期创作, 203; ~的宣言, 206-207; 后现实主义小说和~, 188; 援引, 204; 讽刺和~, 143

"Orphan and Widow" ("Yatom ve' alamanah") (Agnon),《孤儿和鳏夫》(阿格农), 85

Ortega Gasset Jose, 奥尔特加·加塞特, 238

Orthodox Judaism, 正统派犹太教, 4, 94, 173, 178, 195, 196, 240; See also Judaism

Other Power, The (Hendel),《其他的力量》(亨德尔), 181, 239

Ottoman Empire, 奥斯曼帝国, 70, 223

"Ovadia the Cripple" (Ovadiah ba' al mum) (Agnon),《跛子欧瓦迪亚》(阿格农), 85

"Overcoat, The" ("Hamalbush") (Agnon),《外套》(阿格农), 86, 93

Owl, The (Hayanshuf) (Aloni),《猫头鹰》(阿洛尼), 218

Oz, Amos, 奥兹, 阿摩司 (1939 年生于耶路撒冷), 7, 10, 28, 95, 118, 140; 希伯来文学的扩大和~, 166; ~与比斯特里特斯基相比, 125; ~的措辞, 165; 表现主义和~, 123; 历史中篇小说, 209; 别尔季切夫斯基的影响, 202; 关于拉翁事件, 191; 神话, 169; 定居长篇小说, 111, 112; 犹太复国主义观点, 159; 著作, 192, 195, 217

paganism, 异教徒, 30

Pagis, Dan, 帕基斯, 丹 (1930 年生于布科维纳; 1936 年移民), 127

Palace of Shattered Vessels, The (Heichal hakeilim hashavurim) (Shahar),《碎器之宫》(沙哈尔), 212-213, 218, 223

Pale of Settlement, 定居点辖区, 14, 19, 51

Palestine, 巴勒斯坦, 2, 3, 38, 135; 英国征服, 227; 英国托管, 96-97, 140, 223; 新文学的发展, 63-68; 犹太移民至~, 3, 42; ~的犹太人口, 64; 文学构成, 43; 最初的犹太定居点, 9; 拓荒者, 50-52; 重新确立希伯来文学的位置, 4, 6; 作家转移到~, 39, 42-43, 54, 58。See also Eretz Yisrael, State of

Palestinians, 巴勒斯坦人, 185, 193, 194。See also Arabs

Palmah, 帕尔马赫, 150, 158, 164, 178; 祛除圣经的神话色彩, 183; 大屠杀记忆和~, 190

Palmah Generation,帕尔马赫一代。See Native Generation,见本土一代

Pamela(Richardson),《帕米拉》(理查德森),18

Pan(Hamsun),《潘神》(哈姆孙),77

Parables,道德小故事(说教寓言),23,26,84

parody,模仿诗文,13,15

Past Countinues(Zikhron dvarim)(Shabtai),《过去的延续》,(沙伯泰),156,168,171,203,206,211,213,225-226,229,241

Past Perfect(Sof Davar)(Shabtai),《过去的结束》(沙伯泰),220,241

Peace Now,现在和平了,194

peasants,农民,103

Pered,Elead,佩雷德,埃里德(1927年生于耶路撒冷),190

Peleg,Dorit,佩雷戈,多里特(1953年生于耶路撒冷),228,240

Penny books.一便士书。See sifrei'agorah, People of the Street, The,《街上的人们》(别尔季切夫斯基),30-32

Peretz, I. L.,佩雷茨(1852年生于波兰;1915年逝世于华沙),2,9,21,22,24-28,35,37,84

Perfect Peace, A(Menuhah nekhonah)(Oz),《完美的和平》(奥兹),162,191,217,224,225

Peri, Menahem,佩里,门纳海姆(1943年生),197

periodicals,期刊。

Perry, Lilly,佩里,莉莉(1953年生),240,241

Petelyura pogroms,乌克兰皮台尔尤拉的集体屠杀,96

"Petroleum Flows to the Mediterranean"("Haneft zorem layam hatikhon")(Zarchi),《石油流进地中海》(扎黑),105

Philip Arbes(Tzalka),《菲利浦·阿巴斯》(茨阿尔卡),206,222

Picaresque novels,流浪汉小说,18,73,86-87,177,223

Picaro, figure of 流浪汉,形象,166,177

Pictures from a Brewery(Tmunot mibeit mivshat hasheikhar)(Barash),《啤酒坊图景》(巴拉什),43-44

"Pictures from Chaos"(Peretz),《混沌中的图景》(佩雷茨),27

Pinkas, Israel,品卡斯,以色列(1935年生于保加利亚索菲亚;1941年移民),179,197

Pioneers(haluzim),拓荒者,50,51,52,66119,123;~和商人的冲突,97;~的日常工作,145;~虚构类型,148;作为小说中的人物,102;~的颂扬,69

"Pipe of My Departed Grandfather"("Miqtarto shel zqeini 'alav hashalom")(Agnon),《我已故祖父的烟斗》(阿格农),86

Pisarev, Dimiri Ivanovich,皮萨列夫,迪米特里·伊万诺维奇(1840年出生;1968年去世),37

"Pisces"("Mazal dagim")(Agnon),《双鱼座》(阿格农),85

"Pledge, The"(Peretz),《誓言》(阿

格农),26
plot,情节,93,171,172,238
poetry,诗学(诗歌,诗话),38,39,116,123,164,197;艺术革命和~,198;~对小说的冲击,163;用波兰语~,24;期刊战,100
pogroms,集体屠杀(迫害),1,9,38,64,96
Poland,波兰,3,22,24,81,204,226;作为希伯来文学中心,99;第四次阿利亚和,96,97-98;犹太青年,174;第三次阿利亚和~,99。See also Glicia
Polish Jews,波兰犹太人,166
Polish language,波兰语,2,24
Portrait of the Artist as a Young Man (Joyce),《青年艺术家的画像》(乔伊斯),232
positivism,实证主义,12,23,37,102
Post Mortem (Kaniuk),《解剖》(康尼尤克),216,222,228
postmodernism,后现代主义,94,137,138,204,235,237
Pound, Ezra,庞德,埃兹拉,197
Preil, Gabriel,普莱尔,加布里埃尔(1911年生于爱沙尼亚,1922年移居美国;1993年去世),132
Produce (Tnuvah),《生产》(哈梅里),104,107
"Professor Leonardo" (Hurgin),《莱欧纳多教授》(胡尔金),74,75
Professor Unrath (Mann),《翁拉特教授》(曼),129
Promised Land,应许之地,23

Prophet (Navi') (Hareven),先知(哈列文),239
prostitution,妓院,27
Protocal (Ben-Ner),《礼仪》(本-奈尔),203,205,225,
prototypes,原型,111,166
Proust, Marcel,普鲁斯特,55,136,162,204,213
psychological literature,心理文学,7,26,44,69,76;阿布拉莫维茨(门德勒)和~,20;幻灭和~,45-62;德国的~,87;俄语,34
publishing house,出版社,101
Pukhachewsky, Nehama,普克哈切夫斯基,尼哈玛(1869年生于立陶宛布里斯克;1934年逝世于立雄莱茨用),64
Pushkin, Alexander,普希金,亚历山大,21

Qurry, The (Hamahtsevah) (Ben-Ezer),《采石场》(本-埃泽尔),183
Quixote, Don,《堂吉诃德》,87
"Quotation Marks" (Berdyczewski),《引号》(别尔季切夫斯基),28

Raab, Ester,拉阿夫,埃斯特,239
rabbis,拉比,24,26,94
"Rabbi's Daughter, The" ("Bat harav") (Steinberg),《拉比的女儿》(斯坦伯格),59
Rabinowitz, Yaacov,拉宾诺维茨,雅考夫(1875年生于波兰Volkovsk;1948年卒于特拉维夫),3,8-9,43,47;作为批

评家的~，101；作为《回声》编辑的~，100；地方色彩的现实主义和~，37
"Rahamimi"（Hazaz），《拉哈蜜姆》（哈扎兹），119–120
Rainbow, The（Vassilyevskaya），《虹》（瓦希里耶夫斯卡娅），161
Ratosh, Yonatan，拉托什，约纳坦（1908年生于波兰华沙；1921年移民；1981年去世），163
Ravikovitch, Dalia，拉比考维茨，达里亚（1936年生于特拉维夫，2005年去世），197
Raz, Avraham，拉兹，亚伯拉罕，219
Read, Herbert，里德，赫尔伯特，116
realism，现实主义，3，14，37–44，41，47，65，85；~的变化，159–165；多尔巴阿里茨现实主义者，144–159；~扩展类型范围，172–178；自~运动，167；社会现实主义的新爆发，178–186；新希伯来人和~，165–172；社会混乱和~，101；与浪漫主义的冲突，7；~改变为一种体裁，139–144；在美国，133
Refuge（Hasut）（Michael），《难民营》（米海尔），185
Reichenstein, Shlomo，赖兴施泰恩，施罗莫（1902年生于波兰Szberszin；1924逝世于艾因哈罗德），54
religion，宗教，2，6，15，25–26；decline of 衰落，38，55；神秘主义，83；民族主义来替代~，36；信仰的悖论，89
Remarque, Erich Maria，雷马克，107

Remembrance of Things Past（Proust），《追忆逝水年华》（普鲁斯特），136，213
Reuveni, Aharon[Shimshelevitz]，鲁文尼，阿哈龙（施姆谢莱维茨）（1886年生于乌克兰Potava；1910年移民；1971年卒于耶路撒冷），9，63，67，68，201；反类型和~75；批评文学和~，101；旧式伊舒夫和~73–74；第二次阿利亚和~，54；申哈尔和~，108
Reuweni, Yotam，鲁文尼，约塔姆（1894年出生；1939年去世），196
Revival, literature，文学复兴，109–110
Revivim，《雨滴》期刊，4，46，47
revolution，革命，30，119，121
Revolutionary Chapters（Pirqei ma-hapekhah）（Hazaz），革命的篇章（哈扎兹），121
Rilke, Rainer Maria，里尔克，雷纳·马里亚，127，197
Rise of David Levinsky, The（Cahan），《大卫·列文斯基的崛起》（卡汉），132
Road to Ein Harod, The（Haderekh le 'Ein Harod）（Kenan），《通向艾因哈罗德之路》（凯南），195
Roads and a Way（Drakhim vederekh）（Wallenrod），《道路和出路》（瓦兰洛德），134
Robbe-Grillet, Alain，罗伯-格里耶，阿兰 180，205
Rockinghorse（Sus'etz）（Kaniuk），《摇木马》（康尼尤克），206，210，

222

Romance genre, 罗曼司类型, 7, 22, 169

romanticism, 浪漫主义, 4, 7, 47, 84, 116; 德国~, 29; 历史小说和~, 151; 现实主义张力, 7; 希伯来文学的西方化和~, 21–36

"Room on the Roof, A" ("Heder 'al hagag") (Katzir), 《屋顶屋》(卡茨尔), 240

Root upon Water, A (Shresh alei mayim) (Yaari), 《水上根》(亚阿里), 107

Rootlessness, 无归属 See uprooedness

Roots of Light (Shorshei 'Avir) (Almog), 《光之根》(阿尔莫格), 221, 240

Rosendorf Quartet (Revi 'iyat) (Shaham), 《罗森多夫四重奏》(沙哈姆), 158, 187, 212

Roth, Henry, 罗斯, 亨利, 132, 232

Roth, Josef, 罗斯, 约瑟夫 (1894年生; 1994年逝世), 113, 116, 125, 127, 221

Rudorfer's Episodes (Pirkei Rudorfer) (Barash), 《鲁道夫轶事》(巴拉什), 43

Russia, 俄国, 3, 35, 40, 78; ~作为希伯来文学中心, 99; 从~迁出, 69; 俄国文学对希伯来文学的影响, 23; ~的犹太村庄, 54; 1881年大屠杀, 1, 64; 日俄战争 (1904), 48; 第三次阿利亚和~, 98; ~影响的减弱, 205; See alsoBolshevik

Russian Formalists, 俄国形式主义, 161

Russian language, 俄语, 2, 24, 126, 163

Russian literature, 俄国文学, 18, 34, 36, 46, 47, 113, 125, 128, 150; 苏联第二次世界大战文学, 161–162; ~影响的减弱, 164

Rustic Sunset (Shki 'h kafrit) (Ben–Ner), 《乡间落日》(本–奈尔), 219, 228

Sabbateans, 沙巴特派, 178

"Sabbath Goy, The" (Peretz), 《亵渎安息日》(佩雷茨), 27

Sabras, 本土以色列人, 6, 67, 104, 142, 166, 197

Sacks, Sheldon, 萨克斯, 希尔顿, 116

Sandan, Dov, 萨旦, 多夫, 193, 197

Sadan journal, 《萨旦》杂志, 100

Sadat, Anwar, 萨达特 184, 214

Sadeh, Pinhas, 萨代, 品哈斯 (1929年生于波兰的利沃夫; 1934年移民; 1993年去世), 7, 10, 53, 95, 112, 140, 161; 表现主义和~, 123; 神话和~, 169; 新社会现实主义和~, 178, 179; ~的诗学, 197; 与情节有关, 168

Sadness ('Itsavon) (Reuveni), 《忧伤》(鲁文尼), 78

Sado–masochism, 施虐受虐狂, 129

Saltykov–Schedrin, 萨尔契科夫 18

Sands of Gold (Holot hazahav) (Tammuz), 《金沙》(塔木兹), 168, 177, 182, 223

Sarraute, Nathalie, 萨洛特, 娜塔莉 180

satire, 讽刺, 13, 18, 85

Saul and Yohanna (Shaul ve Yohanna) (Frankel),《扫罗和约拿单》(弗兰克尔), 173-174, 190, 239

Scandinavian literature, 斯堪的纳维亚文学, 5, 43, 47, 68, 76, 84

Schatz, Z. 沙茨, Z. (1890年生于俄国的 Lamni; 1910年移民; 1921年卒于海法), 75

Schnitzler, Arthor, 施尼茨勒, 阿图尔 (1862年生; 1931年逝世), 47, 113, 116125, 127, 128

scholars, 学者, 44, 94

Scholem, Gershom, 肖勒姆, 格尔绍姆 (1897年生于柏林; 1923年移民; 1982年卒于耶路撒冷), 4

Schopenhauer, Arthur, 叔本华, 29

Schultz, Bruno, 舒尔茨, 布伦诺 (1892年生; 1942年去世), 231

Schumacher, F., 舒马赫, 22

Schutz, David, 舒尔茨, 大卫 (1941年生于柏林; 1948年移民), 207, 213-214

science, 科学, 2, 137

Scott, Walter, 司各特, 瓦尔特, 151

Scout, The.,《观察》, See Hatsofeh journal

Searing Light, The (Mikhvat ha'or) (Appelfeld),《灼热之光》(阿佩费尔德), 216, 220, 228

Second Aliyah, 第二次阿利亚, 3, 5, 44, 54, 73; 阿格农和~, 81, 82-83, 90, 94; 新文学的发展和~, 63; 新文化的基础, 67; 作为通俗语言的希伯来语和~, 103; 期刊和~, 100; 文学, 70, 76; 俄国大屠杀和~, 64; ~的精神领袖, 97; ~作家, 110, 112

Second Israel, 第二个以色列, 196

Second World War, 第二次世界大战, 64, 88, 178, 201, 227。See also Holocaust

Secret Place of Thunder, The (Berdyczewski),《隐秘雷中》(别尔季切夫斯基), 6, 30-32, 33, 34, 103, 105

Secular humanism, 世俗人道主义, 2, 6, 83, 119

Secular Pigrim, The (Orpaz),《世俗朝圣》(奥帕斯), 206-207

See Under: Love ('Ayen 'erekh: 'ahavah') (Grossman),《参见: 爱》(格罗斯曼), 231, 232

Sefer Hakabzanim.,《塞费尔哈卡巴杂尼姆》, 160; See Book of Beggars, The, self-sacrifice

Semel, Nava, 塞梅尔, 纳娃 (1954年生于特拉维夫), 228, 240

Sened, Yonat, 塞奈德, 约娜特 (1926年生于波兰; 1948年移民), ~和亚历山大·塞奈德 (1921年生于波兰; 1934年移民, 2004年去世), 10, 111, 144, 149, 166, 173-174, 190; 新小说和~, 180; 女性文学和~, 239

Sentimental tales, 感伤故事, 18, 27, 28

Sephardic Jews, 塞法尔迪犹太人 (西班牙裔犹太人), 70, 74, 173, 181, 184; ~在建国之前的巴勒

斯坦，227；~与阿什肯纳兹犹太人（德裔犹太人）的关系，183

Sergeant Grisha（Zweig），（茨威格），197

Seri, dan Beaya, 塞里, 丹·本纳亚（1935年生于耶路撒冷），230, 234–235

"Sermon, The"（"Hadrashah"）(Hazaz),《演说》（哈扎兹），119, 120

settlement novel, 定居小说，111, 114, 116

Seventh Day, The (anthology),《第七日》（选集），192

Sex and Character (Weininger),《性与人物》（魏宁格），113, 127

Sexes, relation between, 两性之间的关系，32, 74–75, 113–114, 129

sexism, 性别歧视，127

sexuality, 性征，性欲，58, 87, 109, 182

Shabtai, Yaakov, 沙伯泰，雅考夫（1934年生于特拉维夫；1981年去世），156, 159, 166, 171, 187, 203, 223；~的影响，240；~就事论事的风格，211

Shaham, Natan, 沙哈姆，纳坦（1925年生于特拉维夫），139, 157–159, 171–172

Shahar, David, 沙哈尔，大卫（1926年生于耶路撒冷；1997年去世），95, 166, 177, 188, 212–213, 218

Shaked, Gershon, 谢克德，格尔绍恩（1929年生于奥地利维也纳；1939年移民），179, 197

Shakespeare, William, 莎士比亚，威廉，151

Shalev, Meir, 沙莱夫，梅尔（1948年生于以色列纳哈拉尔），187, 206, 233–234

Shalom, 沙洛姆（1904年生于波兰Parchev；1922年移民；1990年卒于海法），193

Shami, Yitzhak, 沙米，伊扎克（1888年生于希伯伦；1949年去世），7, 80, 103, 163；类型创作和~, 70–72；风格和~, 68

Shamir, Moshe, 沙米尔，摩西（1921年生于以色列萨法德，2005年去世），7, 10, 41, 73, 123, 139, 142, 165；扩充以色列版图，193；援引，211；社会现实主义和~, 149–153；口语方言和~, 9

Shammas, Anton, 沙马斯，安东（1950年生于法苏塔），186

Shamosh, Amnon, 沙莫什，阿莫农（1929年生于叙利亚），166, 184

Shattered Soul, A (Nefresh restutsah) (Ben–Zion),《破碎的心灵》（本–锡安），40 "Shem and Japheth in the Train" (Mendele),《什姆和杰夫塔在火车上》（门德勒），16, 17

Shenhar, Yitzhak, 申哈尔，伊扎克（1902年生于Voltshisk；1921年移民；1957年去世），10, 98, 101, 103, 108–109

"Shifra" (Baron),《茜弗拉》（巴伦），60

Shimoni, David, 施莫尼, 大卫, 23
Shimoni, Yuval, 施莫尼, 尤瓦尔（1955年生于耶路撒冷）, 237
Shining Light ('Or Zarua) (Horowitz), 《亮光》(霍洛维茨), 117
Shira (Agnon), 《希拉》(阿格农), 86, 91, 93
Shlonsky, Avraham, 史龙斯基, 亚伯拉罕（1900年生于乌克兰；1973年逝世于特拉维夫）, 99, 100, 116, 164, 197; 作为杂志编辑的～, 144; 旧词新意和～, 207; ～作为翻译, 161
Shoah II (Kenan), 《第二次大屠杀》(凯南), 195, 215
Shoffman, Gershon, 肖夫曼, 格尔绍恩（1880年生于敖德萨；1972年逝世于海法）, 9, 34, 36, 41, 44, 45, 112; ～的继承人, 76; 主人公, 59, 60; 印象主义, 138; 情节结构和～, 58; 心理文学和～, 53–54; 短篇小说和～, 46
Sholokhov, Mikhail, 肖洛霍夫, 密克海拉, 5
Short stories, 短篇小说, 5, 42, 46, 70
Shtetls, 犹太村落, 21, 44, 114, 125, 132
Sideways (Hatsidah) (Genessin), 《一侧》(格尼辛), 55–56
Sienkiewicz, Henryk, 显克维支, 151
Sifrei'agorah, 便士文学, 2, 22, 37
Siman kri'ah magazine, 《感叹号》杂志, 159–160
Simple Story, A (Agnon), 《一个简单的故事》(阿格农), 78, 86, 87–88, 93, 202
Sin, 罪孽, 34, 36
Sinai War, 西奈战争（1956）, 188, 189–190, 207, 221, 229
"Sinful Blood" (Peretz), 《有罪的血》(佩雷茨), 27
Sivan, Arreh, 西万, 阿耶（1929年生于特拉维夫）, 179
Six–Day War, 六日战争, 149, 170, 188, 190, 192–194, 229
Skin and the Gown, The (Ha'or vahakutonet) (Appelfeld), 《皮与袍》(阿佩费尔德), 210
Skin for Skin (Orpaz), 《以皮易皮》(奥帕斯), 190, 205, 207, 216, 221, 223–224 "Slice of Bread" ("Pat lehem") (Brenner), 《面包片》(布伦纳), 48
Slopes of Lebanon (Oz), 《黎巴嫩斜坡》(奥兹), 230
Small Change (Hendel), 《小变化》(亨德尔), 181, 239
Small Tales (Sipurim qtanim) (Kimhi), 《小故事》(吉姆西), 77
"Small Things" ("Qtanot") (Baron), 《小事》(巴伦), 60
Smilansky, Moshe [pseudonym "Hawajah Moussa"], 斯米兰斯基, 摩西（1874年生于基辅特利皮诺；移民, 1981; 1953年逝世于雷霍沃特）, 9, 64, 65, 67, 68–69, 76, 165
Smile of the Lamb, The (Hiyukh bagdi) (Grossman), 《羔羊的微笑》(格罗斯曼), 232
Smoke ('Ashan) (Appelfeld), 《烟》(阿佩费尔德), 180, 192, 220,

228

Smolenskin, Peretz, 斯莫伦斯京，佩雷茨（1840年生；1885年逝世），65

Snunit Journal,《雨燕》期刊，46

socialism, 社会主义，3，27，149，167

social realism, 社会现实主义，55，102，171 – 172；阿布拉莫维茨（门德勒）和～，11 – 20；模仿，141；俄语，144；塞法尔迪（西班牙裔犹太人）继承人，173；～的逐渐衰落，158

Soviet Union, 苏联，5，160，195；以色列建立和～，144～宣布希伯来语言/文学为不合法，4，99；～在第二次世界大战，161；犹太复国主义和～，4，149，153

Stalinism, 斯大林主义，153

State Generation, 国家一代，95，118，140，162，169，186，194

Steinbeck, John, 斯坦贝克，约翰，133

Steinberg, Yaakov, 斯坦伯格，雅考夫（1887年生于乌克兰巴拉亚茨尔考夫；1947年卒于特拉维夫），9，36，44，45，47；印象主义，138；心理文学和～，57 – 59；重新开始的兴趣，201；～的浪漫故事，169

Steinberg, Yehuda, 斯坦伯格，耶胡达（1863年生；1908年逝世），39

Stainmann, Eliezer, 斯坦曼，埃利泽（1892年生于波多利亚奥波多夫斯卡；1970年卒于特拉维夫），57，99，100，103，113，115 – 116；大城市体验和～，114；新词使用，115

Stendhal, 司汤达，5

stereotypes, 程式，17，94，102；新希伯来人，176；自我牺牲的英雄，165 – 166；社会现实主义小说，158

Stifter, Adalbert, 施蒂夫特，阿达尔伯特，43

Stories of a Plain (Yizhar),《平原的故事》（伊兹哈尔），145，148

Story of Aunt Shlomzion the Great, The (Hasipur 'al dodah Shlomtsion hagdolah) (Kaniuk),《大舅妈施罗姆津的故事》（康尼尤克），206，216

Story of Hirbet Hizah, The (Yizhar),《赫尔伯特西扎的故事》（伊兹哈尔），147

Story of Reuel, The (Sipur Re'e'el) (Guori),《莱尤埃尔的故事》（古里），177

Story without Heroes, A (Sipur bli giborim) (Kabak),《无英雄的故事》（卡巴克），40

Stream of consciousness 意识流，55，115，133，136，169；法语，197；作家全知手法和～，168；～开拓者，205；～在后现代主义作家小说中 238；伊兹哈尔使用～

Street of Steps, The (Rehov hamadregot) (Hendel),《楼梯街》（亨德尔），173

Strindberg, August, 斯特林堡，奥古斯特，84，113，129

style, 风格 57，61，68，122

Suez War.，苏伊士战争 See Sinai War (1956)
suicide，自杀，69，77，106，219，240
Suissa, Albert，苏伊萨，阿尔伯特（1959年生于卡萨布兰卡），232
Summer and Winter（Berdyczewski），《夏与冬》（别尔季切夫斯基）28
"Summer House"（"Beit Qayitz"）（Baron），《夏日之家》（巴伦），60
"Sunbeams"（"Shavririm"）（Baron），《日光》（巴伦）60 – 61
surrealism，超现实主义，84，86，161，169；卡夫卡和~，205 – 206；对~的否定，187；奥帕斯的~，206 – 207，211，216
Swath, The（Ha'omer）journal，《麦捆》期刊，64
symbolism，象征主义 4，36，39，62，85，169；浪漫主义和~，28
syntax，句法，47，52
Syria，叙利亚，185

Tabernacle of Peace（Sukat Shalom）（Bar – Yosef），《和平帐幕》（巴-约塞夫），110 – 111
Tabib, Mordekhai，塔比比，摩代尔海（1910年生于里雄来茨用；1979年逝世于特拉维夫），149，171
Taboos, violation，禁忌，犯忌，34
Tagore, Rabindranath，泰戈尔，拉宾达拉纳特，22
Tale of the Scribe, The（Agadat ha-sofer）（Agnon），《经文抄写者的故事》（阿格农），85，92，95
Talmud，《塔木德》，92

Tammuz, Benjamin，塔木兹，本雅明（1919年出生；1989年去世），10，143，159，166，168，195；政府联系，150；~小说中的新希伯来人和旧犹太人，177 – 178；后现实主义小说和~，188
Tchernichowski, Shaul 车尔尼霍夫斯基，沙乌尔（1875年生于俄国米克海洛夫斯卡；1943年卒于耶路撒冷），3，4，24
"Tehillah"（Agnon），《黛拉》（阿格农），82，94，202
Tel Aviv，特拉维夫，90，98，117，144，166，201，218
That You Are Naked（Ki 'erom' atah）（Shamir），《你赤身裸体》（沙米尔），153
They Are Different People（'Anashim' aharim heim）（Hendel），《他们与众不同》（亨德尔），180
Third Aliyah，第三次阿利亚，10，43，53，54，69，73，134，226；巴勒斯坦的犹太居民和~，64；现代主义和~，77；文学的普及，112；~作家，108
"Throny Path, A"（"Derekh qotsim"）（Baron），《荆棘之路》（巴伦），60
Thou Shalt Build a House（Bayit tivneh）（Berdsczewski），《你该盖所房子》（别尔季切夫斯基），30 – 32
Thousand Hearts, A（'Elef levanot）（Tzalka），《千心》（茨阿尔卡），206，225，226
"Three Gifts"（Peretz），《三件礼物》（佩雷茨），25 – 26

Through the Binding Ropes (Miba'ad la'avotot) (Ben – Yehuda),《通过捆绑的绳索》, 183

Thus Far ('Ad henah) (Agnon),《如此遥远》(阿格农), 92, 93, 95

Thus Spake Zarathustra (Nietzsche),《查拉图斯特拉如是说》(尼采), 22

"Thy Shaded Apartments" ("Behadarayikh") (Bat – Shahar),《阴影密布的公寓》(巴特 – 沙哈尔), 240 – 241

Till Tomorrow ('Ad mahar) (Orlev),《直至明天》(奥莱夫), 227

Time, flow of, 时间, ~的流动, 57

Time and Rhythm in Bergson and Modern Poetry (Zman verimus'etsel Bergson uhashirah hamodernit) (Zach),《伯格森和现代诗歌中的时间和节奏》(扎赫), 198

"Time of the Earthquake" (Mendele),《地震时分》(门德勒), 17

Time of Trimming, The,《剪枝时节》(拜耶尔), 218

Tin Drum, The (Grass),《铁皮鼓》(格拉斯), 162, 231

"Tishre" (Agnon),《提示黎月》(阿格农), 83, 85

To Know a Woman (Oz),《了解女人》(奥兹), 209

To Remember, to Forget (Ben – Amotz)《记起, 忘却》(本 – 阿莫茨), 183

Togetherness (Tsvat bitsvat) (Nitzan),《一起》(尼灿), 175

Toller, Ernst, 托勒, 恩斯特, 123

Tolstoy, Alexei, 托尔斯泰, 阿历克谢, 151

Tom Jones (Fielding),《汤姆·琼斯》(菲尔丁), 18

Tomer, Ben – Zion, 托马尔, 本 – 锡安 (1928 年生于波兰; 1943 年移民; 1997 年去世), 236

Tomazhena Street (Rehov hatomasena) (Orpaz),《托马珍那大街》(奥帕斯), 220

Torah,《托拉》, 13, 87

Touch the Water, Touch the Wind (Laga'at hanayim, laga'at baruah) (Oz),《触摸水, 触摸风》(奥兹), 195, 209, 231

Touri, Gideon 托里, 吉代恩, 197

tragedy, 悲剧, 15, 26 – 27

Trakl, Geoge, 塔拉克尔, 乔治, 127, 197

Transit Camp, The (Hama'abarah) (Ballas),《临时难民营》(巴拉斯), 184

Transitions (Ma'avarot) (Kimhi),《过渡》(变革)(吉姆西), 77

translations, 翻译, 22 – 23, 59, 84, 95, 162, 164, 242

Transylvania, 特兰西瓦尼亚, 98

Travel Sketches (Peretz),《旅行札记》(佩雷茨), 25

Travel tales, 游记, 25

Travel of Benjamin III, The (Mendele),《便雅悯三世的旅行》(门德勒), 17, 18, 87

Tree of Knowledge, 智慧树, 39

Treves, Noga, 特莱维斯, 诺佳 (1949 年生), 240

Tserkov, Balay. 茨尔科夫, 巴拉亚。See Steinberg, Yaacov

Turkey, 土耳其, 40

Turks, 土耳其人, 70, 74, 78

Two Camps (Berdyczewski),《两个营地》(别尔季切夫斯基), 28

Tzalka, Dan, 扎尔卡, 丹（1936年生于波兰；1957年移民）, 204, 206, 222

Tzili: The Story of a Life (Hakutonet vehapasim) (Appelfeld),《彩莉：人生的故事》(阿佩费尔德), 228

Ukrain, 乌克兰, 48, 58, 78, 96

Ukrainian language, 乌克兰语, 2

Ulysses,《尤利西斯》(乔伊斯), 232

Uncle Peretz Takes Off (Dod Perets mamri') (Shabtai),《佩雷斯大叔起飞了》(沙伯泰), 220

Under One Roof (Bikhfifah' ahat) (Kahana-Carmon),《同一屋檐下》(卡哈娜-卡蒙), 206, 208

Under the Sky of Bessarabia (Tahat shmei Besarabiya) (Hillel),《在比萨拉比亚的天空下》(希里勒), 105

Under the Sun (Tahat hashemesh) (Shamir),《在阳光下》(沙米尔), 149, 172, 175, 212

Under This Blazing Light (Be' or hatkhelet ha 'azah) (Oz),《在炽烈的阳光下》(奥兹), 202, 207

United States, 美国, 3, 42, 132-137, 234; ~作为希伯来文学中心, 99; ~移民配额, 96; ~对以色列文化的开放, 205-206

Unto Death ('Ad mavet) (Oz),《直至死亡》, 209, 217, 224, 225, 228

Unto Jerusalem ('Ad Yerushalayim) (Reuweni),《直至耶路撒冷》(鲁文尼), 78-79, 102

"Upon the Death of the Tzaddik" (Agnon),《关于茨阿迪克之死》(阿格农), 85

"Uprooted" ("Talush") (Berkowitz),《无归属的》(《连根拔除的》)(伯克维茨), 42

uptootedness, 无归属, 39, 40, 51, 59, 85, 116, 119; 伯克维茨, 41; 幻灭和~, 46; 人与人之间的关系和~, 56; 现实主义和~, 166-167; 无归属英雄的回归, 218-222

urbanism/urbanization, 城市化/城市化, 38, 119

Vassilyyevskaya, Vundu, 瓦希里耶夫斯卡娅, 温都, 161

Vengeance of the Fathers, The (Nikmat ha' avot) (Shami),《先祖的复仇》(沙米) 70-72

"Victim of the Fire" (Mendele),《火的献祭》(门德勒), 14

Victoria (Hamsun),《维多利亚》(汉姆生), 77

Victoria (Michael),《维多利亚》(门德勒), 185

Vienna, 维也纳, 127

Village of Silwan, The (Zarhi),《西万的村庄》(扎黑), 102, 105, 106

"Vinshfinger1",《魔戒》(门德勒), 19

"Virgin Marries, A" (Peretz),《圣女嫁人了》(佩雷斯), 27

Vogel, David, 弗格尔, 大卫（1891年生于波多利亚 Satanov；1944

年逝世于德国),7,10,36,113,115,201,211;分析优于情节,114;大城市体验和~,114;~作为边缘作家,203-204;现代主义和~,125,127-128

"Voices of Bridegroom and Bride, The" ("Qol hatan veqol halah") (Bar-Yosef),《新郎新娘的声音》(巴-约塞夫),109

Wallenrod, Reuven, 瓦兰洛德,莱尤文(1899年生;1966年逝世),10,113,114,115,134-135

War of Independence, 独立日战争(1948),10,104,140,145,148;史诗-英雄表现和~,152;~作为历史传奇剧,216;对巴勒斯坦人的不公正和~,229;记忆丛书和~,150,175;"帕尔马赫"青年运动,158;现实主义小说中的~,173,174-175;~中的士兵演说,207;叙利亚犹太人和~,185;作家参加~,201;青年一代和~,188-189

Warsaw ghetto uprising, 华沙隔都起义,174,180,190

Wasserman, Jacob, 瓦瑟曼,雅各(1873年出生;1934年去世),113

Way Out, The (Hamotsa') (Brenner),《出路》(布伦纳),48

Way to the Cats, The (Baderekh'el habatulim) (Kenaz),《通向群猫之路》(凯纳兹),220,228

Wedekind, Frank, 维代金德,弗兰克,123

weininger, otto, 魏宁格,奥托,113,127,129

We'll Call Him Leon (Nikra' lo Le'on) (Sened),《我们叫他列奥恩》(塞纳德),180

weltschmerz, 悲观厌世,21,34

Western Europe 西欧,3,34,40,99;犹太人同化,1;~文学,5-6,18;~对以色列文化的开放,205-206

When the Candle Was Burning (Ke'or yakel) (Yaari),《当蜡烛燃烧的时候》(亚阿里),107,111

Where Am I? (Heikhan' aninims' eit) (Castel-Bloom),《我在哪里?》(卡斯特尔-布鲁姆),241

Where the Jackals Howl ('Artsot hatan) (Oz),《胡狼嗥叫的地方》(奥兹),192,209,217,218

White Rose, Red Rose (Shoshan lavn shoshan' adom) (Schutz),《白玫瑰,红玫瑰》(舒尔茨),213-214,235

Whither? (Feierberg),《去往何方?》(费尔伯格),35

Whiteman, Walt, 惠特曼,沃尔特,5

Whose Little Boy Are You? (Shel mi' atah yeled?) (Bartov),《你是谁的小孩?》(巴托夫),187

Wieseltier, Meir, 维塞尔提尔,梅厄(1941年出生),194

"Wild Duck" ("Bar' avaz") (Baron),《野鸭》(巴伦),60

Wild Plant, The ('Esev pere') (Orpaz),《野生植物》(奥帕斯),205,221

Wilde, Oscar, 王尔德，奥斯卡, 22

Wilderness (Yeshimon) (Arieli - Orloff),《荒野》(阿里埃利 - 奥洛夫), 77

Wilkansky, Meir, 维尔坎斯基，梅厄 (1882年生于维尔纳附近的艾希西克；1949年逝世于卡法维特京), 63, 64, 65, 69

Wisdom of the Poor, The (Hokhmat hamisqein) (Shaham),《穷人的智慧》(沙哈姆), 158, 173

"Wishing Ring, The" (Mendele),《魔戒》(门德勒), 17, 19

With His Own Hands (Bemo yadav: pirqei'Eliq) (Shamir),《用他自己的双手》(沙米尔), 144, 150, 165, 175

"With Our Youth and with Our Aged" ("Bine 'areinu uvezigneinu") (Agnon),《用我们的青春，用我们的年华》(阿格农), 85, 93

Without Hope (Berdyczewski),《没有希望》(别尔季切夫斯基), 30 - 32

Wolfe, Thomas, 沃尔夫，托马斯, 133

"Woman Mrs. Hannah, The" (Peretz),《女人汉娜夫人》(佩雷茨), 25, 27

Women, 女人, 12, 24, 27, 58, 59 - 60, 221, 239 - 242, See also feminism Women (Nashim) (Almog),《女人》(阿尔莫格), 240

Woolf, Viginia, 吴尔夫，弗吉尼亚, 55, 136, 138, 161, 162, 204

World That Still Stands, A ('Olam she-lo nehrav 'adayin) (Horowitz)《依然耸立的世界》(霍洛维茨), 117

Writers' Association, 作家协会, 99, 100, 101, 190 - 191, 200

Yaari, Yehuda, 亚阿里，耶胡达 (1900年生于加利西亚Dzikov; 1920年移民；1982年去世), 98, 107 - 108, 111

Yais h (Hazaz),《亚伊什》(哈扎兹), 121, 225

Yaoz - Kest, Itamar, 尧兹 - 凯斯特，伊塔玛 (1934年生于匈牙利的Servestz), 166

Yard of Momo the Great, The (Hahatzer Shel Momo Hagedolah) (Hendel),《伟大嬷嬷的院落》(亨德尔), 180 - 181, 187

"Yatir Evening Express, The" ("'Masa 'ha 'erev shel Yatir") (Yehoshua),《亚提尔村夜行》(约书亚), 215, 217

Yehiel Hahagari (Halkin),《耶西埃尔哈哈加里》(哈尔金), 136

Yehoshua, A. B., 约书亚，A. B. (1936年生于耶路撒冷), 7, 10, 95, 137, 140, 159, 161, 169, 184, 223；阿格农的影响, 202；著作, 189, 192

Yellow Wind, The (Hazman hatsahov) (Grossman),《黄风》(格罗斯曼), 230

Yemenite Jews, 也门犹太人, 121 - 122

Yesteryear (Tmol shilshom) (Agnon),《去年》(阿格农), 82, 83, 85, 86, 87 - 88, 92, 93, 102, 202,

Yiddish language，意第绪语，2，8，9，14，52，142；宗教经典来源和～，12；～与希伯来语的较量，24-25；～文学的衰落，4；～的黯然失色，67；希伯来文的影响，163；～人物名称，94；感伤叙故事，18；社会主义和～，3；与希伯来语相关的地位，99；翻译成希伯来语，11；把欧洲文学翻译成～，84；Yiddish literature，意第绪语文学，132

Yishuv，伊舒夫 See Old Yishuv

Yizhar, S. [Yizhar Smilanski]，伊兹哈尔，S.（1916年生于巴勒斯坦），10，53，57，73，123，142，197；与比斯特里特斯基相比，125；～的政府联系，150；～的影响，163；社会现实主义和～，145-149；意识流和～，168-169

"Yoash"（Luidor），《约阿什》（路易多尔），69，165

Yokhani magazine，《神鸟》杂志，159-160，200

Yom Kippur War，赎罪日战争，170，172，188，194，229；以色列共产党，185；以色列社会的自我形象和～，195

Yomtov Bletlach（Holy Day Pages）（Peretz），《圣日页张》（佩雷茨），27

"Yonah"（Shoffman），《约拿》（肖夫曼），53

"You Win!"（"Nitsahtini"）（Shoffman），《你赢了!》（肖夫曼），53

225

Young Hearts（Ma'agalot）（Maletz），《年轻的心》（麦雷茨），111-112

Zach, Natan，扎赫，纳坦（1930年生于柏林；1930年移民），179，197，198，229

Zarchi, Israel，扎黑，以色列（1909年生于波兰 Jedrzejow；1929年移民；1947年去世），41，98，102，105-106

Zemach, Adi，载迈赫·阿迪（1935年生于耶路撒冷），179，197

Zemach, Shlomo，载迈赫，施罗莫（1886年生于波兰 Plonsk；1975年卒于耶路撒冷），3，7，9，68，101

Zioni, A.，载欧尼，99

Zionism，犹太复国主义，1，10，41，94；视角交替和～，109；《贝尔福宣言》和～，96；布尔什维克革命和～，118；"征服土地"，97；对～的批评，10，82；对～的预期，63；希伯来语和～，2；希伯来读者群和～，131-132，134；历史修正主义和～，229；～的历史，40；～的思想，65；犹太教和～，90；劳工运动和～，107，120，125，157，225；文学和～，3；～的通用情节，188，189，190，196，222-230，242；现代主义和～118，203；民族主义神话和～，118，203；104，170，172-173，178，179；革命者小说，105；旧式犹太人和～，191；～的重申，230；～的回绝，158-159，160，183；

~作为革命，118，119；~的修辞风格，103；六日战争和~，193；社会主义，173，174，205；苏维埃和~，4，144，149；标准叙述，177，185；技术和~，147；青年运动，117，123，142，172，201，219

Zweig, Anold, 茨维格，阿诺德，107，116，125，128

译 后 记

能在 2002 年接受商务印书馆邀请,历时数载,把 20 世纪国际知名的希伯来文学批评家、以色列学者戈尔肖恩·谢克德教授(Prof. Gershon Shaked)的《现代希伯来小说史》(英文版)一书翻译成中文,为我国学界提供一部兼备知识启蒙作用与学术参考价值的希伯来文学著述,委实令人欣慰。

而就我个人而言,这本书的意义更为特殊。2000 年夏秋之交,我在北京国际书展从希伯来文学翻译研究所尼莉·科恩女士(Mrs. Nilli Cohen)手中得到此书,精心研读,它为我打开了一扇窗,令我意识到,中国学者对希伯来文学的接触,不仅要做知识引进与传播,而且要一步步向理论认知与探求升华,展示中国学者的独特研究视角。也正是在这一信念的驱使下,我于 2001 年初,再度飞往以色列,开始在本－古里安大学希伯来文学系攻读博士学位。

入学的第一个星期,我的导师,以色列本－古里安大学希伯来文学系主任、犹太与以色列文化与文学研究中心主任伊戈尔·施瓦茨教授(Prof. Yigal Swartz)便把《现代希伯来小说史》定为我的必读书目之一,并要求撰写读书笔记和 4 页内容提要。谢克德是施瓦茨攻读博士学位时的导师,著有《希伯来叙事的新方向》(1971)、《诺贝尔文学奖得主阿格农的叙事艺术》(1973),以及五卷本希伯来版《现代希伯来小说史,1880－1980》(1977－1999),曾获得 1986 年"比阿里克奖"和 1992 年"以色列奖"。我就是在这样的学术传承中逐渐积累学识。在某种程度上,《现代希伯来小说史》成了我攻读希伯来文学专业的一部"《圣经》",赐予了我智慧与思想的火花。巧合的是，2001年秋，谢克德教授到本－古里安大学讲学，我有幸跟他攻读一学年犹太文学课程，并在他的指导下，阅读本书的母本——五卷本《现代希伯来小说史，1880－1980》。

正因为此，当商务印书馆狄玉明老师在2002年提议由我承担此书中译本的翻译时，我感到义不容辞。但对我来说，要在淘汰制、评审制严苛的以色列大学的希伯来文学系完成博士学位论文之时翻译一部思想密集、难度很大的文学批评专著，确实是在挑战极限。为不与撰写学术论文发生冲突，我决定先翻译20世纪40年代以后的文学，而后再回归20世纪之前。直到2005年春季完成博士论文回国后，我才得以抽出时间专攻此书，并于2006年春夏之交完成初译，而后不断地进行校译与修改。在译稿即将付梓之际，请允许我向在翻译过程中予以帮助的同仁致以谢忱：

我在以色列的博士导师之一、美国普林斯顿大学东亚系和比较文学系（兼希伯来大学东亚系）浦安迪教授（Prof. Andrew H. Plaks）在2006年8月来华开会之际，帮助我阅读并匡正了索引（浦安迪教授有犹太背景，精通中文、希伯来文等十余门语言），并对诸多翻译难点予以点拨。以色列希伯来大学的玛尔卡·谢克德教授在2008年5月阅读校样之际，与我一起核对了部分书名。希伯来文学翻译研究所列维女士（Ms. Gitit Levy）帮助查找并提供了一部分希伯来文原始文献和背景材料，社科院外文所陆建德教授对某些翻译术语提出了建议，邹海仑、匡咏梅、孔霞蔚等同人帮我查找了某些译名的标准译法。

本书原作者谢克德教授在2006年10月就本书翻译过程中的大部分疑问予以解答。在病榻之上，还在关心《现代希伯来小说史》中译本的翻译和出版情况。而今，《现代希伯来小说史》即将问世，但谢克德教授却驾鹤西归，无缘看到。痛惜之余，谨以此书作为薄奠。

本书注文从简，请读者在阅读时注意参看书后的名词解释和期刊名称。由于这是国内第一部现代希伯来文学批评专著的译作,涉及众多作家作品、思潮与流派、社会文化历史等方面知识,多数希伯来文学批评术语都是首次翻译成中文,笔者虽然在翻译过程中反复推敲,但难免有理解和表述上的不到位,甚至错误,请大家批评指正。

钟志清

2008年2月于北京

图书在版编目(CIP)数据

现代希伯来小说史/(以)谢克德著;钟志清译.—北京:商务印书馆,2009
ISBN 978-7-100-05798-1

I. 现… II. ①谢… ②钟… III. ①希伯来语-小说史-世界-现代 IV. I106.4

中国版本图书馆 CIP 数据核字(2008)第 033940 号

所有权利保留。
未经许可,不得以任何方式使用。

现代希伯来小说史
〔以色列〕格尔绍恩·谢克德 著
雅埃尔·洛坦 英译
钟志清 中译

商务印书馆出版
(北京王府井大街36号 邮政编码100710)
商务印书馆发行
北京龙兴印刷厂印刷
ISBN 978-7-100-05798-1

2009年3月第1版　　开本 650×1000 1/16
2009年3月北京第1次印刷　印张 23¼
定价:38.00元

6